Stacy Kramer und Valerie Thomas

# Franny

## Magisch vermasselt

*Stacy Kramer* und *Valerie Thomas*
stammen beide aus der Film- und Fernsehwelt und arbeiten erfolgreich als Drehbuchautorinnen und Produzentinnen. Schließlich entdeckten sie auch das gemeinsame Bücherschreiben für sich: Nach »Stupid Crazy Love Story« ist dies der zweite Roman, der von ihnen auf Deutsch erscheint.

# Prolog
# Das war nicht ich, das war der Schmetterlingseffekt

Schon mal vom Schmetterlingseffekt gehört? Der stammt aus der Chaostheorie und die haben wir in der sechsten Klasse in Physik durchgenommen. Was mein Leben betrifft, ist die Bezeichnung Chaos allerdings komplett untertrieben. Ich würde es eher als einen völligen Wahnsinn bezeichnen. Als die absolute Anarchie. Der Schmetterlingseffekt, das ist diese Theorie, nach der ein winziges Ereignis – ein Schmetterling bewegt seinen Flügel, ein Panda wälzt sich in seiner Höhle – eine Riesensache auslöst, mit der niemand gerechnet hat. Beispielsweise einen Tornado. Oder ein Erdbeben. Oder in meinem Fall eine Art spontane Selbstentzündung.

Ich erkläre das mal kurz. Wenn ein Panda sich in seiner Höhle wälzt, dann wälzt er sich eben in seiner Höhle und gut ist. Er schläft einfach weiter, nur dass er nicht mehr auf dem linken Ohr liegt, sondern auf dem rechten. Die Welt dreht sich einfach weiter, stimmt's? Macht sie eben nicht. Denn mit einer einzigen Bewegung kann ein süßer, flauschiger, absolut unschuldiger Panda alles auf den Kopf stellen. Während der Panda sich nämlich von einer Seite auf die andere wälzt, stubst er mit seinem weißen Hintern einen Minizweig an. Der Zweig rollt aus der Höhle, genau bis zu einem Ministein, der anfängt zu rollen und einen größeren Stein anstößt, der wiederum einen größeren Stein anstößt, und am Ende stürzt eine Steinlawine ins Meer und löst einen Tsunami aus, der auf die Küste trifft und dort ein komplettes Fischerdorf auslöscht.

Krasse Vorstellung, oder? Aber theoretisch ist das möglich. Ich weiß, wovon ich spreche. Genau das ist mir nämlich passiert. Eine klitzekleine Sache hat mein Leben komplett auf den Kopf gestellt. Und davon ist mir immer noch schwindelig. Aber halt. Ich will nicht vorgreifen. Ehe ich weitererzähle, muss ich zuerst in den Ereignissen zurückgehen. Alles begann vor zwei Monaten, am Abend vor dem ersten Schultag der siebten Klasse.

# Alarmstufe Orange

Ich zog das Handtuch von meinem Kopf und starrte in den Spiegel. Und. Glaubte. Es. Nicht. Auf meinem Kopf herrschte Alarmstufe Orange. Alarmstufe Knallorange, um genau zu sein.

»Ich glaube, wir haben die Paste *a little bit too long* in deinen Haaren gelassen, Franny«, sagte Joey Chang, eine meiner zwei besten Freundinnen.

»Ach, echt?«, fragte ich.

»Kein Grund, gleich auszuflippen.« Joey blieb natürlich cool. Kein Wunder. Nicht ihre Haare waren plötzlich knallorange und umrahmten ein fast durchscheinend weißes Gesicht, das nach langen Sonnenstunden von unzähligen Sommersprossen übersät war. Nein, das war mein Gesicht und vor allem waren es meine Haare. Ich sah aus, als hätte ich die Sommerferien komplett im Solarium verbracht. Auf höchster Stufe.

*»Kein Grund auszuflippen?«*, fragte ich. »Bist du blind oder was?«

»Ich finde deine neue Frisur *extraordinaire*«, sagte Joey.

»Ich will am ersten Schultag aber nicht *extraordinaire* aussehen.«

Wie immer spickte Joey ihre Sätze mit allen möglichen Vokabeln. Seit sie gehört hat, dass Penelope Cruz sechs verschiedene Sprachen beherrscht, lernt sie die ganze Zeit neue Wörter. Bisher hat das allerdings nicht dazu geführt, dass sie irgendeine Sprache fließend spricht. Es ist eher so, dass ihre Sätze immer unverständlicher werden.

»So schlimm ist es nun auch wieder nicht«, erwiderte Joey. »Du bist jetzt eben ein neuer Mensch.«

Schon klar. Joey wollte nett sein. Allerdings wirkte sie eher wie eine Fernsehmoderatorin, die nachts um drei völlig überflüssigen Kram an den Mann bringen will. Überhaupt hatte sie gut reden. Sie braucht sich um ihr Aussehen nicht zu kümmern. Sie ist groß und schlank und hat lange schwarze Haare, die aus irgendeinem Grund immer glänzen. Sie ist Chinesin, mit mandelförmigen Augen und einer leicht gebräunten Haut. Selbst im Winter hat sie den perfekten Teint. Joey hatte es nicht nötig, sich für den ersten Schultag der siebten Klasse neu zu stylen. Ich dagegen schon. Allerdings hatte ich mir meinen neuen Style etwas anders vorgestellt. Das hier war – in einem Wort: katastrophal.

»Ich will kein neuer Mensch sein«, sagte ich. »Ich will blonde Haare. Blonde Menschen nehmen das Leben leichter.« Gab es irgendwo eine Stelle, bei der man seine beiden Arme abgeben konnte und dafür seinen schrecklichen roten Lockenkopf zurückbekam? Gegen so einen Tausch hätte ich in diesem Moment jedenfalls nichts einzuwenden gehabt.

»Vielleicht ist das einfach ein Zeichen, in diesem Schuljahr mal was zu riskieren«, schlug Joey vor. »Lass Orange in dein Leben! Lass es richtig krachen!«

»Äh ... wovon redest du?«

»Ich weiß auch nicht«, sagte Joey. »Am besten, du zeigst deine neuen Haare erst mal Kate. Kate gefallen sie bestimmt.« Kate Franklin ist meine andere beste Freundin. Leider können sie und Joey sich eher nicht so gut leiden. Und das ist noch vorsichtig ausgedrückt. Als wir uns im Kindergarten kennengelernt haben, haben die beiden sich super verstanden. Aber in der fünften, sechsten Klasse wurden die Karten neu gemischt. Ich weiß nicht, warum plötzlich alle mit Joey befreundet sein wollten und Kate ins Abseits geraten ist. So ist es jedenfalls gekommen und ich selbst stehe auf der Beliebtheitsskala irgendwo in der Mitte.

»Und das soll mich aufbauen?«, fragte ich. »Seit wann interessierst du dich überhaupt für Kates Meinung?«

»Jetzt fang nicht wieder damit an, Franny. Zwischen Kate und mir ist alles super. Wir verbringen bloß nicht allzu viel Zeit miteinander ... aus vielen verschiedenen Gründen. Das heißt aber nicht, dass ich Kates *savoir-faire* und ihr *je ne sais quoi* nicht schätze. Ganz im Gegenteil, ich finde es sogar ziemlich ... putzig.«

Wenn ich mich nicht irrte, lag da ein Hauch von Ironie in Joeys Worten. »Sehr witzig. Ich lache, wenn ich wieder wie ein Mensch aussehe. Aber jetzt müssen wir uns erst mal was einfallen lassen!« Ich war kurz davor, komplett auszuflippen. Joey spürte das und wurde aktiv. Das kann sie super – unter anderem deshalb mag ich sie so sehr. Wenn es Probleme gibt, bleibt sie völlig cool. Im Gegensatz zu mir. Ich kriege dann nichts mehr auf die Reihe.

»Aaaaannnnaaa! Es gibt ein Problem!« Joey trat auf den Flur und schrie, so laut sie konnte, nach meiner Mutter. Ich tappte hinter ihr her.

»Annaaaaa!«, rief Joey noch einmal, nachdem ihr erster Hilferuf unbeantwortet geblieben war. Wir horchten. Nichts.

»Seltsam. Deine Mutter ist doch sonst immer in ihrem Arbeitszimmer. Wo steckt sie nur?«

»Moooooommmmmmm«, rief ich. Immer noch keine Reaktion.

Schließlich fanden wir meine Mom. In ihrem Bett. Von Kopf bis Fuß unter einer Decke versteckt. Ging's noch? Es war gerade mal sieben Uhr abends.

»Alles klar, Mom?« Für eine Millisekunde vergaß ich sogar das Fiasko auf meinem Kopf.

»Alles wunderbar.« Moms Stimme drang dumpf durch die Daunen. Mit einem Ruck zog ich die Decke weg. Mom trug eine olle Jogginghose und ihre braunen Haare, die sie sonst zu einem strengen Pferdeschwanz band, standen in alle Richtungen ab. Das war definitiv nicht meine Mom.

»Fran, deine Haare sind orange und das steht dir nicht besonders gut. Joey, kannst du ihr das vielleicht ausreden?« Damit verschwand Mom wieder unter der Bettdecke.

»Mom, was ist los?«, fragte ich.

»Als ich dich gebeten habe, morgens die Waschmaschine anzustellen, meinte ich nicht, dass du das an irgendeinem Morgen nächste Woche machen sollst«, motzte Mom mich ohne Vorwarnung an. Ich kapierte gar nichts mehr. Am besten sagte ich dazu erst mal nichts. Mom musste irgendeine Krise haben. Sonst ist sie nämlich ziemlich cool und nicht so drauf wie dieses unfrisierte Wesen.

»Mom, falls du es nicht gemerkt hast, auf meinem Kopf herrscht Alarmzustand«, rief ich. »Ich habe keine Ahnung, was mit dir los ist, aber ich glaube, ich bin momentan wesentlich schlimmer dran!«

»Das kann ich bestätigen«, warf Joey ein.

Ich drehte mich zu ihr. »Und was ist bitte schön aus Lass-Orange-in-dein-Leben geworden? Soll ich es jetzt doch nicht krachen lassen?«

»Ich habe noch mal nachgedacht und bin zu der Ansicht gekommen, dass das nicht der richtige Weg ist.«

»Tut mir leid, Süße«, kam Moms Stimme dumpf unter den Decken hervor. »Ich kann dir jetzt nicht helfen. Ich habe eine Schreibblockade und der Abgabetermin rückt immer näher. Ich muss unbedingt schlafen. Am besten, du gehst zu Granny.«

*Zu Granny?* Das war ja was ganz Neues. Granny ist ... also, Mom bezeichnet sie als »verschroben«. Ich würde eher »komplett durchgeknallt« sagen. Vor drei Wochen war Granny bei uns eingezogen. Mom hat mir das damit verkauft, dass Granny langsam alt wird und ein bisschen Gesellschaft braucht. In Wirklichkeit ist Granny natürlich wegen Moms und Dads Scheidung zu uns gekommen. Denkt meine Mom wirklich, dass mich Grannys Anwesenheit von der Tatsache ablenkt, dass meine Eltern sich getrennt haben?

Im Grunde genommen kannte ich Granny überhaupt nicht. Oder anders gesagt: Ich kannte sie gut genug, dass ich keine große Lust hatte, sie um Rat zu fragen. Seit Granny bei uns war, dachte ich quasi stündlich darüber nach, in eine Pflegefamilie zu wechseln. Granny hat den Großteil ihres Lebens damit zugebracht, Meditationsseminare in aller Welt zu besuchen, mit Schamanen zu tanzen oder in Gebirgen mit unaussprechlichen Namen herumzukraxeln. Seit ich denken konnte, hatte ich sie nur zwei Mal im Jahr gesehen, am vierten Juli und zu Weihnachten, und das ging für mich eigentlich komplett in Ordnung. Mit Gläserrücken, Geistern, Séancen und außerirdischem Leben habe ich es eher nicht so. Und das ist nur eine winzige Auswahl von Grannys gewöhnungsbedürftigen Hobbys.

Granny gehört zu den Leuten, die sagen: »Wenn du Löwe bist, solltest du besser keine Tomaten essen, vor allem nicht, wenn sich ein Wassermann in deiner Nähe befindet.« Wir nicken dann einfach nur, denn was soll man darauf schon erwidern? Wenn Mom Granny darum bittet, im Wohnzimmer Staub zu saugen oder meine Zwillingsbrüder zu baden, liest Granny stattdessen Mom die Zukunft aus der Hand oder erzählt meinen Brüdern, welche Wesen ihre Seele bereits bewohnt hat. Granny war schon eine Sklavin im alten Ägypten, ein Ozelot und eine Navajo-Squaw, die an einem Schlangenbiss gestorben ist. Bei der Reihenfolge bin ich mir allerdings nicht ganz sicher. Jedenfalls finde ich, so jemanden sollte man nicht um Rat fragen, wenn es um einen *bad hair day* am ersten Schultag nach den Ferien geht.

Fassungslos starrte ich auf den ovalen Hügel unter der Decke. Ich spürte einen Kloß in der Kehle und meine Augen wurden feucht. Ohne Mom war ich verloren. Das war definitiv mein Ende. Sollte ich morgen etwa so in der Schule aufkreuzen? Am besten, ich machte mich sofort auf die Suche nach Internaten oder noch besser einem Kloster. Ich musste untertauchen, bis dieses schreckliche Orange rausgewachsen war. Joey legte einen Arm um meine Schulter, führte mich aus dem Schlafzimmer und redete beruhigend auf mich ein.

»Deine Mom hat einen Nervenzusammenbruch. So was hat meine Mom zehnmal am Tag. Deine Mom bisher nicht, wahrscheinlich war es also an der Zeit. Wir lassen sie jetzt lieber in Ruhe und suchen nach deiner *abuela*. Sie ist alt. Vielleicht ist sie auch weise.« Ich hatte keine Kraft mehr, Joey zu widersprechen. Ich war fix und alle. Eigener Wille? Eigene Kraft? Totale Fehlanzeige.

Auf dem Weg zu Grannys Zimmer kamen wir an der Küche vorbei. Joey blieb abrupt stehen, denn dort sah es ungefähr so aus wie in *Apocalypse Now*. Auf Pip und Flip hatte mal wieder niemand ein Auge und das führt bombensicher Richtung Weltuntergang. Pip und Flip (diese Namen habe ich ihnen gegeben, in Wirklichkeit heißen sie Chase und Elias) sind meine achtjährigen meganervigen Brüder. Überall in der Küche lag Essen rum und Pip versuchte gerade, Flip zu erwürgen, damit er sich den letzten Cookie unter den Nagel reißen konnte.

»Jungs«, rief Joey. »Was ist hier los?«

»Ich habe Hunger«, sagte Pip. »Und Elias rückt den Cookie nicht raus.« Dann ließ er von seinem Zwillingsbruder ab, starrte mich an und brach in wildes Gelächter aus. »Du siehst voll hässlich aus!« Jetzt hätte ich ihm gerne die Fingernägel rausgerissen, einen nach dem anderen, ganz langsam. Aber es schien mir besser, mich nicht auf das Niveau dieser beiden Krümelmonster zu begeben und einfach vornehm zu schweigen.

Joey klaubte ein paar Süßigkeiten auf. »Ich glaube nicht, dass ihr verhungern werdet, Jungs. Hier habt ihr Chips, Marshmallows und Gummitierchen!« Sie warf den zwei Bestien die Beute vor die Füße. Noch am Ende des Gangs hörte ich die beiden knurren.

Wir stiegen runter in den Keller und lugten vorsichtig in Grannys Höhle. Granny saß an einem niedrigen Tisch, vor sich eine Schüssel, in der irgendein Brei dampfte. Dass über ihr die Welt unterging, kriegte sie mal wieder nicht mit. Auf ihrem Gesicht lag ein Lächeln und sie war so versunken, dass sie nicht einmal bemerkte, wie wir uns an den Türrahmen lehnten.

»Was ist in der Schüssel?«, flüsterte Joey mir zu.

»Getreideschleim? Fäkalien? So genau will ich das gar nicht wissen«, flüsterte ich zurück. Die Pampe war gelblich und verströmte einen Geruch nach faulen Eiern. »Granny hat gerade so ein Volkshochschulseminar belegt. Natürlich entschlacken mit Kräutern oder –«

Joey hob die Hand. »Das reicht.«

Granny nahm ein Pendel zur Hand und hielt es über die Schüssel. Sie schloss die Augen und verfiel in einen albernen Gesang. Es klang, als würde sie die Worte rückwärts aufsagen. Joey musste kichern und da drehte Granny sich um.

»Francisco und Jojo! Alles im Lack?« In dem Moment

entdeckte Granny meine neue Frisur. »Wow, Franny! Wo hast du denn die Perücke aufgetrieben?«

»Da ist was schiefgegangen«, half Joey mir aus. »Und Sie müssen uns helfen.«

»Sieht ganz danach aus«, sagte Granny. »Was sollte das genau werden?«

»Franny wollte blonde Haare«, erklärte Joey.

»Aber Francisco, warum willst du blond sein? Ich kenne eine Menge Leute, die für deine roten Haare alles geben würden.«

»Blonde Menschen nehmen das Leben leichter.« Vielleicht war es gut, bei dieser Geschichte zu bleiben.

Granny nahm eine Kelle zur Hand, füllte zwei Tassen mit der gelben Pampe und reichte sie uns. »Lasst es euch schmecken, Mädels. Es gibt nichts Besseres als Yakbuttertee, das könnt ihr mir glauben. In Bhutan kennt man eben das Geheimnis des Lebens. Ihr werdet sehen, nach diesem Tee habt ihr den befriedigendsten Stuhlgang eures Lebens. Nichts entschlackt so gut wie Yakbuttertee.«

Ich gebe mir wirklich Mühe, nicht ständig sarkastisch zu werden. Sarkasmus ist langweilig, weil jeder ihn benutzt, vor allem in der siebten Klasse. Aber wie bitte schön soll ich auf so was reagieren?

»Klingt super, aber mir geht's auch so ganz gut«, sagte ich und stellte die Tasse schnell auf den Tisch.

»Danke«, meinte Joey. »Schön, dass Sie uns daran teilhaben lassen.« Sie tat so, als würde sie einen Schluck nehmen, und setzte die Tasse vorsichtig ab. Joey ist einfach zu gut erzogen.

Granny hatte ein riesiges Tuch um ihren Kopf gewickelt. Wahrscheinlich sollte das so was wie ein Turban sein. Sie ist in Cincinnati aufgewachsen und hat jahrelang eine Zahnarztpraxis geführt. Aber dann hat sie sich für einen Meditationskurs angemeldet und der Rest ist Geschichte.

»Wenn du mich fragst, ich würde das erst mal so lassen«, schlug Granny vor. »Lass dich darauf ein. Spür nach, was es mit dir macht.«

Granny hat ihre Haare vor Kurzem blau gefärbt. Dazu trägt sie meistens rosafarbene Trainingshosen und giftgrüne Crocs, sodass sie von Weitem wie ein Wellensittich aussieht.

»Auf keinen Fall«, sagte ich.

»Ich mache jetzt ein paar Yogaübungen und weite meinen Geist«, erwiderte Granny. »Und dann schmieden wir einen Plan.«

»Kannst du deinen Geist vielleicht später weiten?« Mit meiner Geduld war es nicht mehr weit her. »Die Zwillinge sind zu Bestien mutiert, Mom vegetiert mit einer Schreibblockade vor sich hin, und wenn mir nicht sofort jemand hilft, schmeiße ich die Schule und werde Nonne!«

Die Erde war kurz davor, ihre Umlaufbahn zu verlassen. Jeden Augenblick konnte sie in den Weiten des Alls explodieren. Aber Granny wendete das Unglück in letzter Minute ab. Sie umschloss meinen Arm, schaute mir in die Augen und sagte mit fester Stimme: »Franny, ich weiß genau, was zu tun ist.« Und ich zweifelte keinen Moment daran, dass das stimmte. Mitten in einem Tsunami fragt man nicht, ob der Rettungsring luftdicht ist.

Granny schloss die Tür ab. Das kam mir ein bisschen übertrieben vor, aber meinetwegen. Ich wollte ihr keinesfalls die Show verderben. Sie verschwand in ihrem Wandschrank und zog von innen die Tür zu. Drinnen rumorte es, Gläser klirrten und Granny redete leise mit sich selbst. Joey und ich wechselten einen Blick. War Wahnsinn eigentlich erblich?

Ein paar Augenblicke später tauchte Granny wieder auf. Sie hielt ein Blatt Papier und einen Messbecher in der

Hand. Damit stürzte sie in ihr Badezimmer. Wie eine Irre kramte sie immer neue Fläschchen und Döschen aus dem Waschtisch und schüttete den Inhalt in den Becher. Mit wirren Haaren und grauem Vollbart wäre sie glatt als verrückter Professor durchgegangen.

»Kann mal jemand das Olivenöl aus der Küche holen?«, rief sie uns zu.

Joey spurtete los, und als sie mit dem Olivenöl zurückkam, fügte Granny ein paar Tropfen zu ihrer Mischung hinzu und schüttelte dann den Becher. Eine kleine Rauchwolke zog durch den Raum.

»Das qualmt«, flüsterte Joey ängstlich. »Meinst du, wir müssen uns Sorgen machen?«

»Keine Ahnung«, flüsterte ich. »Aber kannst du das bitte für dich behalten?« Mir war das alles oberpeinlich.

»Ist notiert.«

Ich wusste, dass ich Joey vertrauen konnte. Joey hielt immer Wort. »Meine Granny ist voll daneben«, flüsterte ich.

»Ich finde sie cool. Bei uns zu Hause wäre so was undenkbar.«

Natürlich. So was war überall undenkbar. Es sei denn, Granny klingelte an der Tür und fragte, ob sie sich im Keller eine Zauberhöhle einrichten konnte.

Mit dem Messbecher in der Hand kam Granny auf mich zu. »Diese Paste besteht aus ... na ja, vielleicht muss ich nicht unbedingt ins Detail gehen. Jedenfalls löst sie dein Problem. Nicht nur das mit deinen Haaren, aber das nur nebenbei. Ich verteile die Paste jetzt auf deinem Kopf und in null Komma nada siehst du wieder aus wie vorher. Los, ins Badezimmer mit dir.« Ich habe mal gehört, dass man in Extremsituationen das Denken einstellt. Wahrscheinlich gehorchte ich Granny deshalb aufs Wort.

Granny strich die seltsame Masse auf meinen Kopf. Es

fühlte sich an, als würde mir jemand Chilisoße in die Kopfhaut massieren, Sorte extra hot and super spicy. Mein ganzer Kopf prickelte und vor meinen Augen tanzten Funken. Moment mal. Funken?

»Brennen meine Haare?«, schrie ich.

»Ganz ruhig, mein Spatz. Denk einfach daran, dass wir die Welt nicht immer mit dem Verstand erfassen können.«

»Was soll das heißen? Kannst du etwa zaubern?« Ich senkte die Stimme, damit Joey nichts mitbekam. Sie hatte schon genug gesehen.

»Zaubern wäre zu viel gesagt.« Grannys Worte wurden immer rätselhafter. »Sagen wir, was wir hier machen, ist nicht von dieser Welt.«

»Granny, wovon redest du?«

»Okey dokey, deine Haare werden langsam wieder rot. Jetzt kann's nicht mehr lange dauern. Joey, willst du mal schauen?«

Joey tauchte in der Badezimmertür auf. *»Mon dieu«*, rief sie. »Die Farbe ändert sich wirklich! Das ist ja voll cool.«

Granny hielt mir einen Spiegel vors Gesicht. Ich konnte es nicht fassen. Joey hatte recht. Ich konnte dabei zusehen, wie die schreckliche Farbe aus meinen Haaren verschwand. Schließlich war das Orange nur noch an ein paar Stellen zu erkennen und das sah gar nicht mal so schlecht aus. Keine Ahnung, was Granny mir für ein Zeug in die Haare geschmiert hatte. Aber mal ehrlich, war das jetzt noch wichtig? Ich musste mich nicht ins Zeugenschutzprogramm aufnehmen lassen, sondern konnte morgen in die Schule gehen. Ein Glück.

»Das Problem wäre gelöst. Deine *abuela* ist echt cool!« Joey fiel Granny um den Hals. »Jetzt muss ich aber los. Bis morgen muss ich noch tausend Sachen erledigen. Ich schreibe dir später.«

Schon war Joey weg. Und ich war total erleichtert. Das Leben konnte weitergehen! Musste ich nicht noch einiges für die Schule vorbereiten? Aber plötzlich fühlte ich mich hier unten eigentlich ganz wohl. Vielleicht war Granny verrückt, aber immerhin lag sie weder um sieben Uhr abends im Bett, noch warf sie mit Süßigkeiten um sich.

»Was meintest du eigentlich, Granny, als du gesagt hast: ›Nicht von dieser Welt‹? Du kannst nicht wirklich zaubern, oder? Das wäre ja ...«

»Was wäre das?«

»Verrätst du mir, woraus die Paste besteht? Ich werde schweigen wie ein Grab, das verspreche ich dir.«

Granny lachte. »Tut mir leid, meine Süße. Das geht leider nicht.«

»Warum nicht?«

»Weil du noch nicht bereit dafür bist.«

»Und warum nicht?«

»Weil ich es sage«, erwiderte Granny mit fester Stimme. Bitte nicht. Bitte nicht dieser blöde Satz. *Weil ich es sage*. Nach diesen vier Worten war jeder weitere Atemzug umsonst. Ich weiß nicht, wie oft ich diesen Satz schon von Mom gehört habe. Sonderlich kreativ sind Erwachsene nicht.

»Kann sein, dass deine Kopfhaut noch ein paar Stunden kribbelt. Morgen Abend sollten die Nebenwirkungen aber verschwunden sein.« Granny grinste schief. Dieses Grinsen kannte ich nicht an ihr. Es sah fast so aus, als wollte sie weiterreden. Aber dann verstummte sie doch.

Meine Granny war mir echt ein Rätsel. Sie hatte diese geheimnisvolle Ausstrahlung, und wenn sie uns besuchte, passierten immer seltsame Sachen. Einmal zum Beispiel, als sie aus Afrika zurückkam, hatte sie ein »magisches Mitbringsel« dabei. Mitten in der Nacht stand sie draußen im Hinterhof und redete mit sich selbst (oder mit dem Mitbringsel). Ich verstand nur, dass irgendjemand in Afrika viel besser aufgehoben war und keinesfalls hierbleiben konnte. Am nächsten Morgen war unser Garten komplett verwüstet. Den ganzen Tag wiederholte Granny dieselbe alberne Erklärung: dass das Mitbringsel vor Wut, dass es verschwinden sollte, den Garten zerstört hatte. Früher, als Granny uns nur zwei Mal im Jahr für ein paar Tage besucht hatte, hatten wir über so was einfach hinwegsehen können. Jetzt, da sie bei uns wohnte, war das etwas anderes. Jetzt musste ich aufpassen. Die siebte Klasse war nicht der beste Zeitpunkt, um eine exzentrische Großmutter zu haben. In der Schule durfte man unter keinen Umständen auffallen. Man musste den Kopf einziehen und sich anpassen. Auf keinen Fall durfte Granny meine Schule betreten. Ihren Wandschrank sollte ich bei Gelegenheit aber trotzdem mal inspizieren. Vielleicht fand ich da irgendetwas Aufschlussreiches.

»Na gut. Eigentlich ist es ja auch nicht so wichtig. Ich bin dir total dankbar, Granny. Du hast mein Leben gerettet.« Dann umarmte ich Granny. Das mache ich sonst nie. Sie schloss mich fest in ihre Arme. Zum zweiten Mal innerhalb einer Stunde wuchs in meinem Hals ein Kloß und meine Augen füllten sich mit Tränen. Ich hasse weinen! Wieso musste ich heute so eine Heulsuse sein?

»Hast du Angst vor dem neuen Schuljahr?«, fragte Granny.

»Es ist nur ...«, setzte ich an. Und dann konnte ich nicht weiterreden, weil meine Stimme brach und mir die Tränen nur so über die Wangen liefen. Ich weinte richtig, mit Schluchzern und allem.

Granny nahm meine Hände in ihre. »Was ist denn los, mein Spatz?«

»Es ist nur ... das letzte Schuljahr war so schrecklich. Joey und Kate hassen sich, weil Joey zu den Stars gehört und

Kate zu den Freaks, und Stars und Freaks reden nun mal nicht miteinander. In den Pausen muss ich ständig zwischen ihnen hin und her rennen. Ich kann nicht mal was essen!« Ich holte kurz Luft, dann riss mein Redeschwall mich weiter. »Und diese blöde Elodie ist superfies! Ich kapiere einfach nicht, warum Joey so viel Zeit mit ihr verbringt. Und die anderen Stars hängen auch immer an ihr dran, als wäre sie ein Magnet oder so was. Bloß weil sie schon Brüste hat, wollen alle mit ihr befreundet sein.« Wieder machte ich eine Pause, um durchzuatmen. »Und ich dachte wirklich, dass zwischen Alden Timkins und mir was ist! Im Sommer haben wir uns im Freibad nämlich kurz berührt. Aber dann hat Joey mir erzählt, dass Janet Scully ihn auch gut findet. Das kann doch nicht sein!« Wieder holte ich Luft. »Weißt du, manchmal habe ich das Gefühl, ich bin völlig allein auf der Welt. Joey hat die Stars und Kate hat die Freaks, aber wen habe ich?« Granny drückte mir ein Taschentuch in die Hand und ich putzte mir die Nase.

Diesen Moment nutzte Granny, um den Mund zu öffnen. Aber ich war noch nicht fertig. »Und fang jetzt bloß nicht mit Mom und Dad an! Ich frage mich echt, ob sie irgendwann wieder zur Vernunft kommen oder ob sie jetzt bis in alle Ewigkeit wie kleine Kinder –«

»Ganz ruhig, mein Würmchen«, fiel Granny mir ins Wort. »Gleich sagst du etwas, was du später bereust. Jetzt atme erst mal tief durch. Atme ein und aus. Ein und aus. Einatmen – eins, zwei. Ausatmen – eins, zwei, drei, vier. Geht's schon besser?«

»Eigentlich nicht. Ich will doch nur, dass dieses Schuljahr wenigstens ein bisschen besser wird als das vorige. Oder dass es wenigstens so bleibt. Es darf nicht noch schlimmer werden, das halte ich nicht aus. Meinst du, dass es schlimmer wird?«

»Weißt du, was, Frans? Wir improvisieren alle nur. Und über die Jahre werden wir darin besser. Ich fand die Schule auch nicht immer ganz einfach. Aber am Ende hängt alles von uns selbst ab. Wir entscheiden, ob wir uns frei entfalten! Ich zum Beispiel habe irgendwann verstanden, dass ich einfach ich selbst sein will. Seitdem höre ich auf meinen Bauch und das scheint nicht das Schlechteste zu sein, oder?«

Dazu sagte ich lieber nichts.

»Stell dir vor, dass du morgen, ehe du zur Schule gehst, in eine neue Haut steigst. In dieser Haut glaubst du fest daran, dass dein Leben in deinen Händen liegt. Du glaubst daran, dass du an Schwierigkeiten wächst. Wir alle können an Schwierigkeiten wachsen, wenn wir das wollen. Hauptsache, wir geben uns mit dem, was wir haben, nicht einfach zufrieden, verstehst du? Und jetzt versprichst du mir, dass du morgen irgendwas machst, was dein Leben zum Besseren wendet. Es kann auch nur eine Kleinigkeit sein.«

»Ehrlich gesagt kapiere ich nicht mal, was du mir gerade sagen willst. Das klingt wie eine dieser super Weisheiten, die Erwachsene von sich geben, wenn sie mit ihrer Weisheit am Ende sind.«

»Franny, du bist ja eine richtige Ulknudel! Endlich lerne ich dich richtig kennen. Du hast Charakter und der wird dir helfen, deine Energien zu entfalten.«

»Und wann genau passiert das? Im Moment hilft mir mein blöder Charakter ungefähr gar nichts.« Plötzlich war ich total müde. Granny schien meine Erschöpfung zu spüren. Wortlos brachte sie mich in mein Zimmer, legte mich ins Bett, zog mir die Decke bis zum Kinn und gab mir einen Gutenachtkuss. Ich muss auf der Stelle eingeschlafen sein, denn im nächsten Moment klingelte mein Wecker Sturm.

**Erste-Hilfe-Paste***
(löst jedes Problem in Luft und Wohlgefallen auf)

60 ml Olivenöl
2 EL Jojobaöl
1 EL Neemöl
3 EL frisch gepresster Limettensaft
4 Tropfen Rosmarinöl
1 Prise schwarzer Pfeffer

1. Olivenöl, Jojobaöl und Neemöl in einen kleinen Becher füllen. Den Becher abdecken und gut schütteln.
2. Limettensaft und Rosmarinöl hinzugeben. Bedecken und schütteln.
3. Pfeffer dazugeben. Bedecken und schütteln.
4. Die Paste vorsichtig auf dem Kopf verteilen. Mit den Fingerspitzen in kreisenden Bewegungen in die Kopfhaut massieren. Während der Behandlung den Geist für eine Minute von allen Gedanken befreien und nur an die Lösung des Problems denken.
5. Je nach Ausmaß der Tragödie die Paste eine Minute bis vierundzwanzig Stunden einwirken lassen. Je länger die Paste in den Haaren bleibt, desto besser ist ihre Wirkung.
6. Die Haare anschließend wie üblich waschen und stylen.

---

* Damit die Wirkung nicht länger anhält als gewünscht, vor der Massage sieben Tropfen Sandelholzöl in den Händen verteilen.

# Ich bin eine verdammte Schnittmenge

»Was geht, Fran?« Als ich am nächsten Morgen die Küche betrat, war Kate schon da. Kate ist so oft bei uns, dass sie eigentlich Miete zahlen müsste. Wie immer stand sie mit einem Fuß auf ihrem Razor-Roller und ließ das Hinterrad hoch und runter springen.

Kate ließ sich von Granny gerade die Vorteile von regelmäßigen Einläufen erklären. Kate liebt diese Geschichten. Ihre Familie ist so langweilig, dass sich dafür eigentlich nicht mal eine Klammer lohnt (zwei Kinder, Hund, weißer Gartenzaun, Vater Anwalt, Mutter Hausfrau). Das ist ein Witz, wenn man bedenkt, wie Kate drauf ist. Um es mit einem Wort zu sagen: extrem.

»Deine Oma ist so was von heftig«, sagte Kate. »Kennst du die Reinigungsrituale der bhutanischen Mönche? Ich bin jetzt schon voll drauf. Fahren wir da mal zusammen hin und checken das aus?«

»Du bist auch ... so was von heftig, Kate«, erwiderte Granny lachend.

Kate musterte meine Haare. »Knallorange Strähnen? Doppelplus!« Ich grinste. Offenbar lag die gestrige Katastrophe wirklich hinter mir.

Mom war nirgendwo zu sehen. Wahrscheinlich lag sie immer noch im Bett und kuschelte mit ihrer Schreibblockade.

»Hauen wir rein, Fran?«, fragte Kate ungeduldig.

Wegen der sieben verschiedenen Outfits, die ich heute Morgen durchprobiert hatte, war ich etwas spät dran.

Schlussendlich hatte ich den perfekten Look für den ersten Schultag doch noch gefunden: Skinny Jeans, ein Seidentop, eine blaue Baskenmütze und eine dünne Perlenkette. Kate dagegen schien ihren Look noch zu suchen. Fassungslos starrte ich sie an. Ich dachte eigentlich, das hätten wir besprochen. Gefühlt hatte ich die gesamte letzte Woche damit verbracht, Kate zu erklären, dass es nichts Schlimmeres gab, als sich in der siebten Klasse einen eigenen Klamottenstil zuzulegen. Aber Kate schien unbedingt in einem Outfit durch die Welt laufen zu wollen, das in alle Richtungen schrie: *Guckt alle her, ich bin total crazy!*

Eigentlich hätte ich es wissen müssen. Seit Kate vor einem Jahr diesen Secondhandladen entdeckt hatte, lief sie rum wie der letzte Keks. Und ich hatte tatsächlich geglaubt, dass sie ein Mal auf mich hören, ihren Kleiderschrank auf den Kopf stellen und am ersten Schultag nach den Ferien einigermaßen normal aufkreuzen würde. Wie hatte ich nur so naiv sein können? Superhirn meets Skatergirl nannte Kate ihren Stil, den sie in endlosen Varianten trug. Im Wesentlichen bestand er aus einem viel zu großen schwarzen Herrenanzug, bei dem die Hose an den Knien und das Sakko an den Ellbogen abgeschnitten waren, einem schlabberigen T-Shirt und einer Krawatte mit psychedelischem Muster. Dazu gehörten eine schwarze Melone, eine lilafarbene Strumpfhose und Storm-Trooper-Boots. Was die Sache noch schlimmer machte, waren die zehn kleinen Knoten, zu denen Kate ihre Haare gedreht hatte. Es sah aus, als hätte sie sich zehn Mini-Cheeseburger auf die Kopfhaut geklebt. Kates Anblick tat mir in den Augen weh. Dabei ist das doch nun wirklich nicht so schwer. Es gibt viele Möglichkeiten, in der Schule aus der breiten Masse hervorzutreten. Klamotten gehören eindeutig nicht dazu. Doch Kate wollte um jeden Preis etwas Besonderes sein. Und manchmal hatte sie sogar ganz gute Einfälle. Doch dann musste sie es so übertreiben, dass sie nicht mehr cool, sondern nur noch grotesk aussah. Ich meine, dieser alte Razor, das war schon ein cooler Roller. Damit konnte man sich durchaus fortbewegen. Aber musste Kate ihn wirklich knallgrün lackieren und den ganzen Tag in einer selbst genähten Tasche mit sich rumschleppen? Und mit Herrenanzügen und Krawatten konnte man auch Maßstäbe setzen. Man musste die Sachen aber stilvoll tragen, und das machte Kate eindeutig nicht. Die Hosenbeine und Jackenärmel waren krumm und schief abgeschnitten und ihre Krawatte war schätzungsweise zwanzig Zentimeter zu lang und zeigte ein neonfarbenes Paisleymuster. Und noch was: Wenn man die neuesten Slangwörter in den richtigen Momenten benutzte, konnte man an der Schule vielleicht kein Star, aber immerhin ein Sternchen werden. Kate streute diese Wörter jedoch willkürlich in ihre Sätze und das alles zusammen ließ sie manchmal wie ihre eigene Karikatur wirken. Sosehr ich Kate mochte, das war die traurige Wahrheit.

»Spazifizieren wir los, Miss Flanders?«

»Kannst du nicht einfach wie jeder andere sagen: ›Gehen wir los‹?« Meistens brachte mich Kate mit ihren Ausdrücken zum Lachen, aber heute Morgen gingen sie mir auf die Nerven. Ich meine, Kate dirigiert das Schulorchester mit dem Tambourstock. Kann sie sich nicht auch so verhalten?

Kate starrte mich einen Augenblick an und sagte dann ironisch: »Klar kann ich das, F. Aber wäre das nicht ultrabanal?«

Nun musste ich doch lachen. Kate war echt super. Sofort hatte ich ein schlechtes Gewissen, weil ich sie gerade so angemacht hatte. Ihre Macken machten mir meistens gute Laune. Kate sammelt Vogelnester und alle Alben von Thelonious Monk, alte High-Top-Sneaker und portugiesische Münzen, und sie ist so schlau, dass an der Schule ein extra Englischkurs für sie eingerichtet wurde.

Ich habe Kate im Kindergarten kennengelernt, genau einen Tag vor Joey. Seitdem hängen wir aneinander wie Kletten. Zusammen haben wir unser halbes Leben gerockt. Es gibt viele Gründe, aus denen ich immer zu Kate halten werde. Vor allem aber werde ich ihr nie vergessen, dass sie mich in der dritten Klasse, als Tabitha mich im Schwitzkasten hatte, mit einer beherzten Beißattacke gerettet hat. Ohne Kate wäre ich wahrscheinlich erstickt. Kate ist eine wahre Freundin, genau wie Joey. Und bis an mein Lebensende werde ich alles daran setzen, dass wir uns wieder in das Dreiergespann aus dem Kindergarten verwandeln.

»Ich bin total in James Singer verknallt!« Den gesamten Weg zur Schule kurvte Kate mit ihrem Roller um mich herum. Manchmal hat sie mehr Energie als die Zwillingsbestien zusammen.

»James Singer aus der Schülervertretung?«, fragte ich überrascht. »Der ist doch in einer ganz anderen Clique.« Die Leute aus der Schülervertretung gehören ganz eindeutig nicht zu den Freaks, mit denen Kate abhängt. Das klingt fies, aber so ist es eben. Wer auf die Jefferson geht, muss sich in allen Angelegenheiten an seine Gruppe halten. Auch beim Verknallen. Vor allem beim Verknallen. Alles andere ist äußerst gefährlich und wird mit Extremmobbing geahndet. So sind nun mal die Regeln.

Im Gegensatz zu den meisten Schülern gehöre ich keiner Clique an. Ich bin so was wie die Schnittmenge von zwei verschiedenen Gruppen, nur dass sich in dieser Schnittmenge nur ein Element befindet, nämlich ich. Leute wie mich gibt es selten und meistens bewegen sie sich im

Schutz eines Stars. (Bei mir ist das Joey.) Joey weiß genau, dass sie mich nicht vor die Entscheidung stellen darf, ob ich mich jetzt lieber mit ihr und den restlichen Stars abgebe oder mit Kate und den Freaks. Sie passt auf, dass ich bei den ständigen Schusswechseln nicht zwischen die Fronten gerate. In jedem Jahrgang gibt es nur ein oder zwei Schnittmengen. In der siebten Klasse ist das außer mir noch Max Clarick. Seine besten Freunde sind Angus Braun (einer von den Stars) und Patel Vashki (ein Nerd). Max und ich haben mehr Rechte als die anderen. Wir dürfen zwischen den verschiedenen Gruppen pendeln, ohne dass uns deshalb jemand blöd anmacht. Alle anderen dürfen sich nur innerhalb ihrer Clique bewegen.

Man könnte meinen, dass ich es gut habe, so als Schnittmenge. Aber meistens fühlt sich das einfach nur schrecklich an. Eigentlich muss ich mich immer zerreißen und das ist nicht gerade toll. Zur Schule laufe ich mit Kate. Sobald ich da bin, gehe ich zu Joey und den Stars. Dort bleibe ich, bis es zur ersten Stunde läutet. In den Pausen geht es dann immer hin und her. Und dann sind da noch die Feiertage, das Ferienlager im Sommer und irgendwelche Geburtstagspartys, die ich zur Hälfte mit Kate und zur anderen Hälfte mit Joey verbringe. Ganz nebenbei haben sich auch noch meine Eltern getrennt und zwischen denen muss ich ebenfalls pendeln. Es ist echt ein Wunder, dass ich bei diesen ständigen Wechseln nicht schon komplett den Überblick verloren habe. Wahrscheinlich vergesse ich demnächst meinen Namen.

Jaja, ich darf nicht jammern. Anderen Menschen geht es wirklich schlecht, denen im Gazastreifen zum Beispiel oder in Afrika. Aber hey, ich bin zwölf und lebe in einem Vorort von Fall River, New Jersey. Muss mein Leben wirklich so kompliziert sein? Wieso kann ich nicht in den Tag hineinleben, zumindest bis ich dreizehn werde und die wirklichen Probleme anfangen? Die ganze Zeit bin ich nur damit beschäftigt, Stunden und Minuten zu addieren, damit weder Joey noch Kate sich benachteiligt fühlen. Das frisst so viel Energie, dass ich seit Ewigkeiten keine neuen Freundschaften geschlossen habe. Manchmal wäre ich echt froh, wenn ich zu den Schluffis oder meinetwegen auch zu den Gangstern gehören würde. Dann wüsste ich wenigstens, wer ich bin. Und vielleicht würde ich mich dann nicht mehr so einsam fühlen.

»Gestern habe ich ihn gesehen«, jubelte Kate. »James meine ich. Er war mit seiner Mom bei Walmart. Ist dir schon mal aufgefallen, was Jungs machen, wenn sie dich anglotzen wollen, aber du sollst es nicht bemerken? Sie schauen überall hin, nur nicht zu dir, also maximal bekloppt. Genau das hat James gemacht. Er hat mich voll *nicht* angeguckt. Fand ich ja ganz gut. Von den Freaks gefällt mir nämlich niemand.«

»James ist cool. Immerhin ist er stellvertretender Schülersprecher.« Ich versuchte, möglichst optimistisch zu klingen. Aber gleichzeitig zog mein Magen sich zusammen.

»Obwohl Stellvertreter ein bisschen armselig ist«, sagte Kate ganz ernst. »Eigentlich mache ich es nur mit Vorsitzenden.« Wir brachen in irres Gelächter aus.

Und schon tauchte am Horizont die Jefferson School auf. Ein mächtiger Dampfer, der ein paar von uns an ihr Ziel bringen wird, während andere auf der langen Reise über Bord gehen werden, und nicht jeder kriegt einen Rettungsring ab. Die Jefferson ist wie fast alle Schulen in New Jersey ein großes Backsteingebäude, das wie ein Jugendknast oder ein Irrenhaus aussieht und nicht wie eine Einrichtung, die Jugendliche angeblich auf den Ernst des Lebens vorbereiten will. Kate und ich gingen auf die Treppe zu, die zum Haupteingang führt. Ganz oben stand Joey mit ihren Freundinnen.

Beim Anblick dieser Treppe rutscht mir jeden Morgen aufs Neue das Herz in die Hose. Echt verrückt, wie genau man auf den ewig vielen Stufen die aktuelle Beliebtheitsskala erkennt. Wie bei den verschiedenen Decks eines Ozeandampfers steht jede Stufe für einen bestimmten Rang. Letztes Jahr haben wir in Geschichte das indische Kastensystem durchgenommen und da habe ich kapiert, dass die Jefferson es mit diesem Land locker aufnehmen kann. Klar, wir haben hier keine Leprakranken, keine Landarbeiter und keine Grundbesitzer. Aber ich wette, es besteht eine höhere Wahrscheinlichkeit, dass eine Wäscherin ins indische Parlament einzieht, als dass eine von Kates Freak-Freundinnen ins Cheerleaderteam aufgenommen wird. Ich ließ meinen Blick über die verschiedenen Gruppen schweifen. Alle standen sie an derselben Stelle wie im letzten Schuljahr. Auf einmal wurde mir klar, dass sich auch in der siebten Klasse nichts ändern würde. Ich meine, wir waren zwölf. Hatte schon mal ein Zwölfjähriger eine Revolution angezettelt?

»Bis später. Hau rein«, sagte Kate und gesellte sich zu den Freaks, die die unteren Stufen belegten. Mit Owen und Jane (das sind Kates andere beste Freunde) begann sie ein äußerst kompliziertes Begrüßungsritual, das aus tausend verschiedenen Handschlagbewegungen bestand. Die beiden sahen echt abgefahren aus, aber das kümmerte Kate nicht im Geringsten.

Noch unter den Freaks rangieren die Schluffis. Sie haben nicht einmal einen Platz auf den Stufen, sondern stehen auf dem Bordstein herum. Dort bilden sie eine Art Klumpen, vielleicht lässt sie das ihr Schicksal besser ertragen. Normalerweise ging ich an den Schluffis vorbei, ohne sie eines Blickes zu würdigen. Als ich sie heute passierte, begann jedoch plötzlich meine Kopfhaut zu kribbeln, genau wie gestern, als Granny diese seltsame Paste auf meinem Kopf verteilt hatte, und aus irgendeinem Grund hob sich meine Hand Richtung Johnson Otis. Auf meinen Gruß hin kicherte Johnson auf und sein Gesicht färbte sich dunkelrot. Johnson wohnt seit ein paar Jahren direkt neben uns, aber soweit ich mich erinnere, haben wir noch nie ein Wort gewechselt. Ich weiß nicht, warum es mir in diesem Moment unhöflich vorkam, ihn wie immer zu ignorieren.

Ein paar Meter von Johnson entfernt stand Marsha Whalley. Marsha ist der absolute Kauz. Sie ist megaschlau, sie ist megaout, sie ist alles, was an der Jefferson nicht geht. Sie hat keine Freunde und ist immer allein. Heute stand sie unter der verkrüppelten Eiche und schaute sich ständig um, als würde sie von jemandem verfolgt. Meistens zucke ich innerlich einfach mit den Schultern, wenn ich Marsha sehe. Einer muss ganz unten stehen, so sind die Regeln. Nur manchmal tut Marsha mir leid und ich muss zugeben, in meinen schlimmsten Stunden fühle ich mich mit ihr irgendwie verbunden. Auch ich komme mir manchmal total verloren vor.

»Hi Marsha!« War das gerade ich oder war das mein lebensmüder Zwilling? Dass ich mich im Stillen manchmal mit Marsha identifizierte, ging nun wirklich niemand was an. Was war mit mir los? Irgendwie schien mein Körper sich selbstständig gemacht zu haben und das war alles andere als cool. Das Kribbeln auf meiner Kopfhaut verwandelte sich langsam, aber sicher in ein fieses Brennen.

Als Marsha ihren Namen hörte, fuhr ihr Kopf herum. Danach fiel sie förmlich in sich zusammen, wie eine Marionette, deren Fäden auf einmal losgelassen werden. Oh Mann, Marsha ist echt am Ende.

»Hi Mallory! Wie war das Science Camp?«, fragte mein neues Ich ein dürres Mädchen mit langen dunklen Haaren und einer festen Zahnspange. Ich konnte mich nicht erinnern, jemals ein Wort mit Mallory gewechselt zu haben. Ich kam überhaupt nicht mehr klar. Warum redete ich mit diesen Leuten?

»Cool!«, rief Mallory aufgeregt. »Ich habe endlich die Quantentheorie kapiert!« Mallory ist ein Nerd. Das ist eine Gruppe, bei der noch nicht alles verloren ist. Nerds melden sich im Unterricht zwar ständig und umringen in den Pausen die Lehrer, aber immerhin sind sie nicht komplett uncool. Manche von ihnen tragen sogar ganz annehmbare Klamotten. Die Nerds stehen trotzdem noch recht weit unten auf den Stufen, ungefähr auf der Höhe der Freaks.

Links von ihnen und ein paar Stufen weiter oben stehen die Gangster. Sie scheren sich nicht um Regeln und klauen auch mal was. Gleich daneben haben die Philos ihren Platz. Sie sind eigentlich keine Gruppe und reden auch nur selten miteinander. Aber sie haben so was Philosophisches an sich. Während ich die Stufen nach oben ging, warf ich allen möglichen Leuten irgendwelche Grüße zu. Hatte ich mich jetzt in eine Quasselstrippe verwandelt oder was? Ich wollte endlich den Mund halten. Aber meine Lippen waren da anderer Meinung.

»Hi Sophie«, rief ich. »Gibt dein Bruder eigentlich noch Gitarrenunterricht? Ich würde gern mal eine Probestunde nehmen.« Das stimmte sogar. Seit ich mit Joey auf einem Sheryl-Crow-Konzert gewesen war, spielte ich mit dem Gedanken, eine Rockband zu gründen. Allerdings mussten das nicht alle wissen. Ich atmete tief durch. Vielleicht verlief dieses Schuljahr wirklich nicht wie jedes andere. Vielleicht wurde es eine absolute Katastrophe. Wieso hielt ich nicht endlich meinen blöden Mund?

Sophie ist ziemlich derb und hat die krassesten Sprüche auf Lager. Ich glaube, sie hat das gesamte letzte Jahr mit Nachsitzen verbracht. Normalerweise habe ich mit ihr nichts zu tun.

»Mir doch scheißegal, was der Alte macht. Ruf ihn einfach an. 5 23 89 76«, gab Sophie zurück. Für ihre Verhältnisse war das richtig nett.

Mir ist klar, dass ich mir nicht alles erlauben darf, selbst wenn ich eine Schnittmenge bin und unter Joeys Schutz stehe. Ich darf schon mal jemanden grüßen, aber unterhalten darf ich mich nur mit den Freaks und den Stars. Alles andere kann mich den Kopf kosten. Aber irgendwas in mir hatte keine Lust, sich an die Regeln zu halten. Mittlerweile brannte nicht nur meine Kopfhaut, das Prickeln zog sich bis in meinen Nacken. Ich spürte, wie ich mich aus meinem Körper löste. Schon schwebte ich über mir, und während ich von oben beobachtete, wie ich den einen anlächelte und dem anderen ein paar Worte zuwarf, kam mir plötzlich ein Gedanke: Granny! Das alles war Grannys Schuld. Bilder tanzten vor meinen Augen ... diese seltsame Puppe, die Granny von ihrer Reise zum Amazonas mitgebracht hatte und die jede Schürfwunde heilen konnte ... die merkwürdige Pflanze aus Ghana, die meinen Goldfisch aufgefressen hatte ... das Halstuch, das sie mir vor zwei Jahren geschenkt hatte und das ich unbedingt vor dem großen Wettkampf tragen sollte, weil es angeblich Glück brachte, und tatsächlich stellte ich einen neuen Schulrekord im Fünfzig-Meter-Lauf auf ... Bestimmt hatte die geheimnisvolle Paste, die Granny mir gestern auf den Kopf geschmiert hatte, etwas mit meinem seltsamen Verhalten zu tun. Aber bevor ich sie danach fragen konnte, musste ich erst mal sieben lange Schulstunden überstehen. Das kam mir wie eine Ewigkeit vor.

Aus dem Augenwinkel sah ich Joey winken. Natürlich stand sie ganz oben auf der Treppe. Ich nahm immer zwei Stufen auf einmal, in der Hoffnung, mit der Geschwindigkeit mein neues Quasselstrippen-Ich zu überrumpeln. Die Stars haben ihren Platz auf dem obersten Treppenabsatz. Von hier haben sie alles im Blick und können außerdem kontrollieren, wer das Schulgebäude betritt. Zu den Stars gehören die beliebtesten Schüler, von den schnellsten Sportskanonen bis hin zu den hübschesten Cheerleadern. Joey ist Kapitän der Cheerleader, Kapitän der Stars und eigentlich auch Kapitän der Jefferson. Damit es keine Missverständnisse gibt: Cheerleader springen nicht einfach in kurzen Röcken rum. Cheerleader führen die abgefahrensten Kunststücke auf. Sie machen Saltos und bauen aus sich selbst Pyramiden und alles. Manchmal kann das ganz schön gefährlich sein. Und Joey koordiniert diese ganzen Kunststücke, und zwar absolut perfekt. Ich würde sie gern dafür hassen, aber wie, wenn sie sich auf ihre Vollkommenheit nicht mal etwas einbildet? Obwohl genau diese Tatsache eigentlich schon Grund genug wäre.

Kate dagegen hatte sich am ersten Tag der sechsten Klasse dafür entschieden, ins Schulorchester einzutreten. Zuerst übernahm sie die Trommeln und ihr Eifer irritierte mich ehrlich gesagt ganz schön. Es dauerte nicht lange, bis sie zum ersten Mal den Tambourstock in die Hände bekam, und jetzt führt sie tatsächlich das Orchester an. Das hat ihrer Position auf der Beliebtheitsskala nicht gerade gutgetan. Endgültig ins Schulgedächtnis gebrannt hat sie sich allerdings letztes Jahr, als sie in der Mensa veganes Essen forderte. Die Verwaltung hat ihre Forderung natürlich abgeschmettert, was Kate veranlasste, mit einem ekelhaften Kuhkadaver-Plakat durch die Schulflure zu ziehen. Die anderen Schüler waren komplett angewidert und plötzlich sah sich die Verwaltung doch zum Handeln gezwungen. Seitdem sind am Salatbüfett alle möglichen Tofusorten und zwei vegane Dressings im Angebot. Für Kates Ruf war diese Geschichte eher nachteilig. Nur die Freaks feierten die Sache als Erfolg und fanden Kates gesammelte Macken plötzlich noch viel cooler. Dadurch verschärften sich ihre Macken allerdings noch mal. Kurz danach fing Kate mit ihrem Superhirn-meets-Skatergirl-Look an, für den sie jetzt schulbekannt ist.

Ganz tief in mir drinnen existiert ein fieses Ich, das die Freaks am liebsten links liegen lassen und ganz und gar in das Champagnerbad der Stars eintauchen würde. Aber ich mag Kate wie eine Schwester. Ein Leben ohne sie kann ich mir einfach nicht vorstellen. Ich will Kate nicht verlieren. Und ich will Joey nicht verlieren. Und deshalb bin ich diese verdammte horrormäßige Schnittmenge aus Stars und Freaks und was weiß ich.

»Hi Frans, deine Haare sehen super aus«, sagte Joey, während ich näher kam. »Und hier kommt das Wort des Tages: *olvidar.*« Jeden Morgen kommt Joey mit einem neuen Wort in die Schule. Sie ist der festen Überzeugung, dass sie die vier, fünf neuen Sprachen schneller lernt, wenn wir ihr helfen und die Wörter ebenfalls verwenden. »Das ist Spanisch und heißt ›vergessen‹.« Joey gab mir ein Küsschen links und ein Küsschen rechts. Das hat sie in irgendeinem französischen Film gesehen.

»Ich versuch's zu benutzen«, murmelte ich, »aber versprechen kann ich nichts.«

»Weißt du, was?«, rief Joey aufgeregt. »Justin Timberlake spielt im Oktober in den Meadowlands und Elodies Dad kommt an super Plätze ran!«

»Echt jetzt? Voll cool.« Mal abgesehen davon, dass Elodie mit von der Partie sein würde. Aber was soll's. Kollateralschäden gibt's immer. Ständig kann man bei den Stars solche coolen Sachen abstauben, meistens dank Elodie. Ihr Dad ist ein ganz hohes Tier in Manhattan und kriegt so ziemlich alle Eintrittskarten, die seine Tochter sich wünscht. In den vergangenen zwei Jahren ist Elodie wie eine Rakete in den Himmel der Jefferson geschnellt und direkt bei den Stars gelandet. Plötzlich drehte sich alles um sie, nur weil sie supergut aussieht und ihr Dad Beziehungen hat.

Elodie ist einfach nur schrecklich. Aber leider ist sie ziemlich hübsch mit ihren langen blonden Haaren und ihrer tollen Figur. Sie trägt die angesagtesten Klamotten und hat sogar schon Körbchengröße B. Und Mädchen wie sie geben nun mal den Ton an. Besonders wenn sie etwas haben, was alle anderen sich wünschen.

Elodie hat sich selbst zum Oberhaupt des Vereinigten Königreichs von Jefferson ernannt und sie ist eine richtige Tyrannin. Sie schreit rum und weiß alles besser. Ihr blödes Handy ist mit blöden Swarovski-Steinen besetzt und sie zeigt es so stolz herum, als wäre es ein blöder Verlobungsring. Und sie macht sich über Jason Billings lustig, bloß weil dessen linker Arm kürzer ist als sein rechter. Sie ist einfach ultrafies. Sich selbst nennt sie die Principessa, und wenn sie das sagt, schnipst sie gleichzeitig theatralisch mit den Fingern. Diesen albernen Spitznamen hat sie aus Italien mitgebracht, da ist sie letzten Sommer nämlich gewesen. Seitdem ist sie felsenfest davon überzeugt, dass durch ihre Adern italienisches Blut fließt, und niemand wagt es, ihr zu widersprechen. Und als sie letztes Schuljahr in Mathe fast sitzen geblieben wäre, hat ihr Vater einfach die Rektorin angerufen und da hat sich ihre Zensur wie durch ein Wunder in ein B – verwandelt. Wenn ich mir vorstelle, zu so jemandem nett zu sein, bloß um an Eintrittskarten ranzukommen, dann könnte ich kotzen. Aber ich werde es trotzdem tun – und nicht zum ersten Mal. Ich werde es tun, weil ... na ja, weil es um Justin Timberlake geht und weil ich zwölf bin. Deswegen.

Joey und Elodie waren schon vor ihrer Geburt befreundet. Ihre Mütter sind zusammen aufs College gegangen und waren zur selben Zeit schwanger. Joey ist an der Schule die Einzige, die noch etwas Einfluss auf Elodie hat. Elodie hat zwar festgelegt, dass von nun an sie den Ton angibt. Aber die Leute mögen Joey lieber und Elodie weiß genau, dass sie gegen Joey besser nicht aufbegehrt. Denn auf Joey hören alle.

»Habt ihr's schon mitgekriegt?«, rief Elodie viel zu laut. Alle anderen Stars verstummten. »Ab sofort ist die Schülervertretung offizieller Teil unserer Gruppe! Es wäre ja fies, wenn wir niemanden an uns ranlassen würden. Das heißt aber nicht, dass wir uns gleich mit jedem abgeben. Die Schülervertretung, sonst niemand, ist das klar? Die passen zu uns.« Ein paar Stars klatschten sich ab.

Bisher hatte ich den Tag für schrecklich gehalten. In diesem Moment aber wurde er megaschrecklich. Schon vor der ersten Stunde ging es bergab: Denn jetzt hatte Kate bei James Singer überhaupt keine Chance mehr.

Joey merkte sofort, dass etwas nicht stimmte. »Was ist los? Ich dachte, du freust dich.«

»Kate ist in James Singer verknallt«, flüsterte ich.

»Mist. Ich glaube nicht, dass wir die Freaks demnächst aufnehmen.« In Joeys Stimme lag Mitleid. Aber wir wussten beide, dass sie nichts tun konnte. Zum Glück klingelte es in diesem Moment zur ersten Stunde.

Elodie kontrolliert nicht nur alle Schüler, sondern auch den Haupteingang. Sie allein bestimmt, wer die Schule zu welcher Zeit betreten darf. Einmal musste Kate zur nullten Stunde da sein, weil sie an irgendeinem Matheprojekt teilnahm. Sie wollte sich reinschleichen, bevor Elodie eintraf. Aber wie aus dem Nichts tauchte eine von Elodies zahlreichen Dienerinnen auf, umschloss Kates Arm und ließ sie erst durch, nachdem sie einen Morgenzuschlag von zehn Dollar abgedrückt hatte.

»Joey, bist du so weit?«, wandte sich Elodie an Joey.

*»Bien sûr«,* erwiderte Joey und öffnete mit einer eleganten Bewegung die Tür. Im Türrahmen drehte sie sich um und winkte den Passagieren des Ozeandampfers zu. »Mögen die Spiele beginnen«, rief sie. Und dann strömten die Stars in die Schule, gefolgt von der Schülervertretung, gefolgt von den Gangstern, gefolgt von den Freaks, und so ging es immer weiter, als wären wir eine Schafherde. Ich weiß, dass ich nicht die Erste bin, die diesen Vergleich verwendet. Aber das Bild passte einfach. Das war alles so abgeschmackt. Es fehlte nur noch, dass wir blökten. Wir waren Schafe, die ihrem Vordermann folgten. Die nicht ausscherten. Die nicht darüber nachdachten, wohin sie eigentlich gingen.

Genau in dem Moment, in dem ich die Schule betrat, entdeckte ich Alden. Alden Timkins aus dem Schwimmbad. Er stand neben Janet Scully, und zwar viel zu nah, wenn man mich fragt. Leider fragte mich niemand. Dachte Alden eigentlich nach? Janet ist Cheerleader, allerdings eine von den schlimmen. In ihrem Kopf herrscht gähnende Leere. Einmal wollte sie in Englisch etwas Kluges sagen. Eine halbe Ewigkeit suchte sie nach den richtigen Worten und ich sah die Angst in ihren Augen. Am Ende setzte sie sich ohne ein Wort wieder hin und kicherte in sich hinein. Das war einfach zu viel für jemanden wie Janet.

So verrückt das auch klingt: Bisher hatte ich tatsächlich geglaubt, dass Alden und ich eine Chance hätten. Immerhin haben wir im Sommer schon fast zueinandergefunden.

Jetzt mal bildlich gesprochen. Im Freibad hat er mit seinem Ellbogen meine Stirn gestreift. Das ist unter Wasser passiert und es war einfach unglaublich. Ich habe das bis in meine Fingerspitzen gespürt und ich war mir sicher, dass es Alden genauso ging. Und nun stand er im Gang und kroch förmlich in Janet rein. Auf seinem Gesicht lag ein bescheuertes Lächeln und seine braunen Locken umrahmten sein Gesicht mit den grünen Augen ganz wunderbar. Alden, was wird jetzt aus uns? Willst du den ersten zarten Spross unserer Liebe aus diesem Sommer wirklich verdorren lassen? Hat dir das alles denn gar nichts bedeutet?

Du gefühlloser Schuft, dachte ich. Zumindest dachte ich, dass ich das dachte. Alden und Janet verstummten und starrten mich entgeistert an. Moment mal. Hatte ich das gerade laut gesagt? Nicht zu fassen. Wieder spürte ich dieses Brennen auf meiner Kopfhaut. Wieso hatte ich meine Lippen nicht mehr unter Kontrolle? Langsam wurde ich echt sauer auf Granny. Ich schenkte Alden mein unwiderstehlichstes Lächeln, drehte mich um und rannte aus seinem Blickfeld.

Und direkt in Elodie hinein.

»Keine Augen im Kopf?«, motzte sie mich an.

Mist. Mist. Mist.

»Und selbst?«, gab ich zurück. Ich stand nicht nur auf dem falschen Deck, sondern bereits auf der Reling, kurz davor, ins tosende Meer zu fallen. Die Wörter sprangen mir einfach von den Lippen und purzelten in den Schulflur. Mit beiden Händen kratzte ich mir die kribbelnde Kopfhaut. Elodie legte den Kopf schief und musterte mich von oben bis unten.

»Hast du Läuse?« Sie kicherte.

»Quatsch!« Sofort hörte ich auf zu kratzen.

»Pass besser auf, Franny Flanders. Die Principessa hat dich im Auge«, warnte mich Elodie.

Ehe ich etwas erwidern konnte, zog Joey mich weg. »Geht's noch?«, fragte sie. »Du weißt doch genau, dass Elodie am ersten Schultag krass drauf ist.«

*»Am ersten Schultag?* Sie ist immer krass drauf. Ich hasse sie.«

»Beachte sie einfach nicht.« Joey starrte mich an, als wäre ich verrückt geworden. »Was sollte das?«

»Nichts ... ich bin einfach ... ich weiß auch nicht«, stammelte ich. Und das stimmte. Ich wusste wirklich nicht, was das alles sollte. Ich wusste nur, dass es etwas mit Granny und ihrem unerschöpflichen Vorrat an Obskuritäten zu tun hatte. Deshalb konnte ich mich nicht mehr normal verhalten. Aber was mich so richtig durcheinanderbrachte, war eigentlich etwas anderes. So richtig verwirrten mich die vielen Gedanken und Gefühle, die tief in mir vergraben gewesen sein mussten. Noch nie hatte ich die bekloppte Treppe, auf der wir uns jeden Morgen versammelten, wie ein Schlachtfeld empfunden. Erst heute Morgen hatte ich endlich kapiert, wie schrecklich das alles war. Wieso taten wir uns das Tag für Tag an? Und wieso unternahm niemand etwas dagegen, dass Elodie mit ihrer selbstherrlichen Art unser aller Leben bestimmte? Ich schüttelte den Kopf, um diese Gedanken loszuwerden. Das brachte doch alles nichts. Die siebte Klasse war schon kompliziert genug. Da musste ich nicht auch noch versuchen, sämtliche Regeln auf den Kopf zu stellen. Daran, eigenständig zu denken, hatte ich nun wirklich kein Interesse. Ich wollte einfach nur den anderen folgen und dabei leise blöken.

# Schlimmer geht immer

Auf dem Weg zur ersten Stunde war ich fast so was wie glücklich. Lesen finde ich super, Schreiben auch. Im Englischunterricht konnte nichts schiefgehen. Dachte ich, bis Ms Posey zu sprechen begann.

»Das neue Schuljahr beginnen wir mit *Beowulf*«, kündigte sie an. »Wir lesen das altenglische Original. Bis morgen früh schreibt ihr eine Zusammenfassung der ersten drei Kapitel, natürlich auch auf Altenglisch. Noch Fragen?« Ms Poseys Leidenschaft war nicht die Literatur, sondern bestand darin, unschuldige Kinder zu quälen.

Bah! In *Beowulf* hatte ich letztes Jahr reingelesen, als ich mit einer Zusatzaufgabe meine Note aufbessern wollte, und ich hatte rein gar nichts verstanden. Wenn das Altenglisch war, dann sollte dieser Schinken im Schulkeller vergammeln. Ich stehe auf neue Bücher in normalem Englisch.

»Bitte nicht *Beowulf*«, rief mein Mund. Verdammte Axt. Hörte das denn gar nicht auf? Mittlerweile brannte meine Kopfhaut nicht mehr, sondern es fühlte sich an, als würde jemand kleine brennende Nadeln in meinen Scheitel stechen. Dieser Wahnsinn musste doch mal ein Ende haben!

»Franny Flanders, hast du uns irgendetwas mitzuteilen?«

»*Gullivers Reisen* und *Hexen hexen* waren superlustig, aber *Beowulf* ist die reine Zeitverschwendung!« Ehe ich weiterreden konnte, steckte ich mir eine Faust in den Mund. Vielleicht hatte ich Glück und Ms Posey hatte einen spontanen Hörsturz erlitten.

»Franny, ich gratuliere dir. Der erste Schultag hat kaum

begonnen und du hast dir schon einen roten Punkt eingehandelt. Beim zweiten roten Punkt bekommst du eine Zusatzaufgabe und beim dritten muss ich deine Note senken.« Ms Posey bedachte mich mit einem stechenden Blick. Sie blinzelte kein einziges Mal und es lief mir kalt den Rücken runter.

»Allesssch klar, Misssch Possschey«, stammelte ich, ohne die Faust aus dem Mund zu nehmen. Endlich ging die Schulklingel und ich lief rüber zu Spanisch. Hoffentlich handelte ich mir hier nicht noch mehr Probleme ein.

*»Mesero, hay una mosca en mi sopa«*, sprachen wir Señorita Canana, unserer Spanischlehrerin, nach. Das bedeutet: »Kellner, in meiner Suppe schwimmt eine Fliege!«

»Also, wenn in meiner Suppe eine Fliege schwimmt«, brach es aus mir heraus, nachdem wir den Satz zum fünften Mal im Chor aufgesagt hatten, »würde ich nicht sitzen bleiben und auf den Kellner warten. Ich würde aufstehen und das Restaurant verlassen.« Die Leute um mich herum fingen an zu lachen. Schon wieder! Das war langsam wirklich nicht mehr lustig. Und wieder brannte meine Kopfhaut, als würde mich jemand mit Nadeln traktieren.

Señorita Canana schaute mich an. »Wenn du das nächste Mal etwas sagen willst, Franny, meldest du dich dann bitte?« Und dann ... rettete mich wieder die Schulklingel. Ich rannte auf den Flur, stürmte ins Mädchenklo und wusch mir so gründlich die Hände, als hätte ich nicht nur einen Wahrheits-, sondern auch einen Waschzwang. Dann eilte ich in die Mensa. Irgendwie ahnte ich schon, dass sich hier die nächste Katastrophe zutragen würde. Und um es schon mal vorwegzunehmen: Ich wurde nicht enttäuscht.

Den Hauptgang esse ich mit Joey und den Stars, den Nachtisch mit Kate und den Freaks, das ist seit Jahren der Deal. Ich schnappte mir irgendwas vom Büfett und rannte zum Stammtisch der Stars, um einen Stuhl neben Joey zu ergattern. Elodie ließ den Tisch gerade von ein paar Schluffis aus der Sechsten abräumen. Ich mied ihren Blick. Meine Kopfhaut hörte einfach nicht auf zu brennen und jederzeit konnten meine Lippen sich wieder selbstständig machen.

»Wieso hast du den Hamburger genommen?«, fragte Elodie entsetzt. Die restlichen Stars schauten von ihren Tellern auf und erst da bemerkte ich, dass sie alle die Käsenudeln aßen.

»Käsenudeln waren aus«, murmelte ich, ohne den Blick von meinem Teller zu lösen. Warum war das eigentlich so wichtig? Tacos oder Kartoffelbrei, Käsenudeln oder Hamburger – es schmeckte sowieso alles gleich. Latschig wie Haferschleim, der vierundzwanzig Stunden in der Sonne gestanden hatte. Ich hatte noch nie verstanden, warum die Stars unbedingt alle dasselbe essen mussten.

»He du Schluffi!« Elodie zeigte auf einen völlig verschreckten Sechstklässler. »In die Küche mit dir! Franny will Käsenudeln und nichts anderes!« Einen Moment wunderte ich mich, dass Elodie nicht sauer auf mich war. Aber wahrscheinlich war sie einfach froh, mal wieder jemanden rumkommandieren zu können, und wenn es nur ein Sechser-Schluffi war.

Bei Elodie musste ich höllisch aufpassen. Sie brauchte nur den kleinen Finger zu heben und mein Leben war komplett ruiniert. Letztes Schuljahr war Sandy Smithson mit Elodies Exfreund gegangen, ehe die sechsmonatige Sperrfrist vorbei war. (Diese Frist hatte Elodie natürlich selbst eingeführt. Völlig lächerlich, wenn man mich fragt.) Drei Tage später wurde Sandy aus dem Cheerleaderteam geworfen. Nach und nach verbrachte sie immer mehr Pausen im Mädchenklo und irgendwann wechselte niemand mehr ein Wort mit ihr. Ihre Eltern machten sich solche Sorgen, dass sie sie schließlich von der Schule nahmen und auf ein Internat in Montana steckten. Joey hat mal eine Postkarte von Sandy bekommen. Darauf stand, dass sie hauptsächlich damit beschäftigt ist, das Büffelfell im Büro des Rektors zu striegeln und Schneeschuhe zu flechten.

»Ich habe dir wegen der Nudeln doch eine Nachricht geschickt«, sagte Joey.

»Ich habe mein Handy vergessen«, murmelte ich. Erschöpft starrte ich auf Joeys Tablett. Ich hatte wirklich Hunger.

»Fang doch schon mal damit an.« Joey drückte mir ein Brötchen in die Hand. Es war staubtrocken und ich konnte die Brocken kaum schlucken. Es fehlte nicht viel und ich wäre daran erstickt. Ich glaube, Marta Stevenson war die unfähigste Küchenchefin der Welt. Es ging das Gerücht, dass sie vorher in einer Knastküche gearbeitet hatte. Irgendwelche Häftlinge kriegen jetzt jeden Tag ein Festmahl, während unsere Geschmacksnerven Tag für Tag beleidigt werden.

»Deine Käsenudeln kommen bestimmt jeden Moment«, sagte Joey. Aber langsam wurde die Zeit knapp. Die Mittagspause hatte dreißig Minuten, von denen ich zehn bereits verschwendet hatte. In fünf Minuten musste ich an Kates Tisch sitzen.

»Hast du schon das Wort des Tages verwendet?«, fragte Joey.

»Äh ... nein«, sagte ich. »Keine Zeit.«

»Sie hat es *olvidar«*, warf Alexi Butterworth ein. Alexi ist der Kapitän der Fußballmannschaft. Er hat unglaublich braune Haare und unglaublich blaue Augen und sieht unglaublich gut aus. Und genau das weiß er auch. Joey ist mit ihm zusammen oder zumindest so etwas in der Art. Joey möchte keine Vollzeitbeziehung. Sie will irgendwas Teilzeitmäßiges und Alexi ist froh, von ihr überhaupt wahrgenommen zu werden. Seit der sechsten Klasse ist er in Joey verknallt. Er würde alles für Joey tun, ob nun in Vollzeit oder in Teilzeit. Selbst ein Minijob würde ihm reichen. Hauptsache, Joey verbringt ein bisschen Zeit mit ihm.

»Sie hat es *olvidar«,* plapperte Zach Haus nach.

»Genau, Alter.« Zach und Alexi klatschten sich ab.

»Ihr seid ja richtige Sprachgenies«, entschlüpfte es mir.

Zach, Alexi und Joey starrten mich an.

»Du bist ja krass drauf«, sagte Alexi.

»Ist sie, Alter.« Zach bestätigt immer, was Alexi von sich gab. Das ist seine Rolle in dem Spiel namens Schule.

»Tut mir leid«, seufzte ich. »Mein Vormittag war nicht so toll. Nehmt's nicht persönlich.«

Zach ist auch in der Fußballmannschaft, spielt jedoch längst nicht so gut wie Alexi. Sein Lispeln nervt ein bisschen, aber wirklich nervig ist, dass er jeden Satz mit »Alter« beendet. Ich habe keine Ahnung, warum Alexi ihn unter seine Fittiche genommen hat. Zach hält sich grundsätzlich in Alexis Deckung auf, in der Hoffnung, dass dort irgendwas für ihn abfällt.

»He Leute!«, rief Joey über den Tisch. »Die erste Party des Schuljahrs steigt am Freitagabend bei mir zu Hause!« Die Stars klatschten sich ab, manche fielen sich sogar um den Hals.

Zach wandte sich an mich. »Franny, hast du schon von unserem neuesten Beschluss gehört? In diesem Jahr steht auf jeden ungebetenen Gast eine Geldstrafe. Voraussichtlich wird da eine ordentliche Summe zusammenkommen und mit den Einnahmen schießen wir uns am Ende des Schuljahrs richtig ab. Pass also besser auf.«

Zach spielte darauf an, dass ich letztes Schuljahr versucht hatte, Kate auf eine Party der Stars zu schmuggeln.

Auch damals war sie in jemanden aus der falschen Gruppe verknallt. Ich drehte mich zu Joey. Offenbar sah ich ziemlich fertig aus, denn Joey sagte: »*Chérie,* ich habe alles *over control.*«

Wenn ich mich nicht irrte, hatte sie gerade gesagt, dass sie alles *über* Kontrolle hatte, und das war völliger Quatsch. Aber es tat nichts zur Sache. Was Joey sagte, das galt. Egal, ob ihre Worte Sinn ergaben oder nicht.

»Das kannst du *olvidar*«, meinte Joey zu Zach. »Niemand muss Strafe zahlen. Damit machen wir uns lächerlich.« Joey wandte sich wieder an mich: »Und du überspannst das *wheel* besser nicht.«

Ich sollte das *Lenkrad* nicht überspannen? Daran dachte ich nicht im Entferntesten. Die ganze Zeit versuchte ich verzweifelt, das *Lenkrad* gerade zu halten.

»Ich habe übrigens eine geniale *idea* für den Fall Fling.« Joey nahm Alexis Hand. »Ich gehe mit Alexi und wir dachten, du gehst vielleicht mit Zach? Dann wären wir zu viert und das wäre doch superwitzig.«

»Können wir später darüber sprechen?« Ich hätte fast alles für Joey getan, mit Betonung auf *fast.* Mit Zach zum Fall Fling zu gehen, das war definitiv nicht drin. Lieber schlug ich meinen Kopf dreimal kräftig gegen eine Wand. Der Fall Fling war die wichtigste Veranstaltung im ganzen Schuljahr. Der Ball fand in sechs Wochen statt und alle würden sich aufbrezeln und die ganze Nacht tanzen. Na ja, sagen wir, bis es dunkel wurde. Und jeder würde mit seinem Schwarm hingehen. Die Chancen, dass Alden mich fragen würde, standen vielleicht nicht sehr hoch. Schließlich war da noch Janet. Trotzdem gab ich die Hoffnung nicht auf. Und Fall Fling mit Zach? Da ging ich doch lieber allein. Ich musste mir irgendwas einfallen lassen, damit Joey nicht allzu enttäuscht war. Zum Glück retteten mich in diesem Augenblick die Käsenudeln. Der Sechstklässler kam mit meinem neuen Mittagessen auf mich zugerannt. Ich bedankte mich tausendmal, stopfte die Nudeln in mich rein, verabschiedete mich von den Stars und ging rüber zu den Freaks.

Dort war gerade ein Aufruhr im Gange. In einer flammenden Rede wollte Owen die anderen davon überzeugen, gemeinsam die Stars von ihrem Stammplatz zu vertreiben. Auf der Jefferson bestimmten sie natürlich auch die Sitzordnung in der Mensa. Sie selbst hatten von jeher den besten Platz, direkt am Büfett. Und jetzt, so Owens Worte, war es an der Zeit, ihre Privilegien zu brechen und eine demokratische Sitzordnung zu etablieren. Owen nannte das »Operation Freies Futtern«.

Dieses ständige Drama an der Schule ist ganz großes Kino und bestimmt kann ich daraus mal die Inspiration für meine superteuren Gemälde schöpfen. Ich sehe mich schon als weltbekannte Künstlerin mit meinem schicken Lover in meiner Loftwohnung in Tribeca sitzen und meine Bilder werden von der besten Galerie New Yorks vertreten und für Millionen gehandelt. Wirklich, ich will später Malerin werden. Aber im Moment waren diese sinnlosen Kämpfe der absolute Horror. Lieber verzichte ich auf die Inspiration, als diesen albernen Schulkram mitzumachen.

Kate beugte sich zu mir rüber und flüsterte: »Gerade hatte ich Französisch mit my boy James! Und er hat sich mit à bientôt von mir verabschiedet. Korrekte Sache, oder?« Zu diesem Zeitpunkt waren Kates Chancen, mit James auszugehen, ungefähr so hoch wie meine Chancen, eine Karriere im Musikbusiness zu machen. (Ich treffe keinen einzigen Ton.) Aber das behielt ich besser erst mal für mich.

Mom sagt immer, was mich nicht umbringt, macht mich stärker. Aber was, wenn es mich doch umbringt? Dazu hat sie nichts gesagt. Was passiert eigentlich mit den Leuten, die nicht stärker werden?

Nach dem Essen zwang ich mich, nach draußen zu gehen. Im Schulhof spielte Joey mit ein paar Sportskanonen Fußball. In einer Ecke standen Kate und die Freaks. Sie waren in ein Gespräch vertieft, höchstwahrscheinlich ging es um die aktuellen Weiterentwicklungen bei Trommeln und Becken. Weiter hinten rannten noch mehr Sportskanonen einer Frisbeescheibe hinterher. Die Scheibe nahm Kurs auf die Mauer und alle sprangen sie danach – und schubsten dabei ein Mädchen beiseite, das sich platt wie eine Flunder gegen die Mauer drückte. Marsha. Vor der dunklen Mauer war sie mit ihren wirren Haaren und der weißen Haut nicht mehr als ein heller Fleck. Die arme Marsha. Mit gesenktem Kopf läuft sie von einer Stunde zur nächsten und mittags sitzt sie ganz allein an ihrem Tisch und versteckt sich hinter einem Buch. Plötzlich kam ich mir ziemlich armselig vor mit meiner ewigen Jammerei von wegen Joey und Kate und den Stars und den Freaks. Marsha hing über der Reling unseres Jefferson-Dampfers und hielt sich gerade mal mit dem kleinen Finger fest. Und das jeden verdammten Tag.

Ich hörte ein viel zu lautes Lachen und schaute auf. Elodie stapfte direkt auf Marsha zu. Wie immer war sie auf der Jagd und wie jede gute Jägerin witterte sie ihre Opfer schon aus mehreren Kilometern Entfernung. Mit dieser Sache wollte ich nun wirklich nichts zu tun haben. Mein Leben war kompliziert genug. Aber bei Elodies Anblick begann mein Kopf wieder zu kribbeln und mir war klar, dass mein neues Ich einschreiten würde. Ich spürte schon, wie meine Beine sich in Bewegung setzten, genau in Marshas Richtung.

»Hey Marsha!«, rief Elodie mit zuckersüßer Stimme. »Wie war dein Sommer?«

Marsha war gefangen: Links und rechts von ihr standen zwei Sportskanonen. Sie warfen die Frisbee hin und her, manchmal streifte sie Marshas Kopf. Hinter ihr war die Mauer und von vorn kam Elodie auf sie zu. Ich sah die Angst in Marshas Augen. Wortlos starrte sie Elodie entgegen.

»Hast du meine Frage nicht gehört?«, rief Elodie. »Marsha, die Principessa redet mir dir!«

Wenn Marsha nicht bald etwas sagte, machte sie die Sache nur noch schlimmer. Das war auch ihr klar und sie murmelte: »Mein Sommer war super.« Die beiden Sportskanonen warfen die Frisbeescheibe jetzt knapp an Marshas Kopf vorbei. Langsam bildete sich um Marsha ein Kreis, als handelte es sich hier um eine Realityshow.

»Hast du ein paar heiße Typen getroffen?«, höhnte Elodie.

Ich hatte bereits tausend solcher Elodie-Aktionen mit angesehen und jedes Mal hatte ich mich weggedreht. Bei einer Sonnenfinsternis soll man auch nicht hinschauen, sonst geht die Netzhaut kaputt. Heute drehte ich mich jedoch nicht weg. In Gedanken redete ich zwar auf mich ein: Schau weg! Hau ab! Mach dich sofort aus dem Staub! Aber meine Beine gehorchten mir nicht und ich zitterte am ganzen Körper. Marsha war leichenblass geworden. Verängstigt klammerte sie sich an ihrem Buch fest. Alle konnten sehen, wie schrecklich sie sich fühlte.

»Warum lässt du sie nicht einfach in Ruhe, Elodie?«, sagte ich sehr, sehr leise.

Elodie schaute mich an, als sei ich Jesus Christus in Person und hätte ihr gerade eine Frage nach Moral und Ethik gestellt. Innerlich musste ich grinsen, auch wenn mir völlig klar war, dass ich gerade wahrscheinlich die größte Dummheit meines Lebens beging.

»Seit wann scherst du dich um Marsha Whalley?«

»Seit gerade eben«, piepste ich.

Im nächsten Moment stand Elodie direkt vor mir. Ihr Gesicht war nur eine Handbreit von meinem entfernt. Sie fixierte mich mit finsterem Blick und ich spürte ihren Atem auf meinen Wangen. Sie kochte vor Wut. Wer bitte schön war so blöd, sich mit einer solchen Furie anzulegen? Ich glaube, äh ... ich. Oder besser gesagt: mein neues Ich. Marsha nutzte die Gelegenheit und verkrümelte sich. Plötzlich standen nur noch Elodie und ich im Ring.

Auf dem Schulhof war es gespenstisch still geworden. Alle Leute standen stocksteif und ließen Elodie und mich nicht aus den Augen. Noch immer starrte Elodie mich an, und nachdem Marsha sich in Luft aufgelöst hatte, war ich mit meinem Latein erst mal am Ende. Zum Glück kam in diesem Moment Joey auf uns zu.

»Sag mal, Elodie«, sagte sie und schob mich sanft zur Seite, »hast du eigentlich Lust, nach der Schule mit mir shoppen zu gehen? Schon seit Tagen frage ich mich, ob ich mir eine Boyfriend, eine Skinny oder eine Bootcut kaufen soll.«

Auch in Stylingfragen hält Elodie sich für die absolute Queen. Es gibt nämlich keinen Bereich, in dem sie nicht die Nummer eins ist. Tiefsinnig erwiderte sie: »Also, eine Boyfriend sehe ich an dir nicht.«

Und während Elodie sich in Überlegungen über die verschiedenen Schnitte verlor, machte ich mich aus dem Staub. Joey hatte mich gerettet. Schon wieder. Später würde ich mich bei ihr bedanken. Im Moment war ich einfach nur froh, dass ich die Schlacht überlebt hatte. Ich setzte mich hin, schloss die Augen und konzentrierte mich auf meinen Atem, genau wie Granny es mir gestern erklärt hatte. Ich spürte, wie mein Herz sich langsam wieder beruhigte.

Als ich die Augen öffnete, erblickte ich Marsha. Sie hatte sich zwischen die Mülltonnen am Parkplatz verzogen. Inzwischen kannte ich dieses Kribbeln und Prickeln auf meinem Kopf bereits. Schon war ich wieder auf den Beinen und bewegte mich auf Marsha zu. Ich war wirklich nicht mehr ich selbst. Weder Kate noch Joey schenkte ich Beachtung. Sie standen auf dem Hof, natürlich in verschiedenen Ecken, und winkten mich verzweifelt zu sich rüber.

Ich aber ließ mich neben Marsha auf den Boden plumpsen. Ungefähr der gesamte Schulhof beobachtete mich. Kate und Joey fiel mehr oder weniger die Kinnlade runter. Elodie stand gerade mit dem Rücken zu mir und redete irgendwas in ihr Handy. Es war jedoch nur eine Frage von Sekunden, bis auch sie auf mich aufmerksam würde. Und dann war alles aus und vorbei. Auf Wiedersehen, Jefferson. Auf Wiedersehen, schönes Leben.

»Hey Marsha«, sagte ich. »Was liest du da?«

Verwirrt schaute Marsha auf. Schon zum dritten Mal heute tauchte ich urplötzlich in ihrer Nähe auf. So langsam hielt sie mich wahrscheinlich für eine Stalkerin.

*»Alice im Wunderland«*, erwiderte sie zögerlich. »Irgendwie muss ich den schlechten Nachgeschmack von *Beowulf* loswerden.«

Ich grinste. Marsha Whalley hatte tatsächlich so etwas wie einen Witz gemacht.

»Du kannst jetzt wieder zu den anderen gehen, Franny. Du hast eine Frage gestellt, ich habe geantwortet, und wenn du willst, kann ich dir bestätigen, dass du ein guter Mensch bist. Oder ist noch irgendwas?«

Aber ich ging nicht zu den anderen. Auch wenn Joey und Kate mich die ganze Zeit mit den finstersten Blicken bedachten, verbrachte ich die restliche Mittagspause mit dem Oberschluffi der Jefferson. In den nächsten zwanzig Minuten stellte sich heraus, dass Marsha einen Charakter besitzt, und zwar einen ziemlich coolen. Ich erfuhr, dass sie Auberginenlasagne liebt und dass sie bei Señorita Canana ebenfalls einen Hirnschaden vermutet. Außerdem hielten wir beide Zac Effron für etwas zu hübsch. Wir unterhielten uns echt gut, und als die Pause vorbei war, hatte ich weder Läuse noch Ebola und ich kam mir auch nicht wie eine Aussätzige vor. Ganz im Gegenteil, ich fühlte mich besser als vor der Pause.

Kate lynchte mich fast, als ich zurück ins Schulgebäude ging. »Was sollte das, F?«, sagte sie. »Versprich mir sofort, dass du so was nicht noch mal machst. Wenn du mit Marsha redest, kannst du auch gleich aus dem Fenster springen! Hast du mich verstanden?« Kate war so wütend, dass sie ihre Sätze ausnahmsweise nicht mit ihrem üblichen Kate-Vokabular spickte. Mir war klar, dass Kate mich nur schützen wollte. Trotzdem ärgerte ich mich. Zum ersten Mal, seit ich denken konnte, hatte ich mich getraut, die Regeln zu brechen. Und auch wenn das eigentlich nicht ich gewesen war, sondern dieses neue Ich, fühlte ich mich gut. Ich hatte mich nicht untergeordnet. Ich hatte mich nicht wie ein Schaf verhalten.

»Aber Marsha ist cool«, gab ich wütend zurück. »Wir sollten mal was zu dritt unternehmen.« Damit ging ich zu weit, das wusste ich selbst. Aber irgendwie war es mir egal.

Kate schaute mich fassungslos an. »Ich weiß, der erste Schultag ist echt nicht einfach und auch eine Francine liegt mal daneben. Aber ab sofort musst du dich zusammenreißen. Du kannst dich nicht einfach mit einem Schluffi unterhalten! Sonst bist du ganz schnell von der Bildfläche verschwunden. Das ist dein sozialer Tod, verstehst du das?« Oh Mann. Ich hatte Kate mit meinem Verhalten echt den Rest gegeben. Und leider hatte sie mit allem, was sie sagte, recht.

Als Nächstes hatte ich Sport und Joey erwartete mich schon in der Umkleide. Auch sie war fix und fertig. Kaum tauchte ich auf, hatte sie mich schon in eine Kabine gezogen. »Du musst Marsha Whalley *olvidar«,* flüsterte sie.

»Wow, Joey! Ich glaube, du hast das Wort des Tages gerade zum fünften Mal verwendet. Ich bin beeindruckt!« Am besten, wir wechselten einfach das Thema.

Joey hatte auf einen Themenwechsel aber keine Lust. »Hör mal, Franny. Einmal können die anderen über so was hinwegsehen. Jeder macht Fehler, das ist schon okay. Aber du darfst dich nicht noch mal mit Marsha Whalley unterhalten! Sie ist mit Treibsand umgeben, siehst du das nicht? Und wer ihr zu nahe kommt, wird hineingezogen und verschluckt. Marsha ist das absolute Ende, kapierst du das nicht? Halt dich von ihr fern, okay? Es gibt Dinge, da kann selbst ich dir nicht helfen.«

Zum Glück betrat in diesem Moment die gute alte Ms Makepeace die Umkleide. Oder besser gesagt: Sie humpelte hinein. Es ist mal wieder typisch für die Jefferson, dass unsere Sportlehrerin kaum laufen kann. Ms Makepeace wirkt zwar etwas schwächlich, ist aber der absolute General. Mit einer Entschuldigung vom Hausarzt muss man ihr nicht kommen. Ganz eventuell darf man die Sportstunde schwänzen, wenn man tot ist. Was bei mir ja fast der Fall war. Zumindest war mir das von Kate und Joey gerade bescheinigt worden.

»Bewegt eure Ärsche«, schrie Ms Makepeace und schon erwartete uns eine Partie Völkerball.

Elodie und Owen waren Spielführer und wählten die Teams. Dabei ging es immer erbarmungslos zu. Owen war zuerst an der Reihe und entschied sich für Alexi. Sofort kriegte Elodie Schiss, denn niemand an der Jefferson ist im Völkerball so gut wie Alexi. Ich saß fast bis zum Schluss auf der Bank, ganz sicher wegen meiner absonderlichen Pausengestaltung. Und bestimmt würde Elodie sich jetzt mit besonders harten Bällen an mir rächen. Ich sammelte meine Kräfte.

Es war ein brutales Spiel. Elodie knallte Owen den Ball so fest an den Kopf, dass er einfach hintenüberfiel. Ich hielt mich hauptsächlich in den Ecken auf und achtete darauf, dass mir der Ball nicht zu nahe kam. Bald waren ein verknackster Knöchel, ein ausgekugelter Daumen und ein blaues Auge zu beklagen. Elodie zielte immer wieder nach mir und der Ball pfiff nur so an mir vorbei. Aber ich blieb unverletzt. Mir zitterten die Hände, als ich mich nach der Stunde umzog. In der Hausaufgabenstunde beruhigten sie sich langsam wider. Nicht mehr lange und der verrückteste Tag meines Lebens war endlich vorbei.

# Nicht von dieser Welt

So schnell wie noch nie stürmte ich nach Hause. Ich musste sofort mit Granny sprechen. Ihre Zauberhöhle war jedoch leer. Ich schaute in allen Zimmern nach.

Schließlich fand ich sie im Schlafzimmer. Granny saß auf der Bettkante und Mom lag immer noch unter der Daunendecke. Offenbar hatte sie das Bett seit gestern Abend nicht verlassen. Sich mehr als vierundzwanzig Stunden nicht zu bewegen, konnte einfach nicht gut sein. Vom Flur aus sah ich, wie Granny Moms Hand nahm. Die beiden hatten mich noch nicht bemerkt.

»Nächste Woche muss ich den neuen Roman abgeben und ich habe noch nicht mal angefangen.« Moms Stimme brach und dann fing sie an zu weinen. Oh nein. Mom schreibt Kinderbücher und meistens hat sie superviele Ideen. Woher kam plötzlich diese blöde Schreibblockade? Das war noch nie passiert. Aber in Tränen ausbrechen musste sie deshalb auch nicht gleich. Klar, ich heulte auch manchmal, aber bei mir war das was anderes. Und heute brauchte ich dringend eine starke Mom.

Granny reichte Mom ein Stück Kuchen. »Iss noch etwas Bananenbrot, Anna«, sagte sie. »Wenn du was im Magen hast, verschwindet deine Schreibblockade von ganz allein.«

»Schmeckt lecker. Irgendwie nach Lavendel.« Moms Stimme klang schwach. Nachdem sie die letzten Krümel aufgetippt hatte, verschwand sie wieder unter der Decke.

»Jetzt ruhst du dich aus«, bestimmte Granny. »Und ich kümmere mich um alles.«

»Das ist gut. Danke.« Und schon war Mom eingeschlafen.

»Ich weiß, dass du draußen stehst, Franny«, sagte Granny, ohne sich umzudrehen. »Spionierst du mir etwa nach?«

»Kann schon sein«, wich ich aus. »Was hast du Mom gegeben? Denkst du, ein paar Kohlenhydrate lassen ihre Schreibblockade verschwinden? Hast du das von den Hare-Krishna-Leuten?«

Granny lachte. »Die Leute von Hare Krishna sind total in Ordnung. Im Übrigen schwören sie auf Vollkornprodukte und nicht nur auf Kohlenhydrate. Du musst dir jedenfalls keine Sorgen machen, mein Spatz. Ich habe deiner Mom nur ein Stück Bananenbrot gegeben, das bringt sie über den Berg.« Granny ging die Treppe runter. Ich folgte ihr.

»Wirkt das Bananenbrot wie die komische Paste, die du mir gestern auf den Kopf gestrichen hast?«

»Was meinst du damit?«, fragte Granny.

»Granny, wir müssen reden.«

»Reden ist immer gut.« Granny setzte sich an den Küchentisch. Hinter uns waren die zwei Bestien schon wieder auf Beutezug.

»Nicht hier«, sagte ich, »sondern unter vier Augen.«

»Ich liebe Geheimnisse! Ich kümmere mich nur noch schnell um deine Brüder, okay?«

Granny suchte neues Spielzeug und was zu essen raus, dann gingen wir runter in ihr Zimmer.

»Was gibt's?« Granny ließ sich auf ihr Bett fallen und klopfte sacht neben sich auf die Tagesdecke. Ich wollte mich aber nicht hinsetzen. Und selbst wenn ich es gewollt hätte, ich konnte es nicht. Jede Faser meines Körpers war gespannt.

»Was war das gestern Abend für ein Zeug?«, fragte ich.

»Ein Geheimrezept. Mach dir keine Sorgen, es ist alles im Lack.«

»Nichts ist im Lack.« Ich war kurz davor zu explodieren. »Mit deinem blöden Geheimrezept hast du mein Leben ruiniert!«

»Langsam, Franny, langsam.«

»Spiel jetzt nicht die Unschuldige! Was war das gestern mit Nicht-von-dieser-Welt und Das-kann-man-mit-dem-Verstand-nicht-begreifen?«

»Es tut mir leid, Franny, aber das kann ich dir wirklich nicht erklären. Ich habe lediglich das Problem mit deinen Haaren gelöst und als Bonus hast du ein paar fetzige Strähnen bekommen. Ach so, und nicht dass du noch auf die Idee kommst, dich bei mir zu bedanken – das habe ich gern gemacht.«

»Ich habe nicht vor, mich bei dir zu bedanken, und um meine Haare geht's hier nicht.« Jetzt tickte ich wirklich aus. »Den ganzen Tag verhalte ich mich komplett gestört. Erst lege ich mich mit Elodie an und dann unterhalte ich mich mit Marsha. In Zukunft kann ich mich auf der Beliebtheitsskala irgendwo im Minusbereich suchen! Bisher existierte wenigstens der Hauch einer Chance, dass die anderen mich für cool halten. Aber wenn es so weitergeht, ist es damit vorbei. Und das liegt alles nur an dieser blöden Paste. Außerdem kribbelt und brennt meine Kopfhaut, als säßen Ameisen in meinen Haaren!«

Granny schaute mich erschrocken an. »Hmmm. Damit hatte ich nicht gerechnet.«

Damit hatte Granny nicht gerechnet? Ehrlich gesagt hatte ich auf eine andere Antwort gehofft. Das klang ja so, als hätte Granny selbst keine Ahnung!

»Na gut«, sagte Granny. »Erzähl mir ganz genau, was heute passiert ist.«

»Ich platze einfach mit der Wahrheit raus, das ist passiert! Den ganzen Tag sage ich, was ich denke. Und wenn man die siebte Klasse unbeschadet überstehen will, dann sollte man seine Gedanken lieber für sich behalten.«

»Mir gefällt das eigentlich ganz gut. Du bist ehrlich, was willst du mehr?«

»In der Schule darf man nicht ehrlich sein!«

»Weißt du, was, Franny? Wir klären das später.«

*»Später?* Du sagst mir jetzt sofort, was los ist. Was hast du in meine Haare geschmiert und was hast du in deinem Schrank noch alles versteckt?«

»Ich kann dir deine Fragen nicht beantworten, Frans. Glaub mir, du würdest die Wahrheit nicht verkraften.«

»Dann schaue ich selbst nach.« Ich ging zu Grannys Schrank und riss die Tür auf. Offenbar hatte ich meinen Körper immer noch nicht so richtig unter Kontrolle, denn die Tür flog gegen die Wand und der Knauf drückte ein richtiges Loch in den Putz.

Ups.

Granny kam zu mir rüber und schlug die Tür wieder zu. »Keine Diskussion, Franny. Das hier ist nichts für Kinder. Bevor ich zu euch kam, war ich in Bhutan und dort hat mir ein Mönch eine Kiste geschenkt. Darin habe ich das Rezept für die Paste gefunden. Ich bin noch nicht ganz vertraut mit allen Tricks und mehr sage ich dazu nicht.«

Eine Kiste von einem bhutanischen Mönch? Das war mal wieder typisch Granny. »Vielleicht hättest du erst mal üben sollen, ehe du mich als Versuchskaninchen verwendest.«

»Vielleicht wäre das besser gewesen«, gab Granny zu. Echt super. Das half mir wirklich weiter.

»Und dieses Bananenbrot für Mom, kommt das auch aus Bhutan?«

»Ja.«

Ging es vielleicht etwas ausführlicher?! Langsam war ich echt wütend.

»Nicht zu fassen, dass du Mom Bananenbrot gibst, das du in einer ollen Kiste aus Bhutan gefunden hast! Wie alt ist das Brot eigentlich? Willst du Mom vergiften?«

Granny nahm mich in die Arme und schob mich sanft in den Flur und die Treppen hinauf. »Frans, das Brot habe ich vorhin gebacken. Natürlich will ich deine Mom nicht vergiften, das solltest du eigentlich wissen. Und ich hatte wirklich nicht vor, deinen ersten Schultag noch schlimmer zu machen, als er ohnehin schon ist. In dieser Kiste in meinem Wandschrank sind ein paar Rezepte gegen die häufigsten Alltagsprobleme. Lama Tensing Pasha hat sie mir gegeben. Und jetzt beruhige dich, mein Spatz. Alles wird wieder gut, versprochen.«

Ich seufzte. Konnte meine Granny nicht einfach Aquarelle malen und Bridge spielen so wie Kates Oma?

»Außerdem habe ich dir schon viel zu viel verraten«, sagte Granny. »Ich schlage vor, dass du dich jetzt wieder auf deinen Atem konzentrierst, so wie ich es dir gestern erklärt habe. Danach läuft die Welt wieder ein bisschen runder. Und dann setzt du dich an deine Hausaufgaben.« Und schon saß ich in meinem Zimmer und Granny war verschwunden.

Die nächsten zwei Stunden verbrachte ich mit meinen Schulbüchern und Schulheften und jeder Menge toller Aufgaben. Dann klingelte das Telefon: Dad wollte wissen, wie der erste Schultag gelaufen war. Ich hatte keine Lust, ihm den ganzen Mist zu erzählen, und sagte einfach, dass es nicht besser hätte sein können. Wir unterhielten uns echt gut, abgesehen davon, dass Dad fünf oder sechs Mal eine gewisse Naomi erwähnte. Ganz beiläufig, versteht sich. In letzter Zeit fiel dieser Name für meinen Geschmack etwas zu häufig. Plötzlich kam mir ein schrecklicher Verdacht:

Hatte Dad etwa eine Freundin? Zum hundertsten Mal an diesem Tag schlug mein Herz schneller.

Wie sollten Mom und Dad wieder zusammenkommen, wenn es plötzlich eine Freundin gab? Und ich glaubte fest daran, dass Mom und Dad wieder zusammenkamen. Das klingt vielleicht naiv. Aber bei Maya Liftons Eltern hat es auch geklappt, warum also sollte es bei meinen Eltern nicht funktionieren?

Jahrelang hatte ich uns für die perfekte Familie gehalten. Wir fünf waren wie eine gut geölte Maschine gewesen, die schnurrte und surrte. Aber dann streikte die Maschine plötzlich. Sie gab einfach ihren Geist auf, ohne ein noch so winziges Vorzeichen. Na ja, vielleicht hatte ich die Vorzeichen auch einfach nicht bemerken wollen. Denn die Maschine hatte manchmal schon ein bisschen gestottert, das muss ich zugeben. Es hatte ein paar Hinweise gegeben, dass wir besser mal in der Werkstatt anriefen. Nachts hatten meine Eltern sich gestritten. Am nächsten Morgen hatten sie sich angeschwiegen. Immer häufiger hatten sie beim Abendessen finstere Blicke gewechselt. Aber das waren doch nur Schönheitsfehler, deswegen musste nicht gleich die ganze Maschine ausgetauscht werden! Und dann zog Dad aus. Und wir hätten eigentlich ein Schild mit den Worten AUSSER BETRIEB an die Tür hängen und komplett auf den Schrottplatz umsiedeln können. Nichts war mehr in Ordnung. Klar, wir sehen Dad regelmäßig. Aber das hilft nicht gegen dieses fiese Loch in mir. Manchmal tut es richtig weh. Ich weiß einfach nicht, was ich gegen den Schmerz machen soll. Eigentlich kann ich nur darauf warten, dass Mom und Dad wieder zur Vernunft kommen und es noch einmal miteinander versuchen.

Schreibblockade hin oder her – ich musste jetzt unbedingt mit Mom reden. Ich steckte den Kopf ins Schlafzimmer. Die Bettdecke lag akkurat gefaltet auf dem Bett. Von Mom keine Spur.

In der Küche stieß ich auf Granny, die gerade eine Patience legte. »Wo ist Mom?«

»Sie arbeitet.«

»Niemals.«

»Doch«, erwiderte Granny. »Ich bin längst nicht so durchgeknallt, wie ich aussehe.«

»Echt nicht?« Schnell biss ich mir auf die Lippen. In dieser Angelegenheit behielt ich meine Meinung besser für mich.

In diesem Moment schlenderte Mom in die Küche. Was war das schon wieder? Mom hatte eine krasse Verwandlung durchgemacht. Sie summte *Umbrella* von Rihanna und war die Zufriedenheit in Person.

»Ich habe gerade drei Kapitel runtergeschrieben«, sagte sie. »Und auch wenn ich mich ungern selbst lobe, muss ich doch sagen, dass sie perfekt geworden sind. Ich glaube, so was Gutes habe ich noch nie geschrieben.« Mom schloss mich in die Arme. »Fran, wie war dein erster Schultag?«

»Ganz gut, glaube ich.« Mehr brachte ich nicht heraus. Mein Hirn war noch damit beschäftigt, diese neue Mom zu verarbeiten. »Und ... äh ... wie geht's dir?«

»Es ging mir noch nie so gut«, erwiderte Mom.

Granny strahlte. Offenbar hatte das Bananenbrot seine Wirkung getan.

Ich musterte Mom von oben bis unten. Für meinen Geschmack war sie etwas *zu* glücklich. »Wieso hast du einen Minirock an und hundert Ketten um den Hals?«, fragte ich. Moms Outfit war einfach nur peinlich. Mom ist zweiundvierzig und die meiste Zeit kleidet sie sich auch entsprechend. Jeans und T-Shirts, das ist sonst ihr Stil.

»Sieht hübsch aus, oder? Ich wusste gar nicht, dass ich so was noch in meinem Kleiderschrank habe. Irgendwie hatte ich mal Lust auf was anderes«, sagte sie. »Jetzt muss ich aber wieder an die Arbeit. Ich bin gerade richtig im Flow.« Mom schwebte förmlich aus der Küche.

»Granny, sag mir auf der Stelle, was hier los ist, oder ich ...«

»Oder du machst was?« Granny grinste.

»Oder ich ... ich ... ich rufe die Polizei!« Ich machte mein erwachsenes Gesicht.

»Du rufst die Polizei? Wow! Du greifst ja richtig hart durch.«

Jetzt machte Granny sich auch noch über mich lustig! Ich musste meine Taktik ändern. »Um deine blöde Paste auszuprobieren, dafür war ich also nicht zu jung. Aber die Wahrheit kannst du mir nicht sagen?«

»Ich würde das wirklich lieber für mich behalten, Franny. Es kann sonst ziemlich gefährlich für dich werden.«

»Wir wohnen unter einem Dach! Wie soll das auf die Dauer funktionieren, wenn du mir nicht vertraust?« Granny schaute auf. Ich spürte, jetzt hatte ich das Richtige gesagt. Zur Sicherheit legte ich noch etwas nach. »Und wenn ich dich wirklich enttäuschen sollte, dann hast du immerhin was gelernt.«

Granny lachte. »Na gut, vielleicht hast du recht. Kommst du mit in mein Zimmer?« Sie stand auf. Meine letzten Sätze hatte ich aus *Gossip Girl* geklaut. Nicht zu fassen, dass sie tatsächlich wirkten. Da soll noch mal ein Erwachsener sagen, dass Fernsehen Zeitverschwendung ist.

Ich folgte Granny in ihr Zimmer. Sie drückte die Tür zu und drehte den Schlüssel im Schloss.

»Also, Frans, deine Mutter fühlt sich wie neugeboren, aber das wird sich im Laufe des Tages legen. Bei deinem Kribbeln bin ich mir allerdings nicht so sicher. Ich habe dem Lama schon eine Mail geschrieben.«

»Der Mönch hat Internet?«, fragte ich überrascht.

»Jetzt sei mal nicht so von oben herab«, sagte Granny. »Jeder hat heutzutage Internet. Und der Lama besitzt sowohl ein iPhone als auch ein Blackberry.«

»Tut mir leid. Ich wusste nicht, dass Mönche so modern sind.«

»Ich verstehe das einfach nicht.« Granny schien eher mit sich selbst zu sprechen. »Die Paste sollte nur ein paar Minuten lang wirken. Ich habe doch extra etwas Sandelholzöl hinzugefügt, genau wie es im Rezept stand. Fünf Tropfen Sandelholzöl, damit die Wirkung rechtzeitig wieder verschwindet. Oder waren es sechs? Vielleicht ist das der Fehler gewesen.«

»Fünf oder sechs Tropfen machen einen solchen Unterschied?«

»Offenbar«, erwiderte Granny.

»Und wie lange dauert die Wirkung an, wenn man sich mit diesem Sandelzeug verzählt?«

»Keine Ahnung. Zauberei ist eine Kunst und keine Wissenschaft. Da kann man keine Prognosen machen.«

»Hast du gerade Zauberei gesagt?«

»Allerdings.«

Ich starrte Granny an. Was war hier eigentlich los?

»Bist du ein vernünftiges Mädchen?«

Ich nickte. »Vernunft ist mein zweiter Vorname.«

»Ach, Frans.« Granny musste lachen.

Ich kann vernünftig sein. Wenn ich will. Meistens will ich nicht.

Ich glaube, ab hier sind die Dinge etwas außer Kontrolle geraten. Heute weiß ich, ich hätte an dieser Stelle den Mund halten, in mein Zimmer zurückkehren und mein kleines langweiliges Leben fortsetzen sollen. Denn Granny hatte recht. Manche Dinge will man nicht so genau wissen, sonst wird es gefährlich. Und um der Wahrheit die Ehre zu geben: Es stimmt nicht, dass Vernunft mein zweiter Vorname ist. Mein zweiter Vorname ist Elinor.

Wortlos ging Granny zu ihrem Wandschrank, durchwühlte das Chaos darin und kam mit einer Kiste aus dunklem Holz zurück. Sie hatte die Größe eines Schuhkartons und sah aus, als läge ein Piratenschatz darin. An der Seite war ein großes Schloss und der Deckel war mit breiten Metallbändern verziert. Vorn entdeckte ich eine kleine Schublade. Sie war so breit wie meine Hand, mit einem glatten orangefarbenen Stein als Griff.

»Das darf niemand erfahren«, warnte mich Granny. »Erzähl das wirklich niemandem! Hast du mich verstanden?« Oh Mann. Musste Granny so geheimniskrämerisch tun?

»Was soll ich niemandem erzählen?«, fragte ich. »Ist das diese bhutanische Kiste?« Kaum hatte ich die Frage ausgesprochen, pulsierte der orangefarbene Stein. Ganz kurz nur, aber ich sah es genau. Mir lief ein Schauer über den Rücken.

»Das ist eine bhutanische Notfallkiste.« Granny stellte die Kiste auf ihren Schoß. »In Asien gab es früher davon jede Menge. Meistens waren sie im Besitz von Schamanen. Heute sind nur noch ein paar übrig.« Vor Aufregung hatte Granny ganz rote Wangen bekommen.

»Und woher hast du deine?«

»Lama Tensing Pasha und ich sind uns auf einer höheren Ebene sehr nahe. Außerdem bin ich besser im Poker.«

»Lama – *wer?*«

»Lama Tensing Pasha. So heißt der Mönch, von dem ich die Kiste bekommen habe. Bei ihm im Kloster haben wir immer Poker gespielt und einmal, als es wirklich zur Sache ging, blieb ihm nichts anderes übrig, als die Kiste zu setzen.«

»Und was hat die Kiste mit meinem verrückten Verhalten und Moms Teenageroutfit zu tun?«

»In der Kiste sind Rezepte für so ziemlich alles, was du dir vorstellen kannst. Was ich dir gestern in die Haare geschmiert habe, war eine Erste-Hilfe-Paste, die jedes Problem in Luft und Wohlgefallen auflöst. Wie du siehst, hat es einwandfrei funktioniert. Nur dass deine Kopfhaut nicht aufhören will zu kribbeln, kommt etwas überraschend. Die meisten Rezepte geben lediglich einen kleinen Schubs in die richtige Richtung. Bildlich gesprochen, meine ich. Wenn jemand feststeckt und alle irdischen Mittel versagen, dann ist das Universum an der Reihe.«

»Granny, es ist nicht so, dass nur meine Kopfhaut gekribbelt hat. Ich habe völlig absurde Dinge getan und ich hatte überhaupt keinen Einfluss darauf! Zum Beispiel habe ich mich mit Marsha Whalley unterhalten. Niemand in der Schule unterhält sich mit Marsha Whalley.«

»Und wie war das? Ich meine, wie ist Marsha Whalley?«

»Sie ist nett. Ich kapiere nicht, wieso es quasi gesetzlich verboten ist, mit ihr zu sprechen. Außerdem war es ziemlich cool, ein paar Regeln zu brechen.«

Granny fixierte die seltsame Kiste. »Wahrscheinlich habe ich mich wirklich mit dem Sandelholzöl verzählt. Eigentlich sollte die Paste nur das Problem mit deinen Haaren lösen. Aber nachdem das gelöst war, hat irgendwas in dir nach neuen Problemen Ausschau gehalten, die dringend gelöst werden müssen. Es ist doch ein Problem, dass niemand in eurer Schule mit Marsha spricht, oder nicht?«

»Ich kann dir nicht so recht folgen.«

»Es scheint dich zu stören, dass Marsha immer allein rumsteht. Und mit der Paste auf deinem Kopf wolltest du dieses Problem eben lösen.«

»Aber in Spanisch und Englisch habe ich einfach was

reingerufen und da waren keine Probleme zu lösen. Ganz im Gegenteil, damit habe ich mir nur neue Probleme eingebrockt.«

»Vielleicht, vielleicht auch nicht. Wir warten erst mal ab.«

Granny ging zu ihrem Nachttisch und griff nach einer kleinen Glasflasche, die zwischen unzähligen anderen Flaschen und Flakons stand. Sie ließ ein paar Tropfen in ihre Handfläche fallen, verrieb die Flüssigkeit und begann, in kreisenden Bewegungen meinen Kopf zu massieren.

»Zur Sicherheit trage ich noch ein bisschen Sandelholzöl auf«, sagte sie. »Morgen ist dann bestimmt alles wie immer.«

»Das ist total abgefahren! Du bereitest eine Erste-Hilfe-Paste nach dem Rezept einer ollen Kiste zu und irgendwas in mir will plötzlich alle möglichen Probleme lösen?«

»Sieht ganz danach aus.«

Das war mir echt zu krass. »Und Mom, was hast du der gegeben?«

»Inspirations-Bananenbrot. Und ganz offensichtlich hat es funktioniert. Allerdings hat das Bananenbrot eine unangenehme Nebenwirkung. Wer es isst, fühlt sich wie neugeboren und leider führt das dazu, dass sich zweiundvierzigjährige Frauen plötzlich wie Barbie kleiden. Ich gebe zu, das ist ein bisschen gewöhnungsbedürftig. Aber meistens ist die Kiste eine große Hilfe. Es kann nicht schaden, sie im Haus zu haben.«

Granny rüttelte fest am Schloss und der Deckel sprang auf. Ich warf einen Blick ins Innere. Dort lagen Zettel in allen möglichen Größen. Manche waren in kleiner Schrift beschrieben, auf anderen waren irgendwelche Zeichnungen.

»Das ist ja das absolute Chaos! Wie findest du da den richtigen Zettel?«

»Der Zettel findet dich«, sagte Granny geheimnisvoll. Ich bekam eine Gänsehaut. Mit diesem Eso-Kram kam ich echt nicht klar. »Spürst du die Energie, die von der Kiste ausgeht?«

»Äh ... nicht so richtig«, sagte ich. Ich wusste nicht einmal, wie *Energie* sich anfühlen sollte.

»Leg deine Hand in die Kiste«, forderte Granny mich auf. »Dann bekommst du ein Gefühl dafür.«

Ich schob meine Hand in die Kiste und bewegte vorsichtig die Finger. Im Innern sprühten kleine kalte Funken, als hätte jemand eine Wunderkerze angezündet. Schnell zog ich meine Hand wieder zurück. Vielen Dank auch. Ich war raus.

»Granny, das ist nicht lustig! Was hat das alles zu bedeuten?«

»Das ist weiße Magie, mein Spatz. Die ist längst nicht so gefährlich, wie du denkst.«

Nur fürs Protokoll: Ich glaube weder an Meerjungfrauen noch an gute Feen. Auch vom Weihnachtsmann habe ich mich schon lange verabschiedet. Schätzungsweise seit ich sechs bin, wohne ich nicht mehr in diesem Rosa-Lila-Wunderland und ich sehne mich nicht dahin zurück. Das hier war jedoch etwas anderes. Mit Märchen und Legenden hatte es jedenfalls nichts zu tun – da war ich mir sicher, auch wenn mir diese sogenannte Zauberei noch nicht so richtig in den Kopf wollte.

Granny zog mich an sich. Sie spürte meinen Bammel. »Keine Sorge«, beruhigte sie mich. »Jeder kriegt Angst, wenn er zum ersten Mal mit Zauberei in Berührung kommt. Aber weiße Magie ist wirklich nicht gefährlich, solange wir sie verantwortungsvoll anwenden. Und jetzt erkläre ich dir, wie die Kiste funktioniert. Pass auf: Zuerst denkst du an das Problem. Dann stellst du dir eine Lösung vor, und zwar so lange, bis vor deinem inneren Auge ein Bild auftaucht. Auf dieses Bild konzentrierst du dich eine Minute. Dann sagst du der Kiste, was du brauchst, und die Kiste spuckt das Rezept aus. Ganz einfach.«

Von Minute zu Minute wurde die Sache verrückter. Jetzt sollte ich mit dieser Zauberkiste auch noch sprechen? Ich holte tief Luft und machte mich bereit.

»Vergiss nicht zu atmen, Frans.« Granny grinste und ich atmete aus. »Und jetzt denkst du an das Universum und überlegst dir ein Problem, das möglichst viele Leute betrifft. Es darf nichts mit dir zu tun haben.«

Moment mal. Zurückspulen, bitte. Hatte Granny gerade gesagt, dass das Problem nichts mit mir zu tun haben durfte? Was sollte das denn bitte schön bringen?

»Granny, ich habe tausend Probleme! Wieso fangen wir nicht mit denen an und machen danach mit dem Universum weiter?«

»Weil die Notfallkiste so nicht funktioniert.«

Na gut. Wenn Granny unbedingt wollte, dann dachte ich eben an das Universum. Wennschon, dennschon: Weltfrieden. Das sollte mal jemand überbieten. Ich stellte mir glückliche Menschen vor, die sich an den Händen hielten und übers ganze Gesicht strahlten. Ungefähr so sah die UNICEF-Karte an unserem Kühlschrank aus und etwas anderes fiel mir auf die Schnelle sowieso nicht ein. Es war gar nicht so leicht, sich auf dieses Bild zu konzentrieren. Eine Minute ist länger, als man denkt. Plötzlich reihten sich Beyoncé und Kate Hudson in die glückliche Menschenmenge ein. Dann sah ich auf einmal den Wolf, der vor Kurzem durch meine Träume gegeistert war. Und ganz kurz flimmerte auch Alden auf. Jedes Mal schüttelte ich den Kopf, sammelte mich und konzentrierte mich wieder auf die absolute Harmonie.

»Bist du bereit?«, fragte Granny. Sie strahlte beinahe so sehr wie die Leute, die vor meinem inneren Auge standen.

»Mehr als das«, antwortete ich und zur Kiste sagte ich: »Weltfrieden.« Das fühlte sich echt albern an. Wer sprach schon mit einer Holzkiste?

Ein paar Sekunden passierte gar nichts. Dann öffnete sich die kleine Schublade, ungefähr so wie eine Geldkarte, die von einem Geldautomaten ausgespuckt wird. Beinahe hätte ich einen Satz rückwärts gemacht. In der Schublade lag ein Zettel, rechteckig, vergilbt und mit zerknickten Ecken, als hätte er in der Kiste seit tausend Jahren auf diesen Moment gewartet. Ich nahm den Zettel in die Hand. Ganz oben stand in altmodischer Schrift:

**Freude-des-Lebens-Lotion**
(bringt ewigen Frieden und allumfassende Harmonie)

Darunter standen jede Menge Zutaten, Kokosnuss-Öl zum Beispiel, Rosmarin und Wilder Weihrauch. Mehr konnte ich nicht lesen, denn Granny hatte mir den Zettel schon aus der Hand gerissen.

»Was soll das?«, schimpfte ich.

»Das reicht für heute«, sagte Granny. »Ich bin stolz auf dich und deinen selbstlosen Wunsch. Vermutlich wird diese Lotion bei richtigem Gebrauch alle Erdenbewohner verändern. Wir würden einander besser verstehen und mehr Mitgefühl haben. Aber sicher bin ich mir nicht. Weltfrieden ist jedenfalls ein paar Nummern zu groß für uns.«

»Na gut. Dann fangen wir mit etwas Handfestem an.« Im Kopf ging ich tausend Möglichkeiten durch. Ich wollte die Kiste unbedingt ausprobieren. Offenbar war ich schon so verrückt wie Granny. Oder war sie gar nicht verrückt, sondern hatte als Einzige in Fall River den Durchblick?

»Wir lösen jetzt ein kleines Problem. Komm schon, Granny. Nur wir beide, das macht bestimmt Spaß. Seit du bei uns wohnst, willst du mit mir was unternehmen. Das ist die Gelegenheit.«

»Francisco, du kriegst wohl nie genug? Das erinnert mich an irgendjemanden ... dürfte ich selbst sein, wenn ich mich nicht irre.« Granny lächelte. »Aber als ich dir vorgeschlagen habe, etwas zusammen zu unternehmen, meinte ich eher, dass wir ein Museum besuchen oder zusammen essen gehen. Und darauf hattest du keine Lust. Ich bin zwar alt, aber doof bin ich nicht.«

»Du hast recht und es tut mir leid. Ich hätte dein Angebot annehmen sollen. Aber wir holen das jetzt nach. Den heutigen Nachmittag verbringen wir gemeinsam mit dieser sympathischen Notfallkiste.« Am liebsten hätte ich das restliche Jahr mit der Kiste verbracht. Dieses Zauberding würde mein Leben endlich in die richtige Richtung lenken. Und das war dringend nötig. Ich wollte auf neuen Straßen wandeln. Auf breiten Boulevards. Auf schnurgeraden Alleen. Ich wollte endlich diese ganzen fiesen Probleme loswerden, mit denen ich mich seit Jahren rumschlug. Es wäre doch langweilig, wenn die Kiste dieses neue Leben einfach für sich behielte.

Aber Granny schüttelte den Kopf. »Ich finde, für heute hast du mit der Kiste genug Zeit verbracht. Das ist kein Spielzeug, mein Spatz. Wir haben deiner Mom geholfen und dir irgendwie auch, obwohl das nicht vorgesehen war. Und damit lassen wir es bewenden.«

**Inspirations-Bananenbrot**
(lässt ein Feuerwerk an Ideen explodieren)

100 g Mehl (Type 405)
100 g Vollkornmehl
½ Päckchen Backpulver
1 Msp. Salz
80 g Zucker
½ Stück weiche Butter
2 Eier
3 große reife Bananen, zerdrückt
1 TL getrocknete Lavendelblüten

1. Den Ofen auf 180 Grad vorheizen. Eine Kastenform einfetten.
2. Die Butter mit dem Zucker schaumig schlagen. Die Eier dazugeben und gut verrühren.
3. Mehl, Vollkornmehl, Backpulver und Salz mischen. Unter die Butter-Eier-Masse rühren.
4. Die Bananen und die Lavendelblüten hinzugeben.
5. Die Hände um die Schüssel legen und die Augen schließen. Den Geist leeren und eine Minute lang ausschließlich an die Lösung des Problems denken. Bei besonders schweren Fällen diese Zeit etwas verlängern, allerdings höchstens um dreißig Sekunden.
6. Anschließend einmal um die Schüssel tanzen. Der Tanz sollte höchstens dreißig Sekunden dauern und mit dem größten Überschwang erfolgen.
7. Den Teig in die eingefettete Form geben. 45 bis 55 Minuten backen, bis sich der Teig leicht bräunt. Gegen Ende der Backzeit einen Holzspieß in den Kuchen stechen. Wenn kein Teig haften bleibt, ist das Bananenbrot gar.
8. Ein paar Minuten auskühlen lassen. Dann das Bananenbrot mit einem Messer vorsichtig lösen und auf ein Gitter stürzen.

# Magische Armbänder

Nicht zu fassen. Granny hatte mich rausgeworfen. Die Tür zu ihrem Zimmer war verschlossen und sie übte ihr blödes Tai-Chi. Sie hatte mir diese Notfallkiste hingehalten wie eine Riesen-Sahnetorte und dann hatte sie mir gerade mal einen Krümel angeboten. Das war grausam. Das war brutal. Das war eine Menschenrechtsverletzung, mindestens. Ich setzte mich auf den Boden. Vielleicht machte ich einfach einen Sitzstreik, bis sie ihre Meinung änderte. Nach fünf Minuten steckte Granny den Kopf zur Tür heraus. Sie musste gespürt haben, dass ich hier wartete.

»Das beste Gebet ist Geduld – hast du das schon mal gehört?«, fragte Granny.

»Für solche Sprüche habe ich keine Zeit.«

»Und wie ist es damit: Dem Geduldigen laufen die Dinge zu, dem Eiligen laufen sie davon?«

»Dauert mir auch zu lange.«

»Ach, Franny.« Granny lächelte. Gleich würde sie nachgeben, das spürte ich genau.

»So geht das nicht, Granny!«, fing ich an. »Du kannst mir nicht deine Zauberkiste zeigen und mich dann auffordern, nicht weiter drüber nachzudenken! Wenn diese Kiste wirklich dazu in der Lage ist, alles in Ordnung zu bringen ... ich meine ... das ist die genialste Sache, die mir je passiert ist! Ich will jetzt wenigstens ein Problem lösen.«

»Eins muss ich dir lassen, Franny«, sagte Granny. »Du kannst wirklich hartnäckig sein. Ich weiß nur nicht, ob ich beeindruckt oder genervt davon sein soll.«

»Einverstanden, Granny? Lösen wir jetzt ein klitzekleines Problem, das nicht zu viel mit mir zu tun hat? Bitte, nur eines. Ich bin auch total vernünftig, das verspreche ich dir.« Meine Fingerspitzen kribbelten vor Aufregung. »Und am Wochenende gehen wir ins Museum und anschließend was essen. Oder wir unternehmen irgendwas anderes. Ich mache alles, was du willst.«

Granny fixierte mich ein paar Sekunden. Sie schien mit sich zu kämpfen. »Na schön, wir probieren es noch ein Mal. Aber wirklich nur ein einziges Mal. Eigentlich muss ich mich mit der Kiste erst vertraut machen und mit den Gegenmitteln habe ich mich noch überhaupt nicht beschäftigt. Wir müssen also vorsichtig sein.«

»Klar sind wir vorsichtig.« Egal was Granny verlangte, ich würde es auf jeden Fall tun.

»Und dein Angebot nehme ich gern an. Nächste Woche gehen wir in dieses Puppentheater aus Bali und danach probieren wir den neuen Inder aus.«

»So machen wir's.«

»Also, an welches Problem hast du gedacht?«, fragte Granny.

Ich hatte mir schon genau überlegt, wie mein perfektes Leben aussehen musste. »Am besten sind Joey und Kate ab morgen beste Freundinnen und niemand redet mehr mit Elodie und –«

»Franny, hast du mir überhaupt zugehört? Die Kiste ist dazu da, um die Welt zu einem besseren Ort zu machen. Und außerdem müssen alle irdischen Mittel versagt haben. Hast du schon mal mit Joey und Kate geredet?«

»Das würde nichts helfen. Du versteht das nicht.«

»Auch wenn du mir das wahrscheinlich nicht glaubst, aber ich war auch mal in deinem Alter. Ich verstehe dich. Aber ich weiß auch, dass reden manchmal mehr hilft, als du denkst.«

Ganz genau. *Reden.* Granny hatte keinen blassen Schimmer. Sie hatte eben noch nie in den Schützengräben der Jefferson gehockt. Hatte noch nie die Kugeln an sich vorbeipfeifen hören. An der Jefferson herrschte Krieg. Dort konnte man nicht reden. Man konnte höchstens die weiße Fahne schwenken. Oder zurückschießen. Genau das hatte ich vor.

»Ich glaube, du hast die Sache immer noch nicht verstanden«, fuhr Granny fort. »Die Kiste will den Menschen auf einer spirituellen Ebene helfen. Es geht darum, dass wir in Liebe und Verständnis zueinanderfinden.«

Wenn man es so ausdrückte, klang diese Kiste plötzlich ziemlich öde.

»Wir müssen selbstlos sein. Idealistisch. Edel.« Granny verstummte und richtete den Blick an die Decke. Bestimmt schlug sie gleich etwas vor, was mir überhaupt nichts bringen würde. Ich musste ihr unbedingt zuvorkommen, damit ich wenigstens ein bisschen was davon hatte.

»Ich weiß es!«, rief ich. »Wir bitten die Kiste darum, dass die Zwillinge sich nicht mehr ständig zoffen.« Das war genial. Es klang komplett selbstlos und war in Wirklichkeit komplett selbstsüchtig.

»Super!« Granny war total begeistert. Das hatte ich echt gut hinbekommen. Wenn die Kiste irgendwas ausspuckte, was die Zwillinge einander näherbrachte, würde das mit Sicherheit auch bei Joey und Kate funktionieren. Und dann – *voilà!* (ein Wort des Tages aus dem letzten Schuljahr) – war ein Großteil meiner Probleme gelöst, was immerhin *meine* Welt besser machte.

Granny sprang auf und lief zu ihrem Schrank. Sie schnappte sich die Kiste und wir setzten uns aufs Bett.

»Bist du bereit?« Granny hielt mir ihre offene Hand hin.

»Was soll das werden?«

»*High five.* Kennst du das nicht?«

»Klar kenne ich das. Ich wusste nur nicht, dass du es kennst.«

»Ich versuche eben, *up to date* zu bleiben.«

Ich musste lachen und wir klatschten uns ab. Vielleicht war es doch nicht so schlecht, dass Granny bei uns eingezogen war.

Granny schloss die Augen und ich tat es ihr nach. Ehrlich gesagt linste ich dann aber doch. Ich musste einfach sichergehen, dass ich alles richtig verstanden hatte.

»Die Zwillinge streiten sich ab sofort nicht mehr«, sagte Granny nach einer Minute absoluter Stille. Ihrer Stimme war anzuhören, dass sie keine Sekunde an der Macht der Kiste zweifelte.

Wieder sprang die Schublade auf und wieder lag ein Zettel darin. Schnell nahm ich ihn heraus und las:

Absolute-Harmonie-Armbänder
(lassen zwei Menschen im Einklang miteinander leben)

Darunter war genau beschrieben, wie wir die Armbänder knüpfen sollten. Ich ließ die Hand mit dem Zettel sinken. Armbänder? So was hatten Joey, Kate und ich in der Grundschule gemacht, damals, als wir noch Freundinnen gewesen waren. An jedem Handgelenk hatten wir mindestens zehn Armbänder getragen. Sie wurden immer speckiger und irgendwann hatte Mom es nicht mehr ausgehalten und mir die Küchenschere gegeben, damit ich sie alle abschnitt.

Die Anleitung war unmissverständlich. Vier Fäden, jede Menge Standardknoten, zwischendurch zwei, drei kompliziertere Knoten. Das war's. Wir brauchten weder eine Froschhaut noch die Kiemen eines Grottenolms. Total langweilig. Ehrlich gesagt war ich ganz schön enttäuscht.

Keine Ahnung, was ich erwartet hatte, vielleicht dass wir den Hamster unserer Nachbarn verbrennen oder ein Hundeherz auftreiben mussten. Auf jeden Fall hatte ich nicht mit Wollfäden gerechnet.

Granny dagegen war Feuer und Flamme. »Franny, das wird super!« Vor Freude machte sie tatsächlich einen Luftsprung. So aufgedreht hatte ich sie nur ein einziges Mal erlebt, nämlich als sie mit ihrer toten Mutter in Kontakt getreten war.

»Gerade warst du aber noch ziemlich skeptisch«, sagte ich.

»Ich habe schon so viel von diesen Armbändern gehört! Angeblich entfalten sie eine große kosmische Energie. Ich habe mir Armbänder gewünscht und wir haben tatsächlich welche bekommen. Das ist interessant. Und weißt du, was noch gut ist? Wir können die Armbänder jederzeit wieder abnehmen, wenn etwas schiefgeht. Bei den meisten Rezepten bräuchten wir ein Gegenmittel.«

Ich wusste gar nicht mehr, was ich sagen sollte, so gefrustet war ich. Granny dagegen war nicht zu bremsen.

»Ein Wunder ist geschehen, Franny, und wir teilen es miteinander! Ist das nicht unglaublich? Ich bin mir sicher, dass du mich nicht enttäuschen wirst. In deiner Aura sehe ich deine innere Stärke.« Granny wühlte in einigen Schubladen herum, bis sie Wolle, Schere und Klebeband gefunden hatte. Sorgfältig schnitt sie acht lange Fäden ab, verknotete jeweils vier Fäden miteinander und klebte die Knoten auf zwei Bücher. Ein Buch drückte sie mir in die Hand.

»Na los«, sagte sie, »fangen wir an.«

Wir knüpften die Bänder schweigend und so schnell wir konnten. Immer wieder schauten wir auf das vergilbte Papier. Beim Zimmermannsknoten und beim Fischerknoten musste Granny mir helfen, denn die waren ziemlich kompliziert. Zwanzig Minuten später waren zwei farbenfrohe Armbänder entstanden.

Granny löste das Klebeband von den Büchern und legte die Armbänder auf ihren Schreibtisch. Sie nahm meine Hände in ihre und schaute mir fest in die Augen. »Nun ist es an der Zeit, dass wir unser inneres Selbst befreien. Wir müssen unsere Gedanken von dieser Welt lösen und uns den Mächten des Universums anvertrauen.«

Ich machte ein sehr ernstes, sehr feierliches Gesicht. Dabei dachte ich, so fest ich konnte, an meinen Goldfisch. Wie er eines Tages mit dem Bauch nach oben im Aquarium geschwommen war und uns nichts anderes übrig geblieben war, als ihn in der Toilette runterzuspülen.

»Und jetzt machen wir den Baum.« Granny winkelte ihr rechtes Bein an und drückte ihren Fuß gegen ihren Oberschenkel. Dann legte sie die Handflächen aneinander und hob die Arme über den Kopf.

»Was soll das werden?«, fragte ich. Ich war mir nicht sicher, ob Granny einen Storch oder einen Kirchturm darstellen wollte.

»Hast du noch nie Yoga gemacht? Das ist eine sehr harmonisierende Haltung. Außerdem steht es in der Anleitung. Mach schon mit.«

Also machte ich auch den Storch. Wie Granny so ruhig stehen konnte, blieb mir allerdings ein Rätsel. Ich wackelte hin und her und nach ein paar Sekunden knallte ich volle Kanne hin.

»Das hätten wir«, sagte Granny. Graziös stellte sie den rechten Fuß wieder auf den Boden und half mir auf.

»Darf ich eins probieren?«, fragte ich und streckte die Hand nach einem Armband aus.

»Auf keinen Fall«, antwortete Granny. »Die sind für deine Brüder.«

»Ich will nur schauen, was passiert«, bettelte ich.

»Franny, hast du aus meinen Worten gar nichts mitgenommen?«

»Äh ... klar. Ich habe einiges mitgenommen.«

»Und was?«

»Wie – *was?*«

»Was hast du mitgenommen?« Langsam schien Granny die Geduld zu verlieren.

»Äh ... also ...« Ich verstummte. Was genau hatte ich mitgenommen? Auf jeden Fall wusste ich seit wenigen Minuten, dass ich als Baum nicht sehr überzeugend war. Und dass mir diese bhutanische Notfallkiste überhaupt nichts nützte, solange Granny sich in ihrer Nähe aufhielt. Hatte ich irgendwas vergessen? »Kannst du mir vielleicht auf die Sprünge helfen?«, fragte ich vorsichtig.

»Das Zaubermittel, das die Notfallkiste uns vorschlägt, dürfen wir nicht einfach weitergeben. Es ist für die Menschen, an die wir gedacht haben. Wir wissen nicht, was passiert, wenn ein anderer das Mittel anwendet. Und wir wollen es auch nicht herausfinden.«

»Genau das habe ich mitgenommen«, sagte ich schnell. In dieser Angelegenheit verstand Granny offenbar keinen Spaß.

»Und jetzt suchen wir deine Brüder.«

Wir gingen die Treppen nach oben. Peng! Baam! Whooom! Irgendwo im ersten Stock wurde die Welt auseinandergenommen. Wir folgten den Geräuschen und landeten im Zimmer meiner Zwillingsbrüder, die sich gerade am Doppelstockbett entlanghangelten. Wer wen jagte, war auf den ersten Blick nicht zu erkennen. Das waren keine zwei Bestien, das war eine wild gewordene Affenherde.

»Elias hat angefangen«, sagte Pip zu Granny. »Er hat mir mein Buch weggenommen.«

»Chase ist schuld«, widersprach Flip. »Er hat mich in der Schule angespuckt.« Granny drängte sich zwischen die beiden und ließ unbemerkt die Armbänder über ihre Arme gleiten. Sie konnte von Glück sagen, dass sie dabei keinen Schlag auf den Kopf abbekam.

Nach ein paar Minuten ließ Flip von Pip ab. Er ging zum Bücherregal, zog ein Star-Wars-Buch heraus und hielt es seinem Bruder hin.

»Sollen wir zusammen lesen?«, fragte er.

»Sehr gern«, erwiderte Pip.

Gemeinsam krochen sie in das untere Bett und schlugen das Buch auf.

Noch nie hatten meine Brüder zusammen gelesen. Noch nie hatten sie auch nur irgendwas zusammen gemacht. Diese Kiste besaß wirklich Zauberkräfte. Ich war einigermaßen erschüttert. Und einigermaßen begeistert. Krasse Sache. In unserem Haus gab es eine Zauberkiste! Eine richtige, echte Zauberkiste! Das war eigentlich nicht gruselig, es war eher genial. Megagenial. Und dass ich mich laut Granny weiterhin selbstlos, idealistisch und edel verhalten musste, war mir ziemlich egal. Ich hatte da andere Vorstellungen. In der siebten Klasse war Zauberei manchmal nötig, und wenn bei mir zu Hause im Keller eine Zauberkiste rumlag, würde ich ganz sicher nicht vernünftig sein. Warum auch?

»Es funktioniert! Es funktioniert!« Auf dem Weg zurück in den Keller sprang ich rum wie ein Kaninchen, das zwei, drei Red Bull zu viel getrunken hatte. Meine Gedanken spielten verrückt. Wenn acht dünne Wollfäden die Zwillingsbestien zähmten, was würde die Zauberkiste dann erst aus Joey und Kate machen? Und aus dieser Anstalt, die offiziell Jefferson School hieß? Und vor allem: aus meinem Leben und aus mir?

»Daran habe ich keine Sekunde gezweifelt«, erwiderte

Granny total ruhig. »Wenn man die Hilfe des Universums braucht, muss man nur sein Herz öffnen.«

Aber ich hörte gar nicht mehr zu. Ich war voll und ganz mit mir beschäftigt. Es ging hier um mich. Um mein Leben und um mich! Um mich!!! Aber erst mal musste ich Granny von meiner Redlichkeit überzeugen. Sie musste mir vertrauen, auch wenn es dazu nun wirklich keinen Anlass gab. »Das war super, Granny. Du kennst dich mit dem Universum total gut aus.« Während ich das sagte, schaute ich ihr fest in die Augen. »Eins sollst du wissen: Ich werde schweigen wie ein Buch.«

»Ich bin stolz auf dich, Francisco. Gut zu wissen, dass du so vernünftig bist.« Granny lächelte mich an. Sofort hatte ich ein schlechtes Gewissen. Aber sie war selbst schuld. Was hatte sie mir auch von der Kiste erzählt?

»Die Notfallkiste sagt, dass die Zwillinge die Armbänder zwei Wochen lang tragen sollen«, fuhr Granny fort. »Aber ich würde sagen, wir probieren erst einmal drei Tage. Mal sehen, wie sich die Zwillinge bis dahin machen. Und jetzt verstaue ich die Notfallkiste wieder in meinem Schrank. Ich muss sie wirklich noch ein bisschen besser kennenlernen. Und nun würde ich gern mein tägliches Tai-Chi fortsetzen, wenn du nichts dagegen hast.«

»Ganz und gar nicht.«

Sobald Granny in ihrem Zimmer verschwunden war, schlich ich zurück zum Zimmer meiner Brüder. Die beiden saßen immer noch in ihrem Bett und schauten sich Buchseite für Buchseite an. Sie wirkten wie zwei Kinder aus einer Fünfziger-Jahre-Fernsehserie. Eigentlich hatte ich ihnen die Armbänder auf der Stelle wieder wegnehmen wollen. Aber wahrscheinlich war es besser, damit noch ein bisschen zu warten. Ich hatte einen Plan und Fehler konnte ich mir nicht leisten.

Erst als alle im Bett lagen, traute ich mich zu den zwei gezähmten Bestien. Sie schliefen tief und fest und es war kinderleicht, ihnen die Armbänder von den Handgelenken zu ziehen. Am Freitag war Joeys Party – die perfekte Gelegenheit, um die Zauberkraft der Armbänder auszuprobieren. Mein Plan sah folgendermaßen aus: Ich würde Kate einladen, was unter normalen Umständen natürlich absolut *forbidden* war (ein Wort des Tages aus dem letzten Sommer). Sowohl ihr als auch Joey würde ich ein Armband ums Handgelenk binden, als Zeichen für ewige Freundschaft oder so. Und dann würde ich mich zurücklehnen und in den Einklang eintauchen, den die zwei Armbänder auslösten. Ich spürte, wie mein Gewissen sich meldete. Ich wollte Granny nicht enttäuschen und ich wollte keinesfalls ein absolutes Chaos auslösen. Ich dachte daran, dass Granny vorhin fast ausgeflippt war, als ich eines der beiden Armbänder ausprobieren wollte. Warum eigentlich? Was würde passieren, wenn ich die Armbänder an Joey und Kate weitergab? Sosehr ich diese Frage wegzuschieben versuchte, sie schlich sich doch immer wieder in meinen Kopf. Aber schließlich konnte ich sie vertreiben. Denn eigentlich gab es keinen Unterschied zwischen meinen Brüdern und meinen zwei besten Freundinnen: Genau wie Pip und Flip waren auch Joey und Kate verfeindet, und wenn sie erst wieder im Einklang miteinander lebten, würde die Welt ein Stück besser. Oder jedenfalls nicht schlechter. Und ich setzte die Armbänder für einen Zweck ein, der nur knapp neben dem ursprünglichen Zweck lag. Ganz knapp. Millimeterknapp, sozusagen. Ich hoffte nur, dass Granny gegen diese klitze-winzig-minimale Abweichung von unserem gemeinsamen Plan nichts einzuwenden hatte, nur für den unwahrscheinlichen Fall, dass sie mir auf die Schliche kam. Na ja, besser, sie kam mir nicht auf die Schliche.

**Absolute-Harmonie-Armbänder**
(lassen zwei Menschen im Einklang miteinander leben)

2 Wollfäden von jeweils 6 m Länge
etwas Klebeband
ein Buch

1. Den Faden in der Mitte durchschneiden, sodass sich zwei Fäden von 3 m Länge ergeben.
2. Vom Ende der beiden Fäden jeweils 0,45 m abmessen und die Fäden umknicken. Die Fäden nun zusammenfassen, sodass sich zwei Fäden von 0,45 m Länge und zwei Fäden von 2,55 m Länge ergeben.
3. Die vier Fäden in einem Knoten zusammenfassen. Oberhalb des Knotens sollen 10 cm übrig bleiben. Den Knoten mit dem Klebeband auf das Buch kleben. Die zwei kürzeren Fäden straffziehen und die Enden festkleben.
4. Mit dem Standardknoten beginnen: Faden 1 über Fäden 2 und 3 legen, unter Faden 4 hindurchziehen und verknoten. Auf diese Weise zehn Knoten machen.
5. Nach den zehn Standardknoten einen Zimmermannsknoten einfügen: Faden 1 erst um Faden 2, 3 und 4 und dann dreimal um sich selbst drehen. Vorsichtig festziehen.
6. Zehn weitere Standardknoten anschließen.
7. Nun einen Fischerknoten einfügen: Faden 1 und 2 sowie Faden 3 und 4 jeweils in eine Hand nehmen. Faden 1 und 2 zweimal um Faden 3 und 4 wickeln. Anschließend Faden 1 und 2 durch die entstandenen Schlaufen führen und festziehen. Nun Faden 3 und 4 zweimal um alle Fäden wickeln, durch die entstandenen Schlaufen führen und festziehen. An allen Fäden ziehen, bis die Knoten fest genug sind.
8. Mit Standardknoten weitermachen, bis das Armband die

gewünschte Länge erreicht hat. Alle Fäden erneut in einem Knoten zusammenfassen.

9. Das Klebeband entfernen und die Enden abschneiden. Genug Faden lassen, damit das Armband später festgebunden werden kann. Am Ende jedes Fadens einen kleinen Knoten machen, damit die Fäden nicht ausfusseln.
10. Wenn beide Armbänder fertig sind, in den »Baum« begeben. Dafür die Füße fest im Boden verankern, das rechte Bein anwinkeln und den Fuß auf die Innenseite des linken Oberschenkels platzieren. Die Finger beider Hände verschränken und die Arme heben. Eine Minute so stehen und sich auf die Lösung des Problems konzentrieren.

# Und plötzlich ist der Himmel strahlend blau

Am nächsten Morgen sprang ich förmlich aus dem Bett. Guten Morgen, neuer Tag! Guten Morgen, neues Leben! In meinem Rucksack trug ich eine Geheimwaffe, von der niemand etwas ahnte. Es war zwar ein bisschen verrückt, aber alles sah danach aus, als würde mich die Notfallkiste auf die Sonnenseite der Jefferson befördern. Ich stand bei Granny ordentlich in der Schuld und hatte keinen blassen Schimmer, wie ich das wieder gutmachen konnte. Aber darüber würde ich mir ein andermal den Kopf zerbrechen.

Bis zu Joeys Party in zwei Tagen musste ich mich möglichst unauffällig verhalten. Granny durfte keinen Verdacht schöpfen. Ganz locker schlenderte ich in die Küche. Wie immer war Kate schon da. Sie verspeiste gerade eine Riesenportion Müsli mit Sojamilch und quatschte mit den Zwillingen.

»Lucky Charms sind superfett, Bro«, sagte Kate.

»Lucky Charms sind supercool«, rief Flip.

»Frosted Flakes schmecken viel besser«, krähte Pip. »Du hast keine Ahnung!«

Sofort kletterte Flip von seinem Stuhl und stürzte sich auf Pip. Heute Morgen verstanden meine Brüder sich offenbar nicht mehr so gut. Mein nächtliches Manöver hatte seine Spuren hinterlassen.

Mom schnappte sich Flip und setzte ihn wieder auf seinen Stuhl. »Schlechte Neuigkeiten, Jungs: Keiner von euch hat die Wahrheit gepachtet. Ihr könnt eure Meinung gern kundtun, aber ihr müsst sie auch den anderen lassen. Ansonsten sieht es mit den Fernsehzeiten am Wochenende schlecht aus. Und du, Franny«, fuhr Mom in ihrem typischen Mom-Ton fort, »isst ein bisschen schneller. Du musst was im Magen haben, ehe du das Haus verlässt.« Offenbar war alles wie immer. Mom war wieder zweiundvierzig, die Zwillinge massakrierten sich und meine Kopfhaut kribbelte nicht mehr. Ich atmete auf.

Granny kam in die Küche und bedachte mich mit einem misstrauischen Blick. »Die Zwillinge hört man ja bis in den Keller krakeelen.«

»Sonst sind sie um diese Zeit noch zu müde zum Streiten«, seufzte Mom.

»Franny, können wir kurz sprechen?«, wandte Granny sich an mich.

»Äh ... ich bin ziemlich spät dran«, sagte ich. »Hat das vielleicht Zeit bis nach der Schule?«

»Es geht ganz schnell.« Granny umschloss meinen Arm und zog mich in den Flur.

»Wo sind die Armbänder?«, fragte sie mich.

»Was meinst du?«, erwiderte ich so arglos wie möglich.

»Die Zwillinge tragen sie nicht mehr. Und es ist ja wohl klar, dass sie ihre Wirkung noch nicht getan haben.«

»Oh nein!« Ich riss die Augen auf und tat überrascht. »Meinst du, sie sind vielleicht in der Nacht aufgegangen? Oder sie haben sie im Schlaf abgemacht?«

»Das kann sein«, sagte Granny langsam. »Es kann aber auch sein, dass du dahintersteckst.«

*»Ich?* Was soll das denn jetzt?« Ich musste im Bestienzimmer unbedingt ein Indiz hinterlassen, um Grannys Verdacht zu zerstreuen. Irgendwas, was auf zerrissene Armbänder hindeutete. Ich schien über ziemlich viel kriminelle

Energie zu verfügen. Sollte mir das Sorgen machen? Na ja, im Moment hatte ich sowieso keine Zeit für Sorgen.

»Bist du sicher, Franny? Das hier ist kein Spiel. Du darfst die Anleitung nicht einfach weiterverwenden. Damit kannst du das Universum aus dem Gleichgewicht bringen, und das willst du sicher nicht.« Granny kniff die Augen zusammen. Ich hielt ihrem Blick stand und zuckte nicht einmal mit der Wimper. In einem solchen Augenblick darf man weder zucken noch blinzeln, sonst hat man seine Schuld quasi schon eingestanden. Es war gar nicht so leicht, Grannys argwöhnischem Blick standzuhalten.

»Granny, ich habe wirklich Besseres zu tun, als mich mit dem Universum anzulegen. Es reicht mir, dass es gestern Elodie auf mich abgesehen hatte. Da will ich nicht auch noch das Universum im Nacken sitzen haben.« Ich grinste schief. Vielleicht lockerte das die Stimmung ein bisschen auf.

»Na gut, mein Spatz. Wir müssen einander vertrauen, das hast du gestern selbst gesagt. Ich suche jetzt nach den Armbändern. Tut mir leid, dass ich so eine Schreckschraube bin. Ich habe einfach Angst, dass du etwas machst, was du später bereust.«

»Ich weiß, Grans.« Ich drückte ihr einen Kuss auf die Wange, schnappte mir Kate und weg waren wir.

Auf dem Schulweg zog Kate mit ihrem Roller Kreise um mich und hörte nicht auf, von James Singer zu schwärmen. Würde er sie fragen, ob sie mit ihm zum Fall Fling geht? Oder sollte sie ihm zuvorkommen und ihn fragen? Ich wollte ihr die Hoffnung nicht nehmen und beschloss, sie über die neueste Grüppchenbildung vorerst nicht aufzuklären. Außerdem würden die Karten sowieso neu gemischt, sobald ich die Armbänder ins Spiel brachte. Deshalb nickte und lächelte ich und sagte in regelmäßigen Abständen: »Ja«, oder: »Finde ich auch.« So blau wie heute war mir der Himmel lange nicht vorgekommen. Worüber würde ich mir wohl den Kopf zerbrechen, wenn sich die Sache mit Joey und Kate eingerenkt hatte und – am besten dank eines weiteren Rezepts – auch Elodie von der Bildfläche verschwunden war?

»Das ist so Jackpot, Francine! Du kommst doch, oder?«, fragte Kate.

»Wohin soll ich kommen?« Kates Sätze waren einfach an mir vorbeigerauscht.

»Na, zur Battle of Bands am ersten Oktober. Das wird megafett! Wir werden die Sache diplomrocken!«

»Äh ... klar«, erwiderte ich. Ich war mir ziemlich sicher, dass am ersten Oktober in meinem Kalender noch gähnende Leere herrschte. Heute war gerade mal der achte September und ich hatte genau einen Termin, nämlich Joeys Party am Freitag. Den Rest meines Lebens hatte ich frei.

An der Schule konnte ich mich nicht mal von Kate verabschieden, denn Joey kam sofort die Treppen runtergerannt, als sie mich sah. Wahrscheinlich wollte sie verhindern, dass ich mich wieder in eine selbstmörderische Quasselstrippe verwandelte. Gefolgt wurde Joey von Samantha Ross, die unbedingt so beliebt sein will wie Joey und Elodie und anscheinend denkt, das kriegt sie hin, indem sie den beiden wie ein Hundebaby folgt. Sie macht ihren Klamottenstil und ihren Tonfall nach und merkt nicht, dass sie mit allem zwei bis drei Tage zu spät kommt. Mich macht das völlig fertig. Manchmal würde ich Samantha am liebsten eine Wollmütze über den Kopf ziehen. Oder wahlweise mir selbst.

*»Pollo«,* warf Samantha mir hin.

»Das Wort des Tages ist spanisch und heißt Hühnchen«, erklärte Joey. »Kann dir von Nutzen sein, wenn du mal durch Spanien reist.«

»Schon klar«, sagte ich. »Die einzige Gelegenheit, bei der ich mal so was wie in die Nähe von Spanien komme, ist, wenn wir bei Señor Rosa mexikanisch essen gehen.« Aber seit Mom und Dad sich getrennt haben, gehen wir sowieso nicht mehr essen.

»Man kann nie wissen«, sagte Samantha. »Vielleicht habt ihr ja auch einen Gärtner, der nur Spanisch spricht.« Ganz toll, Samantha. Moment mal. Einen Gärtner? Meinte sie meine Mom? Bestimmt kam es ziemlich cool, wenn ich vom Küchenfenster aus *pollo* bestellte, während Mom die Hecke schnitt. Wo lebte Samantha eigentlich? Im Schlaraffenland? Oder kam sie direkt aus dem Urwald? Immerhin platzte ich heute nicht mit meiner Meinung heraus, so gerne ich Samantha die auch gesagt hätte. Meine Kopfhaut kribbelte nicht mehr und ich behielt meine Gedanken für mich. Endlich hatte ich mich wieder unter Kontrolle.

»Es gibt gute Neuigkeiten«, sagte Joey.

»Die Cheerleader sind im Finale«, machte Samantha weiter.

»Halt dir schon mal den ersten Oktober frei«, jubelte Joey. »Da ist die städtische Meisterschaft. Und wer die gewinnt, ist wohl jetzt schon klar.«

Hatte Joey gerade *erster Oktober* gesagt? Den Tag hatte ich vor einer halben Stunde verplant. Echt prima. Die wichtigsten Termine meiner zwei besten Freundinnen fielen auf denselben Tag. Das war mal wieder typisch.

»Ihr werdet die Sache bestimmt diplomrocken«, murmelte ich abwesend.

»Diplomrocken!«, rief Samantha begeistert.

»Diplomrocken?«, fragte Joey entsetzt.

Schnell machte auch Samantha eine angewiderte Miene.

Langsam betrat ich das Schulgebäude. Von wem stammte eigentlich die tolle Idee, die Battle of Bands auf denselben Termin zu legen wie die Cheerleadermeisterschaft? Da schallte die Stimme von Mrs Mackey, unserer Rektorin, durch die Lautsprecher. Sie gratulierte dem Schulorchester und den Cheerleadern, dass sie sich für die Meisterschaften qualifiziert hatten. Wie oft musste ich mir das jetzt noch anhören?

Die nächsten zwei Tage vergingen wie im Flug. Natürlich gab es in der Schule die üblichen Kämpfe. Artillerie knatterte. Bomben schlugen ein. Flugzeuge dröhnten und es gab ein oder zwei Notlandungen. Aber das alles konnte mir nichts anhaben. Ich zog den Kopf ein und blökte leise. Der Freitag rückte näher und an diesem Tag würde mein Leben sich grundlegend ändern.

Der eindeutige Höhepunkt der ersten Schulwoche war der Kunstunterricht am Mittwoch. Kunst habe ich mit Alden Timkins. Und ohne Janet Scully. Ich war mir ziemlich sicher, dass Alden mich von den fünfundvierzig Minuten mindestens sechsundvierzig Minuten lang beobachtete. Eigentlich wollte ich daraus keine große Sache machen. Aber ich bekam Aldens Blicke doch nicht aus meinem Kopf. War er auch in Liebe zu mir entbrannt? Hatte er nur mit Janet gespielt und würde er sich ihrer demnächst entledigen, um mich zum Fall Fling auszuführen? Noch während meine Gedanken verrücktspielten, wurde mir klar, dass meine Theorie nicht ganz logisch war. Aber wenn mein Herz nun mal seinen eigenen Willen hat? Bei der Liebe setzt das logische Denkvermögen eben aus.

Außerdem gab es da noch Nennt-mich-einfach-Jeff, unseren neuen Kunstlehrer. Es ist die totale Ausnahme, dass wir einen Lehrer mit dem Vornamen anreden dürfen. Aber Nennt-mich-einfach-Jeff ist irgendwie kein Lehrer. Er trägt

Baggy Jeans und in seinen blonden Haaren sind immer Farbspritzer. Ich vermute, er ist höchstens fünfundzwanzig, und obwohl er noch so jung ist, hat er ziemlich viel Ahnung von Kunst. Der Beweis: Er hat sofort mein Talent erkannt. Nach der Stunde rief er mich zu sich.

»Franny, du bist wirklich gut«, sagte er. »Hast du vielleicht Lust, ein Landschaftsbild zu malen, das wir bei der Fall River Art Fair einreichen? Dort werden die Arbeiten von zehn Schülern aus der Region ausgestellt. Du hast allerdings nur zwei Wochen Zeit, du musst also auch zu Hause daran malen.«

Wow. Ich würde bei der Fall River Art Fair ausstellen? Ich sah schon meinen Wikipedia-Eintrag: *Bereits mit zwölf Jahren erlangte Franny Flanders Weltruhm. Sie ist die jüngste Künstlerin, von der im MOMA eine Arbeit hängt.* Na ja, das war vielleicht etwas voreilig. Aber es war schon ziemlich cool, bei dieser Art Fair, einer Kunstausstellung in unserer Stadt, ein Bild einzureichen. Ich sollte die Gelegenheit nutzen, damit ich von meinem Ruhm möglichst lange etwas hatte.

Vor dem Zimmer wartete Elodie auf mich. Ich musste die Augen zusammenkneifen, so sehr blendete mich ihre knallrote Juicy-Couture-Caprihose.

»Was wollte Nennt-mich-einfach-Jeff von dir?«, zischte sie.

»Er hat mich gefragt, ob ich bei der Fall River Art Fair mitmachen will.« Ich freute mich immer noch und hatte echt keine Lust, mir das von Miss Supertoll verderben zu lassen.

»Mich hat er auch gefragt«, knurrte Elodie. »Lange bevor er dich angesprochen hat. Also halt dich jetzt nicht für was Besonderes.«

»Keine Sorge, das tue ich nicht.« Alle weiteren Kommentare behielt ich für mich. Ich war mit Elodie diese Woche schon einmal aneinandergerauscht und das reichte mir fürs Erste.

»Ich nehme Zeichenstunden, seit ich drei bin, und wenn jemand bei der Fall River Art Fair ausstellen sollte, dann ist das die Principessa.« Und mit diesen Worten drehte Elodie sich um und stapfte auf ihren Zehn-Zentimeter-High-Heels den Gang runter. Ihr blonder Pferdeschwanz schaukelte hin und her und von ihrem Kopf stiegen kleine Rauchwolken auf. Zumindest glaubte ich, so was in der Art zu sehen.

Nach Kunst wäre ich am liebsten nach Hause gerannt, um mir die Zeit bis Freitagabend mit ersten Skizzen für das Landschaftsbild zu vertreiben. Am liebsten hätte ich die gesamte restliche Woche geschwänzt und nur noch gezeichnet. Aber leider gehöre ich nicht zu den Gangstern. Ich mache immer, was man von mir verlangt. Also schleppte ich mich durch den Tag, immer in der Hoffnung, dass in der nächsten Woche alles leichter würde. Nach der letzten Stunde klebte ich mir ein Lächeln ins Gesicht und besuchte erst die Cheerleader und dann das Orchester. Das hatte ich Joey und Kate versprochen.

Bis zu den Meisterschaften blieb nicht mehr viel Zeit und Joey und Kate hatten sich beide gewünscht, dass ich ihnen bei den Vorbereitungen half. Was ich mir wünschte, interessierte mal wieder niemanden. Immer standen die Cheerleader und das Schulorchester an erster Stelle, und obwohl ich mir hier und dort die Nachmittage um die Ohren schlug, gaben mir Kate und Joey ständig das Gefühl, das wäre nicht genug. Wenn es nach ihnen gegangen wäre, hätte auch ich mich voll und ganz ihren Hobbys verschreiben müssen.

Zwanzig Minuten sah ich zu, wie Joey nach ganz oben auf die menschliche Pyramide kletterte und sich dann wieder nach unten hangelte. Dass Joey diese krassen Kunststücke einfach so aus dem Ärmel schüttelte, wollte mir nicht in den Kopf. Überhaupt hatten die Cheerleader es echt drauf. Sie rissen sich den Hintern auf für diese akrobatischen Meisterleistungen, und wenn sie am ersten Oktober nicht gewannen, dann sollten sie für ihren Ehrgeiz wenigstens drei A kriegen.

Während sie tanzte und sprang und kletterte und schrie, lächelte Joey auch noch und geriet nicht einmal ins Schwitzen. Von der Spitze der Pyramide winkte sie mir sogar zu. Das Adrenalin ließ ihre Augen leuchten. In diesem Moment wünschte ich mir, auch eine solche Leidenschaft zu haben. Natürlich hatte ich keine. Schließlich verbrachte ich einen Großteil meiner Freizeit damit, zwischen den Cheerleadern und dem Orchester hin und her zu rennen und kluge Kommentare dazu abzugeben. Wahrscheinlich hätte ich im letzten Schuljahr, als Kate und Joey mich darum baten, gar nicht erst damit anfangen dürfen. Aber so was machen Freundinnen nun mal füreinander. Auch wenn ich mich manchmal fragte, ob Joey und Kate dasselbe für mich tun würden.

Von den Cheerleadern rannte ich zur Turnhalle, wo das Schulorchester probte. Wenn man jeden Trompetenspieler und Trommler und Posaunisten einzeln betrachtete, machten die Musiker nicht viel her. Die meisten waren irgendwelche Sonderlinge mit fragwürdigen Klamotten und Frisuren. Was sie gemeinsam auf die Beine stellten, das war allerdings der Hammer. Gerade dirigierte Kate eine schnelle Version von *Boogie Wonderland.* Sie marschierte auf und ab und ließ den Tambourstock nur so fliegen. Das war voll ihr Ding, das sah jeder und ihre Begeisterung war ansteckend. Ich ertappte mich dabei, wie ich mit dem Fuß den Rhythmus klopfte. Mit meinem Handy überprüfte ich, dass ich auch hier genau zwanzig Minuten blieb. Nicht einundzwanzig und nicht neunzehn. Kate rechnete mit, das wusste ich genau.

Auf dem Nachhauseweg schaute ich kurz im Supermarkt vorbei und kaufte ein Wollknäuel. Davon würde ich etwas abschneiden und es irgendwo im Bestienzimmer drapieren. Das wäre Beweisstück Numero 1 im Kriminalfall »Abgängige Armbänder«. Irgendwie musste ich Granny davon abhalten, im ganzen Haus rumzuschnüffeln. Am besten, sie legte den Fall möglichst schnell zu den Akten.

Zu Hause bastelte ich irgendwas, was als zerrissenes Armband durchgehen konnte, und legte es heimlich unter das Doppelstockbett meiner Brüder. Dann setzte ich mich an meinen Schreibtisch und versuchte, ein bisschen runterzukommen. Als ich gerade an der ersten Skizze für die Art Fair saß, ging eine Nachricht von Kate ein. Sie wollte wissen, warum ich mir nicht noch das Beatles-Stück angehört hatte und ob ich etwa zurück zu den Cheerleadern gegangen war. Kurz darauf rief Joey an und klärte mich auf, dass ich die synchrone Saltofolge verpasst hatte, die sie selbst choreografiert hat. Ob ich beim Orchester länger geblieben war als bei den Cheerleadern? Hörte das denn niemals auf?

Am Freitagabend raste mein Herz wie sonst nur zu Silvester. Erst mal war gar nicht klar, ob ich überhaupt zu Joey gehen durfte. Mom war zum Abendessen verabredet, Granny musste zur Trapezschule (was auch immer das ist) und plötzlich sollte ich die Zwillinge hüten. Eigentlich wollte ich ganz cool bleiben, aber dann brach ich doch in Tränen aus. Schlussendlich konnte Mom Dad überzeugen, dass er einsprang, und alle hatten ihren Willen.

Eine halbe Stunde lang atmete ich ein und aus, wie

Granny es mir beigebracht hatte, und danach sah mein Gesicht dank der Gurkenscheiben auf den Augen auch nicht mehr aus wie nach dem Angriff der Killerwespen. Vor einer Party darf man keinesfalls weinen, so viel ist sicher. Mom lieh mir Puder, Rouge und Lipgloss. Und weil sie so ein schlechtes Gewissen hatte, durfte ich sogar etwas Mascara auftragen. Das war das erste Mal, dass ich Mascara trug, und ich kann nur sagen: der Hammer. Die Menschheit mag böse Erfindungen gemacht haben, Mascara gehört eindeutig nicht dazu. Ich weiß echt nicht, wie ich so lange ohne Mascara leben konnte. Mit Mascara wirkten meine Wimpern ungefähr zehn Kilometer lang. Ich sah einfach nur gut aus. Alden, ich komme!

Dreimal schaute ich nach, ob die Armbänder wirklich in meiner Hosentasche steckten. Dann ging ich zu der Ecke, an der ich mich immer mit Kate traf. Ich hatte ziemlichen Schiss und begann prompt, an meinen Nägeln zu kauen, wie immer, wenn ich aufgeregt bin. Das ist eine meiner wenigen schlechten Angewohnheiten. Plötzlich kam mir mein Plan total irre vor. Was hatte ich da eigentlich vor? War es nicht der absolute Wahnsinn, meine Probleme von einer bhutanischen Zauberkiste lösen zu lassen? Was, wenn die Sache nach hinten losging? Aber als Kate auf mich zukam, vertrieb ich die schlechten Gedanken mit einem heftigen Kopfschütteln. Jetzt war Showtime.

»Yo yo yo, Sister«, begrüßte mich Kate. Sie trug mal wieder einen ihrer freakigen Anzüge. Zur Abwechslung hatte sie jede Menge Totenkopfanstecker an der Hose befestigt und ihre Melone mit einer hellgrünen Feder dekoriert. Bei ihrem Anblick hätte ich mich am liebsten in ein Schweizer Internat gebeamt. Hauptsache weit, weit weg von hier.

»Sollen wir?«, fragte ich.

»Ab durch die Mitte, Schnitte!«, erwiderte Kate.

»*Was?* Kannst du heute Abend vielleicht normal sprechen?»

»Klar kann ich das. Aber danach wärst du wahrscheinlich depriletto vor Langeweile. Ergo hätte auch ich keinen Spaß.« Kate grinste und ich musste lachen. *Ergo?* In Wirklichkeit war Kate doch ein Nerd. »Bloß weil ich James' Herz erobern will, verwandle ich mich ganz bestimmt nicht in einen Star. Ich werde James auf die Kate-Franklin-Tour rumkriegen. Und wenn das die Stars nervt, dann haben sie Pech gehabt.»

»Keine falsche Zurückhaltung. Was liegt dir sonst noch auf der Seele?»

»Ich bin nicht gerade scharf auf Joey und diese ganzen Zicken. Leider bleibt mir nichts anderes übrig, als den heutigen Abend mit ihnen zu verbringen. Es ist einfach so: Ich will James. James ist auf der Starparty. Also muss ich auf die Starparty.»

»Ganz toll. Kannst du dich dann vielleicht auch so verhalten?»

»Kann ich nicht. Weil ich nicht will. Und du kannst mich nicht dazu zwingen. So ticke ich nun mal nicht. Sei nicht sauer, Sis.« Kate grinste mich schief an. »Ach, und übrigens: Danke für die Einladung.«

»Schon okay.« Ich musste endlich loslegen. »Gib mir mal deine linke Hand.«

»Warum?«

»Ich habe ein Geschenk für dich.«

Kate streckte ihren Arm aus und ich band eines der beiden Armbänder fest.

»Habe ich für dich gemacht.«

»Krasse Sache! Ich würde sagen, Rastafari meets Bob Dylan meets Popper. Gefällt mir maximal.«

So hätte ich das Armband vielleicht nicht bezeichnet, allerdings eher deshalb, weil ich keinen blassen Schimmer hatte, was Kate eigentlich meinte. Im Moment war ich hauptsächlich erleichtert, wie einfach es gewesen war, das erste Armband an die Frau zu bringen.

Vor Joeys Haustür warteten bereits Jane und Owen. Das gehörte eindeutig nicht zu meinem Plan.

»Yo yo yo, K bro«, sagte Owen.

»Yo yo yo, J bro, yo yo yo, O bro«, erwiderte Kate. Immer diese Orchesterleute mit ihren Insidergrüßen.

»Was machen die hier?«, flüsterte ich Kate ins Ohr.

»Sie kommen mit«, erwiderte Kate ganz selbstverständlich. Dabei war es alles andere als selbstverständlich, mit drei Freaks bei einer Party der Stars aufzukreuzen. »Du hast gesagt, dass du einen bombensicheren Plan hast, mit dem du mich auf die Party schleust.«

*»Dich!* Aber doch nicht deine ganze Gefolgschaft!« Ich war kurz davor durchzudrehen. Und jetzt? Noch ehe ich eine Entscheidung treffen konnte, ging die Tür auf und Joey stand im Türrahmen.

»Hi! Du siehst super aus«, brachte ich heraus. Schon hatte Joey die Haustür zugeworfen und mich in den Garten gezogen.

»Was soll das?« Joey war echt sauer. »Warum hast du die Freaks dabei?« Sie zeigte auf Kate und ihre Freunde.

»Kate habe ich mitgebracht, das stimmt«, sagte ich langsam. »Aber dass sie Owen und Jane Bescheid gesagt hat, wusste ich nicht. Ach, bevor ich's vergesse: Das ist für dich.« Ich schnappte mir Joeys Arm und band ihr schnell das zweite Armband um. »Das ist ein Zeichen für unsere Freundschaft. Wusstest du, dass wir schon seit neun Jahren befreundet sind? Ich bin so froh, dass ich dich habe.« Und dann fiel ich Joey um den Hals, drückte sie an mich und rief: »Ich habe dich so lieb!« So hatte ich das eigentlich nicht geplant, aber wenn es ums Ganze geht, ist Improvisation die halbe Miete.

Joey starrte mich an. »Alles okay, Franny?«

»Alles super.« Meine Stimme klang ein bisschen nach Irrenhaus.

Joey musterte ihr Handgelenk. »Das Armband ist *incroyable*, ich freue mich total. Aber was ich mit den Freaks machen soll, weiß ich trotzdem nicht. Ich habe dir doch gesagt, dass außer der Schülervertretung niemand kommen darf.«

»Wenn es dir lieber ist, hauen wir wieder ab«, sagte ich. Vielleicht war es gut, auf Zeit zu spielen. Es konnte nicht mehr allzu lange dauern, bis die Armbänder ihre Wirkung zeigten. Wie auch immer diese Wirkung aussah.

»Du kommst natürlich mit rein! Aber die Freaks kann ich nicht reinlassen, sonst bricht da drinnen das totale Chaos aus.« Joey schien tatsächlich ein schlechtes Gewissen zu haben. »Hast du die letzte Party schon vergessen?«

Ich hatte schon einmal versucht, die verschiedenen Cliquen auf einer Party zusammenzubringen, und das hat so schlimm geendet, dass ich das meiste verdrängt hatte. Plötzlich kamen die Erinnerungen zurück. Abscheuliche Erinnerungen. Grauenhafte Erinnerungen. Wie durchgeknallt war ich eigentlich, das schon wieder zu versuchen? Beim letzten Mal hatte ich Kate auf Joeys *fête de Noël* geschmuggelt. Kate war damals in Sam Fituri verliebt. (Sam hat beim Jahrbuch mitgemacht und das Jahrbuch-Team wurde von den Stars aufgenommen, weil Elodie ungefähr zwei Tage lang Enthüllungsjournalistin werden wollte. Sie hat schnell gemerkt, dass das mit Arbeit verbunden ist, und die Leute vom Jahrbuch bei den Stars kurzerhand wieder rausgeschmissen. Seitdem will niemand mehr was mit ihnen zu tun haben und sie hängen meistens mit den Freaks aus der Theatergruppe rum.) Jedenfalls ist bei Joeys *fête* so einiges vorgefallen, aber ich glaube, das führt jetzt zu weit. Die Party endete damit, dass Kate und Jane (natürlich hatte Jane sich auch damals mit reingeschmuggelt) »Stars sind Stöpsel!« grölten. Joey und ihre Freunde versuchten sie zu übertönen, indem sie »Freaks sind Fratzen!« brüllten. Dann griffen ein paar Sportskanonen die Freaks mit Schokoküssen an und die Freaks schossen mit Weihnachtsplätzchen zurück. Joey fing an zu weinen, ihre Mom tickte völlig aus und ich schloss mich im Klo ein und kam erst wieder raus, als alle anderen nach Hause gegangen waren. Damals habe ich mir geschworen, mich nie wieder als Partyschmugglerin zu betätigen. Man sollte eben niemals nie sagen.

»Sollen diese Spießer doch allein feiern«, schimpfte Jane. »Ich merke genau, wenn ich nicht erwünscht bin.« Sie drehte sich rum und ging durch Joeys Garten auf die Straße. Owen folgte ihr. Nur Kate bewegte sich nicht.

»Kommst du, Kate?«, fragte Owen.

»Ich ... äh ... ich will eigentlich nicht so schnell aufgeben.« Kate schaute zu mir. Ich schaute zu Joey. Dann trafen sich Kates und Joeys Blick. Die beiden schauten einander eine halbe Ewigkeit an. Ging es jetzt los? Bei den Zwillingen hatten die Armbänder viel schneller gewirkt. Aber bei Kate und Joey lagen die Dinge auch etwas komplizierter. Sie zofften sich nicht um Spielzeug und Essen. Meistens waren sie nach außen hin sogar freundlich zueinander. Aber ich wusste, dass sie sich im Grunde ihres Herzens nicht ausstehen konnten. Wie konnte ich eigentlich glauben, dass da zwei Armbänder halfen? Wahrscheinlich war es einfacher, das Welthungerproblem zu lösen, als diese zwei Drachen miteinander zu versöhnen.

Ich spürte meine Schultern nach unten sinken. Owen und Jane waren zurückgekommen, um Kate aus Joeys Garten zu lotsen, und mir blieb nichts anderes übrig, als danebenzustehen und zuzusehen. Joey ließ die drei nicht aus den Augen. Mir blieb keine Wahl: Ich folgte den Freaks. So viel also zur Zauberei. So viel zu bhutanischen Notfallkisten und meiner durchgeknallten Granny. Wir standen schon fast auf der Straße, als Joey uns einholte.

»Wartet mal«, rief sie außer Atem. »Kommt zurück!« Hatte sich etwas im Universum geändert oder hatte sie einfach ein schlechtes Gewissen? »Keine Ahnung, was in mich gefahren ist. Klar könnt ihr mit uns feiern. Wir rocken die Party!« Und wieder sahen sie und Kate sich in die Augen. Und dann klatschten die beiden sich ab. Sie klatschten sich tatsächlich ab. War das noch zu fassen?

»Yeah! Wir rocken die Party! Wir rocken die Schule! Wir rocken das Leben!«, rief Kate und strahlte Joey an. Joey schnappte sich Kates Hand und die beiden hüpften förmlich zurück ins Haus. Das war echt ein seltsamer Anblick. Ich meine, mein Plan hatte genau das vorgesehen. Aber jetzt, wo es Wirklichkeit wurde, kam es mir doch ziemlich absurd vor.

»Dein Anzug ist super«, sagte Joey zu Kate, als sie das Haus betraten. Okay. Damit war es offiziell, dass die Armbänder funktionierten.

Owen und Jane sahen aus, als hätte ihnen jemand von hinten eins übergezogen. Aber sie sagten nichts und sie fragten nichts. Wortlos folgten sie Kate ins Haus. Wohin Kate geht, dorthin gehen auch Owen und Jane. Sie machen alles, was Kate sagt.

Hand in Hand rannten Joey und Kate ins Wohnzimmer. Owen, Jane und ich folgten ihnen. Cheerleader, Sportskanonen, die Schülervertretung und die ganzen restlichen Stars schauten auf.

»Was wollen *die* denn hier?«, knurrte Elodie.

»Wer hat die Freaks eingeladen?«, fragte Josh Toling.

»Ich!« Joey strahlte von einem Ohr zum anderen und merkte nicht, dass sie gerade alle ihre Partygäste vor den Kopf stieß. Sie schnappte sich die Fernbedienung, stellte die Musik lauter und stürmte mit Kate die Tanzfläche. Kate zog Owen und Jane hinterher und Joey schnappte sich meinen Arm. Zu fünft fingen wir an zu tanzen. Die anderen standen starr vor Schreck. Sollten sie es Joey nachtun? Das machten sie sonst auch. Aber was hier gerade passierte, verstieß doch so ziemlich gegen jedes Jefferson-Gesetz, oder nicht? Oder hatte irgendjemand kurzfristig die Verfassung geändert?

Alexi betrat die Tanzfläche als Erster. Er ließ keine Gelegenheit aus, um mit Joey zu tanzen. Max, die zweite Schnittmenge in unserer Stufe, stieß auch schnell zu uns. Es passierte schließlich nicht alle Tage, dass verschiedene Cliquen zusammenfanden. Unsere Blicke trafen sich nur kurz und ich sah Hoffnung in seinen Augen. In dem Moment kapierte ich, dass es Max genauso ging wie mir. Auch er litt darunter, ständig zwischen Angus und Patel hin und her rennen zu müssen, und jetzt hoffte er, dass das hier nicht nur eine kurze Phase war. Dasselbe wünschte ich mir auch. Von ganzem Herzen wünschte ich mir, dass der Stress mit den vielen Gruppen endlich ein Ende hatte.

Zach und Angus versuchten vom Rand der Tanzfläche aus, die Freaks mit finsteren Blicken zu vertreiben. Aber Kate, Jane und Owen kriegten das gar nicht mit, so versunken waren sie in den Punk-Song der Plain White T's. Joey und Kate hatten sich in kürzester Zeit einen eigenen Tanz ausgedacht, bei dem sie in bestimmten Abständen mit den Händen wedelten. Alexi, Jane und Owen machten sofort mit. Rings um die Tanzfläche standen die Stars und musterten argwöhnisch das Geschehen.

Schließlich gaben Zach und Angus auf. Offenbar gab es keine rationale Erklärung für Joeys Verhalten, also konnten sie genauso gut mitmachen. Nach ihnen reihte sich Samantha ein. Natürlich tanzte sie gleich neben Joey, um deren Bewegungen exakt imitieren zu können. Und dann ging es wie beim Domino: Einer nach dem anderen knickte ein und betrat die Tanzfläche. Ich sage es doch: Wir sind nichts anderes als Schafe, die dem Leitschaf folgen. Zum ersten Mal freute ich mich darüber.

Ich tanzte neben Joey und behielt gleichzeitig das ganze Wohnzimmer im Auge. Der Dampfer hatte seinen Kurs gewechselt und ich musste aufpassen, dass niemand zurückblieb. Ich zog Hannah Bellweather und Sophie Lang auf die Tanzfläche, noch zwei Cheerleader. Und plötzlich tanzte neben mir Alden. Oder tanzte er *mit* mir? So genau konnte man das nicht sagen, weil irgendwie jeder mit jedem tanzte. Einmal berührte Aldens Ellbogen ganze zwei Sekunden lang mein Ohr. Wahrscheinlich wollte Alden mir damit zu verstehen geben, dass er mich aus tiefstem Herzen und auf immer liebte. Leider konnte ich nicht entsprechend reagieren. Das war einfach nicht der richtige Moment. Aber Alden, du kannst gewiss sein, ich habe deine Gefühle erhört.

Als ich aufsah, tanzte James sich gerade zu Kate durch. Ich drückte die Daumen und ... yes! Schon tanzten James und Kate miteinander. Und ich meine: *miteinander*. James beugte sich zu Kate und flüsterte ihr was ins Ohr. Kate fing an zu kichern und sie rutschten noch enger zusammen. Das hier war supergut. Es war universumsmäßigsupergut und tausendmal besser als Disney World. Na ja, vielleicht neunhundertmal besser.

Mittlerweile tanzten alle Partygäste. Alle außer Elodie. Sie stand am Rand der Tanzfläche und kochte vor Wut. Aber mir ging es so gut, dass mir das komplett egal war.

Seit ich auf die Jefferson ging, war so etwas nicht passiert. Noch nie hatten alle zusammen gelacht und gequatscht und getanzt und gefeiert. Dieser Abend würde in die Geschichte der Jefferson eingehen. Zum ersten Mal seit Menschengedenken machten Stars und Freaks gemeinsam Party.

»Operation Beste Freundinnen« hatte sich als voller Erfolg herausgestellt. Jetzt musste ich nur noch darauf achten, dass Joey und Kate ihre Armbänder mindestens zwei Wochen lang trugen. So hatte es jedenfalls in der Anleitung gestanden. Und dann wären wir endlich wieder vereint.

# Die Ankunft des Wurzelgnoms

Am Samstagmorgen wachte ich irre zeitig auf und war so aufgedreht, dass ich nicht wieder einschlafen konnte. Ich will ja nicht übertreiben, aber ich hatte so was wie ein Wunder bewirkt. Ich war stark. Ich war unbesiegbar. Ich war Superwoman. Eine ziemlich ungeduldige Superwoman, um genau zu sein. In Gedanken sah ich schon, wie Kate, Joey und ich am Montag zu dritt in der Mensa saßen. Wie wir quatschten und kicherten wie ganz früher, als wir noch Freundinnen waren. Ich spann meine Gedanken weiter. Plötzlich war die Sitzordnung in der Mensa komplett aufgehoben und die ganzen blöden Gruppen existierten nicht mehr. Alle saßen durcheinander und alle hatten Spaß. Nur Elodie hockte allein am Rand. Am liebsten wollte ich Joey und Kate sofort anrufen. Aber beim Blick auf die Uhr stellte ich erschrocken fest, dass es erst sieben war. Um diese Zeit konnte ich niemanden anrufen. Ich tappte nach unten in die Küche, wo Mom gerade so was wie ein Zehn-Gänge-Menü vorbereitete.

»Was soll das denn werden?«, fragte ich. »Ist heute Ramadan zu Ende oder so was?«

»Dad kommt zum Brunch«, sagte Mom.

»Na und?«, fragte ich. Dad kommt jeden Samstagvormittag. Auch deshalb bin ich mir ja so sicher, dass meine Eltern es noch mal miteinander probieren. Sie haben zwar gesagt, dass sie beide etwas »Abstand« wollen, aber in Wirklichkeit halten sie es ohne den anderen gar nicht aus. Erwachsene sind manchmal echt blind. Aber das war schon in Ordnung.

Ich nahm es meinen Eltern nicht übel, dass sie diesen sogenannten Abstand brauchten. Sollten sie ruhig. Wenn diese Phase vorbei war, würden sie sich umso mehr lieben.

Nach dem Frühstück unternehmen die Zwillinge und ich meistens was mit Dad. Wir gehen ins Kino oder ins Schwimmbad oder so. Samstag ist Dad-Tag und das ist viel cooler, als es klingt. Manchmal kommt sogar Mom mit. An diesem Morgen aber stimmte irgendwas nicht. Moms Stimme klang anders als sonst und sie musterte mich von oben bis unten. Wie meistens am Samstagmorgen trug ich eine olle Hose und irgendein T-Shirt, das ich gestern Nacht im Halbschlaf aus dem Schrank gezerrt hatte.

»Vielleicht ziehst du dich noch um«, sagte sie. Und es wurde noch verrückter. Als Nächstes nahm Mom einen superaufwändigen Auflauf aus dem Herd. Und dann fiel mir auf, dass sie Skinny Jeans und ihren schönsten Cashmerepullover trug. Geschminkt war sie außerdem. Und das alles fürs *Frühstück?*

»Ist doch egal, was ich anhabe. Soll ich mich für Dad etwa hübsch machen?«

»Äh ... er bringt jemanden mit.« Moms Stimme klang plötzlich seltsam.

»Wen bringt er mit?« Mit einem Mal war mir schlecht.

»Dein Dad will, dass wir jemanden kennenlernen.«

»Etwa diese Naomi? Deswegen redet er ständig von ihr. Die sollen wir kennenlernen? Ich wusste es!« Ich sprang von meinem Stuhl auf. Plötzlich raste mein Herz. Das war die schlechteste Nachricht des Jahres. »Sind sie und Dad etwa zusammen? Bestimmt ist sie Dads Freundin, sonst würde er sie nicht zum Frühstück mitbringen.« Dad hatte eine Freundin! Und beim nächsten Mal sollten wir dann unsere lieben, netten Stiefgeschwister kennenlernen? Na, vielen Dank auch. »Ich bin raus.«

»Du bist nicht raus. Wir werden alle zusammen frühstücken.«

»Ich frühstücke nicht mit Dads neuer Freundin.«

»An deiner Stelle würde ich darüber noch mal nachdenken.«

Ich spürte, dass auch Mom jeden Moment durchdrehte. Die Zwillingsbestien nahmen gerade den Toaster auseinander und hatten natürlich mal wieder nicht mitbekommen, dass Mom *den Ton* draufhatte. Wenn Mom kurz vorm Durchdrehen ist, redet sie viel zu schnell und viel zu hoch. Sie klingt dann ein bisschen wie unser alter VW, kurz bevor er liegen blieb. Am liebsten wäre ich aus der Küche, nein, aus dem Haus gerannt, direkt ins nächste IHOP-Café, um das fiese Gefühl in meinem Magen mit einem Butterscotch Banana Fudge zu betäuben.

»Franny, du ziehst dich jetzt um und dann kommst du wieder runter und deckst den Tisch«, sagte Mom.

»Ich frühstücke in meinem Zimmer.«

Ich rannte nach oben, schlug die Tür zu, stöpselte mir die Fiery Furnaces in die Ohren und drehte die Musik bis zum Anschlag auf. Aus meiner Zeichenkiste nahm ich einen Kohlestift und zeichnete eine megahässliche Frau, die eher wie ein Wurzelgnom als wie ein Mensch aussah. Hoffentlich kam das Naomi nahe. Bei der Art Fair sollte ich dieses Bild vielleicht nicht einreichen, aber während ich malte, beruhigte sich immerhin mein Herzschlag.

Nach einer Minute klopfte Mom. Ich schwieg. Sie drückte die Klinke runter. Ich hatte abgeschlossen.

»Francine, mach sofort die Tür auf!«, schimpfte sie. Oh Mann. Gestern Abend hatte ich noch über allen Wolken geschwebt und heute Morgen erlebte ich den absoluten Horror. Das war echt die totale Bruchlandung. Ich pfefferte das Bild von Naomi unter mein Bett und öffnete widerwillig die Tür.

»Hör mal, Franny, es war doch klar, dass dein Dad früher oder später eine Freundin findet. Und bestimmt habe auch ich irgendwann einen neuen Freund, der ...«

»Was?« Warum ging plötzlich alles so verdammt schnell? »Du willst auch einen Freund?« Ich kriegte die Worte kaum über die Lippen. Wie sollten meine Eltern wieder zusammenkommen, wenn sie sich beide in jemand anders verliebten?

»Irgendwann will ich mich neu verlieben, klar. Und das werde ich auch, wenn das Schicksal es gut mit mir meint und mir einen Mann vorbeischickt, der sich vielleicht auch in mich ...« Ich hob die Hand, um Mom zum Schweigen zu bringen. Mir war schon klar, was *verlieben* bedeutete. Aber von den Lippen meiner Mom wollte ich das nicht unbedingt hören. Das war immer noch meine *Mom!*

Natürlich hatte ich keine Wahl. Ich musste mich umziehen und wieder nach unten kommen, ohne Diskussion und so weiter. Wenn sie will, kann Mom echt erbarmungslos sein.

Eine halbe Stunde später saßen Mom, die Zwillinge und ich herausgeputzt und fröhlich am gedeckten Tisch. Granny war schlau genug gewesen, irgendwas von »japanischem Blumenbinden« zu murmeln und sich in Luft aufzulösen. Mom wollte unbedingt ein Gespräch in Gang bringen, aber ich schwieg hartnäckig. Und dann war auf einmal Dad da, in allerbester Samstagmorgenlaune und in Begleitung einer großen schlanken Frau. Leider hatte Naomi so gar nichts von dem Wurzelgnom, den ich in meinem Zimmer gezeichnet hatte. Dafür war sie einfach zu hübsch mit ihren langen schwarzen Haaren und ihrer Milchschokoladenhaut. Ich merkte, dass Mom von Naomis Äußerem auch ziemlich eingeschüchtert war. Wir hatten echt ein Problem.

»Hi Leute, das ist Naomi. Naomi, das ist die Rasselbande«, sagte Dad, als wäre es das Normalste der Welt, mit einer wildfremden Frau in unserer Küche aufzukreuzen.

»Hi.« Naomi lächelte uns an. Natürlich hatte sie auch noch perfekte Zähne.

Ich hasste sie von der ersten Minute an. Die Zwillinge sprangen von ihren Stühlen und kletterten auf Dads Rücken. Er schüttelte sie runter und sie sprangen gleich wieder drauf. Alle lachten. Echt witzig. Wir saßen mit einer wildfremden Frau in unserer Küche rum und hatten einen Riesenspaß. Fieberhaft rechnete ich aus, wie weit ich mit dem Inhalt meiner Sparbüchse käme. Ich könnte zum Beispiel nach Kanada auswandern. Ich bin eigentlich keine Zicke. Aber das hier war ein Notfall und da blieb mir nichts anderes übrig, als meine Krallen auszufahren.

»Fri-, Fra-, Fro-, Franny, wie geht's meinem Liebling?« Dad hob mich aus meinem Stuhl und drückte mich an sich. Als er mich endlich wieder losließ, stand *sie* quasi auf meinen Füßen und sagte: »Hi Franny, ich habe schon viel von dir gehört.«

Netter Versuch, Naomi. Hast du das aus dem »Handbuch für neue Freundinnen eines frisch geschiedenen Ehemannes«?

Beim Frühstück verhielten sich alle, als hätte sich nichts verändert. Sie mampften und quatschten und hatten Spaß. Nur ich sagte kaum etwas und sah Dad kein einziges Mal in die Augen. Die Zwillinge kriegten mal wieder überhaupt nichts mit. Merkten sie nicht, dass Dad unsere gute alte Maschine namens Familie gerade aufgegeben hatte? Dass er nicht mehr vorhatte, sie zu reparieren? Und das nahmen sie einfach so hin? Sie schienen Naomi sogar nett zu finden. Aber Pip und Flip hatten noch nie einen guten Geschmack. Sie lachten über Naomis billige Witze, hörten sich ihre langweiligen Geschichten an und beantworteten ihre hirnrissigen Fragen.

Selbst Mom schien Naomi zu mögen. Und das war echt deprimierend. Es konnte doch nicht in Moms Interesse sein, dass Naomi in unsere Familie aufgenommen wurde! Dann würde es ja noch länger dauern, bis Mom und Dad wieder zueinanderfanden. Aber Mom plauderte ganz selbstverständlich mit *ihr*. Sie erzählte von ihrer Schreibblockade und *sie* war total verständnisvoll. *Sie* selbst schrieb auch, nämlich Werbetexte. Dad versuchte die ganze Zeit, mich in das Gespräch einzubinden. Aber darauf hatte ich keinen Bock. Tut mir leid, Dad, das geht nicht gegen dich. Aber ich frühstücke nun mal nicht mit deinen Freundinnen. Und wenn ich muss, dann sage ich gleich gar nichts.

Eine Stunde später spielten die Zwillinge im Garten, die Erwachsenen hielten im Wohnzimmer Händchen und ich saß in meinem Zimmer und war stinkig. Nicht zu fassen, dass ich mich vor zwölf Stunden noch universumsmäßig supergut gefühlt hatte und jetzt alles nur noch megagrottig war. Mit diesem Absturz kam ich vermutlich ins Guinnessbuch. Wahrscheinlich würde Dad demnächst heiraten und eine neue Familie gründen. Und dann wäre er im Grunde genommen nicht mehr mein Dad. Ich meine, gegen süße kleine Babys kamen wir sowieso nicht an. Ich war quasi eine Halbwaise und im Erdgeschoss taten alle vollkommen normal. War es ihnen eigentlich egal, dass unsere Welt gerade implodierte?

Ich stöpselte mir Musik in die Ohren und begann ein neues Bild. Diesmal zeichnete ich die echte Naomi, die in einem Ameisenhaufen saß. Ich war gerade mit der Ameisenkönigin beschäftigt, die den Befehl gab, Naomi ...

Da klopfte es wieder. Diesmal war es Dad. Wieder pfefferte ich das Bild unters Bett und öffnete die Tür.

»Frans, hast du einen Moment?«, fragte Dad.

Ich nahm einen Stöpsel aus dem Ohr, sagte: »Eigentlich nicht«, und steckte den Stöpsel wieder rein.

Dad setzte sich auf mein Bett und schaltete meinen iPod aus. »Es muss seltsam für dich sein, meine neue Freundin kennenzulernen«, sagte er. Uagh. Schon wieder dieses Wort. »Naomi bedeutet mir sehr viel, deshalb habe ich sie mitgebracht. Ich würde mich freuen, wenn du ihr eine Chance gibst.«

»Okay«, sagte ich. »Ist angekommen.«

»Und?«, fragte Dad. »Gibst du ihr eine Chance?«

»Ich fürchte, das ist nicht drin.«

»Vielleicht müssen wir das nicht jetzt entscheiden«, erwiderte Dad. »Ich fahre gleich mit den Zwillingen ins Shoppingcenter. Willst du mitkommen?«

Auf eine Autofahrt mit Dad und *ihr* hatte ich gleich gar keine Lust. »Heute nicht.«

»Schade.« Dad umarmte mich länger als sonst und ging zurück nach unten. Normalerweise kriegte er mich auf die sanfte Tour. Heute aber nicht. Und bei dieser Angelegenheit sowieso nicht.

Ich wollte gerade eine SMS an Joey schreiben, als plötzlich Mom in meinem Zimmer stand. Sie hatte nicht mal angeklopft. Stalkten meine Eltern mich jetzt oder was? Ich musste ihnen dringend erklären, dass die Pubertät eine besondere Lebensphase ist, in der Kinder auch mal etwas Zeit für sich brauchen.

»Was hältst du von Naomi?«, fragte Mom.

»Ich will nicht darüber reden«, sagte ich bestimmt. Mom schaute mich genervt an. So schaut sie immer, wenn ich mich wie ein Seifenopern-Teenager verhalte.

»Ich weiß, das ist nicht leicht für dich, Süße. Aber dein Daddy liebt dich. Daran wird auch seine neue Freundin nichts ändern.« Moms Stimme zitterte. Langsam reichte es mir. War sie gekommen, um *mich* zu trösten, oder was sollte das hier werden?

»Alles klar, Mom?«, fragte ich, auch wenn ich die Antwort eigentlich nicht wissen wollte.

»Es geht mir gut, Süße. Obwohl ich zugeben muss, dass es echt komisch für mich ist, deinen Dad mit einer anderen Frau zu sehen. Aber ich freue mich für ihn. Wirklich. Diesmal scheint es ihm ernst zu sein und damit beginnt eine ganz neue Phase, nicht nur für ihn, sondern auch für uns. Vielleicht bin ich deshalb ein bisschen aufgewühlt. Immerhin ist Naomi sehr nett, darüber bin ich erleichtert. Aber irgendwie ... vielleicht klingt das verrückt ... na ja, ich hoffe, du findest sie nicht besser als mich. Sie ist so toll und ...« Mom unterbrach sich. »Was rede ich da eigentlich? Das ist ja schrecklich. Habe ich dir gerade meine Komplexe anvertraut?«

»Sieht ganz danach aus«, antwortete ich. Jetzt ging es mir gleich noch schlechter, wenn das überhaupt möglich war. Ich hasste Naomi nicht mehr nur, weil sie mich verletzte. Ich hasste sie auch, weil sich ihretwegen auch noch Mom schlecht fühlte. Das war eindeutig zu viel des Guten. Naomi musste von der Bildfläche verschwinden und ich würde mich höchstpersönlich darum kümmern.

»Mach dir keine Sorgen, Mom. Du bist die Beste. Selbst wenn du schlechte Laune hast, bist du besser als alle anderen da draußen«, sagte ich. Sie zog mich an sich und ließ mich ungefähr fünf Jahre lang nicht wieder los.

# Das Universum will nicht so wie ich

Eine Stunde lang malte ich wie eine Irre, in der Hoffnung, dass mich das von dem Problem ablenken würde, mit dem ich den Vormittag hatte verbringen müssen. Das Ganze bezeichnete ich als Vorstudie für die Art Fair. Ich bearbeitete die Leinwand so heftig, als könnte ich Naomi damit zum Verschwinden bringen. Aus einem lieblichen Sonnenuntergang wurde eine Dünenlandschaft und aus der Dünenlandschaft ein schwarzes, schmieriges Moor. Ich war so in meine Arbeit versunken, dass ich die Türklingel nicht hörte.

»Franny! Joey ist da«, rief Mom. Ich rannte nach unten.

»Hi Joey«, sagte ich. »Was gibt's?«

»Was hältst du davon, wenn wir heute Nachmittag im Sweet Spot einen Saft trinken und danach ins Kino gehen, ich meine, du, Kate und ich?«

*Wie bitte? Joey* wollte mit *Kate* ins Kino gehen? Träumte ich? Ich kniff mir in den Unterarm. Autsch. Das tat weh. Wahrscheinlich wollte Joey mich veralbern.

»Meine Mom würde uns fahren«, fuhr Joey fort. Sie schien es tatsächlich ernst zu meinen.

»Klar. Super Idee.« Nicht. Zu. Fassen! Die Armbänder funktionierten. Und wie sie funktionierten! Ich biss mir auf die Lippen. Yes! Ich hatte die richtige Kugel gewählt und sie im richtigen Winkel genau in der Mitte der Bahn platziert. Mit ordentlich Anlauf, versteht sich. Zur Abwechslung ging in meinem Leben einmal etwas glatt.

»Die Party gestern war echt super«, sagte Joey. »Kate ist voll cool.«

Am liebsten hätte ich einen Salto rückwärts gemacht. Wenn ich einen gekonnt hätte. Joey sagte exakt das, was ich seit Jahren hören wollte. Unauffällig senkte ich den Blick: An ihrem Handgelenk trug sie das Armband, das ich ihr gestern Abend geschenkt hatte. Ich musste mich zusammenreißen, um nicht in die Knie zu gehen und es zu küssen.

»Na los, Franny«, sagte Joey. »Wir schauen bei Kate vorbei und fragen sie, ob sie dabei ist.«

»Was geht, F?«, fragte Kate. Dass Joey und ich unangekündigt bei ihr aufschlugen, schien sie etwas zu überrumpeln. Bestimmt war sie gerade erst aufgestanden.

»Wir wollten nur mal *salut* sagen.« Joey machte einen Schritt nach vorn, um Kate zwei Wangenküsschen zu geben.

Irritiert trat Kate einen Schritt zurück. »Können wir unter vier Augen sprechen?«, fragte sie und zog mich ins Haus. Joey ließ sie einfach draußen stehen.

»Was zum Henker soll das werden? Joey und meine Wenigkeit, das geht gar nicht, und das weißt du genau.« Kate war echt stinkig. Sofort schlug mein Herz schneller.

Irgendwas war schiefgegangen. Mist. Joey fand Kate supercool, Kate fand Joey superlahm. Ich schaute auf Kates Handgelenk und in dem Moment sah ich es. Doppelmist. Denn ich sah nichts. Kate trug das Armband nicht mehr. Auch nicht am anderen Handgelenk. Dreifachmist. Konnte mal jemand auf *Pause* drücken? Kate und Joey mussten die Armbänder doch nur noch dreizehn Tage tragen, damit wir wieder Freundinnen waren. Es war so einfach. Und so kompliziert.

»Du trägst das Armband nicht mehr«, stellte ich fest.

»Ich muss es auf der Party verloren haben. Sei nicht

sauer. Vielleicht kannst du mir ein neues machen?« Kate schien die Sache wirklich leidzutun.

Nicht zu fassen. Kate hatte das Armband verloren. Das Absolute-Harmonie-Armband. Das Armband, das unser aller Leben für immer hatte verändern sollen. Und da draußen wartete Joey und wollte Kates beste Freundin sein.

»Klar, kein Problem.« Die Worte wollten kaum von meinen Lippen. Aus dem Augenwinkel sah ich, dass Joey schon im Flur stand. Mal wieder herrschte Alarmstufe und diesmal war es Alarmstufe Rot.

»Was ist los?«, fragte Joey arglos.

Unsanft zog ich sie nach draußen. Auf keinen Fall durften sie und Kate jetzt miteinander reden! »Kate hat eine Riesenladung Hausaufgaben. Vielleicht gehen wir besser zu zweit ins Kino. Bis bald, Kate!«

»Das stimmt nicht«, widersprach Kate, »ich ...« Aber ehe sie weitersprechen konnte, hatte ich schon die Tür ins Schloss geworfen. Kurz darauf standen Joey und ich wieder auf der Straße.

»Kate würde echt gern was mit uns machen. Aber du kennst sie ja. Bei den Hausaufgaben stresst sie sich immer total rein. Wir holen das nächste Woche nach. Und vorher rufen wir an und fallen nicht einfach mit der Tür ins Haus.« Ich versuchte zu lachen, als wäre das alles völlig normal. Joey kapierte natürlich gar nichts mehr.

»Außerdem habe ich sowieso Bauchschmerzen und gehe lieber wieder nach Hause«, fuhr ich fort. Das war nicht mal gelogen. Mittlerweile tat mir wirklich der Bauch weh. Außerdem der Kopf. Ein bisschen auch die Füße und, wenn ich mich nicht täuschte, die Arme und Beine. Aber ich hatte keine Zeit, meine Wunden zu lecken. So schnell wie möglich musste ich nach Hause, um das Universum wieder ins Gleichgewicht zu bringen. Wer weiß, wie lange Joeys Zuneigung anhielt, wenn Kate weiter einen auf Zicke machte. Ich musste unbedingt ein neues Armband herbeizaubern, und zwar pronto.

In unserer Küche fand ich ein zerzaustes Wollknäuel und wollte das Armband aus der Erinnerung knüpfen. Das funktionierte überhaupt nicht. Der Zimmermannsknoten und der Fischerknoten waren wie aus meinem Gedächtnis gelöscht. Ich brauchte die Anleitung. Und das hieß, dass ich Grannys alberne Kiste zum Zaubern bringen musste. Ich schlich durchs ganze Haus, von einem Zimmer zum andern. Mom saß im Arbeitszimmer und schrieb.

»Wo steckt Granny?«, fragte ich.

»Beim Mandolinenunterricht. Wie geht's dir nach dem schwierigen Vormittag?«

»Mir geht's super«, erwiderte ich. Für ein tiefschürfendes Gespräch hatte ich jetzt echt keine Zeit.

»Vorhin warst du aber ganz schön stinkig.«

»Mir ist klar geworden, dass ich mich mit der Situation anfreunden muss.« Ich versuchte, mich auf Zehenspitzen zurückzuziehen. Jetzt durfte ich keine Zeit verschwenden. Ich hatte keine Ahnung, wie lange dieser Mandolinenunterricht dauern würde. Eigentlich wusste ich nicht mal, was eine Mandoline ist.

Aber Mom ließ mich nicht aus dem Blick. »Das ging schnell. Na ja, wenn du dich *mit der Situation angefreundet* hast, dann ruf doch deinen Dad an und schlag ihm vor, dass ihr demnächst was zu dritt unternehmt, Naomi, er und du. Da freut er sich bestimmt.«

Das wurde ja immer besser! Wenn ich es in diesem Jahrhundert noch in Grannys Zauberhöhle schaffen wollte, musste ich was mit *ihr* unternehmen? »Meinetwegen«, murmelte ich.

»Das freut mich, Frans«, sagte Mom. »Ich bin stolz auf dich.«

Endlich schlüpfte ich in den Flur.

»Frans?«, rief Mom, als ich gerade den Abgang machen wollte.

»Ja?« Ich steckte den Kopf noch mal in ihr Arbeitszimmer.

»Ich hab dich lieb.« Mom strahlte mich an.

»Schon klar«, sagte ich und rannte runter in den Keller.

*Du kannst das Universum aus dem Gleichgewicht bringen.* Grannys Stimme hallte in meinen Ohren, als ich die Tür zu ihrem Zimmer öffnete. Hatte ich das Universum bereits aus dem Gleichgewicht gebracht? Wenn ja, musste ich es dringend wieder ins Gleichgewicht bringen. Zumindest lautete so die Ausrede für das, was ich vorhatte.

Ich riss den Wandschrank auf und durchsuchte alle Fächer. Nichts. Das glaubte ich einfach nicht. Granny hatte die Notfallkiste versteckt. Vertraute sie mir denn überhaupt nicht? Na ja, eigentlich hatte sie auch keinen Grund dazu. Fieberhaft durchsuchte ich den Schrank ein zweites Mal. Offenbar kannte Granny mich besser als ich mich selbst.

Also schön, Geheimagentin Flanders. Wo würde Ihre Großmutter eine allmächtige Notfallkiste verstecken? Wahrscheinlich an einem Ort, an dem Sie sie niemals vermuten würden. Und genau dort fand ich die Kiste. Sie lag unter einem Haufen Dreckwäsche und war zusätzlich noch eingewickelt in eine müffelnde Yogahose. Mein Geheimagentenhirn konnte sich echt sehen lassen. Als ich die Kiste von der Yogahose befreite, fiel eine Glasampulle auf den Boden. Darin war das Zeug, das Granny mir auf den Kopf geschmiert hatte. Diese sogenannte Erste-Hilfe-Paste, die mich in die Quasselstrippe vom Dienst verwandelt hatte. Diese Paste war gefährlich. Ihre Wirkung war unberechenbar. Sie konnte an der Jefferson einen Bürgerkrieg auslösen. Vor allem aber konnte sie mir eines Tages von großem Nutzen sein. Ich musste ja nicht alles auf einmal anwenden.

In Grannys Badezimmer standen schätzungsweise tausend winzige Shampoo- und Duschgelflaschen aus tausend verschiedenen Hotels. Ich schnappte mir eine, schüttete den Inhalt weg, spülte sie ordentlich aus und tropfte etwas von der Paste hinein. Den Rest ließ ich wieder in dem Kleiderhaufen verschwinden. Das würde Granny niemals merken und ich verfügte über eine Geheimwaffe, die ich natürlich nur im absoluten Notfall einsetzen würde. Ich ließ die Miniflasche in meine Hosentasche gleiten und widmete mich endlich der Zauberkiste.

Vom letzten Mal wusste ich, dass ich mir jetzt ganz in Ruhe eine Lösung für mein Problem überlegen und dann eine Minute lang an diese Lösung denken musste. Mein Kopf sah das allerdings anders. Dort rasten die Gedanken nur so hin und her und mein Herz trommelte wie nach einem Fünfzig-Meter-Lauf. Ich setzte mich auf Grannys Bett und legte die Notfallkiste in meinen Schoß, schloss die Augen und versuchte mir Kate und Joey als beste Freundinnen vorzustellen. Vor meinem inneren Auge steckte Kate mal wieder in einem abgefahrenen Outfit und umkreiste auf ihrem neongrünen Roller Joey, die in ihrem stylischen Bikini wie ein Model wirkte. Ich musste lachen. Kate und Joey passten nicht mal ansatzweise zusammen. Selbst vor meinem inneren Auge konnten sie keine richtigen besten Freundinnen sein. Aber wenn ich die Zauberkiste zum Laufen bringen wollte, musste ich mir die beiden als das perfekte Team vorstellen. Ich stellte mir vor, dass sie ganz nahe beieinanderstanden und sich über einen Witz halb totlachten und sich dann ... meine Gedanken gingen einfach mit mir durch ... sogar noch abklatschten. Kate begann, Joey einen Zopf zu flechten, und Joey nahm Kates Haarreif und steckte ihn sich auf den Kopf. Was eine ziemlich große Sache war, denn dieser Haarreif war – typisch Kate! – mit schwarzen Puscheln verziert. Echt super! Größer konnte der Einklang zwischen Joey und Kate wirklich nicht sein. Ich war so weit.

»Kate und Joey sind beste Freundinnen«, sagte ich zur Notfallkiste.

Die kleine Schublade öffnete sich und ich riss den Zettel förmlich heraus. Ich hatte mit der Anleitung für die Armbänder gerechnet, aber stattdessen stand dort:

**Freundschafts-Blondies**
(machen Feindinnen auf den Tod zu Freundinnen fürs Leben)

Ich brauchte keine Blondies, ich brauchte Armbänder! Ganz unbedingt brauchte ich die Anleitung für den Fischerknoten und den Zimmermannsknoten und überhaupt – was war mit der blöden Kiste los?

Ich legte das Rezept zurück in die Schublade, knallte sie zu und fing noch mal von vorn an. Diesmal dachte ich noch fester daran, wie Joey und Kate einander plötzlich mochten. Die Schublade ging auf und ... wieder lag das Rezept für die Blondies darin. Drei weitere Male versuchte ich es und drei weitere Male gab mir die verdammte Zauberkiste das verdammte Rezept für die verdammten Blondies. Was sollte das?

Aber ich konnte die Kiste schlecht zur Rede stellen. Offenbar blieb mir nichts anderes übrig, als eine Ladung Blondies zu backen. Ich sagte Mom, dass ich noch ein paar Sachen für die Schule brauchte, radelte zum Supermarkt und lud die Zutaten in den Korb. Zu Hause wartete ich, bis die gesamte Bande schlief, und schlich dann runter in die Küche. Leise und konzentriert ging ich ans Werk. Die Zutaten maß ich ganz genau ab. Fehler konnte ich mir nicht erlauben. Genau wie bei den Armbändern war auch hier der letzte Schritt völliger Blödsinn. Nachdem ich die Blondies in den Ofen geschoben hatte, musste ich einen einminütigen Kopfstand absolvieren. Zum Glück hatte Mom mich damals zum Bodenturnen geschickt. Endlich hatte ich was davon. Ich stemmte die Hände in den Boden, hob die Füße und lehnte mich gegen die Wand. Im Flüsterton zählte ich von sechzig rückwärts. Bei drei betrat Mom die Küche.

»Was soll das werden?«, fragte sie konsterniert. »Du stehst auf dem Kopf, im Ofen backt irgendwas und es ist Mitternacht. Irgendwie passt das alles nicht zusammen.«

»Äh ... ich hatte plötzlich so einen Appetit auf Blondies ... und außerdem habe ich Kopfschmerzen ...« Fieberhaft suchte ich nach einer Ausrede. »Schon den ganzen Tag ist mir so komisch.«

»Sag mal, Franny ... kann es sein, dass du deine Regel bekommst?« Moms Augen wurden feucht und ich wäre am liebsten in Grund und Boden versunken. Musste sie immer so schrecklich sentimental sein?

»Noch nicht. Aber es könnte jeden Tag passieren, schließlich bin ich fast dreizehn. Und wahrscheinlich geht es mit Heißhunger los und mit Hormonschwankungen, die zu nächtlichen Backattacken führen. Können wir jetzt vielleicht über was anderes reden?« Ich plapperte Unsinn, das merkte ich selbst. Zum Glück war Mom viel zu müde, um weiter nachzufragen. Ich kam wieder auf die Füße, strahlte Mom mit Hundeaugen an und sagte: »Ich hab dich lieb, Mommy.« Ich schloss sie in die Arme und drückte sie fest an mich. Vielleicht vergaß sie so die Blondies im Herd und den Backgeruch in der Luft.

»Ich hab dich auch lieb, Süße.« Mom lächelte mich an. »Und backen hat noch niemandem geschadet. Aber iss nicht alles auf einmal, sonst kriegst du Magenschmerzen.«

**Freundschafts-Blondies**
(machen Feindinnen auf den Tod zu Freundinnen fürs Leben)

½ Stück zerlassene Butter
200 g brauner Zucker
1 Ei
½ Teelöffel Vanilleextrakt
1 Prise Salz
100 g Mehl (Type 405)
50 g Schokotropfen (Vollmilch)
50 g Schokotropfen (weiß)
50 g weiche Karamellbonbons, fein gewürfelt

1. Den Ofen auf 180 Grad vorheizen. Eine flache Kuchenform (ca. 20 cm x 20 cm) einfetten.
2. Den braunen Zucker und die zerlassene Butter gut verrühren, bis eine weiche Masse entsteht. Das Ei und den Vanilleextrakt hinzugeben.
3. Salz und Mehl hinzugeben.
4. Die Schokotropfen und die Karamellbonbons hinzugeben. Gut verrühren und dabei an die Lösung des Problems denken.
5. Den Teig in die gefettete Form geben. 20 bis 25 Minuten backen.
6. Während die Blondies im Ofen sind, einen Kopfstand machen. Eine Minute auf dem Kopf stehen, mit den Armen gut abstützen. Falls nötig, gegen eine Wand lehnen.
7. Wenn sich der Teig goldgelb gefärbt hat, die Blondies aus dem Ofen nehmen. Auskühlen lassen und in Quadrate schneiden.

# Meine Welt wird ein Stück besser

Am Sonntag lag die Welt hinter einem Schleier. Die meiste Zeit lümmelte ich im Bett rum und erholte mich von der samstäglichen Achterbahnfahrt. Eine halbe Ewigkeit dachte ich über Armbänder, Blondies und das Universum nach. Wenn Joey ihr Absolute-Harmonie-Armband noch trug und ich Kate einen Freundschafts-Blondie gab, war das Universum dann wieder im Gleichgewicht? Oder stiftete ich dadurch noch mehr Verwirrung? Vielleicht war es besser, wenn ich kein Risiko einging und erst mal reinen Tisch machte. Ich würde Joeys Armband zerstören und sowohl ihr als auch Kate ein paar Freundschafts-Blondies anbieten. So ging bestimmt nichts schief.

Als ich meine Klamotten vom Boden in den Schrank befördern wollte, rollte auf einmal die Flasche mit der Erste-Hilfe-Paste durch mein Zimmer. Sie musste aus meiner Hosentasche gerutscht sein. Bestimmt war es keine gute Idee, die Paste tagelang spazieren zu tragen. Ich sollte sie besser wegschütten. Oder in meinen Rucksack stecken, nur für den Fall. So eine Erste-Hilfe-Paste konnte man immer gebrauchen. Ich war schon so tief in das Kaninchenloch gekrochen, da kam es auf ein paar Schritte mehr oder weniger nicht an.

Kaum hatte ich die Paste in meinem Rucksack verstaut, steckte auf einmal Granny den Kopf in mein Zimmer. Puh. Das war knapp. Ausnahmsweise war das Universum auf meiner Seite.

»Ich habe gerade bei den Zwillingen aufgeräumt und dabei die Armbänder gefunden«, sagte sie. »Die Fetzen lagen unter dem Doppelstockbett. Du stehst also nicht mehr unter Verdacht.«

»Ich wusste gar nicht, dass ich unter Verdacht stehe.« Mir war klar, dass mir Granny längst auf die Schliche gekommen wäre, wenn ich nicht eine falsche Spur gelegt hätte. In Gedanken klopfte ich mir auf die Schulter. Gut gemacht, Geheimagentin Flanders.

»Echt nicht? Klar standest du das.« Granny hob eine Augenbraue, wobei ihr restliches Gesicht völlig unbeweglich blieb. Wie machte sie das? »Aber jetzt wird die Fahndung gegen dich eingestellt. Tut mir leid, dass ich dir nicht vertraut habe.«

»Kein Problem. Kann ich gut verstehen.«

»Schlaf gut, mein Spatz.« Und schon war Granny verschwunden.

Gleich nach dem Aufwachen schrieb ich an Kate: *Bin spät dran. Treffen uns in der Schule.*

An diesem Morgen war ich eine Geheimagentin. Eine Geheimagentin auf einer besonders gefährlichen Mission, auf der ich ganz auf mich gestellt war. Und das war nicht das schlechteste Gefühl.

Mom brachte mich zur Schule. Kurz vor dem Klingeln sprang ich aus dem Wagen und eilte mit großen Schritten auf die Treppe zu. Mein Magen spielte total verrückt, aber so etwas nehmen Geheimagentinnen in Kauf. Plötzlich blieb ich wie angewurzelt stehen. Ich hatte Owen und Susan Blackly entdeckt, die nebeneinander auf der Treppe standen, Händchen hielten und ... sich küssten. Wenn das Leben ein Comic gewesen wäre und ich eine Comicfigur, wären jetzt meine Augen aus den Höhlen geploppt und wie Tennisbälle über den Asphalt gesprungen.

Owen ist Kates bester Freund und ein absoluter Freak. Das Einzige, was ihn wirklich interessiert, sind das Orchester und seine Position als erste Klarinette. Susan dagegen ist ein knallharter Nerd. Vermutlich bekommt sie in den nächsten zwei Jahren den Nobelpreis für Chemie. Soweit ich wusste, hatten die beiden noch nie ein Wort miteinander gewechselt. Und jetzt standen sie auf der berühmten Treppe und knutschten? Ich konnte nicht anders, als die beiden anzustarren. Und deshalb entdeckte ich auch ziemlich schnell das Armband, das Owen trug. Kates Armband, das ich ihr am Freitagabend als Zeichen unserer Freundschaft geschenkt hatte. Oh nein. Owen musste das Absolute-Harmonie-Armband gefunden und sich ums Handgelenk gebunden haben und das Universum hatte das Seine getan. Schnell setzte ich mich wieder in Bewegung.

»Owen, woher hast du das Armband?«, fragte ich direkt in Owens Gesicht. Susan ließ sich davon überhaupt nicht stören. Wie eine Klette hing sie an Owen und ich merkte genau, dass ich hier alles andere als erwünscht war. Aber davon durfte ich mich jetzt nicht beirren lassen.

»Franny, wir sind beschäftigt«, motzte Owen und wandte sich wieder Susan zu. Mann, war Owen sensibel!

»Owen, ich brauche das Armband zurück. Es ist meins, hast du verstanden?« Plötzlich hatte ich den *Ton* meiner Mom drauf, was mich einigermaßen erschreckte. Ich war zu jung, um schon wie meine Mutter zu werden.

»Ich gebe dir das Armband aber nicht, Franny. Ich habe es gefunden, also gehört es mir.«

»So läuft das nicht, Owen. Das ist ein Erbstück und ich will es wiederhaben.«

»Franny, das ist ein Knüpfarmband«, sagte Susan. »Und zwar aus Polyester, das gibt's erst seit den Vierzigern. Wie kann so was ein Erbstück sein?« Vielen Dank, Susan, das hilft mir jetzt wirklich weiter.

Wieso rückte Owen das Armband nicht einfach raus? Das hätte mir und dem Universum die Blondies erspart. Sie waren sowieso nur eine Notlösung. Blitzschnell schloss ich die Finger um das Armband. Owen wollte seinen Arm wegziehen, aber ich ließ nicht los. Unter den interessierten Blicken der Nerds und Philos um uns herum rangelten wir miteinander. Ich zerrte mit meiner ganzen Kraft daran und schließlich riss das Armband irgendwo zwischen Fischer- und Zimmermannsknoten auseinander. Owens Handgelenk sah gar nicht gut aus und das Armband konnte ich vergessen. Ich würde Joey und Kate doch die Blondies anbieten müssen. Aber wenigstens war das Universum wieder einigermaßen im Gleichgewicht. Es konnte nicht richtig sein, dass Owen durch Zufall einer Riesenportion Zauberkraft ausgesetzt war.

»Au, das hat wehgetan!« Owen rieb sich sein Handgelenk. »Hast du irgendein Problem, Franny?«

»Das Armband ist meiner Familie sehr wichtig, das habe ich doch gesagt. Es stammt aus ... äh ... Russland ... von meiner Urgroßmutter. Tut mir leid, dass ich euch gestört habe. Macht einfach weiter.« Ich grinste schief. Susan und Owen starrten mich an wie eine Außerirdische, die gerade aus einem abgespacten Gefährt gestiegen war.

Dann schmiegte Susan sich wieder an Owen, aber er schob sie unsanft weg und stotterte: »Tut mir leid, Susan, aber ich muss jetzt zu Chemie.«

Mit knallrotem Kopf stürzte er davon. Susan schaute ihm traurig hinterher. Sie schien es echt erwischt zu haben. In mir regte sich das schlechte Gewissen. Ohne das Armband würde zwischen Owen und Susan nichts mehr laufen, und bis sie wieder mit einem Typen außerhalb ihrer

Clique rumknutschte, würden wahrscheinlich Jahrhunderte vergehen. Ich machte mich aus dem Staub, damit sie mit ihrem gebrochenen Herzen wenigstens allein war.

Kate und Jane standen an ihrem üblichen Platz und Kate merkte natürlich sofort, dass etwas nicht stimmte.

»Alles korrekt, Sister F?«, fragte sie. »Du siehst ziemlich düster aus.«

»Mir geht's gut«, sagte ich schnell. »Ich wollte nur nicht zu spät kommen.«

Aus meinem Rucksack holte ich die Dose mit den Blondies. Im Nachhinein ist mir klar: Das war wieder einer dieser Momente, in denen ich meine Mission, Kate und Joey zusammenzubringen, hätte abbrechen müssen. Was ich da tat, hatte jedenfalls mit selbstlos, idealistisch oder edel nicht besonders viel zu tun. Aber an diesem Morgen hatte ich das Nachdenken bereits eingestellt. Kate und Joey mussten beste Freundinnen werden, alles andere war mir egal.

»Willst du einen Blondie? Die habe ich nur für dich gebacken«, sagte ich und hielt Kate die Dose unter die Nase. »Du kannst auch gleich zwei nehmen. Die sind superlecker.«

»Darf ich auch einen?«, fragte Jane.

»Auf keinen Fall!«, schrie ich. Jane zuckte zusammen und starrte mich erschrocken an.

»Nicht gerade nett«, sagte sie.

»Tut mir leid, Jane, aber die Blondies reichen nur für Kate und Joey. Morgen bringe ich mehr mit, versprochen.«

»Auch egal«, murmelte Jane. Sie wirkte echt getroffen und das tat mir leid. Aber was sollte ich tun? Ich dachte doch nur an ihr Wohlergehen. Owen war der beste Beweis, was passierte, wenn das Universum aus dem Gleichgewicht geriet.

»Erst das Armband und jetzt die Blondies«, wunderte sich Kate. »Ist bei dir schon Weihnachten oder was?«

»Was soll ich sagen? Ich bin eben total selbstlos.« Ich lachte auf und merkte selbst, wie verrückt ich klang. Schnell machte ich mich auf die Suche nach Joey. Sie stand natürlich ganz oben, am Haupteingang, und tippte irgendwas in ihr Handy.

»Hi Frans«, sagte sie, »ich wollte gerade nachschauen, wo Kate steckt. Kommst du mit?«

»Gleich.« Ich lugte nach unten und entdeckte das Armband an ihrem Handgelenk. Irgendwie musste ich das Ding von Joeys Arm kriegen, ohne eine große Sache daraus zu machen. Ich hatte so ein Gefühl, dass Joey keinen Blondie essen sollte, solange sie noch das Armband trug. Beides zusammen würde im Universum bestimmt ein ziemliches Chaos auslösen.

»Sag mal ... kannst du mir das Armband vielleicht zurückgeben?«, fragte ich vorsichtig. »Granny hat aus Bali Perlen mitgebracht und die will ich noch reinknüpfen.«

»Mir gefällt es, wie es ist«, sagte Joey.

»Es ginge mir aber besser, wenn das Armband wirklich gut wäre. Die Perlen gehören einfach dazu. Für ein Freundschaftsband sieht es ein bisschen langweilig aus und unsere Freundschaft ist alles andere als langweilig.«

»Das Armband ist überhaupt nicht langweilig. Ich finde es *parfait*. Aber das ist wirklich süß von dir, Franny. Du bist die Beste.«

Keine Ahnung, was ich an diesem Tag war. Jedenfalls war ich bestimmt nicht *die Beste*. Mir blieb nichts anderes übrig, als zu Plan B überzugehen, und das bedeutete: eine Kombination aus Armband und Blondies. Hoffentlich ging das nicht nach hinten los.

»Willst du vielleicht einen Blondie? Die habe ich gestern gebacken.« Ich drückte Joey einen in die Hand. »Oder gleich zwei?« Wieso stresste ich mich eigentlich so rein?

Was konnte schon passieren? Im schlimmsten Fall würde Joey Kate etwas mehr mögen als Kate Joey. Oder so ähnlich. Ich sollte endlich mit dieser sinnlosen Grübelei aufhören. Ich kriegte schon Kopfschmerzen davon.

»Kriege ich auch einen?«, fragte Angus.

»Die sind nur für Joey. Außerdem hast du mir noch nie Kuchen mitgebracht.« Ich steckte die Dose zurück in meinen Rucksack.

»Franny, entspann dich mal«, sagte Angus.

»Vielleicht ein andermal«, erwiderte ich schnell, auch wenn ich zugeben musste, dass das ein berechtigter Hinweis war.

»Schüße, dasch ischt schuperlecker«, brachte Joey zwischen den Krümeln hervor.

Meine Mission war erfüllt. Als es zur ersten Stunde läutete, hatten sowohl Kate als auch Joey Freundschafts-Blondies im Magen. Elodie ließ sich herab, den Haupteingang zu öffnen, und inmitten der anderen Schafe trabte ich zum Unterricht. Zum Glück war ich die nächsten Stunden erst mal beschäftigt.

Der Tag verlief wie jeder andere. Wie immer rannte ich zwischen Joey und Kate hin und her. Warum zeigten die Blondies keine Wirkung? Aber endlich, vor der letzten Stunde, sah ich die beiden zusammen im Gang stehen. Kate flüsterte Joey irgendwas ins Ohr. Joey flüsterte etwas zurück und dann brachen die beiden in irres Gelächter aus, und immer wenn sie sich ansahen, lachten sie noch mehr. Ich sah Elodie, die am anderen Ende des Gangs stand und sich vor Verwunderung die Augen rieb. Ich dagegen klatschte mit mir selbst ab. Die Blondies hatten eingeschlagen wie eine Bombe.

Von Weitem sah ich zu, wie Kate ihr Lieblingsjackett auszog und es Joey gab. Mit einem Lächeln schlüpfte Joey hinein. Ich konnte förmlich hören, wie Elodie schluckte. Ich steckte die Hände in die Taschen und ging zur letzten Stunde. Es war Zeit, Angus' Ratschlag zu befolgen. Ich konnte mich endlich entspannen.

# Die zukünftige Exfreundin meines Dads

Nach der letzten Stunde ging ich zum Cheerleader-Training und wen traf ich dort? Niemand anderes als Kate. Bis zur Orchesterprobe war noch ein bisschen Zeit und sie hatte sich das einfach mal ansehen wollen.

»Das ist krassomatiko«, rief sie begeistert. Joey machte gerade wieder einen ihrer abgefahrenen Sprünge. Sie wirbelte so schnell durch die Luft, dass man mit dem Blick kaum hinterherkam. »Und ich dachte immer, Cheerleader sind maximal öde.«

Wow. Und ich hatte an der Wirkung der Blondies gezweifelt? Ich war so froh, dass ich Kate aus dem Nichts heraus umarmte.

»Du hast heute ja einiges an Emos zu verteilen.«

»Am liebsten würde ich die ganze Welt umarmen.«

»Mach ruhig. Ich schiebe mich jetzt jedenfalls zum Orchester.«

»Ich komme mit«, sagte ich.

»Chill doch hier noch ein bisschen ab. Die Cheerleader sind premium und wir machen ja nur denselben Rotz wie gestern.«

»Ich muss heute nicht mitkommen?« Ich konnte es kaum glauben.

»Komm einfach morgen wieder vorbei.« Und schon war Kate weg.

Seit ich fünf bin, habe ich nicht mehr geschwänzt. An diesem Tag aber ließ ich die Hausaufgabenstunde sausen. Ich war total aufgekratzt. Grannys Zauberkiste konnte wirklich zaubern! Na ja, vermutlich nannte ich sie deshalb so. Jedenfalls war mein Leben gerettet. Jahrelang hatte ich mich auseinanderreißen müssen, um Joeys und Kates Wünsche zu erfüllen. Manchmal hatte das richtig wehgetan. Aber nun war es damit vorbei. Endlich konnte ich ein normales Leben führen.

Auf dem Weg nach Hause überlegte ich mir, was Joey, Kate und ich nun alles machen konnten. Eis essen. Schlittschuh laufen. Shoppen. Einfach alles. Mom stand im Garten und verschnitt die Hecke.

»Dein Dad hat angerufen«, sagte sie. »Er und Naomi würden heute gern etwas mit dir unternehmen.«

Uagh. *Sie* hatte ich völlig verdrängt. Wieso musste sich eigentlich seit Kurzem jeder geniale Tag plötzlich in sein absolutes Gegenteil verwandeln? Ich wollte schon widersprechen, aber Mom kam mir zuvor.

»Ich weiß, dass du keine Lust darauf hast, Frans. Und bestimmt hast du heute wahnsinnig viele Hausaufgaben und den Abend sowieso schon lange verplant. Aber am Wochenende hast du mir versprochen, dass du dir mit Naomi Mühe gibst. Deinem Dad ist das wirklich wichtig.«

»Na gut. Ich gebe Naomi eine Chance. Aber nur eine.«

»Sehr großzügig.«

»So bin ich nun mal.«

»Ich weiß«, sagte Mom. »Wie war es in der Schule?«

»Super.«

»Echt? Das freut mich. Was ist passiert?«

»Kate und Joey haben sich endlich versöhnt«, platzte es aus mir heraus.

»Krasse Sache«, befand Mom, als wäre sie zwölf. »Wie kam das?«

Warum konnte ich nicht ein Mal meinen Mund halten?

Wie sollte ich das jetzt erklären? »Na ja ... sie haben einfach beschlossen, das Kriegsbeil zu begraben und ... beste Freundinnen zu werden. Sie haben endlich kapiert, dass dieser ewige Stunk nichts bringt.« Ich hatte offenbar nicht nur jede Menge kriminelle Energie, ich war auch eine gekonnte Lügnerin. Eigentlich hätte ich Mom gern die Wahrheit gesagt. Wie gern hätte ich mein neues Leben mit jemandem geteilt! Aber höchstwahrscheinlich wäre Mom mit der Sache überhaupt nicht klargekommen. Schon ich kam ja kaum noch klar.

»Du musst mir alles haarklein erzählen«, sagte Mom. »Hast du mit den beiden geredet, so wie ich es dir geraten habe? Ich wusste, dass du das hinkriegst.«

Es fiel mir echt schwer, nicht mit meinem Zaubertrick anzugeben. Aber ich hatte sowieso schon viel zu viel verraten. »Kann ich dir das später erzählen? Ich muss Hausaufgaben machen und außerdem muss ich Dad anrufen. Und ... äh ... weißt du, wo Granny steckt?«

»In der Küche, glaube ich«, sagte Mom. »Weißt du, was, Frans? Ich freue mich für dich. Ich habe gewusst, dass Joey und Kate sich nicht ewig zoffen würden. Manche Sachen brauchen eben etwas Geduld.«

Ganz genau. Geduld, zwei Absolute-Harmonie-Armbänder und eine Ladung Freundschafts-Blondies. Aber das musste Mom nicht unbedingt erfahren.

Ich ging ins Haus. Oh Mann, wie diese Naomi nervte. Auch in dieser Angelegenheit musste ich eindeutig was unternehmen. Immer wieder sah ich Naomi und Dad vor den Altar treten, natürlich superhübsch und superglücklich und superahnungslos, wie fertig mich das machte. Und wie fertig Mom das machte. Auf eine Stiefmutter konnte ich gut verzichten, genauso wie auf schreiende und sabbernde Halbgeschwister. Naomi musste von der Bildfläche verschwinden, bevor sich alle an sie gewöhnt hatten. Wenn die Zauberkiste eine jahrelange Feindschaft in Luft auflöste, dann schaffte sie das bestimmt auch bei einer kurzen Verliebtheit. Schritt eins: Ich musste Granny vom Keller fernhalten. Mein Erfolg vom Vormittag war mir vielleicht ein bisschen zu Kopf gestiegen. Ich konnte nur noch an die Zauberkiste und ihre Rezepte denken. Während ich mich jetzt an all das erinnere, wird mir selbst klar, dass ich es ein wenig übertrieben habe. Aber ich bin zwölf und Zwölfjährige übertreiben nun mal. Das ist so was wie ihr Job.

Granny war tatsächlich in der Küche. Mit Gummihandschuhen an den Händen rührte sie in einer rabenschwarzen Flüssigkeit.

»Was machst du da, Grans?«, fragte ich.

»Ich peppe meinen Kleiderschrank auf, indem ich meine Wintersachen batike. Hast du auch was zum Batiken?«

Etwas zum Batiken? Rette sich, wer kann! In gebatikten Sachen wollte ich nicht mal beerdigt werden. Aber irgendwie musste ich Granny von ihrem Zimmer fernhalten. »Super Idee!«, rief ich. »Ich will schon seit einer Ewigkeit batiken.«

Ich rannte nach oben und schnappte mir alle hellen Klamotten, die ich in den letzten Monaten nicht angerührt hatte. Damit stürzte ich zurück in die Küche.

»Hier.« Ich ließ die Klamotten auf den Boden fallen. »Wäre toll, wenn du das batiken könntest.«

»So viel?« Granny besah den Riesenhaufen. »Das wird eine ganze Weile dauern.«

»Machst du es trotzdem? Das würde mir so viel bedeuten. Ich wollte schon immer gebatikte Sachen, aber Mom hat es nicht erlaubt. Du bist einfach viel cooler.«

»Na gut, Francisco«, sagte Granny, drehte sich zum Spülbecken und rührte weiter. Und ich schlich in die Zauberhöhle. Die Notfallkiste stand an Ort und Stelle, unter Grannys Dreckwäsche. Mit der Kiste in den Händen setzte ich mich aufs Bett und sagte: »Na? Erinnerst du dich noch an mich?« Na ja, so oft, wie ich in letzter Zeit mit der Kiste hantierte, erinnerte sie sich wahrscheinlich nur zu gut an mich.

Aber dann wurde ich ernst. Ich konzentrierte mich voll und ganz auf das Problem. Und ich will nicht sagen, dass die Erkenntnis mich wie ein Schlag traf. Das wäre ein Klischee und ich hasse Klischees. Aber es war schon so etwas wie eine Eingebung. Eine ziemlich geniale Eingebung, nebenbei bemerkt.

»Alle Männer liegen Naomi zu Füßen«, sagte ich zur Kiste und stellte mir gleichzeitig vor, wie sich Naomi aus einer Reihe extrem gut aussehender Typen den besten aussuchte. Unter diesen Umständen konnte Dad Naomi ohne schlechtes Gewissen verlassen und nach einer entsprechenden Pause zu Mom zurückkehren. Niemand wäre allein und alle wären glücklich. Eine klassische Win-win-Situation. Ich fand es ziemlich großherzig von mir, dass ich mich auch um Naomis Wohl sorgte und ihr neues Leben quasi die Basis meines Plans darstellte. Ich glaube, die meisten Zwölfjährigen sind nicht so freundlich. Anderen Zwölfjährigen sind die Gefühle der zukünftigen Exfreundin ihres Dads bestimmt mehr als egal. Aber so bin ich nicht. Mir liegen meine Mitmenschen am Herzen.

Die Schublade ging auf und darin lag ein Zettel mit der Aufschrift:

Unwiderstehlichkeits-Smoothie
(verwandelt Männer in willenlose Wesen)

Bisher hatte ich nicht gewusst, dass es im Fernen Osten sowas wie Smoothies gab. Ziemlich cool, was die alles hatten.

Eine Sekunde später hatte ich Dad am Telefon. »Hi Dad. Mom hat gesagt, dass du und Naomi heute was mit mir unternehmen wollt. Sollen wir vielleicht ins Kino gehen?«

Dad war total aus dem Häuschen. Ich bekam schon fast ein schlechtes Gewissen wegen meiner Hintergedanken. Allerdings nur fast.

Ich stürzte zurück in die Küche. Granny war immer noch mit meinen Klamotten beschäftigt und ihre Gummihandschuhe hatten sich mittlerweile schwarz gefärbt. Mir blieb nichts anderes übrig, als den Smoothie in ihrer Anwesenheit zuzubereiten. Ein zwölfjähriges Mädchen wird sich ja wohl noch einen Smoothie machen dürfen, ohne dass seine Granny deshalb gleich misstrauisch wird, oder? Ich ließ meinen Blick durch die Küche wandern. Joghurt, Bananen, Orangensaft, Erdbeeren – es war alles da. Ich gab die Zutaten in den Mixer und pürierte sie auf der höchsten Stufe. Dann füllte ich das Getränk in einen Thermobecher und wollte gerade die Küche verlassen, um den dritten, mal wieder ziemlich obskuren Schritt des Rezepts zu erledigen, als Granny plötzlich aufsah.

»Was machst du da, Francisco?«

»Äh … einen Smoothie«, sagte ich.

»Lecker. Gibst du mir was ab?«

Dafür, dass auch Granny womöglich alle Männer zu Füßen lagen, wollte ich nicht unbedingt verantwortlich sein. Um ehrlich zu sein, wollte ich es mir nicht mal vorstellen. »Tut mir leid, Grans, aber das reicht nur für mich. Ich kann noch einen machen, wenn du willst.«

»Lass mal, mein Spatz. Ich trinke eine Tasse Yakbuttertee, bevor ich die gebatikten Sachen zum Trocknen aufhänge.« Granny nahm die Riesenladung dunkler Klamotten und ging runter in den Keller. Und ich schnappte mir den Smoothie und ging nach oben.

Im Rezept stand ein Spruch, der vermutlich in Sanskrit war. Genau wusste ich es nicht, denn zufällig sprach ich kein Sanskrit. Jedenfalls schlüpfte ich schnell ins Badezimmer, und nachdem ich die Tür abgeschlossen hatte, sang ich eine Minute lang aus vollem Herzen »Om Shanti Namaste Chadaranga« und drehte dabei den Smoothie im Uhrzeigersinn. So was erwartet man wahrscheinlich nicht von einem zwölfjährigen Kleinstadtmädchen. Aber entweder hatte Granny mir ihre Verrücktheit vererbt oder die Zauberkiste mir einigermaßen den Kopf verdreht. Jedenfalls will ich ehrlich sein und gebe deshalb an dieser Stelle zu: Das Gesinge machte mir ziemlichen Spaß.

Dad und ich waren mit Naomi am Kino verabredet. Als supertolle Superfreundin wartete sie natürlich schon auf uns. Sie umarmte mich und stellte mir tausend nette Fragen. Wie es in der Schule lief und was genau diese Fall River Art Fair war. Dad und sie wirkten einfach nur glücklich und für eine Sekunde stellte ich meinen Plan sogar infrage.

Aber dann schüttelte ich den Kopf, um den Gedankenmüll wieder loszuwerden. Schuldgefühle konnte ich jetzt wirklich nicht gebrauchen. Ich musste meinen Plan in die Tat umsetzen, und wenn Mom und Dad endlich wieder zusammen waren, würde ich von diesem Moment erzählen und wir würden darüber lachen.

Dad kaufte Popcorn und Limo. Das machte er immer und das war Teil meines Plans. Jetzt musste ich nur noch darauf achten, dass Naomi möglichst wenig trank. Im Saal mischte ich heimlich noch mehr Salz unter das Popcorn. Damit alles funktionierte, musste Naomi am Verdursten sein. Nachdem wir unsere Plätze gefunden hatten, machte ich mich sofort über die Limo her.

»Langsam, Frans«, sagte Dad, »du kriegst sonst Bauchschmerzen.«

»Hab ich einen Durst«, sagte ich. »Ich habe den ganzen Tag nichts getrunken.« Nach drei Sekunden war die Limo leer und in meinem Magen gurgelte es wie wild.

»Ich kaufe einen neuen Becher«, sagte Dad.

»Auf keinen Fall!«, rief ich etwas lauter als beabsichtigt. Die Leute drehten sich zu uns um. »Ich habe Angst, Dad. Bitte bleib hier.«

»Frans, wir schauen eine Komödie über einen Zoowärter und seine sprechenden Tiere.« Dad war verwirrt. »Ich glaube nicht, dass du da Angst haben musst.«

»Man kann nie wissen. Heutzutage hält sich doch niemand mehr an Genres und am Ende taucht da noch ein Killertiger auf.« Aus angsterfüllten Augen schaute ich Dad an. »Bitte bleib bei mir.«

»Okay«, erwiderte er.

»Und wenn ich was zu trinken hole?«, bot Naomi an.

»Mensch, das habe ich völlig vergessen. Ich habe dir einen Smoothie mitgebracht.« Ich nahm den Thermobecher aus meiner Tasche und reichte ihn Naomi. Irritiert schaute sie mich an und ich konnte sie sogar verstehen. Ich meine, wer bringt einen Smoothie mit ins Kino? Vermutlich fragte Naomi sich jetzt, warum gerade ihr neuer Freund eine so gestörte Tochter hatte und was in seinem Leben mit der Zeit noch alles zum Vorschein käme. Aber ich strahlte sie an, sodass ihr nichts anderes übrig blieb, als den Thermobecher anzunehmen.

»Danke, Franny«, sagte sie. »Das riecht köstlich.«

»Sieht lecker aus«, meinte Dad. »Kann ich mal kosten?«

»So viel habe ich nicht gemacht«, erwiderte ich. »Vielleicht besorgst du noch einen Becher Limo?«

»Eben sollte ich doch noch hierbleiben.« Dad verstand die

Welt nicht mehr. Der Arme. Ich zog hier echt eine ziemliche Show ab.

Zum Glück ging in dem Moment das Licht aus und der Vorspann flimmerte über die Leinwand. Dad und Naomi widmeten sich dem Film und ich widmete mich Naomi. Bisher hatte sie kaum zwei Schlucke von dem Smoothie getrunken. So hatte ich mir das nicht vorgestellt.

»Lass es dir schmecken«, sagte ich in der Hoffnung, dass sie das zum Trinken animieren würde.

»Schschsch«, machten die Leute um uns herum.

Wieder nippte Naomi nur und stellte den Smoothie dann beiseite.

»Dir schmeckt mein Smoothie wohl nicht?«, fragte ich. »Ich habe ihn nur für dich gemixt.« Schuldgefühle machen, so lautete die Geheimwaffe der Geheimagentin. Ich fixierte Naomi, bis sie den Becher bis auf den letzten Tropfen ausgetrunken hatte. Und dann wartete ich. Und wartete. Und wartete. Eine ganze Weile passierte gar nichts und ich musste mir diesen albernen Kinderfilm anschauen, für den ich mich an der Kasse entschieden hatte. Sprechende Tiere? Autsch. Wer denkt sich so was eigentlich aus?

Gegen Ende des Films ging es dann los. Rings um uns wurde immer lauter getuschelt und schließlich beugte sich Naomis Sitznachbar zu ihr herüber und säuselte: »Darf ich Ihnen sagen, dass Sie die schönste Frau sind, die mir je begegnet ist?« Yes!

Naomi brachte den Typ zum Schweigen und die Leute um uns herum schüttelten den Kopf. Neugierig lehnte mein Dad sich nach vorn. Naomi zuckte mit den Schultern und schaute wieder auf die Leinwand.

Dann drehte sich ein Typ aus der Vorderreihe um und hielt Naomi seine Visitenkarte unter die Nase. »Sie sind ein göttliches Geschöpf und ich würde Sie gern einmal zum

Essen einladen. Rufen Sie mich an? Ich habe Ihnen meine Handy-, meine Dienst- und meine Privatnummer aufgeschrieben.« Naomi wirkte nicht gerade begeistert.

Dad hatte alles mit angehört und lehnte sich nach vorn. »He, Sie«, sagte er mit tiefer Stimme. »Das *göttliche Geschöpf* ist mit mir und meiner Tochter hier.«

Dad legte sich ja richtig ins Zeug! Aber dem Typen aus der Vorderreihe blieb keine Zeit mehr, darauf zu reagieren. Denn plötzlich geriet die Sache ein wenig außer Kontrolle. Drei Männer drängelten sich in unsere Reihe. Sie schoben sich an den anderen Zuschauern vorbei, immer auf Naomi zu, und ehe ich wusste, was überhaupt los war, rangelten sie miteinander, weil jeder als Erster bei Naomi sein wollte. Der Smoothie war vielleicht etwas stark gewesen. Ups. Offenbar hätte ich Naomi nicht den ganzen Thermobecher geben sollen.

Mir wurde die Sache zu heiß, und ehe die drei Männer bei uns waren, zerrte ich Dad und Naomi aus ihren Sitzen und schob sie zum Ausgang.

»Was war das denn?«, fragte ich, die Unschuld in Person.

Dad sagte erst mal gar nichts. Auch Naomi hatte es die Sprache verschlagen. Sie sah aus, als wäre sie von einem Zwanzig-Tonnen-Truck gestreift worden. Ängstlich schaute sie sich nach allen Seiten um.

Am besten, ich spielte auf Zeit. In ein paar Minuten ließ die Wirkung des Smoothies bestimmt wieder nach. Also schlug ich vor, bei Wok'n'Roll essen zu gehen. Das war mein Lieblingsimbiss und ich bestellte auch gleich gebratene Nudeln und Frühlingsrollen für uns drei.

Während wir warteten, tauchte neben uns wie aus dem Nichts ein Typ auf. »Darf ich das vielleicht übernehmen?«, fragte er und zückte seine Kreditkarte.

»Ich möchte das bezahlen«, sagte ein anderer Typ und

reichte einen Geldschein über die Theke. Der arme Kassierer war komplett überfordert.

Der erste Typ wandte sich an Naomi. »Kann ich Ihnen noch einen Wunsch erfüllen? Vielleicht einen Grüntee oder ein paar Wan Tan? Ich bin übrigens Frank. Wie lautet Ihr liebreizender Name?«

Naomi hatte keine Ahnung, was sie davon halten sollte. »Äh ... das ist nett von Ihnen«, sagte sie vorsichtig. Mein Dad sah ziemlich angepisst aus. Im Kino hatte ich innerlich noch gefeiert, aber so langsam wurde mir mulmig zumute.

»Was soll das alles, Naomi?«, fragte Dad. »Wer sind diese Typen?«

»Keine Ahnung«, erwiderte Naomi. Die beiden machten einen großen Schritt voneinander weg. Ganz klar: Bei Wok'n'Roll zog ein Gewitter auf.

»Wenn du sie nicht kennst, warum redest du dann mit ihnen?«, wollte Dad wissen.

»Weil sie mit mir reden«, antwortete Naomi. »Und weil es unhöflich ist, das einfach zu ignorieren.«

»Ich weiß nicht, was ich davon halten soll«, befand Dad.

»Wovon?« Naomi hob eine Augenbraue. »Was willst du damit sagen?«

»Du musst den Typen doch irgendwelche Signale gesendet haben oder warum will dich plötzlich jeder Mann in dieser Stadt zum Essen einladen?«

Oh-oh. Jetzt saß Dad echt in der Tinte. So was sagt man nicht zu seiner neuen Freundin.

»Vertraust du mir etwa nicht?« Jetzt war auch Naomi sauer.

»Dir vertrauen? Findest du das unter diesen Umständen nicht ein bisschen viel verlangt?«

Eine ganze Weile fixierten sich Dad und Naomi, ohne ein Wort zu sagen. Neben ihnen standen die beiden Typen und ließen Naomi nicht aus den Augen. Einer bot sogar an, sie nach Hause zu fahren. Naomi beachtete ihn gar nicht. Ich war so aufgeregt, dass ich vor Schreck zu atmen vergaß.

»Das muss ich mir echt nicht geben«, sagte Naomi schließlich. »Ich habe nichts Falsches getan, und wenn du mir nicht vertraust, weiß ich ehrlich gesagt nicht, wie es mit uns weitergehen soll.« Naomi wandte sich an mich. »Tschüss Franny.« Dann wandte sie sich wieder an meinen Dad. »Auf Wiedersehen, Mark.« Und dann war sie weg.

»Warte, Naomi, ich wollte nicht …«, setzte Dad an. Aber es war zu spät.

Dad war … tja, das ist schwer zu beschreiben. So hatte ich Dad noch nie erlebt. Dad hat eigentlich immer gute Laune. Fast schon krankhaft gute Laune. Wenn ich mies drauf bin, ist er der Einzige, der mich zum Lachen bringen kann. Jetzt aber war von seinem Optimismus nichts mehr zu spüren. Mit traurigem, ratlosem, verletztem Blick sah er Naomi hinterher.

Wahrscheinlich komme ich jetzt wie das absolute Monster rüber. Aber ich hatte ja keine Ahnung, dass der Smoothie so Knall auf Fall wirken würde. Eigentlich hatte mein Plan vorgesehen, dass Dad und Naomi sich im Laufe der nächsten Tage voneinander trennten. Dank des Smoothies würde Naomi schnell einen neuen Freund finden, der besser zu ihr passte, und Dad würde sich langsam mit dem Singleleben anfreunden, um sich dann etwas schneller wieder mit meiner Mom anzufreunden. Dass Dad und Naomi sich in aller Öffentlichkeit stritten, das hatte ich nicht gewollt, und ich hatte auch diese schrecklich traurige Maske nicht gewollt, in die Dads Gesicht sich verwandelt hatte. Aber ich hatte gerade einen Sieg errungen und das waren wahrscheinlich die berüchtigten Kollateralschäden. Die musste ich einfach akzeptieren. Die Liebe war nun mal nicht immer einfach und ich machte das alles ja nur für Mom und Dad. Ich machte das für unsere kleine Familie. Außerdem war Dad ein Stehaufmännchen. Bestimmt rappelte er sich bald wieder auf.

**Unwiderstehlichkeits-Smoothie**
(verwandelt Männer in willenlose Wesen)

1 reife Banane
1 Handvoll Ananasstücke
200 g Vanillejoghurt
250 ml Orangensaft
200 g Erdbeeren
½ TL geriebene Schale einer Bio-Zitrone

1. Banane mit den Ananasstücken, dem Joghurt und dem Orangensaft pürieren.
2. Erdbeeren und Zitronenschale hinzugeben und noch einmal kurz pürieren.
3. Wenn eine glatte Flüssigkeit entstanden ist, den Smoothie in eine Kanne füllen. Die Kanne mit beiden Händen festhalten, eine Minute lang im Uhrzeigersinn drehen und dabei *Om Shanti Namaste Chadaranga* singen.
4. In einem hohen Glas servieren.

# Best Friends Forever

Als ich am nächsten Morgen runter in die Küche ging, war Kate seltsamerweise nicht da. So öde war das Frühstück lange nicht gewesen. Noch dazu gab es den geschmacklosesten Haferbrei der Welt. Die Zwillingsbestien langweilten sich genauso wie ich.

»Das hätte ich fast vergessen«, sagte Mom zwischendurch. »Kate hat angerufen. Sie wartet bei Starbucks auf dich.«

*Bei Starbucks?* Kate hasst Starbucks! Mir geht's da ein bisschen anders und zum Glück war das der perfekte Anlass, um die Haferflocken einfach stehen zu lassen.

»Ich frühstücke bei Starbucks!« Ich sprang auf, winkte Mom zu und war schon draußen.

»Können wir auch bei Starbucks frühstücken?«, hörte ich Flip noch quieken.

Als ich Starbucks betrat, setzte mein Herz vor Freude für einen Moment aus: Joey und Kate saßen auf einem Sofa, vor sich zwei Tassen mit einer dampfenden Flüssigkeit und einen Teller mit einem Muffin. Sie steckten die Köpfe zusammen und kicherten. Genauso war es früher gewesen, nur dass wir da Saft getrunken und Käsebrote gegessen hatten. Jetzt gab es Muffins und Frappacinos und wir waren fast erwachsen. Und beste Freundinnen.

Die beiden winkten mich zu sich heran.

Joey zeigte auf ihre Tasse. »Unser neues Getränk ist Chai Latte«, sagte sie.

Ich warf Kate einen prüfenden Blick zu. Seit Jahren hielt

Kate daran fest, dass Chai Latte kein Getränk war, sondern *die* Zumutung des einundzwanzigsten Jahrhunderts. Was ihren Kaffee betraf, war Kate ziemlich hardcore – so wie bei allem anderen auch. Sie nahm ihn eigentlich nur in Form von Espresso mit einem Hauch Milchschaum zu sich. »Für nichts anderes sind die Bohnen gemacht«, erklärte sie immer. Und jetzt stürzte sie ihren Chai Latte runter, als hätte sie nie etwas Besseres getrunken.

»Das schmeckt Bombe, F«, sagte Kate zu mir.

»Bombe«, wiederholte Joey. »Kate, du bist so witzig!«

Ich stehe auch nicht gerade auf Chai Latte. Irgendwie ist der immer so scharf. Ich finde, Kaffee muss hauptsächlich süß sein, und deshalb trinke ich am liebsten Frappacino. Aber ich wollte jetzt keinen Unfrieden stiften. Wenn Chai Latte unser neues Getränk war, dann würde ich es einfach trinken. In ein paar Tagen würde es mir schon schmecken.

»Wir müssen auch dasselbe Outfit tragen«, sagte Joey. »Ihr wisst schon, damit alle sehen, dass wir eine neue Gruppe sind. Was haltet ihr von Skinny Jeans und Flanellhemden?«

»Mega!«, erwiderte Kate begeistert, als liefe sie nicht seit einem Jahr in ihrem Freakstyle herum. »Bloß dass ich so was nicht besitze.«

»Ich leihe dir was«, bot Joey an.

Wow. Bedeutete das, dass Kate ihre Anzüge endlich im Schrank ließ? Vor Freude hätte ich am liebsten einen Luftsprung gemacht, und zwar an Ort und Stelle, mitten im Starbucks. Aber wahrscheinlich war es besser, wenn ich ganz cool tat.

»Und wir brauchen einen brontalen Namen«, sagte Kate zu Joey.

»Die drei Musketiere?«, fragte ich.

»F, das ist maximal bekloppt«, sagte Kate.

»Finde ich auch«, stimmte Joey zu, »das ist *trop juvénile.*«

Dann eben nicht. Wir mussten uns nicht unbedingt Die drei Musketiere nennen. Meinetwegen konnten wir auch Muppets oder Teletubbies heißen. Die Hauptsache war doch, dass wir die drei Musketiere *waren*. Wir waren wieder am Start. Endlich waren wir wieder beste Freundinnen.

»Wer übernachtet am Wochenende bei mir?«, fragte Kate.

»Ich bin dabei«, rief Joey.

»Ich auch«, sagte ich und lehnte mich zurück. Mein Leben war perfekt. Ich würde mit einem Lächeln auf den Lippen sterben.

Die Treppe zur Jefferson bot denselben Anblick wie immer: Wie die Schafe standen unsere Mitschüler an ihren gewohnten Plätzen. Arm in Arm liefen wir darauf zu, und je näher wir kamen, desto stiller wurde es, bis sich alle zu uns gedreht hatten und uns wortlos musterten. Joey winkte den Stars zu, als wäre nichts. Kate winkte den Freaks zu, als wäre nichts. Freaks (alle) und Stars (alle bis auf Elodie) winkten zurück. Na klar, Joey und Kate wurden von ihren Gruppen nicht infrage gestellt. Verwirrt waren die Stars und Freaks aber doch – genau wie alle Nerds, Schluffis, Gangster und Philos. Konnte das wirklich sein? Lief da ein Star Arm in Arm mit einem Freak? Leute, gewöhnt euch schon mal dran. Eure Gruppen könnt ihr von nun an vergessen.

Kate und Joey ließen sich auf den Rasen fallen und verglichen erst mal ihre Stundenpläne. Ich wollte mich gerade zu ihnen setzen, als mein Blick auf Marsha fiel. Sie stand wie immer am Rand und hatte den Blick zu Boden gerichtet. Auf den Ohren trug sie riesige Kopfhörer, mit denen sie die Welt ausblendete. Deshalb merkte sie auch nicht, dass Josh Toling und Toby Silverman gerade eine Tube Superkleber in ihren Haaren verteilten. Diese Typen hatten sie echt nicht mehr alle! Garantiert landeten sie noch vor ihrem Abschluss im Jugendknast.

Ich hatte oft genug weggesehen, wenn so was passierte. Aber das hier war kein Spaß mehr. Das war einfach nur unterirdisch und deshalb würde ich diesmal einschreiten. Vielleicht waren mir auch meine neuen Superkräfte etwas zu Kopf gestiegen. Jedenfalls dachte ich in diesem Moment nicht weiter nach. Eigentlich dachte ich nur daran, dass ich ein Zaubermittel zur Verfügung hatte, nämlich die Erste-Hilfe-Paste, die ich seit ein paar Tagen mit mir herumtrug. Ich wühlte in meinem Rucksack, bis ich die kleine Shampooflasche in den Händen hielt. Ich hatte gewusst, dass ich sie eines Tages brauchen würde! Die Notfallkiste war genau für solche Fälle da, oder nicht? Was ich vorhatte, kam mir jedenfalls ziemlich edel und selbstlos vor. Granny wäre begeistert.

Kaum dass ich auf Marsha zulief, ergriffen Josh und Toby auch schon die Flucht. Den Kleber ließen sie auf die Treppe fallen. Ich hob die Tube auf und warf sie ihnen hinterher.

»Hi Marsha«, sagte ich.

Marsha setzte die Kopfhörer ab und schaute mich an. »Warum redest du schon wieder mit mir, Franny?« Ich glaube, Marsha hat ein paar Kriege zu viel mitgemacht und dabei den Glauben an das Gute im Menschen ein Stück weit verloren.

»Ich ... äh ... wollte dir was geben.« Ich beförderte die kleine Shampooflasche ans Tageslicht. »Mir ist aufgefallen, dass du ... äh ... extrem trockene Haare hast. Mir geht's genauso und das nervt. Aber seit ich im Internet auf diese wunderbare Haarkur gestoßen bin, sind meine Haare superweich. Willst du mal fühlen?«

»Du klingst wie eine Werbesendung«, sagte Marsha verwundert. »Ist alles in Ordnung?«

»Wenn ich ein perfektes Produkt gefunden habe, will ich das mit meinen Freunden teilen. Kannst du dich vielleicht ein Stück nach vorn beugen?«

»Du willst die Haarkur *jetzt* auftragen?«

»Auftragen ist nicht das richtige Wort. Diese Kur muss man einmassieren und genau das werde ich jetzt tun. Und in ein paar Stunden wirst du merken, dass deine Haare so weich und seidig sind wie noch nie in deinem Leben.«

Marsha verstummte. Ich hatte sie komplett überrumpelt.

»Ich weiß, dass trockene Haare schrecklich sind, und es bedeutet mir sehr viel, dir zu helfen.« Ich sah Marsha so durchdringend an, dass sie mir meine verrückte Bitte nicht abschlagen konnte. Sie beugte sich nach vorn und ich träufelte die Paste in ihre Haare. Und dann – ich weiß, das ist echt abgefahren – begann ich, ihre Kopfhaut zu massieren. Genau wie Granny fuhr ich mit meinen Fingerspitzen in kreisenden Bewegungen durch ihre Haare, bis die Erste-Hilfe-Paste gut verteilt war. Es dauerte ein paar Sekunden, dann trat ich einen Schritt zurück, um mein Werk zu begutachten. Marshas krause Haare standen wie immer nach allen Seiten ab und es war noch nicht zu sehen, ob die Paste ihre Wirkung tat. Hoffentlich würde der Kleber bald verschwinden.

Weil Marsha immer noch nichts sagte, plapperte ich einfach weiter. »Spätestens heute Abend wirst du mir dankbar sein, Marsha. Nach so einer Haarkur habe ich eine Ewigkeit gesucht. Wenn sich also jemand auskennt, dann ich. Schon wenige Tropfen machen das Haar –«

»Franny«, unterbrach mich Marsha, »geht's dir gut?«

In diesem Moment begann der Kleber, wie von Geisterhand aus Marshas Haaren zu verschwinden. Meine neuen Zauberkräfte waren echt praktisch. Wie hatte ich es all die Jahre zuvor nur ohne sie ausgehalten?

»Klar«, sagte ich. »So gut ging's mir noch nie.«

»Das freut mich.« Marsha ließ mich nicht aus den Augen. »Ist es normal, dass meine Kopfhaut wie verrückt kribbelt?«

»Mach dir keine Sorgen. Das heißt nur, dass die Wirkung der Kur einsetzt. Jetzt hast du die längste Zeit trockene Haare gehabt.«

»Dann ist's ja gut«, erwiderte Marsha.

Wo wir gerade beim Kribbeln sind – meine Hände kribbelten auch. Ups. Sie waren ebenfalls mit der Erste-Hilfe-Paste in Berührung gekommen. Oh nein. Daran hatte ich überhaupt nicht gedacht. Und den Sandelkram, den Granny verwendet hatte, hatte ich auch völlig vergessen. Was war das noch mal gewesen? Sandelholzöl oder so was in der Art. Ohne diesen Sandelkram hielt die Wirkung der Erste-Hilfe-Paste auf unbestimmte Dauer an. Wo in aller Welt sollte ich jetzt Sandelholzöl herkriegen?

»Gehen wir rein?«, fragte ich Marsha. Ich musste mir unbedingt die Hände waschen. Vielleicht halfen Wasser und Seife, schließlich war die Paste noch nicht allzu lange an meinen Händen. Bei Marsha war ich mir nicht so sicher. Sollte ich ihr jetzt die Haare einseifen oder sollte ich warten, bis der Kleber komplett verschwunden war?

»Meinst du *zusammen?«,* fragte Marsha entgeistert. »Wir beide gehen *zusammen* durch den Haupteingang?«

»Klar. Warum nicht?« Diese Zauberkiste war echt gefährlich. Schon wieder wollte ich Dinge tun, an die ich vor ein paar Tagen nicht mal im Traum gedacht hätte. Ich hatte das Gefühl, dass mir von nun an alles gelingen würde. Schließlich hatte ich schon fast die bekloppte Ordnung auf der Treppe aufgehoben. Ich meine, jetzt, wo Joey und Kate befreundet waren, würden die Stars bestimmt bald die Freaks aufnehmen und nach und nach auch die anderen Gruppen und dann würde ein neues Zeitalter anbrechen. Das Zeitalter, in dem es an der Jefferson keine Cliquen mehr gab. Das Zeitalter der allumfassenden Harmonie. Sollte Marsha da etwa auf der Strecke bleiben? Ich schnappte mir ihre Hand, reckte das Kinn in die Luft und dann stolzierten wir unter den fassungslosen Blicken unserer Mitschüler die berühmte Treppe hinauf. Wenn wir eine Bombe mit glühender Zündschnur dabeigehabt hätten, wäre die Wirkung nicht größer gewesen.

Ganz oben wartete Elodie. Wie die Hüterin des verlorenen Schatzes stand sie vor dem Haupteingang, mit verschränkten Armen und geschwellter Brust. Rings um sie standen ihre Freundinnen wie Kriegerinnen, die sich zur Schlacht rüsteten.

»Stehen bleiben, Flanders«, befahl Elodie. »Du bringst dein seltsames Haustier sofort wieder dorthin, wo du es weggenommen hast. *Hasta la vista,* Baby.«

Wenn man mich fragt: Elodie hat ein paar Actionfilme zu viel gesehen.

»Super, wie du das Wort des Tages angebracht hast«, flötete Samantha. *»Hasta la vista* ist nämlich das Wort des Tages, Franny. Hast du Joeys Nachricht bekommen?«

»Das ist kein Wort, sondern ein Satz«, sagte ich zu Samantha. Dann wandte ich mich Elodie zu. Meine Hände kribbelten wie verrückt. »Hast du schon mal darüber nachgedacht, was aus gemeinen Ziegen wie dir mal wird? Falls nicht, verrate ich es dir: Die fallen irgendwann sehr, sehr tief und dann haben sie keine Freunde mehr, die ihnen helfen.« Marshas Mund verzog sich zu einem breiten Grinsen.

Ich muss zugeben, das kann man nur noch lebensmüde nennen. Aber irgendwoher wusste ich, dass Elodie ihre Machtposition nicht mehr lange halten würde. Und wenn ihr Königreich ohnehin untergehen würde, dann konnte ich auch ein bisschen nachhelfen.

Ich ließ Elodie stehen und drückte die Klinke runter. Marsha zog hörbar die Luft ein. Elodie wollte die Tür wieder schließen, aber ich schob sie einfach zur Seite und zog Marsha in die Schule. Kaum hatte sich die Tür hinter uns geschlossen, ging mit Marsha eine Veränderung vor. Ich konnte förmlich spüren, wie die Erste-Hilfe-Paste auf ihr Wesen übergriff. Und was dann passierte, war mehr als beeindruckend.

»Blöde Bellodie«, sagte Marsha so laut, dass Elodie es bis nach draußen hören konnte, »bekloppte Grellodie.« Ich musste grinsen. Durch die Glasfenster der Tür sah ich die Wut in Elodies Gesicht.

»Cool, Marsh«, sagte ich und wir klatschten uns ab. Marsha schien so einige Probleme zu haben, die auf der Stelle gelöst werden mussten. Vielleicht brauchte sie gar keinen Sandelkram. Vielleicht war es bei ihr gerade gut, die Wirkung der Erste-Hilfe-Paste nicht zu stoppen.

Im Flur hingen seit ein paar Tagen die Rollen für das neue Schultheaterstück aus. Wer wollte, konnte sich für ein Vorsprechen eintragen. Marsha rannte darauf zu.

»Weißt du, was?«, sagte Marsha. »Dieses Jahr mache ich endlich mit. Das wollte ich schon immer, aber bisher war ich einfach zu feige.«

Wow. Da kam eine ganz neue Marsha zum Vorschein und das war wahrscheinlich gut so. Allerdings war ich mir nicht sicher, ob Marsha ihr neues Ich gerade in der Theatergruppe entdecken musste. War es jetzt meine Pflicht, Marsha davon abzuhalten? Vielleicht wäre es besser, wenn sie die Sache in Ruhe anging. Sie konnte zum Beispiel damit anfangen, ihren Mitmenschen in die Augen zu schauen. Marsha war jedoch schneller als ich. Sie hüpfte auf die Besetzungsliste zu und schrieb ihren Namen in dicken, fetten Buchstaben unter die Hauptrolle. Als sie gerade den letzten Buchstaben geschrieben hatte, stand plötzlich Elodie neben ihr. Sie legte die Hand auf Marshas Schulter und drehte sie zu sich herum.

»Grellodie?«, motzte sie. Sie hatte Schaum vor dem Mund. Also, bildlich gesprochen.

»Gefällt dir Bellodie besser?«, fragte Marsha.

Elodie riss die Rollenliste von der Wand. »Und was soll das hier werden?«

»Ich spiele in diesem Jahr die Hauptrolle«, sagte Marsha mit fester Stimme. Und dann fing sie an zu singen. Sie sang irgendein Stück aus *High School Musical* und zwar aus voller Kehle. Marsha hatte eine gute Stimme. Eine *richtig* gute Stimme. Marsha hatte die perfekte Stimme, aber darum ging es jetzt nicht. In der siebten Klasse war eine spontane Gesangseinlage auf dem Schulflur keine gute Idee. Das war der sichere Weg ins absolute Aus. Gesetzt den Fall, man befand sich nicht schon dort. Alle starrten Marsha entsetzt an. Ich umschloss Marshas Arm und wollte sie weiterziehen. Aber ich hatte keine Chance. Marsha hatte den Musicalstar in sich entdeckt und der forderte sein Recht ein.

»Mach mal langsam«, sagte ich leise. »Vielleicht singst du erst mal im Schulchor vor?«

*»Franny, forget it, I've just found my spirit«,* sang Marsha zu einer Fantasiemelodie in guter, alter *High-School-Musical*-Manier. *»I want to reach for the stars this year. No more living in fear!«* Marsha machte eine atemberaubende Pirouette, breitete die Arme aus und verbeugte sich zu guter Letzt. Sie hatte was drauf, keine Frage. Allerdings war der Flur der Jefferson nicht unbedingt der Ort, um das unter Beweis zu stellen.

»Wir sehen uns beim Vorsprechen, Grellodie«, sagte Marsha, drehte sich um und verschwand im Gang. Diese Erste-

Hilfe-Paste war echt krass. Jedenfalls sollte man es sich gut überlegen, bevor man sie anwendete, da musste ich Granny ausnahmsweise recht geben.

Schnurstracks lief ich zum Mädchenklo. Dort seifte ich meine Hände ein und schrubbte sie zehn Minuten lang in der Hoffnung, dass die Paste bei mir ihre Zauberkraft nicht entfaltete. Von Marshas Auftritt war mir immer noch ganz schwindlig. Mit einem flauen Gefühl im Magen rannte ich zu Englisch, wo Ms Posey uns schon erwartete. Ich warf mich auf meinen Stuhl und stellte fest, dass meine Hände jetzt nicht mehr kribbelten, sondern wie verrückt brannten. Ich versuchte, das Gefühl loszuwerden, indem ich meine Hände an der Hose rieb. Keine Chance. Na prima. Ich war verloren.

»Kommt zur Ruhe, Leute«, sagte Ms Posey. »Hat irgendjemand eine Frage zu den Hausaufgaben?«

»Ich!«, rief prompt mein Quasselstrippen-Ich. »Es gibt so viele spannende Bücher, wieso müssen wir da gerade *Beowulf* lesen? Das ist die totale Zeitverschwendung! Macht es Ihnen eigentlich Spaß, uns mit diesem Schinken zu quälen?« Ich hatte es mal wieder geschafft. Genauso gut hätte ich nach vorn gehen und Ms Posey eine Ohrfeige geben können.

»Herzlichen Glückwunsch, Miss Flanders! Das war der zweite rote Punkt. Ich weiß nicht, ob du dich mit Baseball auskennst. Falls nicht, helfe ich dir auf die Sprünge: Beim dritten Mal bist du draußen. In einer Woche kriege ich von dir einen Aufsatz über die Gründe, aus denen *Beowulf* auch nach 1200 Jahren noch aktuell ist.« Ms Posey fixierte mich mit starrem Blick. Diese Frau war einfach nur gruselig. Warum war sie eigentlich Lehrerin geworden und nicht Knastaufseherin oder Metzgerin? Ich biss mir auf die Lippen, um mein Quasselstrippen-Ich zum Schweigen zu bringen. Ich grub die Zähne förmlich in mein Zahnfleisch. Autsch.

Ms Posey kritzelte etwas auf einen Zettel, ging auf mich zu und knallte den Zettel auf meinen Tisch. *Rektorat* stand ganz oben. »Weißt du, was, Franny? Ich finde, du solltest dich zur Abwechslung mal mit Mrs Mackey über *Beowulf* unterhalten. Ich würde jetzt gern mit der Klasse arbeiten.«

Hatte ich das richtig verstanden? Ich sollte zur Rektorin? Das war mir noch nie passiert. Noch nie war ich auch nur ansatzweise aus dem Unterricht geflogen. Ich lege mich nicht mit meinen Lehrern an. Ich befolge die Regeln und schreibe in allen Fächern ein A. Jetzt fühlte ich mich wie ein Gangster. Was käme als Nächstes? Lebenslänglich? Eine Einzelzelle im Hochsicherheitstrakt?

Im Schneckentempo bewegte ich mich Richtung Rektorenzimmer und dachte lieber nicht daran, was mich dort erwartete. Durch meinen Kopf wanderten Filmszenen, in denen Lehrer unartige Schüler mit dem Lineal schlagen. Im Mädchenklo legte ich einen Zwischenstopp ein und wusch meine Hände ein weiteres Mal. Danach waren sie feuerrot und die Haut fühlte sich rau an. Keine Ahnung, ob sie jetzt wegen der Paste brannten oder weil ich es mit dem Waschen etwas übertrieben hatte. Ich hoffte auf das Zweite, ergab mich in mein Schicksal und klopfte am Rektorenzimmer.

Nachdem ich der Sekretärin den Zettel von Ms Posey gegeben hatte, musste ich erst mal warten. Nach ein paar Minuten rief Mrs Mackey mich hinein. Sie las den Zettel und nahm meine Akte zur Hand. Stocksteif saß ich auf dem Stuhl vor ihrem Schreibtisch.

»Also schön, Franny.« Sie musterte mich von oben bis unten. »Was genau hast du gegen *Beowulf?*«

Wie durch ein Wunder kribbelten meine Hände plötzlich nicht mehr. Ich hatte keine Ahnung, ob sie gleich wieder damit anfingen. Jedenfalls sollte ich den Moment nutzen und meine Worte sorgsam wählen. Diese Antwort würde über mein gesamtes weiteres Leben bestimmen. Na ja, so ein bisschen zumindest.

»Es tut mir sehr leid, dass ich mich in Ms Poseys Unterricht so respektlos benommen habe. Aber manchmal reißt mich meine Leidenschaft für Bücher einfach mit. Ich gebe zu, dass ich kein großer Fan von *Beowulf* bin. Das Buch ist total altmodisch und sterbenslangweilig. Aber Bücher zu lesen, die die Jahrhunderte überdauert haben, bringt uns weiter, das ist mir klar. Wir können darin sehr viel lernen, selbst wenn wir dabei immer wieder einschlafen.«

Ungefähr zwei Tage lang sah Mrs Mackey mich einfach nur an.

»Diesmal bestrafe ich dich nicht, Franny«, sagte sie schließlich. »Du bist ein nettes Mädchen und in deiner Akte habe ich keinen einzigen Tadel gefunden. Vielleicht hast du heute einfach einen schlechten Tag. Das kann jedem passieren. Aber, Franny, ich warne dich. Ms Posey hat es auf dich abgesehen und das kann ziemlich ungemütlich werden. Versprichst du mir, dass du dich in ihrem Unterricht in Zukunft zurückhältst?«

»Auf jeden Fall, Mrs Mackey. Das verspreche ich Ihnen.« Puh. Offenbar war ich noch mal davongekommen.

In Spanisch und Gemeinschaftskunde hielt ich den Mund. Ab und zu kribbelte mein kleiner Finger oder mein Handrücken, aber das Schlimmste schien ich überstanden zu haben. Sobald irgendein blöder Gedanke durch meinen Kopf schoss, biss ich mir auf die Lippen. Als es zur Mittagspause läutete, waren die Innenseiten meiner Wangen total wund, aber wenigstens hatte ich keinen Blödsinn von mir gegeben.

Ich rannte zur Mensa und entdeckte Joey und Kate sofort: Am Stammtisch der Stars steckten sie die Köpfe zusammen und kicherten. Um den Tisch herum standen die Stars mit ihren Tabletts und hatten keinen blassen Schimmer, wie sie mit der neuen Situation umgehen sollten. Ein Freak an ihrem Tisch – durften sie da überhaupt essen? Jedem Schüler, der die Mensa betrat, fiel die Veränderung sofort auf. Egal ob Nerd, Freak, Schluffi, Gangster oder Philo – jeder musterte teils ängstlich, teils misstrauisch meine zwei besten Freundinnen in ihrer Eintracht. Selbst Mr Pandrock, der Pausenaufsicht hatte, konnte den Blick nicht von Joey und Kate lösen. Dabei war er sonst die absolute Schlafmütze.

Joey schaute auf. »Hat jemand was dagegen, wenn Kate heute mit uns isst?«

»Äh ... nö. Warum auch?«, sagte Alexi und setzte sich zu Joey. Zach ließ sich auf den Stuhl neben ihm fallen. Die anderen Stars taten es ihnen nach. Für sie schien das neue Zeitalter schon fast ein *fait accompli* (ein Ausdruck des Tages aus dem letzten Schuljahr) zu sein.

Samantha Ross wollte sich gerade hinsetzen, als Elodie motzte: *»Ich* habe was dagegen. Und du setzt dich auch nicht hin, Samantha.«

Arme Samantha. Sie hielt mitten in der Bewegung inne. Ihr Tablett schwebte ein paar Zentimeter über dem Tisch und in ihren Kuhaugen standen riesige Fragezeichen. Ihre beiden großen Vorbilder hatten einander den Krieg erklärt. Wem sollte sie jetzt folgen?

*»Quel dommage«*, sagte Joey zu Elodie. In ihrer Stimme lag Ironie.

*»Quel dommage?«*, wiederholte Kate. »Was heißt das?«

»Das ist Französisch und heißt *Pech gehabt*. Ich beherrsche fünf verschiedene Sprachen. Aber keine Sorge, ich bringe dir alles bei.« Und dann fügte sie hinzu: »Es ist einfach doof, dass Franny ihre Mittagspause immer zwischen uns aufteilen muss.«

»Sehr wahr, J«, sagte Kate.

»Joey, hast du mich nicht verstanden?«, mischte Elodie sich ein. »Die Principessa hat ein Problem damit, ihr Mittagessen in der Anwesenheit eines Freaks zu sich zu nehmen.«

»Da kann ich dir leider nicht helfen.« Joey schaute Elodie herausfordernd an. Doch Elodie nahm die Herausforderung nicht an. Niemals würde sie sich vor allen anderen mit Joey anlegen. Ihr war klar, dass sie auf jeden Fall den Kürzeren zog. Allerdings war ich mir sicher, dass sie insgeheim schon den nächsten Schachzug plante. Ich musste sie im Auge behalten. Leise nahm ich neben Kate Platz. Hier war meine Zauberkraft nicht mehr gefragt. Ich war nur noch Zuschauerin in einem Schauspiel, das ich aus vollen Zügen genoss.

»Komm, Samantha«, sagte Elodie barsch, »wir gehen.« Sie wusste genau, dass Samantha im Moment ihre einzige Chance war. Wenn sie jemanden auf ihre Seite ziehen konnte, dann die größte Mitläuferin an der Jefferson.

»Jetzt?«, piepste Samantha. »Ich habe doch noch gar nichts gegessen.«

»Ja, *jetzt*. Komm endlich.« Elodie rauschte nach draußen und Samantha hatte keine Wahl, als aufzustehen und ihr zu folgen.

Ich beobachtete Owen und Jane, die sich völlig verwirrt am Tisch der Freaks niederließen. Auch Kate entging das nicht und kurz entschlossen winkte sie die beiden heran. Aber darauf hatten Owen und Jane ganz offensichtlich keine Lust. Und in diesem Moment startete Joey mal wieder eine ihrer typischen Joey-Aktionen. Sie kletterte auf den Tisch, natürlich ohne auch nur ein Glas umzustoßen oder einen Teller zu touchieren.

»Hört mal alle her, Leute«, rief sie. »Das neue Wort des Tages lautet *Mix-up!*« Niemand sagte etwas. Niemand rührte sich. Es war so still, dass man das Summen der Klimaanlage hörte. »In der heutigen Mittagspause verlässt jeder seinen Stammplatz. Leon, du isst mit den Gangstern.« Leon, einem absoluten Nerd, trat sofort die Angst in die Augen. »Mikaela, du gehst zu den Philos.« Mikaela war eine von den Gangstern. »Jane und Owen, ihr esst mit uns, und Angus, du setzt dich zu den Freaks.«

Offenbar hatten die meisten Zaubermittel seltsame Nebenwirkungen. Die Erste-Hilfe-Paste hatte mich dazu gebracht, jedes erdenkliche Problem zu lösen, das Bananenbrot hatte Mom sich wie ein Teenager kleiden lassen und die Blondies veranlassten Joey, endlich etwas gegen diese abartige Grüppchenbildung zu unternehmen. Dass das neue Zeitalter auf diese Weise begann, damit hatte ich zwar nicht gerechnet. Aber umso besser. Begeistert sah ich zu, wie meine Mitschüler Joeys Anweisungen befolgten. Die Stars rutschten tatsächlich zusammen, damit Jane und Owen noch Platz fanden. Leon setzte sich tatsächlich zu den Gangstern. Und Mikaela ging tatsächlich zu den Philos. Drei Sätze von Joey hatten gereicht, um die Beliebtheitsskala an der Jefferson einmal ordentlich durchzuschütteln. Wenn das nicht Zauberei war, dann wusste ich auch nicht.

»Bingo, Dingo«, sagte Kate mit ernstem Gesicht.

Joey sah Kate erstaunt an und fing dann schreiend an zu lachen. Kate fiel in ihr Lachen ein.

Wow. Dieser Erfolg kam selbst für mich unerwartet. Offenbar hatte ich die Blondies meilenweit unterschätzt.

# Im siebten, nee, achten Himmel

Die nächsten Tage waren genial. Wenn ich morgens runter in die Küche kam, warteten dort schon Joey und Kate. Sie trugen Skinny Jeans und Flanellhemden und begrüßten mich mit einem Lächeln, mich, das dritte Musketier, mit dem sie von nun an alles gemeinsam machen würden. Kate sah super aus. Sogar von ihrem grünen Roller hatte sie sich verabschiedet und auch von der schrecklichen Tasche, in der sie ihn immer rumgetragen hatte. Ich glaube, es war zwei Jahre her, dass Kate wie ein normaler Mensch ausgesehen hatte.

Bei Kates Anblick fühlte ich mich stark und verwegen, so als könnte ich alles schaffen. So muss Moses sich gefühlt haben, als er das Rote Meer teilte. Am liebsten hätte ich gejubelt und geschrien. Aber die anderen taten ganz normal. Also verhielt auch ich mich so, als wäre nichts passiert. Bescheidenheit ist eine Zier, habe ich mal gehört. Ich finde sie eher eine Last.

»Kate, du siehst super aus«, sagte ich.

»Geniale Teile, oder?«, erwiderte Kate. »Die sind von Joey.«

»Ich habe sowieso viel zu viele Klamotten«, seufzte Joey.

»Finde ich gut«, meinte ich überglücklich.

Mom bedachte uns mit einem Lächeln. »Ich bin so froh, dass ihr euch wieder versteht. Ich habe Franny immer gesagt, dass sie nur ein bisschen Geduld haben muss.«

»Das stimmt, Mom«, bestätigte ich. Gern ließ ich Mom in diesem Glauben. Ich brauchte sowieso eine offizielle Erklärung für die plötzliche Verwandlung, die Joey und Kate durchgemacht hatten.

Granny nahm mich beiseite und fragte: »Offenbar hast du mit deinen Freundinnen jetzt doch geredet?« Dabei zog sie eine Augenbraue hoch.

»Genau, wir haben uns ausgesprochen. Danke für deinen Rat.« Die Lüge kam mir so schnell von den Lippen, dass sie eigentlich nicht zählte. Zumindest nicht in meiner Rechnung.

»Ich bin stolz auf dich.« Granny umarmte mich fest.

Kate musterte mich von oben bis unten. Eine ganze Weile hatte ich gebraucht, bis ich herausgefunden hatte, dass dieses Kleid perfekt zu den Leggins passte. »Wenn du mich fragst, F, dann solltest du dich noch mal umziehen und wir gehen alle drei im Partnerlook.«

Zu dritt im Partnerlook? War das nicht etwas übertrieben? »Du meinst ... äh ... dass wir alle drei das Gleiche anhaben?«

»Bingo, Dingo«, sagte Kate und brach zusammen mit Joey in dieses seltsam schreiende Lachen aus. Vorsichtig lachte ich mit. Meinetwegen. Dann lachten wir jetzt eben über Sprüche wie »Bingo, Dingo« und gingen als Drillinge in die Schule. Besser ging's doch eigentlich nicht.

Als wir an der Jefferson ankamen, sahen wir sofort, dass alle wieder an ihren Stammplätzen standen. Alte Gewohnheiten lassen sich eben nur schwer überwinden. Alle Augen folgten uns, als wir zu dritt nach oben liefen, und nach und nach schien unseren Mitschülern aufzugehen, dass die gestrige Mittagspause kein Traum gewesen war.

»Kate, sehen wir uns heute bei der Probe?«, rief Owen Kate zu.

»Weiß noch nicht, Bro«, rief Kate zurück. »In fünf Stunden kann sich einiges ändern.«

Owen hatte keine Ahnung, was er von dieser Antwort halten sollte, und den anderen Freaks ging es genauso. Ehrlich gesagt fand ich Kates Antwort auch etwas seltsam. Aber egal. Im Moment war ich einfach nur froh, dass wir zusammen die Treppe hinaufliefen. Ganz oben erwartete uns schon Elodie. Gleich neben ihr stand Samantha Ross, der Königin wie immer treu ergeben.

»Hey Joey«, sagte Elodie, »was ist das Wort des Tages?« Sie schien fest davon überzeugt, dass heute alle wieder nach ihrer Pfeife tanzten.

*»Mix-up«,* erwiderte Joey, »was sonst?«

»Du machst Witze, oder?« Ich sah die Verzweiflung in Elodies Gesicht. Für meinen Geschmack stand ihr das ziemlich gut. Tut mir leid, Elodie. Es hat sich einiges verändert. Damit musst du jetzt klarkommen.

Joey drehte sich zur Treppe und ließ ihren Blick über unsere Mitschüler schweifen. »Leute, habe ich mich gestern nicht klar ausgedrückt? *Mix-up* lautet das Wort des Tages. Jetzt macht schon, löst die blöden Gruppen auf!«

Ganz langsam, so als wären sie mit Kaugummi am Boden festgeklebt, lösten sich unsere Mitschüler von ihren Plätzen und tappten vorsichtig aus ihren gewohnten Grüppchen heraus. Elodie versuchte sich zu beherrschen, aber ich sah genau, dass sie kurz vorm Durchdrehen war. Ungefähr eine Millisekunde lang tat sie mir leid. Aber sofort fiel mir wieder ein, dass Elodie keine Skrupel hätte, neugeborene Babys an die Mafia zu verkaufen, wenn ihr das irgendeinen Vorteil verschaffte.

»Joey, was soll das Ganze?« Elodie sprach schätzungsweise zehn Oktaven höher.

»Was meinst du?«, fragte Joey unschuldig.

»Dass du bekloppte neue Regeln aufstellst und seit Kurzem mit einem Freak abhängst!«

»Die alten Regeln waren bekloppt, Elodie, und Kate ist total in Ordnung. Entspann dich mal ein bisschen.«

Fassungslos starrte Elodie Joey an. Dann wanderte ihr Blick zu Kate, zu mir und wieder zurück zu Joey. »Sagt mal ... seid ihr heute im Partnerlook gekommen? Das ist ja abartig.«

Jetzt bemerkte auch Samantha Ross unsere Skinny Jeans und die Flanellhemden und der Anblick schien sie einigermaßen zu irritieren. Wenn Kate und ich jetzt Joey imitierten, dann konnte sie nur noch Elodie nachmachen. Nicht gerade die besten Aussichten.

»Cool, oder?«, rief Joey und ging einfach weiter. Dass Elodies Blut so langsam die Siedetemperatur erreichte, beeindruckte sie überhaupt nicht. Schnell ging Kate hinterher und ich senkte den Kopf und wollte den beiden folgen. Mich ließ Elodie jedoch nicht so einfach vorbei. Sie griff nach meinem Arm und ich blieb stehen.

»Flanders, ich weiß genau, dass du hinter der Sache steckst«, zischte Elodie mir zu. »Und ich verspreche dir, damit kommst du nicht durch. Die Principessa hat dich im Visier.«

Aber seit Kate und Joey sich vertragen hatten, schwebte ich irgendwo zwischen dem siebten und dem achten Himmel. Deshalb wischte ich Elodies Bemerkung mit einem Lächeln beiseite und folgte meinen zwei Freundinnen in die Schule. In meinem Rücken konnte ich Elodies wütende Blicke spüren. Kapierte sie denn nicht, dass die Welt sich verändert hatte? Nicht mehr lange und sie war ihren Job als Oberhaupt des Vereinigten Königreichs von Jefferson los.

Ich rechnete nicht damit, dass mein Glücksgefühl noch wachsen könnte. Aber dann kam Kunst. Kunst mit Alden. Ich war völlig in die Skizze für mein Landschaftsbild vertieft, als er sich plötzlich neben mich setzte.

»Hey Franny«, sagte er, »wie geht's mit deinem Bild voran?« Alden begrüßte mich. Alden sprach mich mit meinem Namen an. Alden fragte mich, wie es mit meinem Bild voranging. Mir wurde schwindlig. Hoffentlich kippte ich jetzt nicht um.

»Äh ... also ... na ja ... um ehrlich zu sein ... ganz gut.« Ging's eigentlich noch? Warum stammelte ich jetzt rum? Sonst war ich doch auch nicht auf den Mund gefallen. Ich wusste immer was zu erwidern. Vielleicht war es doch besser, einfach umzukippen. Dann konnte ich mich wenigstens nicht mehr wie die letzte Idiotin verhalten. Unter dem Tisch trat ich mir gegen das Schienbein. Strafe muss sein. Das hier war die Stunde der Wahrheit und ich musste mich jetzt mal ein bisschen zusammenreißen.

»Ich stecke irgendwie fest«, sagte Alden. Und dann – wirklich wahr – beugte er sich zu mir rüber. Er roch unheimlich gut. So wie echte Männer riechen, ein bisschen verschwitzt, aber hauptsächlich nach Wald und Shampoo und irgendwie auch nach Pfefferminz.

»Ich finde es super, dass du einfach drauflosmalst. Die anderen malen alle dasselbe, Strand und Palmen und so. Aber deine Düne ist genial und dazu der Wald und die Tiere ... fast eine Collage, voll cool finde ich das. Vielleicht kannst du mir bei meinem Bild helfen?« Alden sah mich an. Er schien das wirklich ernst zu meinen. Mein ganzer Körper kribbelte. Wenn das hier Liebe war, dann war ich dabei.

Alden schaute mich an. Ich schaute zurück. Ich schaute direkt in seine grünen Augen. Es waren die schönsten Augen im Universum.

»Alles klar, Franny?«, fragte Alden.

»Äh … ja. Ich habe gerade … äh … nachgedacht.« Wie bitte? Was war das denn schon wieder? Konnte ich jetzt bitte mal irgendwas *sagen?*

»Wahrscheinlich habe ich dich total rausgerissen. Weißt du, was? Ich gehe jetzt wieder an meinen Platz und –«

»Auf keinen Fall!«, rief ich viel zu laut. Alle schauten sich nach uns um.

Also schön, Franny Flanders. Reiß dich zusammen. Jetzt oder nie.

»Pass auf«, sagte ich. »Mit den Bäumen habe ich angefangen.« Endlich hatte ich mich wieder unter Kontrolle und ich spürte, wie in diesem Moment etwas Schönes seinen Beginn nahm. Etwas Wunderschönes. Da war ich mir ganz sicher.

Ich erklärte Alden, dass ich auf meinem Bild alle möglichen Landschaften miteinander kombinieren wollte. Ich wollte mich nicht auf eine Perspektive beschränken, sondern verschiedene Landschaften mischen. Manche davon kannte ich, manche hatte ich auf Bildern gesehen, über manche hatte ich nur etwas gelesen. Anfangs hatte auf der Skizze das absolute Chaos geherrscht, aber nach und nach hatte ich herausgefunden, welche Landschaften funktionierten und welche ich besser übermalte.

»Vielleicht ist es einfach eine Traumlandschaft«, sagte ich. »So was wie eine innere Karte, verstehst du, was ich meine?« Klang das jetzt total uncool?

»Voll super«, sagte Alden. »Auf so was wäre ich nie gekommen. Du hast echt Talent.« Und ich glaube, das meinte er ernst. Mein Bild schien ihm echt zu gefallen. Nein, Alden machte sich nicht über mich lustig, das war Tatsache. Noch eine Tatsache: Er war der süßeste Junge an der Jefferson. Und noch eine: Janet Scully hatte keinen blassen Schimmer von Landschaftsbildern.

Die restliche Stunde flüsterten wir miteinander und arbeiteten nebenbei an unseren Skizzen. Ich versuchte, gleichzeitig total entspannt und superkreativ zu wirken. Das war gar nicht so einfach. Aber ich glaube, ich habe das ziemlich gut hinbekommen. Und Alden war einfach super, wirklich wahr. Jeder konnte sehen, dass wir einfach perfekt zusammenpassten. Gegen Ende der Stunde kam Nennt-mich-einfach-Jeff zu mir und schaute sich meine Skizze an.

»Weiter so, Franny. Das sieht gut aus. Du kannst schon bald mit dem richtigen Bild beginnen.« Dann warf Nennt-mich-einfach-Jeff einen Blick auf Aldens Skizze. »Gut gemacht, Alden«, sagte er überrascht.

»Franny hat mir geholfen«, sagte Alden und berührte dabei meinen Arm.

Dass ich weiche Knie bekam, ist eindeutig untertrieben. In diesem Moment verwandelte sich mein ganzer Körper in eine formlose Masse und ich musste mich mit beiden Händen am Tisch festhalten, damit ich nicht vom Stuhl rutschte. Alden hatte mich *berührt*. Das hatte etwas zu bedeuten. Ich konnte schon sehen, wie Dad mich an einer langen Stuhlreihe vorbeiführte. Ich trug ein ärmelloses weißes Kleid und am Altar wartete Alden in einem eleganten schwarzen Anzug. Vielleicht war ich mal wieder etwas voreilig, aber ehrlich gesagt war mir das komplett egal. Das hier waren meine Gedanken und in denen kann ich mir vorstellen, was ich will.

»Weiter so, ihr beiden«, sagte Nennt-mich-einfach-Jeff und ging weiter.

Die ganze Zeit ließ Elodie uns nicht aus den Augen. Aber ich wollte mir meine gute Laune nicht verderben lassen. Zumindest nicht, was Alden betraf. Man kriegt eben nichts umsonst. Und Elodies fiese Blicke waren die Sache eindeutig wert.

Nach dem Klingeln verließen Alden und ich zusammen den Kunstraum. Wir kamen von einem Thema aufs nächste und waren noch völlig in unser Gespräch vertieft, als wie aus dem Nichts Janet Scully auftauchte. Diese Nervensäge hatte ich in der letzten halben Stunde vollkommen verdrängt. Janet, wer war das gleich noch mal?

»Freust du dich schon auf Geschichte, Schatz?«, piepste sie. Wenn sie auch nur einen Gedanken in ihrem Köpfchen hätte, würde der sich wahrscheinlich ziemlich einsam fühlen. Aber wahrscheinlich bestand da keine Gefahr.

Alden wandte sich an mich. Er schaute mir fest in die Augen. »Danke noch mal, Franny.« Und dann waren er und Janet zwischen den anderen Schülern verschwunden. Ich fühlte mich trotzdem, als hätte ich gerade einen Pokal gewonnen. Es war offensichtlich, dass sich zwischen Alden und mir etwas entwickelte. Und es würde weiterwachsen. Janets Tage waren gezählt.

»An deiner Stelle würde ich Lipgloss *und* Puder kaufen«, sagte Joey zu Kate und trug noch etwas mehr Puder aus der Probierpackung auf.

»Du hast recht.« Kate betrachtete sich im Spiegel der Drogerie. »Das sieht fantastisch aus.«

*Fantastisch?* Hatte Kate gerade fantastisch gesagt? Nicht fett? Nicht megamatiko? Sprach Kate jetzt etwa wie jeder normale Mensch? Das war eigentlich zu schön, um wahr zu sein. Schon dass Kate sich Schminkzeug kaufen wollte, war so was wie eine kleine Revolution. Normalerweise ist sie bei Make-up total kompromisslos. Sie kommt immer wieder mit denselben Sprüchen: Erstens ist es schlecht für die Umwelt, zweitens werden dafür Tierversuche gemacht und drittens ist die ganze Kosmetikindustrie sowieso kapitalistischer Dreck.

»Das steht dir total gut«, sagte ich. Und so war es auch. Echt verrückt, was Puder und Lipgloss ausmachen.

An diesem Samstag wollten wir alle bei Kate übernachten und machten gerade letzte Besorgungen. Mittlerweile befand ich mich definitiv im achten Himmel. Von der Drogerie gingen wir weiter zum Burgerladen, um dort Burger zu essen. Um dort *Burger* zu essen. Kate entschied sich für einen mit Putenbrust. Einen Burger mit *Putenbrust.* Sonst bestellt sie sich immer nur ein trockenes Brötchen. Nicht einmal der Veggie Burger kommt normalerweise für sie infrage, weil der Gemüsebratling auf demselben Grill erwärmt wird wie das Fleisch. Diese Freundschafts-Blondies waren echt verrückt. Endlich vergaß Kate mal ihre ewigen Prinzipien. Sie ließ locker und lebte ein ganz normales Leben. Genauso hatte ich mir das immer vorgestellt. Danke, Welt. Besser gesagt: Danke, Zauberkiste.

»Delektabel«, urteilte Kate und verspeiste den letzten Happen ihres Burgers. »Ich habe echt keine Ahnung, warum ich in der Mensa wegen des veganen Essens so einen Aufstand machen musste.«

»Wenn du mich fragst, hatte die Mensa deinen Aufstand mehr als nötig«, sagte Joey. »Das Essen dort geht gar nicht. Niemand kocht so ekelhaft wie Marta. Meistens überstehe ich die Mittagspause nur dank deines Salatbüfetts.«

»Sehe ich genauso, J. Martas Kochkünste sind einfach nur düster.«

»*Vive le* Salatbüfett«, sagte ich, um Joey eine Freude zu machen.

»Weißt du, was, Frans?«, meinte Joey. »Französisch ist out. Irgendwie ist mir das zu affektiert.«

»Kapiert«, erwiderte ich erleichtert. »Französisch ist out.« Hoffentlich galt das bald auch für Englisch, Spanisch und Italienisch.

»Ist euch schon mal aufgefallen, dass in der Mensa alles nach Pappe schmeckt«, fragte Joey, »sogar die Tacos?«

»Echt jetzt?«, fragte Kate. »Und ich dachte, so schmeckt nur der vegane Kram.«

»Nee«, sagte ich. »Das gilt auch für Nudeln, die Hotdogs, das Frikassee ...«

»... für die Cookies und den Apfelkuchen«, fügte Joey hinzu.

Es war schon fast gruselig, wie gut wir uns verstanden. Unglaublich, dass für unsere Freundschaft eine Zauberkiste vonnöten gewesen war. Es war doch total offensichtlich, dass wir zusammengehörten. Und bei Gelegenheit würde ich mich mit der Zauberkiste mal über Martas Kochkünste unterhalten. Vielleicht ließ sich da auch noch was drehen.

Die folgenden vierundzwanzig Stunden waren das Glück auf Erden. Wir schauten uns Kate-Hudson-Filme an, verdrückten Wraps und jede Menge Chili-Cheese-Popcorn und quatschten bis tief in die Nacht. Kate erzählte Joey, dass sie in James Singer verknallt war, und Joey ermutigte sie, die Initiative zu übernehmen und einfach auf ihn zuzugehen. Ich erzählte den beiden von der romantischsten Kunststunde der Welt. Gemeinsam lästerten wir über Janet Scully. Auch Kate und Joey waren der Meinung, dass Janet bald von der Bildfläche verschwunden sein würde. Wenn ich mich in den Kunststunden weiter mit Alden unterhielt, meinten sie, wäre Janet bestimmt noch vor dem Fall Fling abgemeldet. Joey erzählte uns, dass sie und Alexi sich letztes Wochenende zum ersten Mal mit Zunge geküsst hatten. Kate und ich hatten beide keinen blassen Schimmer vom Küssen und bombardierten Joey so lange mit Fragen, bis sie uns ihre Technik mithilfe eines Kissens zu zeigen versuchte. Da brachen wir alle in Lachen aus.

Alle drei waren wir der Meinung, dass Elodie eine Ausgeburt der Hölle darstellte (nur Joey verteidigte sie ein wenig), dass Vashki Patel an der Jefferson am besten aussah, dass Marsha Whalley gar nicht mal so schlimm und Ms Posey schlimmer als schlimm war.

Das klingt jetzt vielleicht übertrieben, aber es war wirklich der beste Abend in meinem Leben. Und dabei hätte ich es belassen sollen. Genau an dieser Stelle hätte ich mich zufriedengeben müssen. Geheimagentin Flanders hatte ihre Mission erledigt. Sie hatte das perfekte Ding gedreht, und zwar ohne dass Granny irgendwas ahnte. Aber leider musste ich unbedingt weitermachen. Na ja, im Nachhinein ist man eben immer schlauer.

# Was soll schon schiefgehen?

»Hier spricht die Principessa«, meldete sich Elodie. Ich war gerade auf dem Nachhauseweg von Kate, als mein Handy geklingelt hatte. »Normalerweise würde ich meine Freiminuten niemals für eine Flanders verschwenden. Aber diese Flanders lässt mir keine Wahl.« Es war gerade mal zehn Uhr morgens und Elodie klang, als wäre sie schon um diese Zeit zu allem bereit.

»Ich weiß nicht, was du mir damit sagen willst«, sagte ich arglos.

»Du weißt genau, was ich sagen will. Am Wochenende habe ich eine SMS von einem Gangster bekommen. Ein Philo hat mich zu seiner Geburtstagsparty eingeladen. Und schon den zweiten Tag in Folge hat mich hier in der Siedlung ein Nerd gegrüßt. Ich finde das absolut zum Kotzen, hast du mich verstanden?«

»Habe ich«, sagte ich.

»Ich weiß genau, dass du dahintersteckst, Flanders. Du scheinst nicht zu wissen, dass es an der Jefferson ungerecht zugehen *muss*. Unmöglich können alle Schüler glücklich sein. Es braucht eine gütige Alleinherrscherin, die darüber entscheidet, wer dazugehört und wer nicht. Und diese gütige Alleinherrscherin bin ich, falls du's nicht mitbekommen hast.«

»Ich würde dich nicht gerade als gütig bezeichnen, Elodie«, platzte es aus mir heraus. Es tat gut, die Wahrheit auszusprechen, auch wenn mir diese Worte zum Verhängnis werden konnten.

Eine Minute lang herrschte absolute Stille. Das war die Stille vor dem Sturm. Ich wappnete mich für den Angriff.

»Pass auf, Flanders. Ab Montag hängt Joey nicht mehr mit dieser Kate Franklin rum, sondern wieder mit mir. Wenn nicht, kannst du dich auf etwas gefasst machen. Ich konnte dich noch nie leiden. Ich bin nur Joey zuliebe nett zu dir gewesen. Aber wenn ich Joey jetzt an Kate verliere, dann fliegt dir dein mieses kleines Leben und alles, was dir lieb und heilig ist, um die Ohren. Ist das klar?«

Und dann hatte sie aufgelegt. Ich sah mich schon mit Sandy Smithson im Internat in Montana sitzen, weil ich die Jefferson verlassen musste. Bald würde auch ich von früh bis spät Schneeschuhe flechten und Mom und Dad nur noch zu Weihnachten sehen. Ein kalter Schauer lief mir über den Rücken. Das Problem namens Elodie hatte ich bei dieser ganzen Sache nicht genug bedacht. Ich musste mich unbedingt mit der Notfallkiste unterhalten, sonst würde Elodie mein Leben zerstören. Hoffentlich hatte die Kiste eine Idee, was ich gegen Elodie unternehmen sollte. Ich selbst hatte nämlich keinen blassen Schimmer. Und das hier war mindestens ein Notfall. Wenn nicht noch mehr.

Als ich das Haus betrat, war mir ganz schwindlig von meinen Gedanken. Ich musste Elodie ruhigstellen. Eigentlich wollte ich direkt runter in den Keller gehen. Leider kam ich nicht an Mom und Granny vorbei, die gerade in der Küche saßen.

»Hey Frans«, sagte Mom. »Wie war's bei Kate?«

»Super. Joey war auch da!« Das war mir einfach so rausgerutscht. Mal wieder hatte ich gequasselt, ohne vorher nachzudenken. Ich steckte mir einen Oreo in den Mund, um mich zum Schweigen zu bringen. Eigentlich hätte ich Mom gern alles erzählt. Bis vor ein paar Tagen hatte ich das auch gemacht. Aber jetzt, wo die halbe Jefferson verzaubert war, hielt ich lieber den Mund. Weder Mom noch Granny durften von meinen Tricks erfahren.

»Wow«, sagte Mom. »Sie verstehen sich ja wirklich wieder gut.«

»Das ging schnell«, sagte Granny. »Letzte Woche, als die Schule anfing, haben die beiden kein Wort miteinander gesprochen.« Wieder hob Granny eine Augenbraue. Ahnte sie doch etwas? Ich war mir nicht sicher. Jedenfalls hielt ich jetzt mal lieber meine Klappe. Oder besser noch, ich ruderte etwas zurück.

»Na ja, ich glaube, Joey ist hauptsächlich meinetwegen gekommen. So schnell wird das jedenfalls nicht noch mal passieren.« Mit einem Lachen versuchte ich, die Sache runterzuspielen. Vielleicht wechselten Mom und Granny dann das Thema.

»Hauptsache, die beiden kommen irgendwie miteinander klar«, bemerkte Mom.

»Ich habe doch gesagt, dass die siebte Klasse gar nicht so schlimm ist«, sagte Granny.

»Ihr habt recht«, seufzte ich. »Erwachsene haben einfach mehr Lebenserfahrung.« Okay, so dick musste ich wirklich nicht auftragen. Das war erst recht verdächtig. Wo waren meine Geheimagentenfähigkeiten hin?

»Sag mal, Franny«, meinte Granny, »hast du Lust, dass wir heute was zusammen unternehmen?«

»Du meinst ... wir beide?« Das war ja die absolute Horrorvorstellung! Ich wollte was mit der Kiste unternehmen, nicht mit Granny.

»Du hast es mir versprochen. Schon vergessen?«

Bitte nicht. Bitte, bitte nicht. Vor allem nicht jetzt. Ging das nicht morgen? Oder nächstes Jahr? Heute würde ich bei Dad übernachten und vorher musste ich noch ein paar Probleme lösen. Besser gesagt, die Zauberkiste musste ein paar Probleme lösen. Wenn ich jetzt mit Granny loszog, konnte ich das vergessen.

Aber Granny war schon auf dem Weg in den Keller. Für jemanden in ihrem Alter hatte sie echt ein bisschen zu viel Energie. Ich wollte ihr schon folgen, da legte Mom eine Hand auf meine Schulter.

»Du und Granny, ihr seid ja echt dicke«, sagte sie mit einem Lächeln.

Na ja, so *dicke* waren wir nun auch wieder nicht. Beiläufig zuckte ich mit den Schultern und sagte langsam: »Ja, Granny ist ziemlich ... cool.«

»Ehrlich gesagt war mir ein bisschen mulmig, als ich sie gefragt habe, ob sie bei uns einziehen will. Ich hatte Angst, dass ihr beide ... dass du Granny ein bisschen zu extrem finden könntest. Ich bin froh, dass du sie zu mögen scheinst. Mir ist klar, dass sie manchmal etwas gewöhnungsbedürftig ist.«

*Gewöhnungsbedürftig?* Das hatte Mom sehr vorsichtig ausgedrückt. »Sie ist okay«, murmelte ich abwesend. In Gedanken arbeitete ich bereits an Plan B.

»Noch was, Fran. Ich würde dich das nicht fragen, wenn einer unserer Babysitter Zeit hätte, denn ich weiß genau, dass du heute eigentlich bei deinem Dad übernachten willst. Aber das ist ein Notfall und dein Dad meinte, dass es bei ihm auch morgen Abend geht. Er hat wortwörtlich gesagt: ›Mir passt jeder Abend. Bis zum Ende meines Lebens habe ich nichts vor.‹ Keine Ahnung, was das nun wieder heißen soll. Ist ja auch egal. Jedenfalls wäre es super, wenn du heute Abend auf die Zwillinge aufpassen könntest. Gran ist mit Gladys zum Mahjong verabredet und ich will mich zum Abendessen mit –«

»Klar, kein Problem.« Echt praktisch, dass Mom mir Plan B auf dem Silbertablett servierte.

»Echt?« Überrascht schaute Mom mich an.

Ups. Da hatte ich wohl etwas zu begeistert geklungen. Damit Mom keinen Verdacht schöpfte, war es wohl besser, die genervte große Schwester zu spielen. »Na ja, ich habe nachgedacht und bin zu dem Schluss gekommen, dass ich mehr Zeit mit meinen Brüdern verbringen sollte. Vielleicht verstehe ich dann endlich, warum sie von morgens bis abends nur Unsinn anstellen. Joey verbringt seit Kurzem auch mehr Zeit mit ihrer kleinen Schwester und sie hat gesagt ...« Ich hatte keinen blassen Schimmer, was Joey gesagt hatte. Mein Hirn lief auf Hochtouren, aber mir wollte nichts einfallen. »... sie hat erzählt, dass sie seitdem viel besser miteinander klarkommen. Sie meinte, dass sie sich Jemma viel näher fühlt und nicht mehr nur genervt von ihr ist. Vielleicht würde es mir mit den Zwillingen ja genauso gehen.«

Ich hatte keine Ahnung, ob Mom mir diesen ganzen Mist abnahm. Aber als ich aufschaute, sah ich, dass ihre Augen feucht geworden waren. Immer diese sentimentalen Anfälle ...

»Franny, das ist Musik in meinen Ohren! Ich bin so froh, dass du dich mit deinen Brüdern anfreunden willst. Ab sofort werden wir regelmäßig etwas zu viert unternehmen. Wir gehen bowlen und machen Radtouren und so. Und nächste Woche gehen wir erst mal wandern, was meinst du?« Mom nahm mich in den Arm.

Das klang ziemlich gruselig. Bis nächste Woche musste ich mir mindestens ein Bein brechen.

Als ich an ihrer Zimmertür klopfte, hatte Granny sich bereits umgezogen. Sie steckte in einem knallrosa Trainingsanzug und in den Händen hielt sie zwei Tennisschläger. »Bist du bereit, gegen den Champion anzutreten?«

»Was soll das heißen?«, fragte ich.

»Auf ins Fitnessstudio! Dort mache ich dir Feuer unterm Hintern.« Das konnte einfach nicht wahr sein. Aber nachdem ich mir die Augen gerieben hatte, tänzelte Granny immer noch wie ein Boxer von einem Fuß auf den anderen, einen Schläger in der Hand und Schweißbänder um Handgelenke und die Stirn. Konnten wir nicht einfach einen Yakbuttertee schlürfen? Ich hatte heute echt keine Kraft, einem Ball hinterherzurennen.

Eine halbe Stunde später waren wir im Fitnessstudio und ich fragte mich zum schätzungsweise hundertsten Mal, was ich mir bei meinem Versprechen eigentlich gedacht hatte. Aus ihrer Sporttasche beförderte Granny ein Räucherstäbchen zutage und zündete es mitten auf dem Spielfeld an.

»Bist du verrückt, Granny? Du fackelst hier noch alles ab.«

»Das reinigt die Luft. In Indien wird das immer so gemacht.« Na klar. Mal wieder war Asien die Erklärung. Dieser Kontinent passte einfach immer.

Nach zehn oder zwölf Bällen gab ich Granny allerdings recht: Fitnessstudio war eine ziemlich gute Sache. Ich war überrascht, wie fest ich den Ball gegen die Wand schlagen konnte. Vielleicht steckte in meinen Schlägen auch die Anspannung der letzten Tage. Granny konterte nicht weniger hart. Sie hatte es echt drauf und machte so gut wie jeden Punkt, als wäre sie die Jüngere von uns beiden. Nach einer Stunde waren wir beide total verschwitzt und rochen aus allen Poren nach Räucherstäbchen.

»Das sollten wir nächste Woche wiederholen«, sagte Granny. »Wenn du etwas übst, machst du vielleicht auch mal einen Punkt.«

Schwach lächelte ich sie an. Mir tat alles weh. Hoffentlich hatte Granny von unseren gemeinsamen Unternehmungen erst mal genug.

Hundert Stunden später verließen Mom und Granny endlich das Haus und die Zauberkiste und ich waren allein.

»Spielen wir Battleship?« Flip schaute mich aus großen Augen an.

»Stratego ist cooler!« Pip schubste Flip beiseite.

Da war ja noch was. Meine zwei Brüder. Ganz allein waren die Zauberkiste und ich leider nicht.

»Ich habe eine bessere Idee.« Ich schob die beiden kleinen Bestien ins Wohnzimmer und schaltete den Fernseher an. Sponge Bob würde sie hoffentlich eine Weile ablenken. Solange Mom unterwegs war, hatte ich jedenfalls nicht vor, mich mit ihnen zu beschäftigen.

Ich schlich in Grannys Zimmer, wühlte die Notfallkiste unter dem Wäschestapel hervor und setzte mich aufs Bett. Es war höchste Zeit, Elodie das Handwerk zu legen. Und wenn ich einmal dabei war, würde ich mich gleich noch um ein paar andere Dinge kümmern. Nach meinem durchschlagenden Erfolg bei Joey und Kate konnte ich einfach nicht anders. Mir war klar, dass Granny davon nicht begeistert wäre. Aber wenn ich mich noch einmal in den Kaninchenbau wagte, konnte ich ruhig etwas tiefer reinkriechen.

Zum Beispiel wäre es doch super, wenn ich ein bisschen größer wäre. Oder hübscher. Oder intelligenter. Vor allem wollte ich endlich Brüste. Und ich könnte uns so reich wie Bill Gates machen. Mit der Zauberkiste würde ich Mom vielleicht auch dazu bringen, endlich einen Hund anzuschaffen. Besser noch: ein Pferd. Und einen sprechenden Papagei. Ich konnte mir einfach jeden Wunsch erfüllen und es wäre doch echt blöd, wenn ich das nicht ausnutzte. Bei Joey und Kate hatte schließlich auch alles funktioniert. Was sollte schon schiefgehen?

Aber dann hatte ich wieder Grannys Stimme im Ohr. *Du*

*kannst das Universum aus dem Gleichgewicht bringen.* Ich sah einen riesigen Kometen in die Atmosphäre eintreten, der einen kilometerlangen Feuerschweif hinter sich herzog und mit voller Wucht auf die Erde knallte. Für den Untergang der Menschheit wollte ich nicht unbedingt verantwortlich sein. Klar konnte ich mich mit der Zauberkiste in eine totale Granate verwandeln. Ich konnte uns zu unendlichem Reichtum verhelfen oder Elodie verschwinden lassen. Aber das bliebe nicht ohne Konsequenzen. Es würden Fragen auftauchen. Vielleicht käme ich ins Gefängnis. Ich musste auf jeden Fall vorsichtig sein. Dass Zauberei zu absolutem Chaos führen konnte, stand ja schließlich in jedem zweiten Märchen.

Trotzdem musste ich zumindest etwas gegen Elodie unternehmen. Erst mal sammelte ich mich und versuchte dann mit aller Kraft, mir Elodie als ein freundliches, nettes, liebreizendes Mädchen vorzustellen. Es wäre einfacher gewesen, den Joker aus Batman in einen blond gelockten Jüngling zu verwandeln, der den Zwillingen eine Gutenachtgeschichte vorlas. Ungefähr dreißig Sekunden blieb Elodie in meiner Vorstellung lieb und nett, dann wurde aus ihr ein Monsteraffe, der mich in den Schwitzkasten nahm und würgte. Heftig schüttelte ich den Kopf, atmete so, wie Granny es mir beigebracht hatte, und fing von vorn an.

Ich ballte die Hände zu Fäusten und konzentrierte mich so sehr, dass ich zu schwitzen begann. Endlich schaffte ich es. Endlich war sie da, die gütige Elodie, die über eine grüne Wiese hüpfte und Blumen pflückte. Bleib hier, Elodie. Bleib wenigstens sechzig Sekunden. Und dann öffnete sich die Schublade, allerdings nicht so schnell wie sonst, sondern ganz langsam, als fände auch sie diesen Fall besonders knifflig. Nach ein paar Sekunden hielt ich das nächste Rezept in der Hand.

**Einfach-nett-Shake**
(zähmt Raubkatzen, Säbelzahntiger und andere Untiere)

Für diesen Shake brauchte ich nicht viel mehr als Milch, Muskatnuss und Ingwer. Es klang kinderleicht.

Ich weiß, ich weiß. Das ist mal wieder einer dieser Momente gewesen, in denen ich mich hätte zusammenreißen müssen. In denen ich die Zauberkiste hätte wegstellen und mich zufriedengeben sollen. Aber es war doch total hirnrissig, wenn ich diesen unerschöpflichen Quell des Glücks nicht nutzte. Wenigstens eine entspannte und gutmütige Ms Posey konnte ich noch herbeizaubern und eine Küchenchefin, die zumindest einigermaßen genießbare Gerichte zubereitete. Das wünschten sich auch Joey und Kate. Und eigentlich profitierte davon die gesamte Jefferson. Es waren also völlig selbstlose Wünsche und genau darum ging es ja bei der Notfallkiste. Ziemlich unwahrscheinlich, dass Granny das anders sah. Wieder konzentrierte ich mich und kurze Zeit später hielt ich zwei weitere Rezepte in der Hand: Be-Happy-Handcreme für Ms Posey und Das-kannst-du-besser-Knuspermüsli für unsere Mensaköchin Marta.

Und nun – das war ganz klar – hatte ich eine Belohnung verdient. Es konnte auch etwas Kleines sein, das meinen Mitmenschen nicht unbedingt auffiel. Zum Beispiel Körbchengröße B. Oder diese absolut coole Markenjeans, die Mom mir niemals im Leben kaufen würde. (Sie hatte gesagt: »Was will ein zwölfjähriges Mädchen mit einer Jeans für 150 Dollar? Das ist ja abartig. Und damit Schluss.«) Gedanklich steckte ich mich in diese Jeans und schaute die Kiste erwartungsvoll an. Ich hatte Geduld. Ich hatte Geduld. Ich hatte wirklich Geduld. Verdammt noch mal, warum passierte da nichts? Ich änderte mein Vorgehen und stellte mir vor, wie ich an der Kasse stand und die Jeans bezahlte. Die Zauberkiste regte sich nicht.

»Was ist denn los mit dir?«, fragte ich. Natürlich gab die Kiste keine Antwort. »Ich kann auch anders.«

Statt der Jeans dachte ich an einen Flug auf die Bahamas, wo wir umgeben von bunten Fischen über rosarote Korallenriffe schnorchelten. Die Kiste blieb stumm. Nichts passierte. *Nada. Rien.* Meinetwegen. Das Wichtigste hatte ich erledigt. Ich würde es einfach später noch mal probieren.

Auf der Suche nach den Zutaten für die drei neuen Rezepte drang ich bis in die hintersten Winkel unseres Kühlschranks vor und machte auch vor Grannys Waschtisch nicht halt. Schließlich hatte ich alles gefunden. In unserem Haus schien sich so ziemlich jedes magische Gewürz zu befinden. Ich lebte, ohne es zu wissen, in einer wahren Schatzkammer!

Nach einer Dreiviertelstunde standen ein Einfach-nett-Shake, eine kleine Dose Be-Happy-Handcreme und eine große Tüte Das-kannst-du-besser-Knuspermüsli bereit. Nur die Pranayama-Atemzüge und der japanische Hirschtanz hatten mich ein bisschen überfordert und die Zahlen von eins bis zehn auf Hindi hätte ich auch nicht aussprechen können. Aber zum Glück gibt es ja das Internet. Nun war ich bereit, die Welt zu retten. Und niemand würde je davon erfahren.

**Einfach-nett-Shake**
(zähmt Raubkatzen, Säbelzahntiger und andere Untiere)

250 ml Milch
1 EL Vanilleextrakt
½ TL geriebener Ingwer
½ TL Muskatnuss
½ EL Kakaopulver
3 EL Zucker
1 Prise Zimt

1. Die Milch erwärmen, nicht kochen.
2. Vanilleextrakt, Ingwer, Muskatnuss, Kakaopulver und Zucker einrühren.
3. Etwas Zimt hinzugeben.
4. Alles gut verrühren und dabei auf Hindi von eins bis zehn zählen. (1 ek, 2 do, 3 teen, 4 char, 5 panch, 6 chhe, 7 saat, 8 aath, 9 nau, 10 das)
5. Den Shake kalt stellen. Noch einmal gut umrühren und servieren.

**Das-kannst-du-besser-Knuspermüsli**
(lässt Kelle und Kochlöffel tanzen)

100 g Vollkornflakes, etwas zerstoßen
100 g zarte Haferflocken
100 g gehackte Pecan- oder Walnüsse
1 Prise Salz
1 TL Zimt
100 g Butter
100 g brauner Zucker
150 g Honig
200 g Rosinen oder getrocknete Cranberries

1. Die ersten fünf Zutaten in einer großen Schüssel vermengen und beiseitestellen.
2. Butter, Zucker und Honig in einer beschichteten Pfanne auf kleiner Flamme erwärmen. Gut rühren, bis die Butter geschmolzen ist und sich der Zucker aufgelöst hat.
3. Butter-Zucker-Honig-Mischung über die trockenen Zutaten in der Schüssel geben und so lange verrühren, bis alle Zutaten davon überzogen sind. Auf ein Blech mit Backpapier geben.
4. Bei 160 Grad backen. Nach zehn Minuten die Zutaten einmal bewegen. Nach weiteren zehn Minuten die Cranberries dazugeben und noch einmal fünf Minuten backen, sodass die Mischung insgesamt 25 Minuten im Ofen ist.
5. Währenddessen vor dem Ofen fünf Minuten lang den japanischen Hirschtanz tanzen.
6. Die Mischung abkühlen lassen. Das Knuspermüsli in einer luftdichten Dose aufbewahren.

**Be-Happy-Handcreme**
(kühlt den Zorn und wärmt das Herz)

2 EL Bienenwachs
2 TL destilliertes Wasser
100 g Kakaobutter
4 EL Mandelöl
2 EL Kokosöl
einige Tropfen Vanilleöl oder -essenz

1. Das Bienenwachs zusammen mit dem Wasser in einen Topf geben und auf kleiner Flamme schmelzen.
2. Die Kakaobutter hinzugeben und gut verrühren.
3. Langsam die beiden Öle und zuletzt die Vanille hinzugeben.
4. Beim Rühren zehn Pranayama-Atemzüge machen. Dafür fünf Sekunden lang in den Bauch einatmen. Den Atem vier Sekunden halten und dann fünf Sekunden lang wieder ausatmen, bis die Lungen ganz leer sind. Die Übung neunmal wiederholen.
5. Den Balsam in ein Glasgefäß oder eine Plastikdose füllen. Beim Erkalten wird er fest.

# Ein neues Zeitalter

Am nächsten Tag war ich wegen der Be-Happy-Handcreme so aufgeregt, dass ich bei Englisch viel zu früh aufschlug. Ms Posey saß schon am Pult und wirkte nicht gerade erfreut über mein Erscheinen. Ich lächelte sie über das ganze Gesicht an und sie schaute ausdruckslos zurück. Aber auch das brachte mich von meinem Plan nicht ab.

»Hi Ms Posey. Ich wollte Sie etwas wegen *David Copperfield* fragen. Da gibt es doch diese Szene mit dem Huhn. Ist das Ihrer Meinung nach ein Symbol oder ist es eher ironisch gemeint?«

Am Vorabend hatte ich die sechs Kapitel von *David Copperfield,* die wir als Hausaufgabe bekommen hatten, so gründlich gelesen wie noch nie etwas in meinem Leben. Die folgenden zwei Kapitel hatte ich auch gleich noch verschlungen und außerdem jede Menge Kram, den ich im Internet über das Buch gefunden hatte.

»Na ja ... was denkst du denn?« Niemals würde Ms Posey einem Schüler eine einfache Antwort geben.

»Also, ich habe nachgeschlagen und offenbar handelt es sich bei dem Huhn um ein Derbyshire Redcap. Diese Rasse war im 19. Jahrhundert unter Züchtern sehr beliebt.«

Ms Posey sagte nichts und daher fuhr ich fort: »Derbyshire Redcaps haben rötliche Federn und da habe ich gedacht, dass Dickens mit dieser Farbe vielleicht das Blut vorwegnehmen wollte, das in den nächsten Kapiteln fließt.«

Wortlos schaute Ms Posey mich an. Vielleicht glaubte sie, dass ich mich über sie lustig machen wollte. In ihrem

Unterricht gibt sich eigentlich niemand Mühe. Das würde nichts bringen, denn Ms Posey ist einfach viel zu fies, als dass man sich bei ihr einschleimen könnte.

»So habe ich das ehrlich gesagt noch nie betrachtet.« Ms Posey konnte freundlich sein? Ein Wunder war geschehen!

»Anfangs dachte ich, das Huhn könnte auch ein White Leghorn sein«, sprach ich weiter. »Dann wären die Federn weiß und das würde auch passen. Weiß steht für Unschuld und Reinheit und David Copperfield ist unschuldig und rein.«

»Franny, ich bin beeindruckt.« Dass ich mich so sehr für *David Copperfield* interessierte, schien Ms Posey einigermaßen zu überraschen. »Wenn du willst, gebe ich dir eine Zusatzaufgabe, mit der du deine Note aufbessern kannst. Dann könntest du dich mit der Farbsymbolik noch etwas ausführlicher beschäftigen.«

»Sehr gern«, sagte ich und dachte im selben Moment: Um Himmels willen.

Jedenfalls hatte ich Ms Posey jetzt genau dort, wo ich sie haben wollte.

»Übrigens habe ich Ihnen eine selbst gemachte Handcreme mitgebracht.« Ich nahm die Be-Happy-Handcreme aus meiner Tasche. »Meine ganze Familie hat supertrockene Haut. Zum Glück sind wir auf dieses Rezept gestoßen und ... wollen Sie auch mal probieren?«

Ich versenkte meinen Zeigefinger in der Creme und platzierte einen großen Klumpen auf Ms Poseys Handrücken. Perplex betrachtete Ms Posey erst die Creme und dann mich. »Was soll das, Franny?«

»Na ja ... meine Mom und ich haben gestern zufällig zu viel gemacht«, sagte ich. »Vielleicht brauchen Sie ja etwas.« Ms Posey blieb nichts anderes übrig, als die Creme zu verreiben. Yes! Um alles Weitere würde sich das Universum kümmern.

So langsam tröpfelten meine Mitschüler in den Klassenraum. Ich hatte meine Mission erfüllt und ging zu meinem Platz. Leider blieb Ms Posey die ganze Stunde der übliche Drachen. Erst beim Klingeln, als wir schon auf dem Weg nach draußen waren, rief sie plötzlich: »Ich wünsche euch einen wunderbaren Tag!« Alle drehten sich um. Hatten sie sich gerade verhört? Aber da stand Ms Posey mit einem Lächeln im Gesicht und winkte uns zum Abschied sogar zu. Danke, Universum. Jetzt musste ich Spanisch und Gemeinschaftskunde hinter mich bringen und dann ging es weiter mit der Rettung der Welt.

Als es endlich zur Mittagspause klingelte, sprang ich sofort auf. Der Weg zur Mensa kam mir heute wie ein Hindernisparcours vor. Ich hatte es eilig und alle meine Mitschüler standen mir im Weg. Den Thermobecher mit dem Einfach-nett-Shake hielt ich fest in der Hand, während ich durch die Gänge rannte. Es war wieder Showtime. Diesmal würden erst Elodie und dann Marta im Scheinwerferlicht stehen.

Die Mensa war noch voller Sechstklässler. Perfekt. Ich schnappte mir ein Glas und füllte den Shake um. Dann hielt ich nach einer Zielperson Ausschau und entdeckte sie sofort. Ganz am Ende der Essensschlange stand eine nervös aussehende Sechstklässlerin, mit hoher Wahrscheinlichkeit ein absoluter Nerd.

»Hi«, sagte ich. »Hast du mal eine Minute?«

»Ich?« Die Sechstklässlerin schaute nach links und rechts in der Hoffnung, dass nicht sie gemeint war.

»Ich habe tolle Neuigkeiten für dich. Du wurdest gerade ausgewählt, Elodie heute ihr Mittagessen zu bringen. Herzlichen Glückwunsch!«

»Elodie Blain? Ich kann nicht ... ich will nicht ...« Das arme Ding sah aus, als würde es gleich in Ohnmacht fallen.

»Ich bin mir sicher, dass du das hinkriegst. Du wirkst ziemlich robust.« Genug der freundlichen Worte. Es war Zeit für Taten.

Ich umschloss ihren Arm und zog das Mädchen an der Schlange vorbei. »Entschuldigt bitte, aber Elodies Dienerin muss hier vorbei«, sagte ich. Die anderen waren nicht gerade begeistert, aber sie machten Platz.

Ich drückte der Sechstklässlerin ein Tablett in die Hand. »Elodie isst heute die Spaghetti«, sagte ich und stellte den Shake auf das Tablett. »Und das ist ein Extradrink für sie, sie hat nämlich immer großen Durst. Das Glas stellst du ihr zuerst hin, verstanden?«

Die Sechstklässlerin schlotterte vor Angst. »Warum gerade ich? Ich habe nur auf mein Essen gewartet. Kann das nicht jemand anders machen? Ich bin total ungeschickt. Bestimmt fällt mir das Glas um oder ...« Ich bekam schon ein schlechtes Gewissen. Aber es ging hier um nichts Geringeres als die Rettung der Welt. Ausreden konnte ich da nicht gelten lassen.

Ich legte meine Hände auf ihre Schultern. »Wie heißt du?«

»Cece.«

»Hör mal, Cece, du schaffst das. Ich glaube an dich. Das ist eine große Ehre. Dein Leben könnte dadurch eine ganz neue Richtung nehmen.« Ich musste aufpassen, dass mir von meinen eigenen Worten nicht schlecht wurde.

»Du hast recht. Ich schaffe das. Ich schaffe das. Ich schaffe das.« Cece nahm das Tablett mit dem Shake, schob sich nach vorn zu den Vitrinen und stellte einen Teller Spaghetti dazu.

In diesem Moment betraten die ersten Siebtklässler die Mensa. Perfektes Timing, würde ich sagen. Ich zog mich zurück und beobachtete von Weitem, wie Cece sich vorsichtig Elodie näherte.

»Dein ... äh ... Mittagessen ... Elodie«, piepste sie und hielt Elodie das Tablett hin.

Elodie riss ihr das Tablett förmlich aus den Händen und stolzierte ohne ein Dankeswort davon. Cece blieb mit hängenden Armen zurück. Wahrscheinlich wurde ihr gerade klar, dass sich ihr Leben nach diesem Ereignis nicht im Geringsten ändern würde. Während sie sich wieder in die Essensschlange einreihte, spürte ich so was wie Mitleid. Aber was sollte ich machen?

Elodie setzte sich an den Tisch der Stars und trank den Shake in einem Zug aus. Die meisten Plätze waren noch frei und ich schaute zu, wie sich die Siebtklässler im Raum verteilten. Auch Kate und Joey setzten sich zu den Stars und steckten die Köpfe zusammen. Sie waren vollkommen in ihrer eigenen Welt versunken und ignorierten nicht nur Elodies Gruß, sondern ließen auch Jane und Owen links liegen.

Max Clarick, Patel Vashki und Angus Toling ließen sich am Nachbartisch nieder und beugten sich über Patels Playstation Portable. Mallory, ein Hardcore-Nerd, setzte sich zu einer Handvoll Gangster. Und an einem Zweiertisch ganz hinten in der Ecke waren Marsha Whalley und Sally McDermott aus der Schülervertretung in ein Gespräch vertieft. Marsha hatte tatsächlich eine Freundin gefunden. Das war einfach nur verrückt. Alles entwickelte sich so, wie ich es vorhergesagt hatte: Die Freundschaft zwischen Joey und Kate veränderte das Klima an der gesamten Jefferson. Meine Mitschüler hatten von der Freiheit gekostet und sie waren anscheinend auf den Geschmack gekommen. Während ich so von der Seite dieses schöne neue Zeitalter betrachtete, stahl sich ein breites Lächeln in mein Gesicht. Das hier war mein Verdienst. Ich hatte die Regeln außer Kraft gesetzt. Aber leider konnte ich mich nicht zurücklehnen und mein Werk genießen. Noch nicht. Eine Mission musste noch erfüllt werden. Magie war echt anstrengend.

Ich wühlte das Knuspermüsli aus meinem Rucksack und machte mich auf die Suche nach Marta, unserer Küchenchefin. Marta arbeitet hier schon seit sechshundert Jahren, zumindest habe ich das gehört, und angeblich macht sie die Hamburgerfrikadellen aus Eichhörnchenfleisch. Das glaube ich gern, es schmeckt jedenfalls so und ich kann bezeugen, dass Josh Toling neulich beim Burgeressen einen Zahn eingebüßt hat. Vielleicht steht Marta in einem geheimen Wettstreit mit anderen Küchenchefs: Es gewinnt derjenige, dessen Essen am ungenießbarsten ist. Es muss einfach eine Erklärung für diesen Matsch geben, den wir Tag für Tag vorgesetzt kriegen. Möglicherweise steckt auch ein Forschungsprojekt dahinter. Jemand will den Zusammenhang zwischen dem Mittagessen und den schulischen Leistungen herausfinden und demnächst sahnt ein Wissenschaftler den Nobelpreis für die Erkenntnis ab, dass sich beides umgekehrt proportional zueinander verhält.

Ich steckte den Kopf durch die Tür, die in die Küche führte. Marta kämpfte gerade mit einer Riesenladung Pfirsiche.

»Ich wollte Ihnen nur sagen, dass die Enchiladas gestern superlecker waren.« Marta schaute mich misstrauisch an.

»Das waren keine Enchiladas, sondern Eierkuchen.« (Hab ich's nicht gesagt?)

»Egal, die Dinger waren jedenfalls köstlich. Und heute habe ich Ihnen etwas mitgebracht. Ich koche auch sehr gern und würde Sie gern an meinen Kochkünsten teilhaben lassen, genau wie Sie uns an Ihren ... äh ... Kochkünsten teilhaben lassen.« So langsam bekam ich Kopfschmerzen von dieser ewigen Flunkerei. »Ich würde mich freuen, wenn Sie mir verraten, wie Sie mein Knuspermüsli finden.«

Ich hielt Marta die Tüte hin und ich hatte Glück: Ohne zu zögern, steckte sie die Hand hinein und warf sich eine ganze Ladung in den Mund.

»Ich sterbe vor Hunger. Das Essen hier ist echt zum Kotzen.« Besser hätte ich es nicht ausdrücken können. »Wow, vielen Dank«, sagte sie mit vollem Mund. »Dieses Knusperzeug schmeckt super. Kompliment.«

»Ich schenke Ihnen die Tüte«, sagte ich. »Lassen Sie sich's schmecken.« Und damit ließ ich Marta mitsamt ihren Pfirsichen allein.

Ich wollte mich gerade zu Joey und Kate setzen, als Max Clarick, die zweite Schnittmenge in unserer Stufe, zu mir kam.

»Das ist total krass, Franny! War das in den Sechzigern, als sich alle geliebt haben? Ich komme mir vor wie auf einer Zeitreise.«

»Super, oder?« Ich lächelte Max an.

»Das ist unser persönlicher Summer of Love, Franny. Give peace a chance.« Damit setzte sich Max wieder zu Patel und Angus und ich quetschte mich zwischen Joey und Molly Hastings, Joeys Stellvertreterin bei den Cheerleadern. Elodie saß mir gegenüber und war ungewöhnlich still. Aus den Augenwinkeln beobachtete ich sie. Wirkte der Shake schon oder war sie immer noch eine Höllenkreatur?

Plötzlich, wie aus dem Nichts, motzte Elodie los. »Joey, hast du einen Hirnschaden oder was?«

»Nicht dass ich wüsste«, erwiderte Joey ruhig.

»Warum erzählst du dann herum, dass du bei den Cheerleadern eine Pause einlegst?«

Joey legte bei den Cheerleadern eine Pause ein? *Wie bitte?* Die Cheerleader waren Joeys Leben!

Wie bei einem Tennismatch schaute der ganze Tisch zwischen Joey und Elodie hin und her. Offenbar hatte ich irgendwas verpasst.

»Weil ich genau das tun werde«, erwiderte Joey.

»Niemals«, polterte Elodie. »Das tust du ganz bestimmt nicht.«

»Auf jeden«, gab Joey zurück. »Ich brauche die Zeit für ... andere Sachen.« Dabei wechselte sie einen Blick mit Kate, als würden die beiden ein Geheimnis miteinander teilen. Allerdings wusste ich von keinem Geheimnis. Seltsam.

»Und was wird aus der Meisterschaft?«, schimpfte Elodie.

»Ich habe einfach keine Lust mehr«, erwiderte Joey gleichgültig. »Ich meine, in kurzen Röcken rumzuspringen, wie albern ist das denn?«

Elodies Gesicht war rot angelaufen und ich sah ihre Kiefer aufeinandermahlen. Wahrscheinlich würde sie jeden Moment explodieren. Aber ehe das passieren konnte, stand sie mit einem Ruck auf und stampfte nach draußen. Hmm. Wahrscheinlich dauerte die Zähmung durch einen Einfachnett-Shake bei jemandem wie Elodie besonders lange. Ich hätte ihr besser die doppelte Dosis geben sollen.

»Ich kann dich gut verstehen, J«, fing jetzt auch noch Kate an. »Ich finde diesen Orchesterkram auch nur so semi. Wir blasen Luft in Metallstücke und schlagen Messing gegeneinander. Ganz schön düster.«

»Es wäre düster, wenn du aufhörst«, sagte Owen. »Du schwingst verdammt noch mal den Tambourstock für uns alle.«

»Und demnächst ist Battle of Bands«, fügte Jane hinzu.

»Tut mir leid.« Kate klang allerdings nicht so, als täte es ihr leid. »Das wird mir alles zu viel. Ich will nach der Schule lieber nur abhängen.«

Für einen Moment hatte ich das Gefühl, ich würde in ein tiefes schwarzes Loch fallen. Was war mit meinen zwei besten Freundinnen los? Nachdem ich den Schock verdaut hatte, machte sich allerdings Erleichterung breit. Endlich musste ich meine Nachmittage nicht mehr mit den Cheerleadern und dem Orchester verbringen. Irgendwann hatte ich aufgehört zu zählen, wie viele Stunden ich mir Joeys atemberaubende Sprünge angesehen und Kates fabelhafte Musik angehört hatte. Zusammengerechnet musste das ungefähr mein halbes Leben ergeben. Jetzt würde sich das endlich ändern. Endlich konnten wir ein Dreierding finden, irgendwas total Cooles, das uns allen Spaß machte. Etwas, das nur uns gehörte.

»Machen wir jetzt was zu dritt?«, fragte ich aufgeregt. »Wir könnten zum Fechten gehen. Oder in die Koch-AG.«

»Weiß nicht«, sagte Kate.

»Lieber nicht«, sagte Joey.

»Joey und ich wollen einfach nur chillaxen.«

Klar. Das konnte ich gut verstehen. Die beiden mussten schließlich einiges nachholen. Bestimmt würden wir uns dann im Frühjahr ein gemeinsames Hobby suchen.

Joey und Kate standen auf und verließen die Mensa. Ich folgte ihnen.

»Sollen wir später in den Sweet Shop gehen?«, fragte ich. Ich konnte es nicht fassen, dass wir heute nach der Schule alle drei nichts vorhatten. Zum ersten Mal seit Jahren musste ich nicht tausend Sachen bedenken.

»Klingt gut«, sagte Joey.

»Ich bin dabei«, sagte Kate.

Als wir durch den Gang liefen, kam plötzlich James Singer hinter uns hergelaufen. Seit Kate und er auf Joeys Party miteinander getanzt hatten, war zwischen den beiden nichts mehr passiert und die ganze Zeit war ich schon gespannt, wie die Sache weiterging. Selbst ich hatte sofort ein paar Schmetterlinge im Bauch.

»Warte mal, Kate!«, rief James. »Vielleicht ... äh ... hast du Lust, nach der Schule mit mir was trinken zu gehen?« Man konnte meilenweit sehen, wie aufgeregt er war.

»Klar, warum nicht?«, erwiderte Kate.

*Warum nicht?* Seit wann gab sich Kate so superlässig? James schien Kates Antwort jedoch nicht zu stören. Ich sollte endlich mal aufhören, mich in alles einzumischen.

»Cool.« James grinste Kate an.

»Können Alexi und ich mitkommen?«, fragte Joey.

»Klar«, erwiderte Kate sofort. »Das wird super.«

James war davon eindeutig nicht so begeistert, aber das bekam Kate gar nicht mit. Was war hier eigentlich los?

»Ist das okay für dich, Franny?«, fragte Joey. »Wir können ja einfach morgen in den Sweet Shop gehen. Oder übermorgen.«

»Total okay«, sagte ich, obwohl absolut *nichts* okay war. Mal wieder hatten Joey und Kate nach der Schule etwas vor und ich hing in der Luft. Einerseits freute ich mich für Kate. Andererseits fragte ich mich, wo in dieser Welt eigentlich mein Platz war.

# Franny Überflüssig Flanders oder: das fünfte Rad am Wagen

Pass auf.« Dad zeigte auf seinen Bagel. »So hat sie es immer gemacht. Sie hat die Himbeermarmelade ganz glatt gestrichen. Nie ist an der Seite was runtergelaufen. Dann hat sie den Bagel in der Mitte durchgeschnitten.« Dad schnitt seinen Bagel auseinander. »Und dann hat sie hineingebissen.« Dad seufzte so tief, als trüge er das Gewicht der Welt auf den Schultern, und sagte zum ungefähr tausendsten Mal: »Sie ist weg. Sie ist weg und kommt nicht zurück.«

Seit einer halben Stunde sprach Dad ausschließlich von Naomi. Die Tatsache, dass er seiner zwölfjährigen Tochter das Herz ausschüttete, war ein eindeutiger Beweis dafür, dass er fix und fertig war. Lange hielt ich das nicht mehr aus. Ich hatte ein superschlechtes Gewissen. Wirklich. Trotzdem hatte ich das Gefühl, dass mein Dad es ein bisschen übertrieb. Ja, er und Naomi hatten sich getrennt. Aber die beiden waren gerade mal ein paar Monate zusammen gewesen. So wichtig konnte Naomi ihm noch gar nicht gewesen sein.

»Ich habe sie angerufen, aber sie hat ihre Nummer geändert. Offenbar will sie wirklich nichts mehr mit mir zu tun haben.«

»Bestimmt lernst du bald eine andere kennen«, meinte ich.

»Ich will keine andere kennenlernen«, sagte Dad.

»Vielleicht kennst du sie auch schon.«

»Worauf willst du hinaus, Franny?«

»Manchmal hat man seine Traumfrau direkt vor der Nase und merkt es einfach nicht.« War das der Moment, in dem ich Dad nahelegen sollte, es noch mal mit Mom zu probieren?

»Naomi war meine Traumfrau, Franny, und jetzt ist sie weg. Sie ist weg und kommt nicht zurück. Ich kann mir nicht vorstellen, dass es irgendwo noch eine andere gibt. Tut mir leid, Franny, aber so empfinde ich nun mal.«

Hmm. Dad war momentan offenbar nicht so flexibel. Vielleicht verschob ich unser Gespräch lieber auf ein andermal.

Wir schalteten *Dancing With The Stars* an. Das ist genau unser Ding. Wir machen dann immer Popcorn in der Mikrowelle, trinken Smoothies und fiebern mit unseren Favoriten mit. Diesmal hatte Dad jedoch vergessen, Popcorn zu kaufen, und Obst war auch keins mehr da. Also tranken wir Leitungswasser und aßen Chips. Und als wäre das nicht schlimm genug, hörte Dad nicht mehr auf zu jammern.

»Naomi hat die Wäsche immer so sorgsam gefaltet. In meinem Leben habe ich noch keine so niedlichen Ohrläppchen gesehen. Oder so schöne Augen. Sie hat immer ›Ist ja verrückt‹ gesagt. Sie hat sich für alles interessiert. Und hast du schon mal jemanden gesehen, der seine Spaghetti mit Messer und Gabel isst? Ist das nicht süß?«

Dad war ein absolutes Wrack. Und ich musste zugeben, es war natürlich meine Schuld, dass der Liebeskummer ihn fest im Griff hatte. Schnell rief ich mir in Erinnerung, dass ich das für unsere Familie getan hatte. Für die Maschine, die endlich wieder laufen sollte. Ich kämpfte für das Gute, und wenn Dad über Naomi hinweg war, konnte er sich wieder in Mom verlieben. Vielleicht dauerte das noch etwas, aber es würde auf jeden Fall passieren. Und Naomi ging es auch gut, dafür hatte ich gesorgt. Ich durfte jetzt nicht in Panik verfallen.

Ich ließ Dad und seine Schwermut vor dem Fernseher und ging nach oben. Von dort rief ich Kate an, die gerade mit Joey telefonierte. Die beiden schalteten mich dazu.

»War's gut im Sweet Shop?«, fragte ich. Kates Treffen mit James im Sweet Shop war Kates erstes richtiges Date gewesen. Klar, letztes Jahr im Probenlager hatte es diesen Kuss gegeben. Aber das zählte nicht. Der Typ hatte danach kein Wort mehr mit ihr gesprochen. Und er hatte sie auf den Arm geküsst.

»Bingo, Dingo«, sagte Kate und die beiden brachen wieder in ihr schreiendes Lachen aus.

»Geht's etwas genauer?«, fragte ich.

»Kate hat die krassesten Storys aus dem Kindergarten erzählt. Weißt du noch, wie wir aus Knete und Buntpapier Sandwiches gebastelt haben und ...« Vor lauter Lachen konnte Joey nicht mehr weiterreden.

Kate übernahm. »Und dann haben wir das Zeug tatsächlich gegessen und ich habe zwei Tage lang blau und grün gekackt?«

Ich zuckte zusammen. Was James wohl zu dieser Geschichte gesagt hatte?

»Aha«, meinte ich. »Aber wie war's mit James? Habt ihr euch gut verstanden?«

»James ist ganz okay«, sagte Kate und wechselte sofort das Thema. »Hast du Freitag schon was vor? Da machen wir eine Gruselparty. Das wird hardcore.«

»Bei mir zu Hause«, sagte Joey. »Wir haben schon die besten Horrorfilme rausgesucht.«

»Richtig harten Stoff«, fügte Kate hinzu.

Einen Moment mal bitte. Einmal zurückspulen.

»Was sagst du, F?«, fragte Kate. »Bist du dabei?«

Bei der Gruselparty? Natürlich war ich *nicht* dabei! Ich kann das nicht oft genug wiederholen: Ich hasse Horrorfilme. Ich finde sie nämlich zum Fürchten. Und Joey und Kate wussten das genau. Zumindest hatte ich das bisher geglaubt.

»Wisst ihr, Mädels, ich stehe eigentlich nicht so auf Horrorfilme«, sagte ich.

»Mensch, Sis«, sagte Kate. »Bist du dafür nicht langsam zu alt?«

»Das hat doch mit dem Alter nichts zu tun«, erwiderte ich etwas zu laut.

»Komm schon, Frans«, sagte Joey. »Horrorfilme sind cool. Versuch's wenigstens mal.«

»Ist schon okay«, meinte ich. »Macht das einfach ohne mich.« Zum zweiten Mal an diesem Tag kam ich mir vor wie das fünfte Rad am Wagen. Aber eigentlich war das keine große Sache. War es nicht gut, dass Joey und Kate nach und nach ein paar Gemeinsamkeiten entdeckten? Ich sollte mich darüber freuen. Dass ich bei dieser Gruselparty zu Hause blieb, damit kam ich klar. Ich war mit viel komplizierteren Sachen klargekommen. Der Weg zum allumfassenden Glück hatte eben ein paar Schlaglöcher. Die Frage war nur, wie viele.

Als Joey, Kate und ich am nächsten Morgen die berühmte Treppe erreichten, konnte ich das Glück mal wieder nicht fassen. Das hier waren nicht die zehn Minuten vor der ersten Stunde, das war eine supercoole Party. Alle standen durcheinander. Alle redeten miteinander. Es war einfach grandios.

Heute war Samantha zum Türstehen verdonnert worden. Das war noch nie vorgekommen, Elodie musste also ziemlich verzweifelt sein. Samantha steckte in einer gelben Frotteehose, genau wie Elodie sie vor zwei Tagen getragen hatte. Während wir auf die Tür zuliefen, beobachtete ich

Elodie aus dem Augenwinkel. Schon den ganzen Morgen fragte ich mich, ob der Einfach-nett-Shake wirkte.

»Hi Elodie«, sagte ich möglichst gelassen.

»Hi Franny«, erwiderte Elodie fast freundlich.

Yes! Der Shake hatte Elodie gezähmt. Das war vermutlich der größte Erfolg dieser ominösen Zauberkiste. Elodie wandte sich an Joey. »Hör mal, Joey, ich habe zwei Karten für Coldplay in dieser Woche ...«

»Können Kate und Franny mitkommen?«, fiel Joey ihr ins Wort.

»*Zwei Karten* habe ich gesagt. Kannst du nicht zählen?« Elodie war sofort auf hundertachtzig. »Und selbst wenn ich zweihundert Karten hätte, Kate und Franny würde ich niemals mitnehmen.« Oh-oh.

»Dann bin ich auch raus. Tut mir leid, El.« Und mit diesen Worten nahm Joey Kate an der Hand und zog sie einfach in die Schule. Dass Samantha Ross Türsteherin war und um diese Zeit noch niemand die Schule betreten durfte, war ihr völlig egal.

Als die anderen sahen, dass Joey sich über die Regel hinwegsetzte, kam auch in sie Bewegung. Sie liefen die Treppe nach oben, schoben Samantha zur Seite und gingen einfach rein. Die arme Samantha. Kaum hatte sie einen Job ergattert, war sie ihn auch schon wieder los.

Ich blieb draußen und ließ Elodie nicht aus den Augen. Mit finsterem Blick verfolgte sie das Geschehen und sagte leise zu sich selbst: »Das gefällt der Principessa ganz und gar nicht.« Plötzlich schaute sie auf und motzte mich an: »Was guckst du so, Flanders? Ich kann dich nicht mehr sehen.« Sie stieß mich unsanft zur Seite und stapfte nach drinnen.

Unauffällig folgte ich ihr und wurde Zeuge, wie sie einen Nerd wegschubste, einen Gangster gegen sein Schließfach stieß und einem Philo einen Schokoriegel aus der Hand schlug. Der Shake hatte überhaupt nichts gebracht. Elodie war nach wie vor ein Problem, das ich schleunigst lösen musste. Oder besser gesagt: ein Problem, das die Zauberkiste lösen musste.

Als ich das Klassenzimmer betrat, winkte Ms Posey mich zu sich heran. Mit zitternden Knien ging ich auf das Pult zu. Ich hatte keine Ahnung, was sie von mir wollte.

»Franny, ich *liebe* diesen Handbalsam! Es war sehr nett von dir, dass du mir eine Dose mitgebracht hast.« Während sie das sagte, steckte sie ihren Zeigefinger in die Dose und verteilte eine Riesenportion auf ihren Händen. »Dieser Balsam ist grandios. Meine Hände können nicht genug davon kriegen.«

Aus einem Papierstapel zog Ms Posey ein Blatt hervor. Ganz oben prangte ein riesiges A++++.

»Ich glaube, das ist von dir.« Sie drückte mir das Papier in die Hand.

»Hatten Sie nicht gesagt, dass Sie die erste Hausaufgabe nicht bewerten?«, fragte ich.

»Aber jetzt habe ich beschlossen, dass jeder von euch ein A bekommt. So startet ihr gleich mit einer guten Note ins neue Schuljahr.«

»Aha. Sehr freundlich.« Schnell ging ich zu meinem Platz.

Nachdem es zur ersten Stunde geklingelt hatte, erklärte Ms Posey, dass wir eine Freistunde hätten und tun und lassen könnten, was wir wollten. Und dann gab sie eine Runde Schokodonuts aus. Konnte mich mal jemand kneifen? Bei Elodie hatte die Zauberkiste vielleicht versagt, aber bei Ms Posey hatte ich einen Volltreffer gelandet.

Becky Mode, ein Theaterfreak, meldete sich und fragte verwirrt: »Und was genau sollen wir jetzt machen?«

»iPod hören, Gameboy spielen, was immer ihr wollt«, flötete Ms Posey.

Meine Mitschüler waren so perplex, dass sie den Großteil der Stunde einfach nur dasaßen und zuhörten, wie Ms Posey leise vor sich hin summte. Ich wäre am liebsten durch den Raum getanzt. Ab sofort war Englisch ein Kinderspiel. Am Ende der Stunde tappten wir wie ferngesteuert aus der Klasse.

»Kinder, ihr seid wunderbar!«, rief Ms Posey uns nach. »Ihr seid die lieblichsten Geschöpfe auf Erden!« Ms Poseys Herz war etwas wärmer, als ich das geplant hatte. Offenbar war Zauberei wirklich keine Wissenschaft, sondern manchmal etwas unberechenbar. Aber bestimmt würde sich Ms Poseys Freundlichkeit in den nächsten Tagen auf einem annehmbaren Niveau einpegeln.

Weiter ging es mit Kunst. Wo ich meinen geliebten Alden treffen würde. Mir war klar, dass Janet immer noch Ansprüche auf ihn erhob. Aber natürlich passte in Wirklichkeit ich viel besser zu ihm. Es war nur eine Frage der Zeit, bis Alden mein Freund war. Genau das wünschte ich mir. Allerdings gab es da ein winziges Problem: Im Grunde genommen wusste ich gar nicht, was das bedeutete: *mein Freund.* Ich hatte noch nie einen Freund gehabt. Am besten, ich schaute demnächst mal bei Google nach und machte einen Plan.

»Ist das da Myanmar?« Alden wies auf die rechte untere Ecke meines Bilds. Ich war so in meine Keine-Ahnung-vom-Freundhaben-und-eigentlich-von-gar-nichts-Gedanken versunken gewesen, dass ich nicht gemerkt hatte, wie Alden sich neben mich gesetzt hatte.

»Äh ... genau«, sagte ich. »Ich dachte, das lässt das Bild ein bisschen exotischer wirken.«

»Wusstest du, dass Myanmar früher Burma hieß?«, fragte Alden.

War der Papst katholisch? Schneite es im Winter? Und

wie ich wusste, dass Myanmar früher Burma hieß! Spätestens jetzt war es offiziell: Alden und ich waren seelenverwandt. »Ich liebe Südostasien! Es ist der schönste Ort der Welt. Meine Granny war letzten Sommer da und sie hat mir versprochen, dass sie mich nach Kambodscha mitnimmt, wenn ich auf der Highschool bin, und dann sehen wir uns ...«

»... Angkor Wat an?«, fiel Alden mir ins Wort. »Dort bin ich letzten Sommer mit meiner Familie gewesen. Es war super.«

Über unsere Bilder hinweg lächelten wir uns an. Eine Sekunde. Zwei. Drei. Mein Gesicht färbte sich von Korallenrot über Saturnrot zu Sauerkirschrot, meine Hände zitterten, ich bekam kaum noch Luft und mir war total schlecht. Zu Hause würde ich eine Liste anlegen: Zehn Dinge, die ich an dir liebe. Zu Hause würde ich hundert Saltos hintereinander machen.

Bis zum Ende der Stunde unterhielten wir uns über Südostasien. Alden ist schon zwei Mal in Südostasien gewesen, weil seine Tante in Bangkok lebt. Das Essen, die Strände und die Leute findet er paradiesisch, von den vielen Moskitos und der ewig lauwarmen Pepsi ist er genervt. Am liebsten wäre ich sofort losgeflogen, mit ihm als Reiseleiter.

Die ganze Zeit ließ Elodie uns nicht aus den Augen. Es war eindeutig, dass die gefallene Königin ihre Kräfte sammelte, um eine oberfiese Aktion zu planen. Aber ich spürte das Glück bis in die Fingerspitzen und wollte mir das von der Principessa nicht verderben lassen. Alden und ich verließen den Kunstraum und er erzählte mir gerade von seiner Wandertour in Nepal. Zusammen mit seinem Bruder und Tante und Onkel war er ganz zeitig am Morgen ... da stand plötzlich Janet Scully vor uns. Wie immer hatte sie vor dem Raum auf Alden gewartet. Aber heute nickte

Alden ihr nur zu und erzählte einfach weiter. Ein paar Sekunden stand Janet da wie gelähmt. Dann tippelte sie uns hinterher, doch in unser Gespräch fand sie nicht hinein. Es war bombastisch. Leider musste ich dann zu Spanisch. Alden verabschiedete sich mit seinem supersexy schiefen Lächeln und winkte mir sogar noch nach. Ich war total verknallt. Janets Stunden waren gezählt. Tick tack. Tick tack.

In der Mittagspause war in der Mensa die Hölle los. Meine Mitschüler schubsten einander zur Seite, um möglichst als Erste an die Vitrinen mit dem Essen zu gelangen. Ich drückte mich nach vorn durch und traute meinen Augen nicht.

Marta steckte in einem weißen Anzug, wie ihn sonst die Chefköche in Sushi-Restaurants tragen. Um die Hüfte hatte sie eine schwarze Schürze gebunden und auf ihrem Kopf prangte eine beeindruckende Kochmütze. Sie hatte sogar einen Assistenten angeheuert, der irgendwie asiatisch aussah und gerade ein glänzendes Messer schliff. Das Beste aber war der Anblick der Vitrinen. Riesige Platten voller Sushi und Maki lagen darin. Mit zerkochten Nudeln und zähem Fleisch war es offenbar vorbei.

Wie eine Maschine rollte Marta Sushi um Sushi, schnitt sie auseinander und servierte sie der hungrigen Meute. Das Essen ging viel schneller weg, als sie es nachlegen konnte. Ich steckte mir ein Stück Gurke in den Mund, das aus einem Sushi gefallen sein musste. Wow. Das war megalecker.

»Marta, das schmeckt göttlich«, sagte ich.

»Das ist noch gar nichts«, erwiderte Marta. »Morgen Mittag gibt es Shrimp-Jiaozi, Pad Thai und zum Nachtisch Rhabarbertarte. So was Gutes hast du noch nicht gegessen.«

Alexi quetschte sich hinter mir in die Essensschlange.

»Sushi zum Mittagessen – das ist echt krass. Was ist mit Marta los?«

»Keine Ahnung.« Irgendwie wäre es schön gewesen, wenn mir mal jemand auf die Schulter geklopft hätte. Klar, die Resultate meiner Weltrettungsaktionen kamen auch mir zugute. Aber gegen ein bisschen Anerkennung hätte ich nichts einzuwenden gehabt.

»Hast du eigentlich Joey gesehen?«, fragte Alexi. »Sie hat heute noch keine einzige Nachricht beantwortet.«

»Ist sie nicht hier?« Ich schaute mich um und zu meiner Überraschung konnte ich weder sie noch Kate in der Mensa entdecken.

»James und ich wollten eigentlich mit Joey und Kate essen«, sagte Alexi.

»Vorhin habe ich sie im Computerraum gesehen«, sagte Patel und steckte sich einen Futo-Maki in den Mund. Fast rannte ich zum Computerraum. Joey und Kate waren tatsächlich dort. Sie hatten sich über einen Laptop gebeugt und flüsterten aufgeregt miteinander.

»Hey Mädels«, rief ich. »Ihr verpasst das beste Schulessen der Welt.«

»Keine Zeit«, sagte Kate, ohne aufzusehen.

»Was macht ihr da?«, fragte ich.

»Ein Geheimnis«, antwortete Joey.

*Ein Geheimnis?* Joey und Kate hatten vor *mir* Geheimnisse? Das fand ich – in einem Wort: beschissen.

»Mir könnt ihr es doch sagen.« Ich gab mir Mühe, nicht wie eine Heulsuse zu klingen. Dabei war mir durchaus nach Heulen zumute.

Kate warf Joey einen Blick zu und fragte: »Sollen wir es ihr sagen, J?«

»Na ja, okay«, sagte Joey.

Ich atmete auf. Natürlich weihten sie mich in ihr Geheimnis ein. Es war schlichtweg unmöglich, dass sie das nicht täten.

»Wir machen ein Blog«, sagte Joey.

»Ein Blog über unsere Freundschaft«, erklärte Kate.

»Cool«, fand ich. »Super Idee. Ich mache mit.«

»Das geht nicht, Franny«, sagte Kate. »Das Blog handelt von *unserer* Freundschaft.«

»Von uns beiden«, fügte Joey hinzu. »Von Kate und mir.« Sie sprach so langsam, als wäre ich minderbemittelt oder etwas in der Art.

Moment mal. Joey und Kate machten ein Freundschaftsblog ohne mich? Eigentlich wusste ich gar nicht so genau, was ein Blog eigentlich war. Aber das war mir egal. Ich wollte auf jeden Fall dabei sein. Und seit wann nannte Kate mich Franny? Das hatte sie seit Jahrhunderten nicht mehr getan. Außerdem hatte sie heute noch keinen ihrer typischen Kate-Ausdrücke verwendet. Irgendwas stimmte hier ganz und gar nicht.

»Du kannst das Blog ja als Erste abonnieren«, bot Joey mir an. »Was hältst du davon?« War das jetzt der Trostpreis oder was?

Na klar. Unbedingt wollte ich als Erste das Freundschaftsblog meiner zwei besten Freundinnen abonnieren. Das war bestimmt ein *Riesenspaß*. In meinem Kopf überschlugen sich die Gedanken. Ich sah, wie sich von einem Wagen das fünfte Rad löste, über eine Böschung rollte und im Fluss landete. Wasser spritzte in alle Richtungen, dann ging das Rad langsam unter und bald waren nicht einmal mehr Luftblasen zu sehen.

Joey und Kate wandten sich wieder dem Computer zu, als gäbe es mich nicht. Ich kapierte das alles nicht. Wollten Joey und Kate vielleicht nur das nachholen, was sie in den letzten Jahren miteinander verpasst hatten? Oder war dieses blöde Blog ein Vorzeichen für viele weitere Nur-Joey-und-Kate-Aktivitäten? Waren wir nicht gerade noch die drei Musketiere gewesen? Jetzt gab es offenbar nur noch zwei Musketiere. Aber ehe ich meinen Gedanken zu Ende denken konnte, war aus dem Foyer plötzlich markerschütterndes Geschrei zu hören. Joey, Kate und ich rannten nach draußen.

Mr Sheeplick, der Leiter der Theatergruppe, wollte die Besetzungsliste für das diesjährige Musical aufhängen, aber die vielen aufgeregten Schüler hinderten ihn daran.

In allen Schulen dieses Landes spielt sich Jahr für Jahr dieselbe Szene ab, und wenn man mich fragt, ich finde diese Vorhersagbarkeit ziemlich gruselig. Immer bekommen dieselben Stars die zwei, drei Hauptrollen und alle anderen Hobby-Schauspieler müssen sich mit einem Part im Chor begnügen. Ich wüsste nicht, warum es an der Jefferson in diesem Jahr anders ablaufen sollte: Elodie würde wie immer die weibliche Hauptrolle bekommen, Sam Ling (der absolute Theaterfreak) die männliche. Die Principessa gibt sich mit Sam Ling übrigens nur auf der Bühne ab. Letztes Schuljahr, bei *West Side Story,* musste sie ihn sogar küssen und das war nur noch absurd, denn im normalen Leben schaut sie ihn nicht mal mit dem Hintern an.

Elodie stand natürlich ganz vorn, schließlich war sie die *Königin.* Marsha stand irgendwo am Rand und wartete, dass sich die Menge etwas lichtete.

»Immer langsam, Leute«, sagte Mr Sheeplick und klebte die Liste endlich an die Wand. »Es ist doch nur ein Musical.« Schnell kämpfte er sich ins Freie. Elodie schubste zwei Theaterfreaks weg, schaute sich die Besetzungsliste an und – fing an zu schreien.

»Waaaaas?!«, schrie sie, drehte sich auf der Ferse herum und drängelte sich durch die Menge, bis sie vor Marsha stand. »Das war meine Rolle! Soll das ein Witz sein, dass du die Maria spielst?«

Auch Marsha schien bis eben nichts davon gewusst zu haben. Überrascht schaute sie Elodie an und um ihre Mundwinkel zuckte der Anflug eines Lächelns. Sie hatte es geschafft! Sie hatte die Hauptrolle in *The Sound of Music* bekommen! Wahrscheinlich hatte es in keiner Schule des Landes je einer so schnell vom Schluffi zum Superstar gebracht.

Elodie spie förmlich Feuer, während sie Marsha fixierte. So wütend hatte ich sie noch nie erlebt. So ein Mist! Warum nur hatte die Zauberkiste gerade bei ihr versagt? Eine gezähmte Principessa wäre jetzt ziemlich praktisch.

»Das muss ein Missverständnis sein«, brachte Elodie heraus. »Das kläre ich sofort.« Marsha sah ziemlich eingeschüchtert aus. Sie drückte sich gegen die Wand und versuchte krampfhaft, wenigstens einen Zipfel des Selbstvertrauens festzuhalten, das sie sich in den letzten Tagen so mühsam erarbeitet hatte.

Mr Sheeplick ging auf Elodie zu. »Das ist kein Missverständnis, Elodie. Marsha spielt Maria und du bist die Baronin. Das ist eine sehr schöne Rolle und ich bin mir sicher, du wirst ihr einen ganz besonderen Ausdruck verleihen.«

Elodie wandte sich an Marsha. »An dieser Schule kann nur *ich* singen und tanzen, sonst niemand. An deiner Stelle würde ich sofort von der Rolle zurücktreten, sonst machst du dich zur totalen –«

Mr Sheeplick legte eine Hand auf Elodies Schulter. »Zu deiner Information, Elodie: In den fünfzehn Jahren, die ich an der Jefferson unterrichte, habe ich selten jemanden so gut singen hören wie Marsha. Und wenn du dich nicht auf der Stelle bei ihr entschuldigst, wirst du in diesem Jahr das Bühnenbild malen.«

Sofort war Elodie klar, dass sie Marsha niemals vor allen anderen hätte angreifen dürfen – vor allem nicht vor Mr Sheeplick. Binnen Sekunden verwandelte sie sich in die Elodie, die ich mir von der Zauberkiste gewünscht hatte. Ihre Schultern entspannten sich, ihr Blick wurde sanft und mit einem Lächeln drehte sie sich zu Marsha um. So eine krasse Metamorphose habe ich nur selten erlebt. So ungefähr stelle ich mir Horrorfilme vor, bloß in die andere Richtung. Echt gruselig.

»Tut mir leid, Marsha. Mr Sheeplick hat recht. Ich hätte dich nicht so runtermachen dürfen. Es wird nicht noch mal passieren.«

In Marshas Augen lag eine seltsame Mischung aus Angst und Mitleid. Immerhin war sie mutig genug, sich einen kleinen Spaß zu erlauben, indem sie erwiderte: »Kein Problem, Elodie. Du bist ja auch nur ein Mensch – oder so was in der Art.«

Elodie überhörte das einfach. Stattdessen fragte sie: »Sollen wir vielleicht zusammen proben? Bestimmt kann ich eine ganze Menge von dir lernen.« Elodie übertrieb maßlos, das merkte jeder. Doch Marsha konnte diesem Angebot nicht widerstehen. Wenn man den Palast jahrelang nur aus der Ferne gesehen hat, dann schlägt man eine Einladung in die königlichen Gemächer nicht aus.

»Gute Idee«, sagte Marsha.

»Perfekt. Treffen wir uns morgen bei mir zu Hause? Am besten fangen wir mit ein paar Lockerungsübungen an. Ich sage unserer Haushälterin, dass sie etwas zu essen vorbereiten soll. Wie wäre es mit Crêpes?«

»Klingt lecker ...« Erst da merkte Marsha, dass alle Augen auf sie gerichtet waren, und sie hielt mitten im Satz inne. »Ich ... äh ... ich muss mich mal frisch machen.« Und mit diesen Worten eilte sie ins Mädchenklo.

Ein paar Sekunden herrschte im Schulflur absolute Stille. Niemand konnte fassen, was sich da gerade zugetragen hatte. Das Gute war, dass ich das Freundschaftsblog für ein paar Minuten vergessen hatte. Das Schlechte war, dass Elodie jetzt auf Joey, Kate und mich zukam, und sie wirkte nicht mehr besonders sanftmütig. Sie hatte die Maske der Freundlichkeit abgelegt und darunter war die altbekannte Principessa zum Vorschein gekommen.

»Joey, wo hast du den ganzen Tag gesteckt? Seit acht Uhr schreibe ich dir Nachrichten und du antwortest nicht.«

»Tut mir leid, El, ich hatte einfach keine Zeit«, erwiderte Joey. »Wir haben den ganzen Tag an unserem Blog gesessen. Wenn es online ist, kannst du dich dort informieren, was bei mir gerade abgeht.«

»Ich kapiere kein Wort«, motzte Elodie.

»Joey will sagen, dass du in Zukunft am besten erst mal auf joey-and-kate-are-gr8.com nachschaust, ehe du Joey eine Nachricht schickst«, erklärte Kate.

»Entschuldigung, aber mit Freaks rede ich nicht«, sagte Elodie. »Joey, mir reicht's. Wir sehen uns nach der Schule bei den Cheerleadern, ist das klar?« Das war keine Frage, das war ein Befehl. Noch immer herrschte im Gang Totenstille. Alle Augen waren auf Elodie und Joey gerichtet, die einander fixierten. Zum ersten Mal hatte Elodie Joey in aller Öffentlichkeit angegriffen.

»Da wäre ich mir nicht so sicher«, sagte Joey nach einer gefühlten Ewigkeit. »Und jetzt muss ich los. Bis später.« Dann nahm sie Kates Hand und die beiden verschwanden im Computerraum. Elodie und ich wechselten einen Blick. Ich glaube, zum ersten Mal in unserem Leben fühlten wir uns einander nahe. Beide konnten wir nicht fassen, was zwischen Joey und Kate abging. Beide fühlten wir uns total vor den Kopf gestoßen. Aber dann fiel uns wieder ein, dass wir einander eigentlich hassten, und schnell wandten wir uns voneinander ab. Auf dem Weg zum Schulhof redete ich mir ein, dass die Sache mit dem Blog sicher nur eine Phase war. Ich redete mir das so lange ein, bis ich fast daran glaubte.

# Würde mich bitte mal jemand aus diesem Albtraum aufwecken?

Mom hatte versprochen, Joey, Kate und mich nach der Schule zum Shoppingcenter zu fahren. Ich hatte die leise Hoffnung, dass das Blog dort keine Rolle mehr spielen und wir einfach nur Spaß haben würden. Bei Forever 21 würden wir zu dritt neue Outfits ausprobieren, wie bei Pretty Woman, und dazu dudelte Musik von Lady Gaga. Ich weiß schon, diese Szene ist eigentlich ziemlich langweilig. Trotzdem wäre es irgendwie witzig gewesen. Leider kam es nicht dazu.

Auf dem Weg zu Forever 21 fiel Joey und Kate ein, dass sie unbedingt im Apple Store vorbeischauen mussten, um irgendwelche Software für ihr Blog auszuprobieren. Also ging ich schon mal allein zu Forever 21, nachdem Joey und Kate mir höchst und heiligst versprochen hatten, dass sie in allerspätestens zehn Minuten nachkommen würden. Im Laden war ich sofort von lauter kichernden Mädels umgeben, die einander tausend Stylingtipps gaben und zu zehnt vor dem Spiegel posierten. Ich zog den Kopf ein und schob T-Shirt für T-Shirt von links nach rechts. Durch meine Synapsen wanderte Geigenmusik, so traurig, dass sie von niemandem je komponiert worden war.

Nachdem ich eine Viertelstunde lang ziellos durch den Laden gestreift war und Joey und Kate natürlich nicht aufgetaucht waren, sah ich es plötzlich. *Das Kleid.* Ein kurzärmliges knallrotes Minikleid mit Pailletten, das mein

Leben verändern würde. Wenn ich es trug, würde Alden mir zu Füßen liegen. Es passte einfach perfekt zu mir. Es war mein Fall-Fling-Kleid – auch wenn Alden mich noch nicht gefragt hatte und auch wenn es zwanzig Dollar mehr kostete, als Mom mir mitgegeben hatte. Von solchen Kleinigkeiten konnte ich mich jetzt nicht abhalten lassen. Ein Mädchen muss jederzeit zu allem bereit sein. Und ich war bereit für dieses Kleid. Ich zerrte es vom Bügel und stürzte in die nächste Umkleidekabine.

Vor dem Spiegel drehte ich mich hin und her. Ich wirkte gleichzeitig lässig und elegant und dazu auch noch ein bisschen wild. Forever 21 hatte dieses Kleid nur für mich entworfen. Ich sah einfach super aus.

»Das steht dir prima, Franny.« Ich wirbelte herum. Vor mir stand Naomi.

»Hi Naomi«, brachte ich heraus.

»Du solltest es kaufen«, sagte Naomi mit einem Lächeln. »Es sieht total süß an dir aus.«

»Ich ... äh ... habe es nur zum Spaß anprobiert. Ich habe gar nicht genug Geld dabei.«

»Das kenne ich. Manchmal muss man einfach das perfekte Kleid anprobieren, um den Tag zu überstehen. Selbst wenn man weiß, dass man es sich nicht kaufen kann.«

»Stimmt«, sagte ich. Naomi hatte es auf den Punkt gebracht.

»Und wie geht's dir?«, fragte sie.

»Ganz okay«, sagte ich vorsichtig.

»Und deinem Dad?«

»Auch ganz okay.« Schon klar, das war mal wieder gelogen. Aber was hätte ich sonst sagen sollen?

»Das freut mich.« Naomi wollte lässig klingen, aber ich hörte die Traurigkeit in ihrer Stimme. »Ich finde es wirklich schade, dass alles so plötzlich enden musste. Ich weiß immer noch nicht, was an diesem Abend eigentlich passiert ist. Außerdem hätte ich dich gern besser kennengelernt, Franny. Aber nicht alles läuft so, wie wir es uns vorgestellt haben.«

Ich nickte heftig, denn dafür fielen mir mindestens hundert Beispiele aus meinem eigenen Leben ein.

In diesem Moment kamen zwei junge Männer auf Naomi zu und drückten ihr ihre Visitenkarten in die Hand. Mit einer Handbewegung vertrieb sie die Typen und wandte sich wieder mir zu.

»Ich verstehe das einfach nicht«, fuhr Naomi fort. »Ich muss irgendeinen Lockstoff absondern oder so. Seit unserem Kinoabend werde ich ständig angesprochen. Ich musste sogar meine Handynummer und meine Mailadresse ändern, weil die Sache völlig außer Kontrolle geraten ist.«

»Echt? Ist ja krass.« Mehr traute ich mich nicht zu sagen. Bei meinem Plappermaul verriet ich mich am Ende noch.

»Ich habe sogar aufgehört auszugehen. Das ist mir einfach zu verrückt.« Anscheinend hatte Naomi ihren Traummann noch nicht gefunden. »Wie viel kostet dein Kleid?«

Um diese Frage zu beantworten, musste ich nicht auf das Preisschild schauen. »Fünfzig Dollar«, sagte ich wie aus der Pistole geschossen.

»Das ist ja fast geschenkt für ein Teil, das dir so gut steht.«

»Finde ich auch.« Naomi hatte absolut recht. Für das perfekte Kleid waren fünfzig Dollar wirklich nicht zu viel. Die Sache war nur, dass ich keine fünfzig Dollar hatte.

»Und wie viel hast du dabei?«, fragte Naomi.

»Dreißig.«

»Weißt du, was? Ich lege dir den Rest aus und du gibst ihn mir beim nächsten Mal zurück.«

»Und wenn es kein nächstes Mal gibt?«

»Dann schenke ich es dir.«

Nicht zu fassen. Naomi, deren Beziehung ich zerstört hatte, wollte mir Geld geben für ein Kleid, das meine Mom, deren Beziehung ich retten wollte, mir niemals kaufen würde. Das Leben war mir eindeutig zu abgefahren. Einerseits meldete sich mein schlechtes Gewissen. Mir war klar, dass ich Naomis Großzügigkeit nun wirklich nicht verdient hatte. Andererseits brauchte ich dieses Kleid. Ich brauchte es einfach. Ich brauchte es so dringend wie nichts auf der Welt.

»Das wäre total nett, Naomi. Vielen Dank.«

»Nichts zu danken. Kommst du mal mit? Ich würde dir gern ein paar T-Shirts zeigen, die ich für meine Tochter rausgesucht habe. Sie ist acht und findet dich garantiert ziemlich cool.«

Ich musste grinsen, so geschmeichelt fühlte ich mich. Jemand fand mich cool? Das klang super.

»Ich wusste gar nicht, dass du eine Tochter hast«, sagte ich.

»Woher auch? Wir hatten keine Zeit, einander besser kennenzulernen.« Naomi lachte. Sie hatte recht. Aber im selben Moment wurde mir klar: Selbst wenn wir Zeit gehabt hätten, hätte ich kein Interesse daran gehabt.

Die Sache war, dass Naomi ziemlich nett war. Ich musste zugeben, dass sie sogar sehr nett war. Wahrscheinlich war sie tausendmal netter als alle neuen Freundinnen, die andere Dads anschleppten. Aber sie war eben nicht meine Mom. Und genau da lag das Problem.

»Danke noch mal«, sagte ich, ehe ich den Laden verließ. In der Hand hielt ich eine Plastiktüte mit meinem Fall-Fling-Kleid. Ich stand tief in Naomis Schuld. »Bis bald.«

Aus dem Augenwinkel sah ich, wie zwei Mittfünfziger auf Naomi zugingen. Mit einem finsteren Blick vertrieb sie die beiden Typen, ehe sie ihr zu nahe kommen konnten.

Offenbar war sie mittlerweile ziemlich geübt darin, Männer von sich fernzuhalten.

»Franny, grüßt du deinen Dad bitte von mir?«, rief sie mir nach.

»Klar«, rief ich zurück, auch wenn ich dieses Versprechen nicht halten würde. Es hatte ja nun wirklich keinen Sinn, meine eigenen Pläne zu durchkreuzen.

»Aufwachen, Francisco!«

Mühsam hob ich das linke Augenlid und schaute direkt in Grannys Gesicht.

»Wie spät ist es?«, fragte ich schwach.

»Halb sieben. Eine gute Zeit, um aufzustehen und ein ernstes Gespräch zu führen.« Granny steckte noch in ihrem Schlafanzug. Nachts trug sie immer eine bunt gemusterte Pluderhose, ein ausgeblichenes Top und vor allem (jetzt kommt's) keinen BH.

»Halb sieben ist zu früh. Kommst du in einer halben Stunde wieder?« Ich kroch unter meine Decke.

Mit einem Ruck zog Granny mir die Decke weg. Aus schmalen Augen schaute sie auf mich herab. »Wir haben ein Problem, Franny. Gestern Abend, als ich die Notfallkiste Gladys borgen wollte, habe ich etwas sehr Seltsames bemerkt. Hast du eine Ahnung, was ich meine?« Granny hielt inne. Offenbar begann jetzt mein Part in diesem sogenannten ernsten Gespräch. Ich hatte allerdings keinen blassen Schimmer, was ich sagen sollte. Jedenfalls nicht die Wahrheit, so viel war klar.

»Franny, ich besitze diese Kiste schon eine ganze Weile und ich spüre, wenn jemand sie benutzt hat. Das bist du gewesen, habe ich recht?«

Ich setzte mich auf. Konnte ich bitte meinen Anwalt sprechen?

»Wir haben das doch besprochen, Franny. Das Universum kommt schon durch klitzekleine Kleinigkeiten durcheinander. Und zwölfjährige Mädchen neigen dazu, diese Gefahr zu unterschätzen. Deshalb haben sie im Reich der Magie eigentlich nichts verloren.« Granny atmete hörbar ein und aus. Sie war echt sauer. »Du musst mir jetzt die Wahrheit sagen. Was hast du dir von der Kiste gewünscht? Hat sie irgendwelche Rezepte ausgespuckt, und wenn ja, hast du sie verwendet?«

Wenn ich mir jetzt nicht irgendwas einfallen ließ, war das mein Ende.

»Okay. Ich habe die Kiste wirklich benutzt.« Ich redete so langsam wie möglich und suchte währenddessen fieberhaft nach einer Ausrede.

»Ich wusste es!«, rief Granny.

»Aber ich habe das Universum nicht durcheinandergebracht, das musst du mir glauben! Ich wollte einfach nur wissen, wie man Weltfrieden herstellt. Ich meine, du hast mich nicht mal einen Blick auf das Rezept werfen lassen und du weißt ja, was für ein Dickschädel ich sein kann ...«

»Das weiß ich allerdings«, fiel Granny mir ins Wort. Vielen Dank auch.

»Jedenfalls habe ich die ganze Zeit darüber gegrübelt, was in so einem Rezept für den Weltfrieden wohl steht. Das wäre schließlich eine supergute Sache. Und deshalb habe ich die Kiste noch mal danach gefragt. Aber ich habe mit dem Rezept nichts gemacht. So verantwortungslos bin ich nämlich nicht.« Granny musterte mich genau. Auf keinen Fall durfte ich mir jetzt irgendwas anmerken lassen. Kurzerhand setzte ich alles auf eine Karte, streckte die Arme aus und fiel ihr um den Hals. Als Geheimagentin muss man eben bluffen können.

»Na schön, mein Spatz. Wenn du mit dem Rezept nichts gemacht hast, ist ja alles gut.«

»Habe ich wirklich nicht.« Während ich das sagte, kreuzte ich hinter dem Rücken die Finger. Auf diese Weise zu lügen, war vielleicht nicht ganz so schlimm. Auch wenn es gefühlt die hundertste Lüge in dieser Woche war. Und auch wenn ich eigentlich wusste, dass gekreuzte Finger nichts änderten.

»Ich bin froh, dass du dich von den dunklen Mächten fernhältst.«

»So fern, wie es nur geht. Das sieht man ja schon daran, dass halb sieben Uhr morgens für meinen Geschmack viel zu nahe an der Dunkelheit ist.«

Granny musste lachen. »Francisco, du bist eine Ulknudel.« Sie stand auf und ging nach draußen. Noch auf dem Flur hörte ich sie kichern.

Puh. Das war knapp gewesen. Ich war richtig ins Schwitzen geraten. So zeitig am Morgen rumzuschwindeln, das war ich nicht gewöhnt. Unter der Dusche schob ich die Schuldgefühle beiseite und dann leistete ich vor dem Badezimmerspiegel einen Schwur: Ich würde die Zauberkiste nie wieder benutzen. Oder nur noch, wenn es gar nicht anders ging.

Während ich mich anzog, ging eine Nachricht von Kate ein: *Treffen uns direkt in der Schule.* Na super. Die erste Woche vom Rest meines Lebens war irgendwie besser gelaufen als die zweite. Perfekt war jedenfalls was anderes.

Joey und Kate steckten schon wieder im Computerraum. Als ich dort ankam, hingen sie genau wie gestern vor einem Rechner und tippten irgendwas. Natürlich trugen sie mal wieder Partnerlook, heute waren es schwarze Skinny Jeans und weiße T-Shirts. Sie wirkten wie zwei Aushilfskellner in einer Szenekneipe. Plötzlich sehnte ich mich nach Kates schrecklichen Anzügen und ihrem albernen grünen Roller.

»Hi Mädels«, sagte ich so fröhlich wie möglich. Ich würde schon noch unter Beweis stellen, dass ich ein echtes Musketier war.

Kate und Joey schauten mich an, als hätte ich gerade die Geheimsitzung der Weiße-T-Shirt-Träger gesprengt. Was sollte dieses alberne Getue? Es ging doch nur um ein Blog.

»Hi Franny«, sagte Joey.

»Hi *amigo«,* sagte Kate.

*Amigo?* Hatte Kate gerade *amigo* gesagt?

»Wir sind sowieso fertig«, meinte Joey und klappte den Laptop zu, als ich gerade auf den Bildschirm linsen wollte. So langsam fühlte ich mich nur noch wie ein halbes Musketier. »Wir wollten gerade zu unseren Schließfächern«, fuhr Joey fort. »Kommst du mit?«

»Klar.« Das war zwar ein ziemlich dünner Strohhalm, aber ich griff trotzdem danach. Vielleicht würde er mich vor dem Ertrinken retten und etwas anderes war gerade nicht in Sicht.

Im Foyer stießen James und Alexi zu uns. James lief neben Kate und Alexi umkreiste Joey so lange, bis mir nichts anderes übrig blieb, als mich zurückfallen zu lassen, damit die beiden nebeneinanderlaufen konnten. Stand auf meiner Stirn vielleicht: *Ist eh schon ganz unten, tretet ruhig nach?*

»Kate, weißt du, was Alexi und ich uns überlegt haben?«, sagte James. »Wir könnten vor dem Fall Fling zu viert bei Del Anisa Abend essen.«

»Was hältst du davon, Joey?«, fragte Alexi.

»Habe ich eigentlich keine Lust drauf«, sagte Joey.

»Na gut«, sagte Alexi. »Gehen wir dann zu zweit?«

»Ich habe meine Meinung geändert. Ich gehe nicht mit

dir zum Fall Fling.« Joey schien gar nicht zu bemerken, dass Alexis Gesicht förmlich auseinanderfiel.

»Was soll das heißen?«, fragte Alexi.

»Und ich gehe nicht mit dir, James«, sagte Kate. »Tut mir leid.«

James schaute Kate fassungslos an. Seine größte Angst war gerade Wirklichkeit geworden: Ein Freak hatte ihn abserviert. Und Alexi war seinen Teilzeitjob bei Joey los. Die beiden Jungs drehten sich zu mir, als müsste ich ihnen jetzt beispringen. Ich konnte jedoch nur mit den Schultern zucken. Ich war mindestens genauso schockiert wie sie, wenn nicht noch schockierter. Und sofort fühlte ich mich schuldig. Diese Blondies entpuppten sich als ein immer größeres Desaster. James und Alexi machten sich aus dem Staub. Während sie sich von uns entfernten, schüttelten sie fassungslos die Köpfe.

»Ihr geht nicht zum Fall Fling?« Das war einfach zu viel für mich.

»Klar gehen wir«, sagte Kate. »Aber nicht mit James und Alexi.«

»Wir gehen zusammen«, erklärte Joey.

Joey und Kate gingen *zusammen* zum Fall Fling? *Zusammen?* So oft ich dieses Wort in meinem Kopf auch wiederholte, es kam nicht an. Das ergab doch alles keinen Sinn.

»Und was ist mit dir?«, fragte Kate. »Gehst du zum Fall Fling?« Na ja. Wenigstens hatten die beiden noch nicht vergessen, dass ich existierte.

»Ich hoffe immer noch, dass Alden mich fragt«, sagte ich.

»Wenn er das nicht macht, kannst du ja mit Alexi oder James gehen«, sagte Joey. Und dann brachen sie und Kate wieder in ihr schreiendes Gelächter aus.

Ich drehte mich auf dem Absatz rum. Tief im Innern

hoffte ich, dass Joey oder Kate aufging, wie daneben diese Bemerkung gewesen war, und mir folgten, um sich zu entschuldigen. Aber eigentlich wusste ich schon, dass das nicht passieren würde. Ganz allein lief ich durch die Flure zu Englisch.

Wo zum zweiten Mal Unglaubliches passierte. Ms Posey hatte einen Beamer und eine Leinwand mitgebracht und wir schauten die ganze Stunde lang Star Wars. Echt krass.

Aber auch das munterte mich nicht auf. Als ich zu Kunst schlurfte, war ich immer noch total fertig. Aber dort hob sich der fiese graue Schleier langsam. Alden setzte sich neben mich. Eine ganze Weile arbeiteten wir schweigend an unseren Bildern. Dann schaute Alden plötzlich auf und sagte mit leicht zitternder Stimme: »Franny, ich ... äh ... wollte dich was fragen.« War er das? Der Augenblick, auf den ich mein ganzes Leben gewartet hatte? Fragte Alden mich jetzt, ob ich mit ihm zum Fall Fling gehen würde? Leider werde ich das nie erfahren. Denn in diesem Moment tauchte plötzlich Elodie auf.

»Hi Alden, hast du die große Schere gesehen?« Sie stand viel zu nah neben Alden und beugte sich so weit nach vorn, dass Alden freie Sicht auf ihre blöde Körbchengröße B hatte. »Du hast sie doch vorhin in der Hand gehabt«, schnurrte sie, »oder nicht?« Unsere Blicke kreuzten sich nur für eine Millisekunde, aber ich sah die Bosheit in ihren Augen und die Botschaft, die dahinter stand: Ich werde dein kleines Leben zerstören.

»Äh ... hier ist sie.« Alden streckte sich nach der Schere aus und reichte sie Elodie. Dabei rutschte er ein Stück von mir weg. Er war wie hypnotisiert von Elodies Ausschnitt. Ich meine, Alden ist zwölf. Er hatte quasi keine Wahl. Selbst ich glotzte auf Elodies Brüste.

»Hör mal, Elodie«, sagte ich. »Alden und ich haben uns

gerade unterhalten. Wenn es dir nichts ausmacht, wäre es …«

»Es macht mir aber etwas aus«, fauchte Elodie. »Es macht mir sogar sehr viel aus.«

Alden schaute mich hilflos an. Offenbar war er unsicher, ob er den letzten Schritt in die Hölle wirklich tun sollte.

»Alden, ich habe zwei VIP-Karten für das Spiel der Yankees am Wochenende. Vielleicht hast du Lust mitzukommen? Mein Dad würde uns im Hubschrauber hinfliegen.«

Game over. Würde mich bitte mal jemand aus diesem Albtraum aufwecken? Ich war raus. Ich war rauser als raus. Das war's.

»Wow«, sagte Alden. »Das klingt super. Ich komme total gern mit.« Die arme Janet Scully. Sie würde nie erfahren, warum sie bei Alden plötzlich abgemeldet war.

Elodie quetschte sich zwischen Alden und mich und plötzlich war Alden nicht nur ein paar Zentimeter entfernt, sondern eher mehrere Kilometer. So fühlte es sich zumindest an. Und als wäre das noch nicht genug, umschloss Elodie meinen Arm und zog mich zu sich heran.

»Merkst du was, Flanders?«, zischte sie mir ins Ohr. »Ich zerquetsche dich wie eine Laus.«

Vielen Dank, Elodie. Ohne den Hinweis wäre mir das gar nicht aufgefallen. Aber ich wollte Elodie nicht spüren lassen, dass sie mit diesem Schachzug ins Tiefschwarze getroffen hatte. Deshalb lächelte ich, so breit es ging, und hoffte insgeheim, dass es während des gesamten Spiels der Yankees wie aus Kannen schütten würde. Ich wollte wenigstens noch einen Blick mit Alden wechseln, aber er war schon mit Haut und Haaren ins Höllenfeuer eingetaucht. Langsam senkte sich der graue Schleier wieder auf mich herab und diesmal war er noch schwerer als zuvor.

# Alles ziemlich katastrophal

»Worauf hast du heute Abend Lust, Dad?«, fragte ich. Vielleicht hatte ich Glück und mein Dad war wieder der Alte. Der Dad mit den besten Witzen und den besten Ideen. Ich brauchte dringend etwas Ablenkung.

»Was hältst du davon, wenn wir uns ein paar Brote schmieren und eine Talkshow schauen?« Dad saß in der Küche und hatte das Kinn in die Hand gestützt, als könnte er seinen Kopf sonst nicht oben halten.

Brote schmieren und eine Talkshow schauen? War Dad immer noch scheintot oder was? Das war echt nicht der richtige Zeitpunkt für einen Durchhänger. Noch nie hatte ich Dads gute Laune und seinen Optimismus nötiger gehabt. Aber offenbar hatte er sich von beidem für immer verabschiedet. Am Nachmittag hatte ich mir noch den perfekten Abend ausgemalt, mit Scrabble und China-Essen oder mit Ski an der Wii und was Leckerem vom Mexikaner. An der Wii ist niemand so gut wie Dad. Ein einziges Mal habe ich ihn geschlagen, beim Tennis, und bis heute glaube ich, dass er mich hat gewinnen lassen. Aber es sollte nicht sein. Vor ein paar Tagen hätte ich kaum für möglich gehalten, dass es Dad noch schlechter gehen konnte. Aber das hier war der Beweis. Beim letzten Mal war Dad ein Häufchen Elend gewesen. Heute war er ein Haufen Elend, mindestens. Und sein Haus war ein einziger Saustall. Überall lagen Klamotten und angebrochene Lebensmittel herum und in der Küche türmte sich das benutzte Geschirr. Noch dazu sah Dad so aus, als hätte er seit einem Jahr kein Auge zugetan. Und ich musste mir eingestehen, dass das ganz allein meine Schuld war.

»Ich kapiere es einfach nicht, Franny. Alles läuft total super und dann geht es plötzlich den Bach runter. Wie kann das sein?« Meinem Dad stiegen die Tränen in die Augen und bei diesem Anblick hatte ich das Gefühl, dass mir jemand das Herz aus der Brust riss. Wie schäbig musste man eigentlich sein, um seinen eigenen Vater zum Weinen zu bringen? Für Töchter wie mich gab es in der Hölle sicher eine eigene Kammer, nicht weit von dem Raum, in dem die Elodies dieser Welt schmorten.

»Ich habe ihr tausend Mails geschrieben, aber jedes Mal kriege ich eine Fehlermeldung.«

Wieso erzählte ich Dad nicht einfach, dass ich Naomi getroffen hatte? Dass sie mir das fehlende Geld für *mein Kleid* ausgelegt hatte? Dass sie eigentlich ganz nett war? Und dass sie ihre Mailadresse geändert hatte, weil ihr meinetwegen tausend Stalker die Bude einrannten? Deshalb eben. Weil ich, wenn ich jetzt etwas sagte, mich endgültig von dem Gedanken verabschieden konnte, dass Dad und Mom wieder zusammenkamen. Und Mom und Dad mussten einfach wieder zusammenkommen. Das war ein Gesetz.

Allerdings wurde ich gerade Zeuge, wie Dad nicht mal mehr die einfachsten Sachen auf die Reihe bekam. Schon ein Brot zu schmieren oder den Saft aus dem Kühlschrank zu nehmen, schien ihn zu überfordern. Mir kam ein schrecklicher Verdacht. Vielleicht waren Mom und Dad gar nicht füreinander bestimmt? Vielleicht gehörten einfach Dad und Naomi zusammen? Über Mom war Dad jedenfalls wesentlich schneller hinweg gewesen. Mom und Dad hatten sich vor ungefähr einem Jahr getrennt und eigentlich wirkten sie beide ziemlich glücklich. (Vom momentanen Zustand einmal abgesehen.) Glücklicher jedenfalls als zu der Zeit, als Dad noch bei uns gewohnt hatte. Ich weiß noch genau, wie die beiden sich nächtelang angeschrien hatten, so laut, dass ich meinen Kopf unter drei Kissen vergraben musste, um diesen ganzen Mist nicht mit anhören zu müssen. Dass sie sich getrennt hatten, hatte mich ziemlich fertiggemacht. Aber war es nicht wichtiger, dass Mom und Dad glücklich waren? Oder ging es nur darum, dass ich mich nicht mehr so elend fühlte? Konnte man das überhaupt miteinander aufwiegen? Ich meine, am Ende war mir mein eigenes Seelenheil natürlich am wichtigsten. Aber wie sollte ich glücklich sein, wenn Dad jetzt jahrelang Depressionen schob?

Nachdem wir uns eine halbe Stunde lang eine völlig hirnlose Talkshow angeschaut hatten, schlich ich nach oben in mein Zimmer. Sollte Dad doch allein fernsehen. Ich hatte mein Landschaftsbild aus Kunst mit nach Hause genommen, um weiter daran zu arbeiten. Fast zwei Stunden malte ich und dann fühlte ich mich ein ganzes Stück besser. So lange, bis ich mein Handy aufklappte und ungefähr tausend Nachrichten von Joey und Kate fand. Danach ging es mir wieder schlecht. Megaschlecht, um genau zu sein.

*Checkt unser geniales Blog aus! So was Fettes habt ihr noch nie gesehen! Ab sofort bloggen wir hier über unser höllisch geiles Leben. Schaut vorbei! Gleiche Stelle, gleiche Welle, Tag für Tag. Joey & Kate unter joey-and-kate-are-gr8.com. Worauf wartet ihr noch? Go, go, go!*

Wahrscheinlich war ich heute besonders masochistisch drauf. Jedenfalls klappte ich meinen Rechner auf und klickte mich zu diesem tollen Blog. Der Anblick war wie ein Schlag ins Gesicht. Joey und Kate glotzten mich von tausend verschiedenen, völlig bekloppten Schnappschüssen an. Und auf keinem dieser Schnappschüsse war ich. Aber das war nicht das Schlimmste. Schlimmer als die Bilder waren die Texte. Während ich sie las, wurde mir innerlich ganz kalt.

*25. September, 22 Uhr. Aloha auf joey-and-kate-are-gr8.com! Dies ist unser erster offizieller Post. Wir, das sind Joey und Kate. Wir sind ABFs, aber wir sind nicht eure ABFs! *lach* Wir haben heute aber unseren großzügigen Tag und deshalb erfahrt ihr hier unsere dirty little secrets, unsere geheimsten Gedanken und alles, was ihr schon immer über uns wissen wolltet. Gebt es zu, ihr seid total scharf darauf. Tragt euch sofort für unseren Newsletter ein, ehe wir es uns anders überlegen ...*

Eigentlich reichte mir das schon. Mir war schwindlig und schlecht. Trotzdem las ich weiter.

*Also, ihr Kartöffelchen, gerade tragen wir Boxershorts und T-Shirts, natürlich im Partnerlook. Und wir schnabulieren Schinkencracker. Es geht nichts über Schinkencracker.*

Seit wann ging nichts über Schinkencracker? War Kate nicht bis vor Kurzem noch Hardcore-Veganerin gewesen? Und jetzt aß sie nur noch Fleisch? Und ging demnächst mit Pfeil und Bogen auf Jagd oder was? Das war doch alles total beknackt. Und langweilig noch dazu. Wen außer mir sollte das eigentlich interessieren? Und mich interessierte es nur, weil Joey und Kate früher meine Freundinnen gewesen waren. Ich wusste nicht einmal, ob das fiese Gefühl in meiner Brust Wut oder Traurigkeit war.

*Und wir haben M. Ward auf den Ohren. Kate hat seit Kurzem diesen ultraguten Nano. Woooohoooo!*

M. Ward? Joey konnte M. Ward auf den Tod nicht ausstehen. Dieser alternative Kram war einfach nichts für sie. Zumindest nicht für die Joey, die ich kannte.

*Gleich müssen wir los, aber vorher erfahrt ihr noch schnell, wie wir ticken:*

*1. Wir wollen beide die Sahara, die Alpen und den Amazonas sehen. Wenn's geht, zusammen.*

*2. Wir hätten am liebsten einen Panda als Haustier. Ein Labradoodle tut's aber auch.*

*3. Zartbitterschoki ist so viel geiler als Milchschoki!*

*4. Jemand sollte Simon Cowell sagen, dass er es bei Pop Idol echt ein wenig übertreibt.*

*Haltet die Ohren steif, aber steckt eure Handys noch nicht weg. Oder wollt ihr etwa nicht wissen, wie's weitergeht? Natürlich wollt ihr das wissen. Denn bei uns geht viel und bei euch geht nichts und deshalb seid dabei auf joey-and-kate-are-gr8.com!*

Alles klar. Bei mir ging nichts und bei Joey und Kate ging viel. Pandas zum Beispiel. Die Alpen. Und Schoki. Echt spannend. Früher hatte ich zwei Freundinnen gehabt, die sich nicht ausstehen konnten, und jetzt hatte ich gar keine Freundinnen mehr. Zwei Sekunden später ging es schon weiter.

*Kleines secret: Morgen sehen wir aus wie die Models von GAP! Kakis und weiße T-Shirts – fünf von fünf Sternen!*

Wie die Models von Gap? Ging's eigentlich noch bekloppter? Das waren doch nicht mehr Joey und Kate! Ich kroch in mein Bett und zog mir die Decke über den Kopf. Das war ein einziger Albtraum, nur dass der einen Haken hatte: Ich war schon wach. Und das änderte sich die ganze Nacht nicht. Meine Augen klappten immer wieder auf und ich wälzte mich von einer Seite auf die andere, weil ich Dad und Naomi verletzt hatte und weil Joey und Kate mich verletzten und weil diese blöde Zauberkiste es doch viel besser draufhätte, wenn sie nur wollte.

Im Morgengrauen gab ich es auf und setzte mich wieder an mein Bild. Ich versank total im Malen und zeitweise vergaß ich sogar meine Wut. Irgendwie war es ziemlich cool, bei Sonnenaufgang zu malen. Das hatte ich noch nie gemacht und ich kam mir wie eine echte Künstlerin vor und nicht mehr wie eine frustrierte Siebtklässlerin, die ein langweiliges Landschaftsbild bei der unspektakulären Fall River Art Fair einreichen will. Ich war so durch den Wind, dass mir gar nichts anderes übrig blieb, als das emotionale Chaos aus meinem Innern auf die Leinwand zu bannen. Das Gras auf meinem Bild grün zu zeichnen, war in diesem Zustand jedenfalls nicht drin. Stattdessen färbte ich es dunkellila und plötzlich wirkte mein Bild viel lebendiger. Den Himmel malte ich gelb, die Bäume blau, die Sonne schwarz – schließlich war auch mein Leben völlig verdreht. Gegen sieben Uhr machte ich den letzten Pinselstrich und trat einen Schritt von der Leinwand weg. Wow. Das Bild war einfach super geworden. Noch heute würde ich es in die Schule mitnehmen, um es Nennt-mich-einfach-Jeff zu zeigen.

Als ich mein Handy anstellte, gingen ungefähr tausend Nachrichten von *joey-and-kate-are-gr8.com* ein.

*Ihr wollt wissen, was steil und was lame ist? Passt auf und schreibt mit. Number one: Joey und Kate stehen total auf*

*Boyfriend Jeans. Sie nennen sie aber Girlfriend Jeans, weil: Girlfriends sind steil und Boyfriends sind lame. Number two: Joey und Kate gurken heute in die Schule, weil: Gurken sind steil und Karotten sind lame.*

Schnell klappte ich mein Handy wieder zu. Das war doch total krank.

Ich ging runter in die Küche, wo Dad in seinen Kaffee starrte und an einem kohlrabenschwarzen Toast knabberte. Er sah nicht so aus, als hätte er heute Nacht auch nur eine Minute geschlafen. Was, wenn Dad vor lauter Trübsinn seinen Job aufgeben musste? Wahrscheinlich würde er dann aus seinem Haus fliegen und in den Park beim Dairy Queen ziehen. Nachts würde er in Mülltonnen nach Essensresten suchen und tagsüber aus Weidenzweigen Sandalen flechten, die er auf Flohmärkten verkaufte. Und auch für uns würde es ohne Dads Unterhalt irgendwann knapp und wir würden in eine winzige Wohnung ziehen müssen, in der ich mir ein Zimmer mit den Zwillingsbestien teilen musste. Mein ganzes Leben implodierte, und wenn ich ehrlich war, trug die Schuld daran niemand anders als ich.

»Guten Morgen, mein Sonnenschein«, sagte Dad und bemerkte die Ironie nicht einmal. »Ich habe Frühstück gemacht.«

Dad zeigte auf einen zweiten völlig verbrannten Toast.

»Danke. Sieht köstlich aus«, sagte ich. »Aber ich muss los. Ich will etwas eher in der Schule sein, damit ich meinem Kunstlehrer mein Bild zeigen kann.« Ich hielt es hoch, sodass Dad einen Blick darauf werfen konnte.

»Toll.« Dad versuchte, begeistert zu klingen. Aber leider blieb es bei diesem Versuch. Das war eindeutig zu viel. Eltern hatten die Pflicht, Freudentänze aufzuführen, wenn ihre Kinder ihnen irgendwas Kreatives unter die Nase hielten. Sie mussten sie vor Freude in die Luft werfen und sie zu den millionenschweren Künstlern von morgen erklären. Das war quasi Gesetz, selbst wenn es sich um ein einfarbiges Bild oder um einen Knethund mit neun Beinen handelte. Und mein Bild war das absolute Gegenteil von einem neunbeinigen Knethund. Dad musste wirklich am Ende sein. Meine Augen wurden feucht. Ich weiß, ich bin zwölf und als Fast-Teenager muss ich echt nicht so eine Heulsuse sein. Aber ich vermisste einfach meinen Dad.

Zum Abschied umarmte ich ihn, so fest ich konnte. Vielleicht würde die Liebe seiner Tochter ihn ein bisschen aufmuntern. Dann schlüpfte ich nach draußen und trottete mit dem Bild unterm Arm in die Schule. Und zwar allein. Joey und Kate standen nicht an der üblichen Ecke. Sie hatten nicht mal eine Nachricht geschickt. Der nächste Tiefschlag. Man könnte meinen, er tat bei den vielen Tiefschlägen nichts mehr zur Sache. Aber das tat er. Ich war echt verletzt.

Auf dem Weg zur Schule gingen noch ungefähr zehn Nachrichten von *joey-and-kate-are-gr8.com* ein.

*ABFs sind steil und Pompons sind lame.*
*The Afghan Whigs sind steil und Klarinetten sind lame.*
*Sushi ist steil und Enchiladas sind lame.*

Schnell löschte ich alle weiteren Nachrichten. Das musste ich mir echt nicht geben.

Als ich an der Schule ankam, war auf der berühmten Treppe noch mehr los als in den letzten Tagen. Zuerst dachte ich, dass die Gruppen sich einfach noch besser vermischten. Bei näherem Hinsehen fiel mir jedoch auf, dass daraus eine Art Wettstreit geworden war. Meine Mitschüler schubsten einander hin und her, weil jeder mit jedem reden und sich jeder mit jedem anfreunden wollte. Was vor ein paar Tagen noch harmonisch und ruhig abgelaufen war, hatte sich in ein gruseliges Szenario à la *Herr der Fliegen* verwandelt. Gerade schubsten ein Nerd und ein Philo einen anderen Nerd vom mittleren Treppenabsatz und rangelten dann miteinander um den frei gewordenen Platz. Wie lange würde es noch dauern, bis hier eine Massenprügelei begann? War das meine Schuld oder lag diese Aggressivität in der Natur des Menschen? An dieser Stelle beschloss ich, mir mal wenigstens für eine Sekunde keine Vorwürfe zu machen. Rom war schließlich auch nicht an einem Tag erbaut worden. Eigentlich war es nur dank der unzähligen Sklaven so schnell gegangen. Und ich war ganz allein, ein zwölfjähriges Mädchen, das die Welt verbessern wollte. Vielleicht hatte ich mir etwas viel vorgenommen. Am besten, ich fragte bei Gelegenheit die Zauberkiste um Rat.

Während ich noch das Schauspiel auf der Treppe betrachtete, kam Max Clarick auf mich zu.

»Es war einfach zu schön, um wahr zu sein«, sagte er. »Siehst du das? Unsere Mitschüler fallen jeden Moment übereinander her. Ohne Hackordnung kommen sie offenbar nicht klar.«

Hatte Max recht? Musste es wirklich diese ganzen Gruppen und Gesetze geben? War ich so was wie eine Anarchistin, die das Ständesystem (Geschichte, sechste Klasse) auf den Kopf gestellt hatte? So schnell wie möglich wollte ich die Treppe hoch. Aber da stellten sich mir Alexi und James in den Weg. Alexi hielt mir sein iPhone unter die Nase. Anscheinend hatte auch er das schrecklichste Blog der Welt entdeckt.

»Girlfriends sind steil und Boyfriends sind lame?«, fragte er. »Geht's noch?«

»Ich ... äh ... habe keine Ahnung«, erwiderte ich.

»Habe ich es jetzt bei Joey verbockt, nur weil ich letzte Woche mein grünes Poloshirt getragen habe? Ich weiß, dass sie das hasst. Aber alles andere war in der Wäsche.«

»Du hast es nicht bei ihr verbockt.« Ich versuchte, möglichst überzeugend zu klingen. »Das ist nur eine Phase. Du kennst doch Joey. Einen Tag will sie nach Frankreich gehen, am nächsten Tag lernt sie Italienisch.« Uns war jedoch beiden klar, dass es nichts brachte, die Sache runterzuspielen. Das hier war kein Tischfeuerwerk, sondern eine Atombombe. Und wir standen hilflos davor.

»Und was ist mit Kate?«, fragte James. »Warum rennt sie mir erst nach und grüßt mich jetzt nicht mal mehr?«

Sahen diese Typen denn nicht, dass ich auch keinen blassen Schimmer hatte? »Vielleicht will sie es langsam angehen lassen«, versuchte ich es. »Außerdem hat sie doch jetzt das Blog.«

Schnell drehte ich mich um und rannte weiter. Gegen die beiden Typen waren die spanischen Inquisitoren (Geschichte, fünfte Klasse) ja fast sanftmütig! So ein Verhör musste ich mir am frühen Morgen echt nicht geben. Erst mal sollte ich Joey und Kate finden. Ich nahm immer zwei Stufen auf einmal, aber ich konnte sie nirgendwo entdecken. Dafür stolperte ich beinahe über Janet, die am Rand saß und heulte. Alle machten einen großen Bogen um sie und das hätte ich auch gern getan. Janet stand auf meiner persönlichen Hitliste nicht gerade weit oben. Aber ich brachte es nicht übers Herz, sie wie die anderen einfach zu ignorieren.

»Alles klar, Janet?«, fragte ich.

Keine Antwort. Ich versuchte es noch einmal. »Janet, was ist los?«

Janet schluchzte viel zu laut. Ich kniete mich neben sie. »Janet, ich mache mir echt Sorgen. Soll ich dich ins Krankenzimmer bringen?«

»Neeeeeiiiiiin! Alden soll mich …« Der Satz endete in einem heftigen Schluchzer.

»Alden soll dich – was?«, fragte ich.

»Alden soll mich fragen, ob ich mit ihm zum Fall Fling gehe.« Wenn das so weiterging, würden Janets Tränen bald die Stufen überschwemmen.

»Alles wird gut«, sagte ich halbherzig. Es konnte nun wirklich niemand von mir erwarten, dass ich Janet in dieser Angelegenheit die Daumen drückte.

»Du kapierst es nicht, Franny.« Plötzlich war Janet kein Trauerkloß mehr, sondern eine richtige Furie. Was ich nicht besonders nett fand. Schließlich war ich die Einzige, die sich um sie kümmerte. Da musste sie mich echt nicht blöd anmachen. »Alden geht mit Elodie zum Fall Fling.«

Moment mal. Zurückspulen, bitte. Alden ging mit Elodie zum Fall Fling? Das konnte nicht sein. Am liebsten hätte ich mich auf der Stelle neben Janet gesetzt und in ihr Schluchzkonzert eingestimmt. »Das glaube ich nicht.«

»Das kannst du aber glauben. Und tu jetzt nicht so, als würdest du mich bedauern. Du bist ja nur sauer, dass Alden nicht dich gefragt hat.«

Leider hatte Janet damit ins Schwarze getroffen.

»Wo ist Elodie?«, fragte ich. »Macht sie was mit Alden?« Ich versuchte, mir nichts anmerken zu lassen.

»Sie macht was mit Marsha, ihrer neuen besten Freundin.«

Mit Marsha? Das klang gefährlich. Sehr gefährlich. Sollte Janet die Treppe doch in die Niagarafälle verwandeln. Ich hatte Wichtigeres zu tun. Meine Leinwand unter dem Arm, betrat ich das Schulgebäude. Immerhin hatte der schrecklichste Tag meines Lebens (so viel stand schon vor der ersten Stunde fest) etwas Gutes: Elodie hatte heute keine Türsteherin bestimmt.

An meinen Mitschülern vorbei schob ich mich in den Flur. Dort entdeckte ich Marta, die ein Tablett mit irgendetwas Undefinierbarem balancierte. Es erinnerte bedenklich an einen Haufen Kotze. Martas Kochmütze war heute ungefähr doppelt so hoch wie gestern und machte aus ihr die absolute Witzfigur.

»Wie wäre es mit einem Amuse-Bouche vor der ersten Stunde?«, fragte Marta jeden, der an ihr vorbeiging. Sie tauchte Cracker in die gräuliche Masse und bot sie meinen Mitschülern an. Alle ergriffen mit angewiderter Miene die Flucht.

»Franny!« Jetzt hatte Marta mich entdeckt. »Wenigstens du musst meine Pastete kosten. Eine Mischung aus Schweinezunge und Gänseleber – eine Offenbarung, sage ich dir!«

»Äh ... sehr nett von Ihnen«, sagte ich. »Aber ich habe gerade erst gefrühstückt.« Schnell ging ich weiter, doch Marta heftete sich an meine Fersen.

»Komm schon«, sagte sie und hielt mir den Cracker direkt vor den Mund. »So was Köstliches hast du in deinem Leben noch nicht gegessen. Gestern habe ich bis früh um drei in meinem neuen Kochbuch geschmökert und ich will jedes einzelne Rezept ausprobieren. Das ist alles so aufregend! Heute gibt es Froschschenkel an Bohnengemüse und als Nachtisch Larven mit Schokoladenkuvertüre. In Afrika ist das eine Delikatesse und ich wette, das schlägt hier ein wie eine Bombe.«

Marta fixierte mich mit glänzenden Augen. So energiegeladen hatte ich sie noch nie erlebt. Sie bebte förmlich, als hätte sie einen Liter Espresso getrunken. In Wirklichkeit hatte sie einfach etwas zu viel magisches Das-kannst-du-besser-Knuspermüsli zu sich genommen. Aber damit würde ich mich später beschäftigen. Jetzt musste ich erst mal Marsha retten.

Elodie und Marsha hockten im Foyer und flüsterten aufgeregt miteinander. Am liebsten hätte ich Elodie an Ort und Stelle eine verpasst. Ich weiß schon, sie war längst nicht an allem schuld. Aber es fühlte sich irgendwie gut an, sie für diese ganzen Katastrophen verantwortlich zu machen. Ich lechzte nach einem Sündenbock und Elodie war die perfekte Besetzung. Wenigstens einmal abreagieren, wäre gut gewesen. Danach hätte ich mich vielleicht nicht mehr so ultramies gefühlt.

Als ich näher kam, hörte ich Marsha sagen: »Ich weiß nicht, Elodie. Meinst du wirklich, dass ich das alles machen muss?« Sie klang ziemlich verunsichert.

»Hast du noch nicht von der goldenen Regel aller Schauspieler gehört? Um die Maria zu spielen, musst du Maria sein. Was denkst du denn, warum ich immer so viel Applaus bekomme? Weil ich diese Regel befolge. Vertrau mir, ich weiß, was ich tue. Gleich nach der Schule gehen wir zu mir nach Hause und machen uns an die Arbeit. Sonya ist auch wieder da und kann uns noch mehr Windbeutel backen. Du musst nur Gummihandschuhe und eine Schere mitbringen.«

»Wenn du meinst.« Marsha wirkte nicht gerade überzeugt.

Was Elodie wohl vorhatte? Ich ahnte Schreckliches.

»Hey Marsha, hast du mal eine Minute?«, fragte ich. Vielleicht war Marsha froh, wenn sie sich von Elodie loseisen konnte.

Marsha allerdings schaute gar nicht richtig auf. »Eigentlich nicht.« *Eigentlich nicht?* Na toll. Jetzt wollte nicht mal mehr Marsha noch was von mir wissen.

»Ich kümmere mich schon um Marsha, Franny«, sagte Elodie höhnisch. »Wieso kümmerst du dich nicht um jemand anderes?« Für eine Millisekunde sah ich ihre Zunge und ich schwöre, sie war schwarz.

Elodie zeigte auf die Leinwand, die ich immer noch unter dem Arm trug. »Soll das dein Beitrag für die Fall River Art Fair sein?«

»Ja«, sagte ich stolz. »Was dagegen?«

Elodie brach in Lachen aus. »Das ist ja echt daneben.«

»Du bist echt daneben!«, schrie ich. Eigentlich hatte ich mich zusammenreißen wollen, aber dieses Mädchen war einfach nur schrecklich. Sie war mies und fies und unter aller Sau. Und dieser blöde Einfach-nett-Shake hatte nichts verändert und die blöden Freundschafts-Blondies hatten zu viel verändert und ich hatte keine Ahnung, wie ich mein Leben wieder auf die Reihe kriegen sollte.

Eine Sekunde fixierten wir uns, dann ging die Schulklingel. Auf dem Weg zum Unterricht liefen Joey und Kate an mir vorbei, ohne mich zu grüßen. Ehrlich gesagt machte mir das in dem Moment schon fast nichts mehr aus.

Mein Leben war ein völliger Wahnsinn. Es war die absolute Anarchie. Ich hatte mir eine perfekte Welt herbeigewünscht und eigentlich hatte ich gedacht, ich hätte alles richtig gemacht. Aber ich war total gescheitert. Und hatte ganz nebenbei so ziemlich jeden, den ich mochte, in Mitleidenschaft gezogen. Keine Ahnung, ob ich das wieder hinbiegen konnte. So langsam bekam ich da meine Zweifel. Ich kapierte einfach nicht, warum meine Wünsche komplett nach hinten losgegangen waren. War ich nicht selbstlos genug gewesen? Lag es daran, dass ich mich nicht besonders edel verhalten hatte? Ich hatte das Universum herausgefordert und nun mussten meine Familie und meine Freunde dafür büßen. Eigentlich wollte ich nur noch, dass alles wie früher war. Auch wenn mein Leben da nicht perfekt gewesen war. Aber wenigstens hatte ich es einigermaßen im Griff gehabt.

Als ich gerade auf bleischweren Füßen zu Englisch trottete, tauchte plötzlich Mrs Mackey auf. Und zwar direkt vor mir.

»Können wir kurz reden, Franny?«

Das musste ein schlechter Scherz sein. Jetzt wollte auch noch unsere Rektorin mit mir reden? Lieber hätte ich eine Portion von Martas Ekelpastete gefressen.

»Ich möchte dich um einen Gefallen bitten«, sagte Mrs Mackey. Einen Gefallen? Um Himmels willen. »Bestimmt weißt du, dass deine zwei besten Freundinnen plötzlich aus ihren AGs ausgetreten sind. Aber vielleicht weißt du nicht, dass sie dort schmerzlich vermisst werden. Ich kann mir vorstellen, dass du einen gewissen Einfluss auf Joey und Kate hast, und deshalb wäre es schön, wenn du bei Gelegenheit mit ihnen redest.«

»Äh ... ich bin mir nicht sicher, ob ich da was ausrichten kann.« Das war mehr als untertrieben.

»Ich wäre dir dankbar, wenn du es wenigstens probierst. Zum ersten Mal ist die Jefferson bei der Battle of Bands und bei der Cheerleadermeisterschaft dabei und du weißt ja selbst, wie spannend es jetzt wird.« Mrs Mackey machte eine kurze Pause, um ihre Worte wirken zu lassen. Das war gar nicht nötig. Ihre bloße Erscheinung war Wirkung genug. »Deine Freundinnen müssen ihre Entscheidung unbedingt überdenken. Ohne Joey und ohne Kate haben weder die Cheerleader noch das Orchester eine Chance. Und ein erster Platz wäre ein Erfolg für die ganze Schule.«

»Ich sehe das genauso und ich werde mein Bestes geben.« Allerdings wusste ich schon jetzt, dass meine Worte nichts ausrichten würden. Aber wie sollte ich das Mrs Mackey erklären? Sie machte sich auf den Weg zurück ins Rektorenzimmer und ich kroch zum Klassenraum. Das Gewicht der Welt hatte mich zu Boden gedrückt.

Die Englischstunde war total unwirklich. Als wir das

Zimmer betraten, pfiff Ms Posey Musicalschlager vor sich hin und machte dazu irgendwelche hirnverbrannten Tanzschritte, so besessen, dass sie schon völlig außer Atem war. Als wir auf unseren Plätzen saßen, erklärte sie uns, dass wir jetzt eine unangekündigte Kurzkontrolle schrieben. Eine unangekündigte Kurzkontrolle? Worüber denn? Die ganze Woche hatten wir keinen Handschlag getan. Zuerst war es ziemlich erholsam gewesen, dass diese ewige Paukerei ein Ende hatte. Mittlerweile hatte ich aber das Gefühl, dass mein Hirn so langsam verödete. Die Englischstunden waren stinklangweilig und ich hasse Langeweile.

»Zuerst teile ich die Lösungen aus«, flötete Ms Posey, »und dann die Aufgaben.« Wie bitte?

Meine Mitschüler jubelten. Nur ich war total genervt. Ich meine, ich stehe auch nicht gerade auf unangekündigte Kurzkontrollen. Aber ich hatte keinen Bock, die Schule als Hohlbirne zu verlassen, und dieses Schicksal blühte uns, wenn es so weiterging.

Anschließend hatte ich Kunst. Noch immer schleppte ich die Leinwand wie einen viel zu großen Koffer mit mir herum. Aber die Schlepperei hatte sich gelohnt. Denn beim Anblick meines Bildes rief Nennt-mich-einfach-Jeff: »Großartig, Franny! Das ist ein Meisterwerk.«

Zum ersten Mal seit hundert Jahren legte sich ein Lächeln auf mein Gesicht.

Als sich alle hingesetzt hatten, stellte Nennt-mich-einfach-Jeff mein Bild auf eine Staffelei und wies meine Mitschüler auf die Farbigkeit, die Schattierungen, den Bildaufbau und die »beeindruckende Räumlichkeit« hin. Angeblich war mein Bild »originell, genial, in einem Wort: brillant«. Das Lob machte mich total schwindelig.

Als Nächstes fragte Nennt-mich-einfach-Jeff meine Mitschüler nach ihrer Meinung und fast alle stimmten ihm zu.

»Mir gefallen die Weiden im Hintergrund am besten, gleich neben dem Schiff. Es sieht fast so aus, als würden sie sich bewegen. Und die schneebedeckten Berge sind auch supercool.« Das kam von Alden. Vielleicht würde er im Oktober mit Elodie zum Fall Fling gehen, aber hier und jetzt redete er über mein Bild. Und bald würde er verstehen, dass innere Werte wie beispielsweise ein schier unbegreifliches künstlerisches Talent mehr zählten als Körbchengröße B und Eintrittskarten zu Baseballspielen. Oder nicht?

Natürlich meldete sich auch Elodie. »Ich finde das Bild total daneben. Es ist so viel drauf, dass man rein gar nichts erkennt. Ich dachte, bei der Fall River Art Fair werden Landschaftsbilder ausgestellt und keine verrückten Krakeleien in bekloppten Farben.«

»Wenn das deine Meinung ist, Elodie, dann ist das natürlich in Ordnung«, sagte Nennt-mich-einfach-Jeff. »Aber ich sehe das anders. Ich finde, Franny hat die Aufgabe auf eine ganz eigene Weise interpretiert. Ihr Bild funktioniert auf mehreren Ebenen und zeigt, dass sie bereits einen eigenen Stil entwickelt hat.« Ich lehnte mich zurück und sonnte mich in meinem Erfolg. An so viel Lob könnte ich mich gut und gerne gewöhnen.

Während der Stunde lief Nennt-mich-einfach-Jeff durch die Reihen und schaute allen über die Schulter. Kurz vor dem Klingeln kam er zu mir, legte die Hand auf meinen Arm und sagte: »Franny, ich finde, du solltest unsere Schule auf der Fall River Art Fair vertreten. Bist du damit einverstanden?«

»Absolut«, sagte ich gelassen, auch wenn ich am liebsten in Siegesgeheul ausgebrochen wäre. Vielleicht ging gerade mein komplettes Leben den Bach runter, aber wenigstens war ich eine erfolgreiche Künstlerin. Es war total super, ein Bild bei der Fall River Art Fair auszustellen. Noch besser war es allerdings, das in Elodies Anwesenheit zu erfahren. Ihr Gesicht färbte sich grün vor Neid. Tut mir leid, Grellodie, aber da musst du durch. Vielleicht klappt's ja beim nächsten Mal. Leider war das der einzige Lichtblick an einem Tag, der düsterer nicht sein konnte.

Auch die Mittagspause entpuppte sich als eine einzige Katastrophe. Schon vor der ersten Stunde war mir klar gewesen, dass die Froschschenkel nicht besonders gut ankommen würden – und das war noch vorsichtig ausgedrückt. Nicht einmal kosten wollten meine Mitschüler. Marta wurde stinksauer und gab kein anderes Essen aus. Sie bestückte nicht einmal das Salatbüfett. Stattdessen ging sie davor in Position und warf die verschmähten Froschschenkel durch die Mensa. Meine Mitschüler rasteten völlig aus und Mr Pandrock verlor total die Kontrolle. Als er nach Verstärkung rief, schlich ich nach draußen. Dieses Schauspiel konnte ich beim besten Willen nicht mit ansehen. Aber noch bevor ich mich davonmachen konnte, standen plötzlich Jane und Owen vor mir.

»Was ist mit Kate los?«, wollte Jane wissen. »Seit Tagen lässt sie uns links liegen.«

»Und das eine Mal, das sie mit mir geredet hat, hat sie mich *Owen* genannt«, fügte Owen hinzu. Die Erinnerung schien ihm aufs Neue einen Schauer über den Rücken zu jagen.

»Hast du gesehen, was sie heute anhat? *Khakis.*« Jane brachte das Wort kaum über die Lippen. »Und sie isst *Fleisch.* Was hat das alles zu bedeuten?«

»Du hast sie gegen uns aufgehetzt«, warf Owen mir vor.

Da explodierte ich. »Ihr fühlt euch im Stich gelassen?«, meckerte ich. »Ihr habt doch gar keine Ahnung, was das eigentlich heißt! Immerhin seid ihr noch zu zweit und ich ...« Ich biss mir auf die Lippen. Wenn ich jetzt nicht die Klappe hielt, brach ich an Ort und Stelle in Tränen aus. Jane und Owen schienen meinen desolaten Zustand allerdings gar nicht zu bemerken.

»Wir dachten immer, dass du uns magst«, sagte Jane. »Aber offenbar hast du nur auf eine Gelegenheit gewartet, um uns loszuwerden.«

»Das merken wir uns«, fügte Owen hinzu.

Ich wollte noch etwas zu meiner Verteidigung sagen, aber da hatten die beiden mir schon den Rücken zugedreht. Na super. Dieser schrecklichste aller Tage wollte einfach kein Ende nehmen, aber irgendwann hatte ich tatsächlich die letzte Stunde hinter mir. Mühsam schleppte ich mich aus den heiligen Hallen der Jefferson. Ich musste mich unbedingt mit der Notfallkiste unterhalten. Eine andere Möglichkeit sah ich nicht. Nur ein Stapel neuer Rezepte konnte die Welt noch in Ordnung bringen.

Auf dem Weg nach draußen kam ich durch Zufall bei den Cheerleadern vorbei und erhaschte einen Blick auf die armselige Pyramide, die sie gerade zu bauen versuchten. Je höher sie wurde, desto mehr schwankte sie. Schließlich purzelten alle Cheerleader durcheinander und übrig blieb nur ein Knäuel aus schlanken Körpern und blonden Haaren. Mrs Mackey hatte recht. Ohne Joey waren die Cheerleader aufgeschmissen. Bei der Meisterschaft hatten sie nicht den Hauch einer Chance.

Ich betrat unser Haus in dem Gefühl, aus einer schweren Schlacht heimzukehren.

»Mom? Granny?« Keine Reaktion. Das gab's doch nicht. War tatsächlich niemand zu Hause? Hatte ich heute wirklich noch so etwas wie Glück?

Eine Millisekunde später war ich im Keller und wühlte mich durch Grannys Wäschestapel. Nichts. Auch in ihrem Wandschrank: nichts. Nach zehn Minuten hatte ich die gesamte Zauberhöhle auf den Kopf gestellt. Von der Notfallkiste keine Spur. Das durfte einfach nicht sein! Was sollte ich jetzt verdammt noch mal machen? Meine Kehle wurde eng, meine Augen wurden feucht und dann kamen all die Tränen, die ich im Laufe der letzten zwei Tage runtergeschluckt hatte. Ich versuchte gar nicht mehr, sie zurückzuhalten, sondern sank auf dem Boden zusammen und heulte, heulte, heulte.

# Aus dem Leben einer Geheimagentin

»Wo ist Granny?«, fuhr ich Mom an, kaum dass sie die Haustür aufgeschlossen hatte. Sie trug den Wocheneinkauf auf den Armen und hinter ihr krakeelten wie immer die Zwillingsbestien. Aber auch eine gestresste Mom würde mich nicht von der Zauberkiste fernhalten. Ich war wieder eine Geheimagentin. Eine Geheimagentin am Rande eines Nervenzusammenbruchs.

»Hi Mom. Wie geht es dir? Wie war dein Tag? Soll ich dir vielleicht was abnehmen?«, sagte Mom. »Danke der Nachfrage, Franny, mir geht's gut. Und wie geht's dir?«

Jeden Moment war es so weit: Es fühlte sich an, als würde gleich mein Kopf explodieren und unseren kompletten Flur besudeln. Aber zumindest vor Mom musste ich mich zusammenreißen. Ich suchte mir einen Fixpunkt an der Wand und sagte so ruhig wie möglich: »Tut mir leid, aber ich habe gerade keine Zeit für Floskeln. Ich muss unbedingt mit Granny sprechen.«

»Und ich hatte gedacht, dass du vielleicht mit den Zwillingen im Park skateboarden gehst«, sagte Mom. »Schließlich hast du gesagt, dass du mehr Zeit mit ihnen verbringen willst.«

Uagh. Meine absurde Ausrede von neulich hatte ich komplett verdrängt.

»Das stimmt. Nur dass heute nicht der beste Tag ist, um damit anzufangen.«

»Cool!«, rief Pip begeistert. »Skateboarden!«

»Super!«, stimmte Flip zu.

»Ich muss mich aber mit Granny ...«

»Granny ist nicht da, Franny. Sie ist mit Gladys unterwegs und es wäre wirklich nett, wenn du dich bis zu ihrer Rückkehr um die Zwillinge kümmerst.«

»Heute ist es schlecht, Mom«, sagte ich. »Das musst du mir glauben.« Ich hätte Mom gern etwas Arbeit abgenommen. Aber mein Leben hatte die maximale Schwierigkeitsstufe erreicht. Nach Kinderspielen stand mir jetzt wirklich nicht der Sinn.

»Das war keine Bitte, Franny, sondern eine Aufforderung.«

»Na schön. Kommt ihr?« Ich drehte mich um und marschierte so schnell nach draußen, dass meine Brüder kaum hinterherkamen. Gab es in mir eigentlich noch einen Funken Anstand? Vielleicht wurde ich ja eine bessere Schwester, wenn ich die Welt wieder in ihre Umlaufbahn gelenkt hatte. Ganz bestimmt wurde ich dann ein besserer Mensch. Im Moment aber war mir außer der Zauberkiste alles egal.

Wir waren gerade mal zehn Minuten im Park, da kloppten sich die Zwillinge schon, mit Fäusten und Zähnen und allem. Ich glaube, es ging darum, wer besser auf der Halfpipe war. Ich versuchte, sie zur Vernunft zu bringen, indem ich sie daran erinnerte, dass sie beide noch nie auf einer Halfpipe gewesen waren. Aber das änderte nichts. Als ich sie endlich voneinander getrennt hatte, hatte Pip eine lange Schramme unter dem Auge und Flip Beißspuren auf dem Unterarm. Vielleicht hätte ich den kleinen Scheusalen die Absolute-Harmonie-Armbänder nicht wegnehmen sollen.

Eigentlich wollte ich die Zwillinge für ihr Benehmen bestrafen und sofort nach Hause gehen. Davon hielten sie allerdings nicht so viel. Und obwohl ich echt mies drauf war, gelang es ihnen irgendwie, mich zu einem Fangspiel auf Skateboards zu überreden. Was soll ich sagen? So viel hatte ich seit Tagen nicht gelacht. Rom stand in Flammen und ich sauste durch den Park und klatschte die Zwillinge ab. Vielleicht waren sie doch nicht so nervig, wie ich immer gedacht hatte. Vielleicht hatten sie jeden Tag zehn oder elf gute Minuten.

Irgendwann schaute ich auf die Uhr und es war schon Abendessenszeit. Über eine Stunde waren wir im Park gewesen. Für so was hatte ich eigentlich keine Zeit. Schließlich stand ich mit anderthalb Füßen in der Hölle. Ich musste endlich in die Gänge kommen und das Feuer zumindest daran hindern, sich weiter auszubreiten.

Granny machte gerade einen Kopfstand, als ich die Tür zu ihrer Zauberhöhle aufriss. Mein plötzliches Erscheinen ließ sie einen Moment schwanken, dann fing sie sich wieder und stand wie eine umgedrehte Eins.

»Ich muss dringend mit dir reden.« Hatte sie die Angst in meiner Stimme gehört?

»Schieß los«, sagte Granny, ohne aus ihrer Position zu kommen.

»Äh ... vielleicht stellst du dich dafür auf die Füße?«

»Das geht nicht, Francisco. Ich muss noch zehn Minuten auf dem Kopf stehen. Das ist die einzige Zeit des Tages, in der meine inneren Organe sich von der Schwerkraft erholen können.«

Meinetwegen. »Na ja ... also ... ich wollte die Zauberkiste noch mal was fragen«, sagte ich vorsichtig. »Wegen der Zwillinge. Es wird immer schlimmer mit ihnen und so langsam mache ich mir echt Sorgen.«

»Ach, wirklich? Als sie die Armbänder verloren haben, hast du nicht sonderlich besorgt gewirkt.« Mit jemandem zu reden, der auf dem Kopf stand, war seltsam. Grannys Gesicht war feuerrot und rund um die Augen war ihre Haut merkwürdig zusammengeknautscht. Irgendwie erinnerte mich Grannys Kopf an eine Kugel Erdbeereis, die gerade in der Sonne schmolz.

»Ich habe mir aber Sorgen gemacht. Riesige Sorgen. Ich habe das bloß nicht gesagt«, log ich. Denn das ist es nun mal, was notorische Lügnerinnen tun.

»Okay, Franny, wenn du wirklich so besorgt bist, dann machen wir einen zweiten Versuch. Allerdings müssen wir damit ein paar Tage warten, ich habe die Kiste nämlich Gladys geliehen.«

»Du hast die Kiste Gladys geliehen?«, schrie ich. »Wie konntest du das tun?«

Gladys ist Grannys beste Freundin in Fall River. Früher lebte sie mit ihrem Mann nur ein paar Häuser weiter, eine durchgeknallte Frau, die ungefähr eine Million exotische Vögel hielt und um die wir lieber einen Bogen machten. Als Granny uns zum ersten Mal besuchte, lernte sie Gladys durch Zufall bei ihrem Morgenspaziergang kennen. Dass Gladys zwei Vögel auf ihren Schultern sitzen hatte, fand Granny natürlich auf Anhieb sympathisch und seitdem sind die beiden unzertrennlich.

Als letztes Jahr Gladys' Mann gestorben ist, ist Gladys ins Leisure Village gezogen, die Seniorenresidenz hinten beim See. Sie musste alle Vögel bis auf einen abgeben. Nun hat sie nur noch Chachi, einen Amazonenpapagei, der angeblich ganze Opernarien singen kann.

»Ganz ruhig, Francisco. Es wird schon nichts passieren. Gladys gibt mir die Kiste bei Gelegenheit zurück. Sie hat große spirituelle Fähigkeiten und kann mir vielleicht helfen, den einen oder anderen Trick rauszufinden.«

»Ist es dir denn völlig egal, wie es den Zwillingen geht? Du musst die Kiste sofort zurückholen!«

»Seit einer Woche hast du deine Brüder mit keiner Silbe

erwähnt. Irgendwie fällt es mir schwer zu glauben, dass dir ihr Gezanke wirklich so zu Herzen geht.« Granny stand immer noch auf dem Kopf, was mich völlig fertigmachte.

»Wie kannst du so was sagen? Wir reden hier von meinen Brüdern. Von meinen einzigen Geschwistern! Selbstverständlich geht es mir zu Herzen, wenn sie sich ständig zoffen. Es geht mir sogar sehr zu Herzen und ehrlich gesagt finde ich es ziemlich verletzend, wenn du mich als Lügnerin bezeichnest.«

»In einer Woche, wenn Gladys die Kiste nicht mehr braucht, kümmern wir uns darum, in Ordnung?«

»In einer Woche? So lange kann ich niemals warten!«

Granny kam zu Boden, stellte sich hin und schaute mir fest in die Augen. »Franny, willst du mir nicht sagen, was eigentlich los ist?«

Ja, das wollte ich. Das wollte ich wirklich. Ich wollte Granny mein Herz ausschütten. Wollte ihr all meine Sünden gestehen, damit meine Seele wieder heilen konnte. Aber ich konnte es nicht. Granny würde mir das nie verzeihen. Ich war Ungeziefer, schlicht und ergreifend Ungeziefer. Diese Tatsache änderte jedoch nichts daran, dass ich die Kiste brauchte. Und ich würde sie mir besorgen, auch wenn es das Letzte war, was ich auf dieser Welt tat.

»Nichts ist los«, sagte ich. »Ich mache mir einfach Sorgen um meine Brüder.« Und dann überließ ich Granny und ihre inneren Organe der Schwerkraft und legte in meinem Zimmer eine Brainstorming-Session ein.

Granny und Gladys spielten nicht nur Mahjong und Scrabble, sondern belegten auch einen Siebdruckkurs an der Volkshochschule. Und ausnahmsweise war die Welt mir gewogen: Der Kurs fand heute Abend statt, sodass mir der idiotensicherste Plan des Universums quasi in den Schoß fiel. (Man könnte auch sagen: der idiotischste Plan des

Universums. Das hängt davon ab, aus welcher Perspektive man die Dinge betrachtet, der von damals oder der von heute.)

Ich zog eine schwarze Leggins und ein schwarzes T-Shirt an und steckte zur Sicherheit eine schwarze Mütze und einen schwarzen Schal ein. Ich war eine Geheimagentin mit dem Auftrag zum Stehlen und so zogen sich Geheimagentinnen an, wenn sie einen Bruch machten. Mom sagte ich, dass ich mit Joey zum Lernen verabredet war. In Wirklichkeit war ich auf dem sicheren Weg ins Verderben. Bisher hatte ich nur hier ein bisschen gelogen und dort ein bisschen manipuliert. Jetzt war mein Abstieg in die Unterwelt endgültig besiegelt. Gleich brach ich ins Leisure Village ein, um dort eine Kiste zu klauen, die niemals zu benutzen, ich Granny hoch und heilig versprochen hatte. Konnte man eigentlich noch tiefer sinken?

Schnell stellte sich heraus, dass mein Outfit völlig übertrieben war. Ich hätte auch eine knallrosa Pünktchen-Leggings und ein T-Shirt mit der Aufschrift *Geheimagentin auf Diebestour* tragen können. Das Leisure Village zu betreten, war erschreckend einfach. Ich hatte damit gerechnet, über einen Zaun springen und ein bis zwei Mauern erklimmen zu müssen, und darauf hatte ich mich fast gefreut. Und vor dem Gebäude saß wirklich ein Wachmann, ein älterer Typ, der sich einigermaßen zu langweilen schien. Aber als ich auf ihn zuschlich, winkte er mich heran und sagte freundlich: »Hallo, kleines Fräulein, was kann ich für dich tun?« Von Wachsamkeit keine Spur. Wenn man mich fragt, die sollten mal ein ernstes Wort mit ihrem Personal reden.

»Ich ... äh ... will meine Granny besuchen«, sagte ich. »Gladys ... Gladys ...« Auf einmal wollte mir Gladys Nachname nicht mehr einfallen. War ich die beschränkteste Geheimagentin der Welt oder was?

»Gladys Pepperdine?«

»Genau.«

»Sie wohnt in Zimmer 510, aber das weißt du sicher.«

»Klar weiß ich das. Schließlich besuche ich Gladys ... meine Granny fast jede Woche. Ich bin ja ihre Enkelin. Und sie ist meine Granny. Granny Gladys Pepperdine.« Ich schenkte dem Wachmann mein unschuldigstes Lächeln.

Und der drückte prompt den Türöffner, statt nach meinem Namen zu fragen. Keinesfalls durfte Granny hier später einziehen, dafür musste ich sorgen. Dieser Ort war gefährlich. Die Wachmänner ließen Verbrecher einfach so hereinspazieren. Ich machte mich so klein wie möglich, während ich durch die Flure lief. Leider fiel ich unter all den Rentnern ziemlich auf. Alle lächelten mich an und winkten mir zu. Am liebsten hätte ich geschrien: »Ich will gleich einbrechen! Seid doch nicht so schrecklich vertrauensselig, Leute!« Aber das kam mir nicht gerade vernünftig vor. Also lächelte auch ich und winkte freundlich zurück.

Zimmer 510 zu finden, war nicht weiter schwer. Allerdings saß direkt vor der Tür ein älteres Paar, das wild rumknutschte. Mensch Leute, habt ihr kein Zuhause? Ich wusste nicht, dass Seniorenresidenzen so ... aufregend sein konnten. Geduldig wartete ich, dass die beiden voneinander abließen. Auf Zeugen konnte ich gut verzichten. Um mir die Zeit zu vertreiben, zog ich mein Handy hervor. Leider kam jede einzelne neue Nachricht von *joey-and-kate-are-gr8.com*. Joey und Kate erledigten ihre Hausaufgaben, Joey und Kate genossen ein Körperpeeling mit Meersalz gefolgt von einer Avocado-Gesichtsmaske, Joey und Kate schauten *Lost* und mampften dabei Popcorn ... Ich steckte mein Handy weg und war sicherer denn je, dass der Zweck die Mittel heiligt. Oder so ähnlich.

Endlich ging das Paar den Gang runter und ich konnte noch sehen, wie der Typ der Frau in den Hintern kniff. Musste das denn wirklich in aller Öffentlichkeit sein? Ich drückte die Klinke zu Zimmer 510 runter und ... *quelle surprise!* (Früher hatten mich Joeys Wörter des Tages genervt, aber auf einmal vermisste ich sie.) Die Tür war offen. Diese Seniorenresidenz schrie ja geradezu nach Überfällen. Auf Zehenspitzen betrat ich Gladys' Zimmer. Eigentlich hatte ich mit einer Art winzigen Gefängniszelle gerechnet, voller abgenutzter Plastikmöbel und gammeliger Erbstücke aus dem neunzehnten Jahrhundert. Aber das hier war das komplette Gegenteil. Gladys Zimmer war der Hammer. Krasse Designermöbel. Eine gut gefüllte Bar. Abstrakte Gemälde an den Wänden. Und von der Decke hing ein Käfig, in dem ein Vogel mit wunderschönem blau-gelbem Gefieder hockte. Chachi schien es im Leisure Village ziemlich gut zu gehen. Seniorenresidenzen waren echt cool. So langsam kapierte ich, warum Granny Gladys ständig besuchte. Vielleicht war es gar nicht so schlimm, alt zu sein. Aber darüber brauchte ich mir jetzt wirklich nicht den Kopf zu zerbrechen. Mit jedem Schritt, den ich weiter in die Unterwelt tat, wurde es unwahrscheinlicher, dass ich überhaupt noch meinen dreizehnten Geburtstag erlebte.

Die Notfallkiste entdeckte ich sofort: Sie lag auf Gladys' Nachttisch. Das war alles viel zu einfach. Ich drückte die Tür ins Schloss und sperrte sie ab, setzte mich aufs Bett und schnappte mir die Kiste.

»Jetzt sind wir zwei wieder allein«, sagte ich. »Und wir müssen reden. Die Rezepte von neulich haben nämlich nicht so gut funktioniert. Ich brauche dringend ein paar neue.«

Ich hatte mir schon genau überlegt, was ich mir wünschen wollte. Joey und Kate sollten wieder die Alten sein, egal, ob sie einander mochten oder nicht. Jetzt waren sie nur noch Schatten ihrer selbst und ich vermisste die echte Joey und die echte Kate wie verrückt. Ms Posey sollte uns wieder was beibringen, und dass sie mich auf dem Kieker hatte, würde ich schon irgendwie überstehen. Marta sollte mittags wieder ekelhafte Hamburger und zerkochte Nudeln anbieten und nicht Froschschenkel oder Gänsestopfleber. Vor allem aber sollte mein Dad wieder glücklich sein. Dafür würde ich auch eine gewisse Naomi in Kauf nehmen.

Kerzengerade saß ich auf Gladys' Bett, fixierte die Notfallkiste und konzentrierte mich auf meine Wünsche. Mein Herz raste, mein rechtes Augenlid zuckte und für einen Moment vergaß ich zu atmen. Ich stellte mir lieber nicht vor, was passieren würde, wenn ich wieder versagte und die Dinge noch mehr aus dem Ruder liefen. Längst ging es nicht mehr nur um mein Leben. Endlich hatte ich ein Bild vor Augen: Kate trug einen ihrer abgefahrenen Skatergirl-meets-Superhirn-Anzüge und hing mit Jane und Owen ab. Von der Seite lief Joey ins Bild, Arm in Arm mit Elodie. Die beiden gingen an Kate vorbei, ohne sie auch nur eines Blickes zu würdigen, und das machte mir überhaupt nichts mehr aus.

»Joey und Kate sind wieder wie früher«, sagte ich zur Kiste. Und wartete. Und wartete. Und wartete. Und wartete. Die blöde Schublade bewegte sich keinen Zentimeter.

»Das ist nicht mehr witzig. Du lässt mich schon zum zweiten Mal im Stich. Gib mir einfach das Rezept, dann hast du deine Ruhe.« Ich schüttelte die Kiste, aber nichts passierte. Sie gab keinen Mucks von sich.

Ich wurde so wütend, dass ich der Kiste so was wie eine Ohrfeige gab. Im selben Moment rief eine Männerstimme:

»Gladys, bist du da drinnen? Ich habe aus Paris Trüffelpralinen mitgebracht, die magst du doch so. Einen Schluck Champagner habe ich auch dabei.«

Oh nein. Jetzt hatte ich's geschafft. Das war mein Ende. Mussten zwölfjährige Mädchen eigentlich auch ins Gefängnis? Mucksmäuschenstill saß ich auf Gladys' Bett und hoffte, dass der Typ wieder verschwand.

Das tat er jedoch nicht. Stattdessen drückte er die Klinke runter. »Gladys, seit wann schließt du ab?«

Ich hielt die Luft an. Wahrscheinlich würde ich wegen des Sauerstoffmangels gleich ohnmächtig werden.

»Ich höre dich doch. Ist alles in Ordnung, Hummelchen? Ich bin's, dein Schnuffelbär.« Und dieser Schnuffelbär klang plötzlich ziemlich ängstlich.

Mein schlechtes Gewissen meldete sich. Der Mann war alt, und wenn alte Menschen sich aufregen, konnte das gefährlich werden. Am liebsten hätte ich gerufen, dass Schnuffelbär sich keine Sorgen machen musste, weil Hummelchen nicht da war. Aber das ging nicht. Endlich hörte ich, wie seine Schritte sich entfernten.

Ich wandte mich wieder der Zauberkiste zu und holte das Bild von Joey und Kate zurück. Mit aller Kraft stellte ich mir mein früheres Leben vor, auch wenn mir völlig klar war, wie verrückt sich das für die Kiste anhören musste. Schließlich hatte ich mir vor ein paar Wochen noch das genaue Gegenteil gewünscht. Aber noch ehe Dad und Naomi als glückliches Pärchen vor meinem inneren Auge auftauchen konnten, ehe in meinen Gedanken eine superstrenge Ms Posey und Marta mit einem ekelhaften Mittagessen erschienen, drehte sich der Schlüssel im Türschloss.

Mist. Mist mit Froschschenkeln. Mist mit Froschschenkeln und Gänsestopfleber. Mit einem Satz war ich unterm Bett und im nächsten Moment ging die Tür auf. Ich sah sechs ziemlich große Füße. Zwei davon trugen leuchtend weiße Stan-Smith-Adidas-Sneakers (total uncool) und vier steckten in schwarzen Armeestiefeln. Oh-oh. Das sah nicht gut aus.

»Vielleicht ist sie unterwegs«, sagte eine tiefe Männerstimme.

»Aber ich habe ein Geräusch gehört.« Das kam von Schnuffelbär. Zum Teufel mit ihm und seinen guten Ohren! »Außerdem schließt Gladys nie die Tür ab.«

»Dann schauen wir uns mal um.« Das war eine Frauenstimme. Wow. Frauen konnten so große Füße haben?

Ich lag völlig reglos und hatte die Atmung eingestellt. Von unten kitzelte mich der Teppich und der Schweiß lief mir aus allen Poren.

»Hier ist niemand, Mr Santos«, sagte die Frau mit den Elefantenfüßen.

»Ich habe aber jemanden gehört. Oder etwas ...« Dieser Schnuffelbär war echt anstrengend.

»Es ist alles in Ordnung«, befand der Mann mit der tiefen Stimme.

»Nein«, erwiderte Schnuffelbär. »Ich spüre, dass etwas nicht stimmt.« Ich hörte, wie er einmal quer durchs Zimmer lief. »Hast du etwas gehört?« Mit wem redete er? »Hast du mich verstanden? Ist jemand im Zimmer gewesen?«

»Ja«, sagte eine Stimme, die verdächtig nach einem Amazonenpapagei klang.

Oh nein. Bitte nicht. Dieser verdammte Vogel konnte sprechen? Jetzt war ich echt am Arsch.

»Bett. Ja. Bett. Ja. Bett. Ja«, krächzte der Vogel. Ist ja gut. Inzwischen hatte es auch der Letzte verstanden. Jemand lag unter dem Bett.

Langsam schob ich meinen Kopf ans Tageslicht. Sechs Augen schauten mich an.

»Hi Leute.« Etwas Besseres fiel mir nicht ein.

»Was hast du hier zu suchen?«, fragte der Mann mit der tiefen Stimme.

»Wer bist du überhaupt?«, fragte Schnuffelbär.

»Gladys und meine Granny sind beste Freundinnen.«

»Das gibt dir noch lange nicht das Recht, dich hier reinzuschleichen«, sagte die Frau.

»Das stimmt. Ich habe aber eine gute Erklärung«, sagte ich und suchte in meinem Geheimagentenhirn fieberhaft nach dieser guten Erklärung.

Um wenigstens einen Rest meiner Würde zu bewahren, kroch ich unter dem Bett hervor und kam auf die Füße. Der Mann war ein Schrank und sah einigermaßen furchteinflößend aus. Die Frau war klein und wirkte eigentlich recht friedlich. Aber bestimmt hatte sie außer ihren riesigen Füßen noch mehr gefährliche Eigenschaften, die nicht sofort ins Auge sprangen. Und dann war da noch Schnuffelbär Nervensäge Santos, ein vornehmer Herr mit grauen Haaren, Bundfaltenhose, goldenen Manschettenknöpfen und einem Seidenschal um den Hals. Moment mal. *Ein Seidenschal?* Waren wir hier bei *Stolz und Vorurteil* oder was?

»Wir hören, mein Fräulein.« Der breite Wachmann schaute auf mich herab. »Was machst du hier?«

»Na ja, das ist eine ziemlich lustige Geschichte.« Ich lachte. Niemand lachte mit.

»Das kann ich mir vorstellen«, sagte die Frau. »Am besten erzählst du uns diese lustige Geschichte in unserem Büro.«

»Moment mal. Zuerst will ich einen Anruf tätigen. Ist das nicht der Moment, in dem Sie meine Rechte verlesen? Wir leben immer noch in einem Rechtsstaat.« Mühsam kramte ich in meiner Erinnerung nach den vielen *Law-&-Order*-Folgen, die ich früher gesehen hatte. Sagten die Leute da nicht solche Sachen?

»Deine Rechte wirst du noch früh genug erfahren, mein Fräulein«, sagte die Frau, legte mir die Hand in den Nacken und schob mich nach draußen. Wie eine waschechte Diebin wurde ich abgeführt. Links von mir lief die Frau, rechts der Mann. Nur Schnuffelbär verschwand sofort. Ich erhaschte noch einen letzten Blick auf ihn, wie er am Ende des Gangs fassungslos den Kopf schüttelte. Mir fiel ein, dass ich mich heute Nachmittag wie Ungeziefer gefühlt hatte. Jetzt war ich nicht mal mehr das. Ich war eine Amöbe, ein nackter Einzeller, der in der Ursuppe tief unter der Erde schwamm, ohne den Hauch von Moral oder Anstand.

# Nächste Haltestelle: Apokalypse

Für ein zwölfjähriges Kleinstadtmädchen ist der Kerker einer Seniorenresidenz nicht gerade der natürliche Lebensraum. Aber genau dort befand ich mich. Na ja, vielleicht war es kein Kerker. Es schien sich eher um so was wie ein Wartezimmer zu handeln, mit Plastikstühlen, einem Wasserspender und ein paar Illustrierten. Aber es hätte genauso gut ein Hochsicherheitstrakt sein können, so finster musterten mich die Wachleute. War ich Hannibal Lector oder was? Mein Studium konnte ich jetzt vermutlich vergessen.

Zwei neue Wachleute betraten das Zimmer.

»Ist das die kleine Diebin?«, fragte einer. Die Frau mit den Elefantenfüßen nickte.

»Die werden auch immer jünger«, sagte der zweite Wachmann.

»Wem sagst du das?«, entrüstete sich die Frau. »Es ist eine Schande.«

He Leute, ich befinde mich auch in diesem Zimmer. Ich kann euch hören. Und falls ihr es noch nicht gemerkt habt: Mir geht's schon beschissen. Auf eure Moralpredigten kann ich gut und gern verzichten.

Die vier Wachleute musterten mich. Vier Personen, war das nicht ein bisschen übertrieben? Ich meine, ich bin zwölf! Und überhaupt, was hatten die ganzen Wachleute eigentlich vorhin gemacht? Wenn sie ein bisschen aufmerksamer gewesen wären, dann hätten wir uns das hier nämlich sparen können. War es nicht auch ihre Aufgabe, Menschen vor sich selbst zu schützen? Obwohl ich bezweifelte, dass vorhin jemand in der Lage gewesen wäre, mich vor mir selbst zu schützen. Schon seit einer ganzen Weile taumelte ich immer tiefer in mein Verderben und das hier war nur der letzte Schritt gewesen.

Ich wappnete mich schon mal für das Kreuzverhör. Aber mir wurde keine einzige Frage gestellt. Die vier Wachleute standen einfach nur rum und bedachten mich mit vorwurfsvollen Blicken. Zwischendurch wühlte einer von ihnen eine Schachtel Tic Tac hervor und bot wortlos allen außer mir davon an. Langsam bekam ich es mit der Angst zu tun. War das ein Trick? Wollten sie meinen Willen brechen, indem sie kein Wort sagten? Würden sie mich als Nächstes teeren und federn? Und zum Schluss vierteilen? Wer weiß, was sie sonst noch alles auf Lager hatten. So langsam ging meine Fantasie mit mir durch. Ich sah mich schon in der Gefängniswerkstatt hocken und Autokennzeichen stanzen und einmal in der Woche saßen Mom, Dad und Granny auf der anderen Seite der Sicherheitsglasscheibe und sprachen durch diese riesigen Telefonhörer mit mir. Ich würde weder die Schule abschließen noch miterleben, wie meine Brüder sich zu erwachsenen Wesen entwickelten. (Falls das eines Tages tatsächlich passierte.) Was hatte ich getan? Warum hatte ich nicht auf Granny gehört? Heiße Krokodilstränen liefen mir die Wangen runter. Konnte mir bitte jemand Handschellen anlegen, mich in eine Zelle sperren und den Schlüssel wegwerfen? Ich war keinen Penny wert. Ich war der schlechteste Mensch der Welt.

»Franny! Was um Himmels willen ist passiert?« Als ich aufschaute, fiel durch den Türrahmen helles Licht in den Raum und in diesem Licht standen Granny und Gladys. Und Granny war stinksauer, das sah ich sofort. Ich konnte mich nicht erinnern, dass sie jemals die Stimme erhoben hatte. Friede, Freude, Yoga für alle – das war eigentlich ihre Lebenseinstellung. Jetzt aber stand ihr die Wut ins Gesicht geschrieben.

»Granny ... ich ... äh ... dachte, du bist beim Siebdruck«, stotterte ich. »Was machst du hier?«

»Die Frage ist doch wohl eher: Was machst du hier?«

»Genauer gesagt: in meinem Zimmer«, fügte Gladys hinzu.

»Das würden wir auch gern wissen«, warf die Frau mit den riesigen Füßen ein.

»Raus damit«, sagte Granny. »Und zwar sofort.«

»Das ist eine ziemlich lange Geschichte«, wich ich aus. »Vielleicht fahren wir erst mal nach Hause?«

»Wir wollen deine Geschichte jetzt hören«, sagte Granny.

»Wir haben heute nichts weiter vor«, meinte Gladys. Die beiden ließen sich links und rechts von mir auf einen Plastikstuhl fallen und schauten mich durchdringend an.

Und ich hatte keine Wahl mehr. Es war Zeit, alles auszupacken. Also erzählte ich meine Geschichte von Anfang bis Ende. Alle hörten mir andächtig zu, niemand kramte mehr Tic Tacs hervor, und als ich zu dem Teil mit der Zauberkiste und den Rezepten für Joey und Kate, für Dad und Naomi, für Elodie, Marsha, Ms Posey und Marta kam, betraten sogar noch mehr Mitarbeiter des Leisure Village das Wartezimmer. Ich war zwar eine Amöbe, aber immerhin eine Amöbe mit einer ziemlich spannenden Geschichte. Gefühlte zwei Tage später war ich am Ende angekommen, bei meinem Einbruch im Leisure Village. Irgendwie war ich erleichtert, mir den ganzen Kram von der Seele geredet zu haben. Eine halbe Ewigkeit hatte ich in einem Netz aus Lügen gelebt, das immer enger geworden war und mir am Ende fast die Luft zum Atmen genommen hatte. Ich hatte schon ganz vergessen, wie sich die Wahrheit anfühlt. Es war irgendwie befreiend, mich nicht mehr verstellen zu müssen, auch wenn ich jetzt mit den Folgen für mein Tun leben musste. Und wenn ich Grannys Gesicht so sah, dann waren diese Folgen ziemlich gravierend.

Eine ganze Weile sagte niemand etwas. Irgendwann ergriff der breite Wachmann das Wort. Er wandte sich an Granny und sagte: »Sie haben eine Zauberkiste?«

»Äh ... eigentlich nicht ...« Ich konnte sehen, wie Granny in ihrem Hirn nach einer guten Antwort suchte. Auch das war meine Schuld. Jetzt hatte ich auch noch Grannys Geheimnis verraten und das Universum wahrscheinlich noch mehr beschädigt. Dabei hatte ich Granny doch versprochen, einen riesigen Bogen um alles zu machen, was das Universum durcheinanderbringen konnte.

»Würden Sie mir auch mal so ein Rezept ausdrucken? Es gibt da eine Frau, die ich ziemlich mag, aber sie scheint meine Zuneigung nicht zu erwidern. Vielleicht ändert sie ihre Meinung, wenn ich ihr eine Ladung Brownies oder Cookies backe.«

Dann wandte sich die Frau mit den riesigen Füßen an Granny. »Ich warte schon seit einer Ewigkeit, dass diese goldenen Kreolen endlich in den Schlussverkauf kommen. Aber das passiert einfach nicht. Vielleicht könnten Sie mir irgendwas für den Verkäufer geben, damit der die Kreolen runtersetzt?«

»Hören Sie mal alle zu.« Granny bot ihre gesamte Autorität auf. »Es gibt keine Zauberkiste. Das habe ich mir nur ausgedacht, um Franny durch eine schwierige Phase zu helfen. Haben Ihre Großmütter keine magischen Utensilien erfunden, wenn Sie als Kinder Probleme hatten? Schon C. G. Jung hat über diesen besonderen Aspekt in der Beziehung zwischen Großmüttern und Enkelkindern geschrieben.« Granny trug viel zu dick auf. Jetzt wusste ich endlich, woher ich das hatte. Der Hang zum Lügen schien in der Familie zu liegen. »Klar, ich habe eine alte Kiste mit irgendwelchen verstaubten Rezepten. Und wie jedes kleine Mädchen glaubt Franny an Zauberei. Es ist ja auch eine schöne Vorstellung, dass nicht alles um uns herum von dieser Welt ist, oder nicht?«

»Ich würde trotzdem gern ein Rezept ausprobieren«, sagte der breite Wachmann. »Einfach so, zum Spaß.«

»Tut mir leid«, erwiderte Granny. »Das mit der Kiste ist wirklich absoluter Quatsch.«

Ein anderer Wachmann wandte sich an Gladys. »Wollen Sie gegen die kleine Diebin Anzeige erstatten?«

»Ihre Granny soll sie bestrafen«, sagte Gladys. »Und wenn niemand was dagegen hat, mache ich mich nun auf die Suche nach Mr Santos. Ein paar Trüffel und ein Schluck Champagner sind jetzt genau das Richtige.«

Gladys beugte sich zu Granny rüber und kniff ihr in die Wange. »Bis morgen beim Tai-Chi.«

Granny nickte. Und dann nahm Gladys mich in den Arm. Sie drückte mich ganz fest an sich und flüsterte mir ins Ohr: »Wenn ich mich recht erinnere, kann die siebte Klasse echt die Hölle sein. Da braucht man wirklich eine Prise Zauberei. Hoffentlich ist deine Granny nicht allzu streng.«

»Granny, es tut mir so leid. Ich habe es total vermasselt. Ich wollte doch nur ...«

Granny legte mir sanft die Hand auf den Mund und augenblicklich hielt ich die Klappe. Wortlos fuhren wir nach Hause. Zwischen uns lag die Notfallkiste und auch sie gab natürlich keinen Mucks von sich.

Ich konnte Grannys Gedanken förmlich rattern hören und bekam gleich noch mehr Angst. Würde Granny jetzt nie wieder mit mir sprechen? Würde sie mich von nun an ignorieren, wenn wir uns in der Küche über den Weg liefen? Mussten wir über Mom miteinander kommunizieren? Mom! Uagh. An Mom hatte ich noch gar nicht gedacht. Wenn sie von der Sache erfuhr, wurde das bestimmt ein sehr gemütlicher Abend.

Als wir das Haus betraten, saßen Mom und die Zwillinge in der Küche und spielten Schiffe versenken.

»B6, B6, B6!«, schrie Flip.

»Warte mal, Chase«, sagte Mom und wandte sich an mich: »Hat Granny dich bei Joey abgeholt?« Sie war ein bisschen verwirrt, denn eigentlich hatte sie mich abholen wollen.

»Genau«, sagte Granny geistesgegenwärtig. »Franny hat mich auf dem Handy angerufen und ich habe sie abgeholt.« Jetzt kapierte Mom gar nichts mehr. Granny besitzt zwar ein Handy, aber das ist immer ausgeschaltet. Eigentlich hat sie es nur für den Notfall.

»Dein Handy war an?«, fragte Mom.

»Ich bin nicht blöd, Anna«, gab Granny zurück. »Natürlich ist mein Handy an.«

»Okay, okay. Ich habe dich nur noch nie damit telefonieren sehen.«

»Du kennst mich eben nicht. Seit Kurzem telefoniere ich wie wild.«

Mom schien nicht so recht zu wissen, was sie von Grannys Gesinnungswandel halten sollte. Und dann sah sie plötzlich die Kiste. »Und was ist das?« Oh-oh.

»Ach, die Kiste hat Gladys mir geschenkt. Darin sind Kräuterbäder und so ein Kram.« Grannys Lügen waren wirklich nicht schlecht.

»B6, B6, B6, B6, B6, B6!« Flip rastete langsam, aber sicher aus.

»Einen Moment noch, Chase. Franny, du musst heute unbedingt dein Zimmer aufräumen.«

»Ehrlich gesagt würden Franny und ich uns heute gern

einen schönen Abend machen«, sagte Granny. »Wenn du nichts dagegen hast.«

»Jetzt mach doch mal hin, Mom. B6!«, schrie Flip aus voller Kehle.

»So nicht, Chase Baldwin Flanders. Time out!«

Widerwillig stapfte Flip aus der Küche. Pip fragte Mom mit zuckersüßer Stimme: »Ist B6 ein Treffer?«

»Ja«, sagte Mom. »B6 ist ein Treffer. Versenkt.«

»Gewonnen! Gewonnen! Wir sind die Größten!« Pip sprang von seinem Stuhl auf. »Hast du gehört, Chase? Wir haben gewonnen!« Von dem roten Time-out-Sessel im Wohnzimmer gab Flip einen unterdrückten Freudenschrei von sich. Schnell verschwanden Granny und ich im Keller.

Ich setzte mich auf Grannys Bett. Unser *schöner Abend* würde wahrscheinlich eine ganze Weile dauern, also machte ich es mir besser bequem. Granny setzte sich neben mich und legte mir den Arm um die Schultern. Damit hatte ich nicht gerechnet und ich musste schlucken. Vielleicht würde Granny mich doch nicht bis ans Ende aller Tage hassen.

»Ich weiß schon seit einer ganzen Weile, dass etwas nicht in Ordnung ist«, sagte sie. »Ich habe das in deiner Aura gesehen. Normalerweise ist sie hellblau mit ein paar rosa Tupfen. Aber in den letzten Tagen hat sie sich braun verfärbt und das ist immer ein schlechtes Zeichen.«

»Wenn du das gewusst hast, wieso hast du dann nichts gesagt?«

»Weil ich mir gewünscht habe, dass du von dir aus etwas sagst«, erwiderte Granny. »Ich habe dir so viele Gelegenheiten dazu gegeben. Hast du überhaupt versucht, mit Joey und Kate zu reden?«

»Nein. Das war gelogen.«

»Ich weiß. Wie so einiges andere auch. Ich bin sehr enttäuscht von dir.«

Am liebsten wäre ich im Boden versunken.

»Die ganze Zeit habe ich gehofft, dass du deine Fehler einsiehst. Das ist der erste Schritt, um etwas wieder in Ordnung zu bringen«, fuhr Granny fort. »Ich habe dir ein riesiges Geheimnis anvertraut. Vielleicht war es zu groß für jemanden in deinem Alter. Aber wirklich traurig macht mich etwas anderes: Als dir bewusst wurde, dass es so nicht weitergeht, hast du lieber bei meiner Freundin eingebrochen, als mich um Hilfe zu fragen. Und ich dachte, wir würden einander vertrauen. Ich dachte, wir wären so was wie Freundinnen. Offenbar habe ich mich da geirrt.«

Zum hundertsten Mal an diesem Tag liefen mir die Tränen über die Wangen. Erst jetzt kapierte ich, wie sehr ich Granny mit meinem Verhalten verletzt hatte, und es gibt nichts Schlimmeres, als jemanden zu verletzen, den man gern hat.

»Du hast dich nicht geirrt, Granny. Ich vertraue dir. Und wir sind Freundinnen. Gute Freundinnen.« Zwischen meinen Schluchzern brachte ich nur Satzfetzen heraus. »Es tut mir leid, dass ich dich verletzt habe. Das war total egoistisch von mir. Und leichtsinnig. Und rücksichtslos.«

»Und unvernünftig. Sehr, sehr unvernünftig. Aber du hast Glück gehabt. Es hätte alles noch viel schlimmer kommen können.«

Noch schlimmer? Was bitte schön hätte denn noch schlimmer kommen können? »Ich glaube, die Macht, die die Zauberkiste mir gegeben hat, ist mir ein bisschen zu Kopf gestiegen.«

»Die Kiste kann dir keine Macht geben. Sie gibt niemandem Macht. Sie hilft Menschen, die in Not geraten sind, und der Besitzer der Kiste ist nicht mehr als ein Medium, das über die Kiste bestimmt und damit eine sehr große Verantwortung trägt.«

Und ich hatte mich so mächtig gefühlt! Wieso hatte ich nicht mal innegehalten und nachgedacht? Ich war keinen Deut besser als Elodie. Ich hatte von der Macht gekostet und der Geschmack hatte mich völlig benebelt. »Ich habe es total versaut, Granny. Du musst mich bestrafen, und zwar so richtig.«

Granny lächelte und bei diesem Lächeln hatte ich zum ersten Mal das Gefühl, dass wieder etwas Licht in mein düsteres Dasein fiel. »Ganz wie du willst. Am besten fangen wir mit Meditationsübungen an. Jeden Morgen vor der Schule versenken wir uns gemeinsam in die Stille und du denkst über dein Verhalten nach.«

Das hatte ich verdient, keine Frage.

Granny gab einen tiefen Seufzer von sich. »Da hast du dich ganz schön tief in den Scheibenkleister geritten.«

»Ich weiß. Ich hatte gehofft, dass ich alles wieder hinbiege, ohne dass du was mitbekommst.«

»Jetzt haben ziemlich viele Leute etwas mitbekommen«, sagte Granny. »Auf jeden Fall müssen wir dafür sorgen, dass das Personal im Leisure Village wieder vergisst, was es heute Abend erfahren hat.«

Einen Moment dachte Granny nach. Dann wühlte sie ihr Handy heraus, tippte eine Ziffernfolge ein und hielt es sich ans Ohr. Nach einer Weile nahm sie das Handy herunter, schüttelte es, tippte noch mehr Zahlen ein und hielt es sich wieder ans Ohr. Dann wandte sie sich völlig entnervt an mich. »Ich geb's auf. Wie funktioniert dieses Ding?«

»Zuerst musst du es einschalten«, sagte ich vorsichtig.

»Stimmt. Logisch. Und wie schalte ich es ein?«

Ich nahm Granny das Handy aus der Hand, schaltete es ein und gab es ihr zurück. »Wen rufst du an?«

»Lama Tensing Pasha, den Mönch. Am besten fahren wir gleich schweres Geschütz auf. Hoffentlich hat der Lama einen Rat für uns. Ich habe nämlich nicht die geringste Ahnung, wie wir jetzt vorgehen sollen. Drück die Daumen, dass er Zeit für uns hat. Sein Terminkalender ist meistens voll.«

Granny tippte mindestens einhundert Ziffern ein und dann passierte erst mal gar nichts. Stunden später war vom anderen Ende mit sehr viel Hall eine Stimme zu hören.

»Tah-shi de-lah.« Als Granny zu sprechen begann, schien sie plötzlich von innen heraus zu strahlen. »Khe-rang khu-su de-bo yin-peh?« Sprach Granny etwa Mönchisch?

Granny und der Lama quatschten eine halbe Ewigkeit. Ich ließ mich von dem mönchischen Gesäusel berieseln und war total erleichtert, dass meine Granny das Steuer übernahm. In der letzten Zeit hatte ich mich immer mehr verfahren und allein fand ich aus diesem Schlamassel nicht heraus.

»Kah-leh phe. Sahng-nyi jeh yong«, sagte Granny zuletzt, legte auf und wandte sich wieder an mich. »Der Lama leiht sich ein Flugzeug von Oprah. Morgen ist er hier.«

»Hast du gerade *morgen* gesagt?«, fragte ich entgeistert. »Der Mönch kommt morgen nach *Fall River?«* Im ersten Moment wusste ich nicht einmal, ob ich mich jetzt freuen sollte. Wahrscheinlich war der Mönch stinksauer auf mich. Und dann fragte ich, weil erst jetzt Grannys gesamter Satz bei mir angekommen war: »Er kommt in *Oprahs* Flugzeug? Meinst du *die Moderatorin?«*

»Ganz genau. Lama Tensing ist Oprahs spiritueller Lehrer. Oprah, der Lama und ich waren im Jahr 1540 ziemlich gut befreundet. Das waren wilde Zeiten damals in Spanien.« Granny kicherte in sich hinein.

Ich schwieg erst mal. Was hätte ich dazu auch sagen sollen?

»Anscheinend hat der Lama schon geahnt, dass etwas nicht stimmt. Er ist sehr empfänglich für kosmische Schwingungen. Die ganze Woche hat sein linkes Ohr wehgetan und das deutet darauf hin, dass das Universum aus dem Gleichgewicht geraten ist. Na ja, oder auf eine Mittelohrentzündung.«

»Und was genau willst du Mom sagen, wenn der Lama morgen vor der Tür steht?«

»Ich werde mir irgendwas einfallen lassen, vor allem, weil er einige Gehilfen mitbringen wird. Gemeinsam mit ihnen wird er unser Haus und die Jefferson in Augenschein nehmen und dann das weitere Vorgehen bestimmen.«

*»Die Jefferson?«,* fragte ich erschrocken. »Der Mönch kommt in meine Schule?«

»Das kann ich dir leider nicht ersparen, mein Spatz. Du hast es dir selbst eingebrockt.«

Na prima. Ich würde morgen mit einem Mönch und seiner Gefolgschaft in der Schule aufkreuzen. Ich konnte mich schon mal drauf einstellen, dass ich bald die größte Loserin war, die die Jefferson jemals gesehen hatte. Aber das war wohl eine gerechte Strafe. Das soziale Aus und tägliche Morgenmeditationen. Eigentlich war das noch recht gnädig, wenn ich bedachte, was ich in den letzten zwei Wochen alles angestellt hatte. Granny hätte sich eine viel schlimmere Strafe ausdenken können. Für eine Granny war sie ziemlich cool.

# Justin Timberlake kennt meinen Namen

Bis in die Morgenstunden recherchierte ich im Internet über bhutanische Mönche. Ich fand heraus, dass sie fünfzehn Stunden am Tag schweigen, und das machte mich irgendwie nervös. Ich quatsche fünfzehn Stunden am Tag. Es sah nicht so aus, als hätten der Lama und ich besonders viel gemeinsam.

Um sieben Uhr quälte ich mich aus dem Bett. Das war in dieser Woche schon die zweite Nacht, in der ich kaum geschlafen hatte, und so langsam spürte ich die Folgen. Mein linkes Augenlid zuckte, meine Hände zitterten und meine Beine fühlten sich wie Knete an. Und im Badspiegel entdeckte ich in meinem Gesicht die tiefsten Augenringe in der Geschichte von Fall River. Offenbar alterte ich seit Neuestem im Zeitraffer.

Wenn das so weiterging, kam ich mit weißen Haaren an die Highschool.

Ich wollte gerade in die Küche gehen und frühstücken, da tauchte im Flur plötzlich Granny auf und zerrte mich in unsere Abstellkammer. Sie war von oben bis unten schwarz gekleidet und trug sogar eine Skimütze, die darauf wartete, über ihr Gesicht gezogen zu werden. Mit einem Ruck schloss sie die Tür. In der Schwärze sah ich nur noch ihre Augen funkeln.

»Was soll das werden, Granny?«

»Der blöde Lichtschalter ist verschwunden«, sagte sie.

»Warum ist die Technik in diesem Haus eigentlich so wahnsinnig kompliziert?«

Ich tastete nach dem Schnurschalter und knipste die Lampe an. Granny und ich standen so nahe beieinander, dass sich unsere Nasen berührten. Granny stand mit einem Fuß in einem Wischeimer und der Schrubber berührte ihren Kopf. Das hier war völlig verrückt, aber heute hatte Granny das Kommando.

»Wir müssen uns möglichst unauffällig verhalten«, erklärte sie mir.

»Und wieso verhalten wir uns dann total auffällig? Du siehst aus, als wolltest du gleich eine Bank überfallen, und wir stehen in der Abstellkammer!«

»Wer hat uns das hier eingebrockt?« Empört schaute Granny mich an. »Ich versuche nur, das Schlamassel zu beseitigen. An deiner Stelle würde ich den Ball lieber flach halten.«

Granny hatte recht. Ich sollte mir jetzt besser mal auf die Zunge beißen und meinen ewigen Sarkasmus für mich behalten. Granny hatte bestimmt einen super Plan, auch wenn es im Moment noch nicht danach aussah.

»Wir treffen uns mit dem Lama an einem geheimen Ort und fahren mit ihm direkt in deine Schule. Wenn er hierherkommt, stellt deine Mom wahrscheinlich tausend Fragen und das hält uns nur auf. Du verlässt das Haus wie immer durch die Vordertür und gehst Richtung Schule. Ich tue so, als ob ich zum Yoga muss, nehme das Auto und fahre los. So schöpft deine Mom keinen Verdacht. Pinoak Street Ecke Osage Street treffen wir uns.« Granny schob den Ärmel ihres schwarzen Shirts nach oben. Ums Handgelenk trug sie eine uralte Armbanduhr. »Uhrenvergleich. Wie spät ist es bei dir?«

»Ich habe keine Uhr.«

Granny schaute mich entsetzt an. Wir hatten noch nicht

mal das Haus verlassen und schon tauchten die ersten Probleme auf?

»Aber ich habe ein Handy«, fügte ich schnell hinzu und holte es heraus. »Es ist exakt … sieben Uhr einunddreißig.«

Granny fixierte ihre Armbanduhr. »Seltsam. Bei mir ist es erst halb fünf.« Sie hielt die Uhr an ihr Ohr. »Dieses blöde Ding ist kaputt.«

»Dein Handy hat auch eine Uhr.«

»Echt? Gut zu wissen. Bloß dass ich keine Ahnung habe, wo mein Handy liegt.«

»Das klappt schon alles. Der Plan ist so weit klar. Ich frühstücke erst mal …«

»Gute Idee. Das Frühstück habe ich ganz vergessen.«

»… und gegen acht nehme ich dann meinen Rucksack und verlasse das Haus durch die Vordertür. Fünf Minuten später treffen wir uns an der Pinoak Ecke Osage.«

»Du hast es kapiert, Francisco.«

Granny öffnete die Tür einen Spalt und vergewisserte sich, dass die Luft rein war. Dann ließ sie mich raus und ich schlenderte in die Küche. Dort war gerade eine heiße Diskussion über Waffeln und Pancakes im Gange.

»Ich hasse Waffeln«, erklärte Pip und betrachtete finster die Waffel vor sich auf dem Teller. »Ich will Pancakes.«

»Der Teig ist exakt derselbe«, sagte Mom. »Komm schon, koste wenigstens mal.«

Mom reichte mir Pips Teller. »Isst du wenigstens eine?«

»Klar«, sagte ich und machte mich über die Waffel her. Als ich gerade meinen Rucksack aufsetzen wollte, betrat Granny die Küche. »Ich muss zum Yoga. Bis später, ihr Hübschen«, sagte sie und zwinkerte mir zu.

»Sag mal, Mom, warum hast du dich gekleidet, als würdest du gleich eine Bank überfallen?«, fragte Mom. Ich unterdrückte ein Lachen.

»Das sind meine neuen Yogasachen.« Granny war schon fast draußen. »In schwarzen Klamotten fließt das Chi besser.« Granny war echt schlagfertig.

»Ich muss auch los. Tschüss.« Ich drückte Mom einen Kuss auf die Wange und verließ das Haus.

Drei Minuten später sprang ich in Grannys Wagen. Mit quietschenden Reifen fuhr sie weiter und wechselte wie eine Irre ständig die Spur.

»Schalt mal einen Gang runter«, sagte ich. »Du bringst uns noch um.«

»Seit wann bist du so ein Spießer? Vertrau mir einfach. Ich habe alles unter Kontrolle.«

»Wohin fahren wir überhaupt?«

»Das darf ich nicht sagen. Du kannst von Glück reden, dass ich dir keinen Jutesack über den Kopf gestülpt habe. Wehe, du prägst dir den Weg ein.«

Zehn Minuten später erreichten wir einen winzigen Flughafen und im selben Moment setzte ein kleines Flugzeug zur Landung an. Seine silbernen Flügel glitzerten in der Sonne. Granny und ich stiegen aus dem Wagen und sahen zu, wie das Flugzeug auf der leeren Landebahn ausrollte. Mittlerweile war ich nicht mehr nervös, sondern vollkommen aufgedreht. Das hier war einfach nur cool und ich wünschte, ich hätte mir heute Morgen etwas anderes angezogen. Mein Jeansrock und das T-Shirt passten zu diesem Abenteuer jedenfalls nicht so recht. In einem Glitzer-Jumpsuit hätte ich mich wesentlich wohler gefühlt, am besten mit einem Messerhalfter am Knöchel.

Das Flugzeug öffnete sich und ein Elch im Kleinformat kletterte die Gangway runter.

»Sag jetzt nicht, dass das der Mönch ist!«, zischte ich Granny zu. Mittlerweile hielt ich alles für möglich.

»Das ist ein Dyiong-gyem ksi«, erklärte Granny. »Ein magisches Lebewesen, ohne das der Lama niemals das Kloster verlässt.«

Dieses Vieh war hässlicher als hässlich. Hoffentlich kam es nicht auch mit in meine Schule. Das Auftauchen eines Mönchs zu erklären, war die eine Sache. Etwas ganz anderes war es, wenn dieser Mönch einen potthässlichen Mini-Elch im Schlepptau hatte.

Dem Elch folgte ein Kranich mit schwarz-weißem Gefieder.

»Das ist ein Thrung Trung Karmo«, machte Granny weiter. »Eine besondere Kranichart, die als heilig gilt. Es gibt sie nur in Bhutan.«

War das hier die Arche Noah oder saßen auch ein paar Menschen im Flugzeug?

Als Nächstes kletterten zwei Männer in roten Gewändern nach draußen. Auf ihren kahl geschorenen Köpfen spiegelte sich die Sonne.

»Ist einer von den beiden der Lama?«, fragte ich.

»Nein, das sind Merpa und Guppa, seine Gehilfen«, erklärte Granny. »Guppa ist der hinterhältigste Tischtennisspieler, gegen den ich jemals angetreten bin, und Merpa kann wunderbar kochen. Sein Chili ist köstlich!«

Den beiden Gehilfen folgte ein junger Typ, der Justin Timberlake verdammt ähnlich sah.

Ich wandte mich an Granny. »Und das, ist das Justin Timberlake?«

»Wer ist Justin Timberlake?«

Der Typ, der Justin Timberlake verdammt ähnlich sah, kam auf uns zu.

»Bist du Franny?«, fragte er.

»Äh ... ja.« Mehr brachte ich nicht heraus, denn ich war vollauf mit Glotzen beschäftigt. Dieser Typ sah Justin Timberlake wirklich verdammt ähnlich.

»Ich bin Justin Timberlake«, sagte der Typ, der Justin Timberlake verdammt ähnlich sah. Nicht zu fassen. Justin Timberlake stand einen Meter vor mir. Justin Timberlake kannte meinen Namen. Justin Timberlake unterhielt sich mit mir. Das war der beste Tag meines Lebens.

»Der Lama und ich sind Kumpels und er hat mich netterweise mitgenommen. Auf dem Flug hat er mir von deinen Wünschen erzählt. Du hast's ja ganz schön vermasselt. Ziemlich blöd, oder?«

»Äh ... ja«, sagte ich noch einmal. Ich unterhielt mich mit Justin Timberlake. *Mit Justin Timberlake!* Na ja, eigentlich unterhielt ich mich nicht mit ihm. Bisher zumindest hatte ich keinen zusammenhängenden Satz von mir gegeben. Oh Mann, sogar Justin Timberlake wusste, dass ich es megamäßig vermasselt hatte. Wahrscheinlich lief demnächst im Fernsehen eine Sondersendung über mich. Hatte der Lama auch Oprah schon Bescheid gesagt?

»Hat mich sehr gefreut, dich kennenzulernen. Leider muss ich los, aber ...« Aus seiner Hosentasche holte Justin Timberlake ein paar Eintrittskarten und drückte sie mir in die Hand. »Nächste Woche spiele ich in den Meadowlands. Vielleicht sehen wir uns dort.«

Ich hätte gern noch einen wenigstens einigermaßen intelligenten Satz von mir gegeben. Aber schon fuhr eine Limousine vor und dann war Justin Timberlake verschwunden.

»Hast du das gesehen?«, rief ich. »Justin Timberlake hat mit mir geredet! Er kennt meinen Namen! Und er hat mir Karten für sein nächstes Konzert gegeben!«

»Freut mich, mein Spatz«, sagte Granny abwesend. Sie war völlig gebannt von dem kleinen glatzköpfigen Mann, der gerade aus dem Flugzeug stieg. Bei seinem Anblick fing sie an zu strahlen, hüpfte auf und ab wie ein Flummi und winkte mit beiden Armen.

Der Mann steckte in einem schwarzen Trainingsanzug von Adidas und in neongelben Turnschuhen. Das sollte der berühmte Lama sein? Dieser Typ sah nicht mal ansatzweise wie ein Mönch aus. Er wirkte eher wie jemand, der auf dem Schwarzmarkt Musikanlagen vertickt.

Der Lama umschloss Grannys Hände. »Welch Freude, dich wiederzusehen, Mathilda. Ich verbeuge mich vor deinem inneren Licht.«

»Ich verbeuge mich vor deinem inneren Licht«, erwiderte Granny. Dann schauten die beiden sich tief in die Augen. Kommunizierten sie jetzt per Gedankenübertragung oder was? Das war mir irgendwie zu abgefahren. Aber gleichzeitig war es mir auch ein bisschen egal. Ich meine, ich hatte mich gerade mit Justin Timberlake unterhalten. *Mit Justin Timberlake!*

Der Lama knöpfte seine Hose auf. Oh Gott. War das irgendein Ritual? Ich kniff meine Augen zusammen. Aber dann blinzelte ich doch und stellte erleichtert fest, dass der Lama unter dem Trainingsanzug eine rote Pluderhose und einen senfgelben Umhang trug. So hatte ich mir das schon eher vorgestellt. Langsam sah der Lama wirklich wie ein Mönch aus, von den schreiend gelben Schuhen mal abgesehen.

»In diesem Flugzeug spielt jedes Mal die Klimaanlage verrückt. Zum Glück hat Justin mir seinen Trainingsanzug geliehen.« Der Lama wandte sich an mich. »Hallo Francine.«

»Kuzo zangpo la«, sagte ich, jede Silbe einzeln betonend.

Der Lama lachte. »Deine Granny hat schon gesagt, dass du ziemlich clever bist. Seit wann lernst du Bhutanisch?«

»Ich kann nur ›Hallo‹ und ›Wo sind die Toiletten?‹ sagen.« Das hatte ich mir in der Nacht noch schnell beigebracht. »Es tut mir total leid, dass ich … äh … das Universum aus dem Gleichgewicht gebracht habe. Das war echt keine gute Idee.«

»Ich bin mir sicher, dass du schon bessere Ideen hattest. Warum hast du nicht auf deine Granny gehört?«

»Ich weiß nicht.« Wahrscheinlich kam jetzt die nächste Lektion. Ich biss die Zähne aufeinander.

»Zuhören muss man üben, Francine. Diese Fähigkeit ist wie ein Muskel, der verkümmert, wenn man ihn nicht benutzt.« Der Lama hob seine Hände und hielt sie wenige Millimeter über meinen Kopf. Sie berührten mich nicht, aber ich konnte sie spüren. Vielleicht wollte er meine Aura oder so was prüfen.

»In Zukunft höre ich besser zu, das verspreche ich. Ich werde diesen Muskel trainieren, und wenn es das Letzte ist, was ich auf dieser Welt tue.«

»Es wird bestimmt nicht das Letzte sein, was du auf dieser Welt tust, Francine.« Der Lama lächelte. Seine Gehilfen lächelten. Selbst der Mini-Elch schien zu lächeln.

»Aber jetzt beeilen wir uns besser. Heute Abend muss ich in L.A. bei einer Benefizveranstaltung sein, das habe ich Brad und Angelina versprochen.« Nach den Nachnamen von Brad und Angelina brauchte ich mich nicht zu erkundigen. Inzwischen hatte ich kapiert, wo der Lama unterwegs war.

Alle zusammen stiegen wir in einen Lexus Hybrid und rasten los. Jetzt wurde ich doch langsam nervös. Der Mini-Elch hatte sich in eine Ecke verzogen und putzte seine Hufe, der Kranich war weggeflogen, die Gehilfen und ich sagten kein Wort. Nur Granny und der Lama unterhielten sich angeregt über ihre früheren und ihr jetziges Leben. Eigentlich war es völlig unmöglich, dass das hier gerade wirklich passierte. Ich fuhr mit einem Mönch, seinen zwei Gehilfen, einem Mini-Elch und meiner Granny in die

Schule. Jetzt konnte mir nur noch der Himmel helfen oder mein restliches Schuljahr war komplett gelaufen.

Als wir die Jefferson schon fast erreicht hatten, wandte der Lama sich an mich. »Franny, wie viele Rezepte hast du genau eingesetzt und wie viele Tage lagen dazwischen? Hast du ein Zaubermittel an einem Montag zum Einsatz gebracht? Und hast du vielleicht einen Kaugummi?«

Puh. Das waren jede Menge Fragen. »Also, bei Joey und Kate habe ich zwei Rezepte eingesetzt und dazwischen lagen drei Tage. Die Blondies habe ich ihnen an einem Montag gegeben, wenn ich mich nicht irre ...« Ich hielt inne, weil mich die letzte Frage total aus dem Konzept brachte. »Haben Sie mich gerade gefragt, ob ich einen Kaugummi habe?«

»Wer meine Notfallkiste verwendet hat, kann mich ruhig duzen«, sagte der Lama. »Und ja, ich liebe Kaugummis, aber in Bhutan gibt's die Dinger nirgendwo. Und ich habe noch keinen US-Amerikaner getroffen, der nicht wenigstens einen Kaugummi dabeihatte.«

Ich drückte dem Lama einen Bubblicious in die Hand. Er steckte ihn sich in den Mund und schloss genussvoll die Augen, als handelte es sich um einen Trüffelpraline.

»Köstlich.« Er wandte sich an Merpa. »Schreibst du auf unsere Einkaufsliste noch zwanzig Packungen ...« Der Lama musterte das Einwickelpapier. »... zwanzig Packungen Bubblicious?«

Noch nie hatte ich jemanden so würdevoll nicken sehen wie Merpa.

# Schwarzes Karma

Wir parkten den Wagen an einer Querseite der Jefferson. Von hier aus konnte ich dem Lama die Hauptdarsteller meines persönlichen Dramas zeigen und ihm erklären, was jeweils schiefgegangen war. Joey und Kate saßen vor der Schule auf dem Rasen und standen mal wieder vollkommen im Bann ihres Laptops.

Der Lama hörte mir aufmerksam zu und verfolgte gleichzeitig das Geschehen auf der berühmt-berüchtigten Treppe. Dass die Stimmung an der Jefferson jederzeit kippen konnte, war nicht mehr nur für einen Mönch mit einer Lebenserfahrung von rund zweitausend Jahren ersichtlich. Schon gestern hatten meine Mitschüler einander mit Zickereien und Stänkereien die besten Plätze streitig gemacht. Heute aber schienen sie zu allem bereit. Egal ob Freak oder Nerd, Schluffi oder Star, Gangster oder Philo – alle schauten finster umher und hatten die Fäuste zum Angriff geballt. Mir lief ein kalter Schauer über den Rücken.

»Um den Schaden zu ermessen, muss ich deine Mitschüler von Nahem sehen«, sagte der Lama. »Ich muss ihre Energie spüren. Wie sagt ihr hier? Auf geht's!« Mit diesen Worten stieg der Lama aus dem Wagen und wir anderen folgten ihm: seine zwei Gehilfen, Granny, der Mini-Elch und ich. Wir waren echt eine seltsame Truppe.

Während wir auf die Treppe zugingen, ließen meine Mitschüler nach und nach voneinander ab und schauten zu uns herüber. Ein paar Leute zeigten mit dem Finger auf den Mini-Elch und fingen an zu lachen. Granny schien die Aufmerksamkeit richtiggehend zu genießen. Sie winkte meinen Mitschülern sogar zu. Schnell riss ich ihren Arm runter.

»Bist du verrückt?«, zischte ich. »Mir ist das so schon peinlich genug.« Das war die Untertreibung des Jahrhunderts. Es war nicht peinlich, sondern megapeinlich. Ultramegapeinlich. Es war so peinlich, dass es dafür keine Bezeichnung mehr gab. Nach dieser Aktion war es mit mir und den hohen Rängen der Beliebtheitsskala endgültig vorbei. Meinen Status als Schnittmenge konnte ich ebenfalls vergessen und Veranstaltungen wie den Fall Fling sollte ich von nun an tunlichst meiden. Zum Glück wechselten wir alle in absehbarer Zeit aufs College. Ich würde mir eines am anderen Ende des Landes raussuchen.

Wir gingen auf Joey und Kate zu. »Hi Mädels«, sagte ich.

Statt meinen Gruß zu erwidern, tippten die beiden weiter auf ihrem Laptop rum. Dass ich mit einem Mönch und einem Mini-Elch in die Schule gekommen war, schienen sie nicht einmal zu merken. Eigentlich war das ja klar gewesen. Wieso sollten sie sich plötzlich für Mönche oder asiatische Tiere interessieren? Sie drehten sich nur noch um sich selbst. Ich wollte schon weitergehen, da umschloss der Lama meinen Arm.

»Du musst dich mit ihnen unterhalten«, sagte er. »Nur so kann ich ihre Energien in mich aufnehmen.«

Ich räusperte mich. »Woran arbeitet ihr?« Der Lama stand direkt neben mir. Er schloss die Augen und verfiel in ein leises Summen.

Joey schaute kaum auf. »Wir haben ziemlich viel zu tun.«

»Gerade chatten wir mit dem Designer, der unsere Website gestaltet«, fügte Kate hinzu. Dann vertieften die beiden sich wieder in den Laptop. Sie hatten den Lama nicht mal wahrgenommen. Im Gegensatz zu allen anderen, die in unserer Nähe standen. Das lag nicht nur an seinem Äußeren, sondern vor allem daran, dass er immer lauter summte. Ich spürte, wie mir das Blut aus dem Gesicht wich. Es fühlt sich so schrecklich an, von seinen zwei besten Freundinnen komplett links liegen gelassen zu werden. Auch wenn ich wusste, dass ich selbst schuld daran war, tat es verdammt weh.

»Eure Website?«, fragte ich verwirrt. »Du meinst euer Blog?«

»Das Blog war nur der Anfang«, erwiderte Kate.

»Mit einem Blog kriegt man einfach nicht genug Clicks«, fügte Joey hinzu.

Blog, Website – das war mir völlig egal. Ich fand es total lächerlich und gleichzeitig hätte ich, um mitzumachen, meinen rechten und meinen linken Arm gegeben. Irgendwie sah es nicht so aus, als würde unsere Freundschaft jemals wieder so sein wie früher. Alles war kaputt und ich hatte das Gefühl, das konnte nicht einmal dieser Lama kitten. Selbst wenn er eine Ladung Überstunden einlegte.

Der Lama berührte mich sanft an der Schulter. »Weiter geht's, Franny. Das hier habe ich erfasst.«

Langsam ging der Lama die Treppe nach oben und wir folgten ihm wie eine Eskorte. Plötzlich stand Marsha vor uns und bei ihrem Anblick wäre ich die Stufen fast wieder runtergefallen. Sie hatte sich ihre roten Locken abrasiert und trug die Haare jetzt nicht nur raspelkurz, sondern auch noch giftgrün. Das war ebenfalls meine Schuld. Wie so ziemlich alles auf dieser schrecklichen Treppe.

»Was hast du mit deinen Haaren gemacht, Marsha?«, fragte ich entsetzt. Dabei wollte ich es eigentlich so genau gar nicht wissen.

»Elodie hat mir gestern Abend einen neuen Look verpasst. Sieht cool aus, oder?« Ganz offenbar war Marsha mit ihrem grünen Kopf vollkommen zufrieden. »Elodie meinte, dass die Maria im Musical als Punk viel besser kommt, und ich sehe das genauso. Diese brave englische Art ist doch total langweilig.«

»Finde ich auch«, sagte ich, obwohl ich vom Gegenteil überzeugt war. Grüne Raspelhaare passten nun wirklich nicht zu *The Sound of Music*. Wahrscheinlich war Marsha ihre Rolle noch heute los und genau das war vermutlich Elodies Plan. Dann käme für die Maria nämlich nur noch Elodie infrage. Wahrscheinlich hatte sie schon die ersten Lieder einstudiert.

»Hey Franny, sind das Freunde von dir?« Marsha betrachtete die seltsame Truppe, die mir folgte. »Hallo allerseits. Ich bin Marsha.« Sie beugte sich nach unten und kraulte den Mini-Elch hinter den Ohren. Er schnaubte leise. »Cool, ein Elch.«

»Na ja, das sind eigentlich Freunde von meiner Granny. Sie kommen aus Bhutan und sind hier ... äh ... auf einer Friedensmission.« Bei den Worten musste ich grinsen. Das war nicht mal gelogen.

»Deine Haare sehen super aus. Grün steht dir einfach perfekt.« Granny streckte Marsha ihre Hand entgegen. »Ich bin Mathilda, Frannys Granny.«

Marsha lachte. »Das reimt sich.«

Wie peinlich. Kam als Nächstes ein Sonett?

»Freut mich. Bis später, Franny.« Marsha gesellte sich zu den Theaterfreaks, deren unbestrittene Anführerin sie schon war. Das war superschnell gegangen und schien sich auch dadurch nicht zu ändern, dass Marsha plötzlich wie Shrek höchstpersönlich aussah.

Nachdem Marsha abgezogen war, wandte der Lama sich wieder an mich. Diesmal lächelte er. »Hast du diesem Mädchen die Erste-Hilfe-Paste gegeben?«

Ich nickte.

»Das hast du gut gemacht. In diesem Fall hast du das Zaubermittel in der richtigen Absicht eingesetzt und das hat ihr Herz geöffnet. Um sie müssen wir uns keine Sorgen machen. Ihr inneres Licht weist ihr den Weg.«

Als wir den obersten Treppenabsatz erreicht hatten und das Schulgebäude betreten wollten, stellte sich uns Elodie in den Weg. Links von ihr stand Samantha, rechts von ihr Alden. Als ich sah, dass Elodie und Alden Händchen hielten, blieb mein Herz stehen. Autsch. Das tat weh. Erst als der Lama sanft meinen Arm berührte, schlug mein Herz weiter. Krass. Hatte der Lama meinen Schmerz etwa gespürt?

Aldens Blick wanderte von mir zu Granny, von Granny zum Lama, vom Lama zu seinen Gehilfen, von den Gehilfen zum Mini-Elch und vom Mini-Elch wieder zu mir. Vielleicht hatte ich Glück und ihm ging in diesem Moment auf, dass er mit mir wesentlich mehr Abenteuer erleben würde als mit Elodie. Oder ihm wurde klar, dass ich die absolute Loserin war, die auch noch mit ihrer Granny und einem hässlichen Viech in der Schule aufkreuzte. Die zweite Variante war leider wesentlich wahrscheinlicher und das konnte ich ihm in diesem Moment nicht mal verdenken. An seiner Stelle wäre es mir genauso gegangen.

»Hast du da einen *Elch* mitgebracht, Franny?«, fragte Samantha. Mann, dieses Mädel war echt schnell von Begriff.

»Nein«, sagte Granny. »Das ist ein Dyiong-gyem ksi.«

»Ich will nicht drüber reden«, sagte ich zu Samantha.

»Wie ich sehe, hast du neue Freunde gefunden, Franny«, grinste Elodie. »Jetzt ist es offiziell, dass du die Ober-Loserin der Jefferson bist. Ich muss mir unbedingt einen neuen Namen für dich überlegen, denn eine Schnittmenge bist du nun wirklich nicht mehr.« Elodie und Samantha lachten auf und klatschten sich ab. Alden betrachtete äußerst interessiert die Treppenstufen. Wahrscheinlich schämte er sich, dass er sich im Kunstunterricht dreimal neben mich gesetzt und dann auch noch mein Bild gelobt hatte.

Ich ballte die Hände zu Fäusten und grub mir, so fest ich konnte, die Fingernägel in den Handballen. Vielleicht hatte ich Glück und dieser Schmerz überdeckte dieses grausame Gefühl in meiner Brust. Wenn nicht gleich irgendwas passierte, brach ich an Ort und Stelle in Tränen aus.

»So schnell trifft man sich wieder«, sagte der Lama zu Elodie. »Und immer, wenn man am wenigsten damit rechnet, habe ich recht?« Er schaute Elodie fest in die Augen, doch sie mied seinen Blick. Was hatte das schon wieder zu bedeuten?

»Ich habe keine Ahnung, wovon Sie sprechen«, gab Elodie finster zurück.

»Als wir uns das letzte Mal sahen, hast du deine Männer gerade in eine Schlacht geführt. Du warst Dschingis Khan und hast sie angestachelt, ein ganzes Dorf auszulöschen und niederzubrennen. Ich war damals nur eine Krähe, aber ich werde deinen Anblick niemals vergessen. So ein entsetzliches Wesen habe ich seitdem nicht wiedergesehen und leider hast du dich kein Stück verändert.« Wie bitte?!? Elodie war in einem früheren Leben Dschingis Khan gewesen? So was Abgefahrenes hatte ich ja noch nie gehört. Aber es passte total. Langsam kapierte ich, was es mit dieser Wiedergeburt auf sich hatte.

»Dein Leben an der Jefferson muss wirklich schlimm gewesen sein«, wandte der Lama sich an mich. »Diese Kreatur kennt keine Skrupel. Wenn sie etwas will, dann hält nichts sie auf. Über die Jahrhunderte haben ihre Kräfte jedoch nachgelassen. Inzwischen ist sie fast harmlos. Meistens gibt sie nicht mehr als heiße Luft von sich und bald ist sie ganz verglüht. Wahrscheinlich passiert ihr das sogar noch in diesem Leben. Wollen wir solange warten?«

»Reden Sie nur. Das ist mir doch egal.« Elodie verdrehte die Augen, aber es war völlig klar, dass sie sich ziemlich gruselte.

Der Lama schob Elodie zur Seite und betrat die Schule. Wir folgten ihm. Nur Granny blieb stehen und schob ihr Gesicht bis auf eine Handbreit an Elodie heran.

»Das Karma ist der Spiegel der Seele, mein Fräulein, und dein Karma ist schwarz wie die Nacht. Sei lieber vorsichtig, denn alles, was wir tun, fällt irgendwann auf uns zurück.« Wow. Meine Granny hatte es echt drauf.

»Das stimmt«, fügte ich hinzu und schaute Elodie fest in die Augen. Jetzt, wo ich die Wahrheit über Elodie wusste, fürchtete ich mich nicht mehr ganz so sehr vor ihr.

Dann betrat auch ich die Schule und irgendwie war es seltsam: Der Lama schien nicht zu laufen, sondern zu schweben. Gewandt bewegte er sich durch die Flure, fuhr mit den Händen die Wände entlang, zog die miefige Luft in die Nase, berührte ein Schließfach und steckte danach den Finger in den Mund. Die beiden Gehilfen und Granny hielten sich einen Meter hinter ihm. Der Mini-Elch hatte in einer Ecke ein halbes Snickers gefunden und verputzte es genussvoll.

»Bringst du mich jetzt bitte zur Mensa?«, bat mich der Lama. Als wir uns gerade auf den Weg machen wollten, tauchte plötzlich Mrs Mackey vor uns auf.

»Franny, was ist hier los? Wen hast du da mitgebracht und was macht ein Elch in unserer Schule?« Unsere Rektorin war sofort auf hundertachtzig. »Sie gehen sofort ins Sekretariat und geben Ihre Personalien zu Protokoll und dann …«

Der Lama streckte Mrs Mackey seine Hand entgegen und

brachte sie mit seiner sanftesten Stimme zum Schweigen. »Hallo, ich bin Lama Tensing Pasha, ein Freund von Franny Flanders und ihrer Granny. Wir sind gerade zu Besuch aus Bhutan und ich habe von Ihrer erstklassigen Einrichtung und Ihren innovativen Lehrmethoden gehört. Jetzt will ich mich mit eigenen Augen davon überzeugen.«

Langsam ging mit unserer Rektorin eine Verwandlung vor. Während der Lama von den unzählbaren Qualitäten der Jefferson schwärmte, sank ihr Barometer von hundertachtzig zurück auf null. Jeder konnte sehen, wie geschmeichelt sie war. Wenn ein Mönch so fett lügen konnte, dachte ich, dann war ich vielleicht doch nicht der schlechteste Mensch auf Erden. Der Lama sprach immer weiter und band dabei blitzschnell ein gelbes Armband um Mrs Mackeys Handgelenk.

»Und was soll das werden?«, fragte Mrs Mackey und betrachtete verwundert das gelbe Armband. Das war eine gute Frage. Ich hätte sie nicht besser stellen können.

»Das ist ein Geschenk aus Bhutan«, sagte der Lama. Der Mini-Elch hatte das Snickers mittlerweile verzehrt und schnüffelte gerade an Mrs Mackeys Rock. Wahrscheinlich rastete sie jetzt komplett aus. Letztes Jahr, als sich eine Katze in unsere Schule verirrt hatte, hatte sie die mit einem Baseballschläger verjagt. Jetzt aber kraulte sie einfach nur das braune Fell und strahlte den Lama an.

In dem Moment leuchtete das Armband für den Bruchteil einer Sekunde auf. Mrs Mackey hatte das nicht mitbekommen, aber mein Verdacht bestätigte sich: Das war ein Zauberarmband. Der Lama zauberte an meiner Schule. Ich wusste nicht, ob ich erleichtert und besorgt sein sollte. Noch mehr Zauberei? Hatte ich in Fall River nicht schon genug Zauberkraft eingesetzt?

Mittlerweile strömten alle Schüler unter dem üblichen

Gedränge und Geschiebe durch den Haupteingang in ihre Klassenräume. »Darf ich Ihnen eine kleine Führung geben?«, fragte unsere Rektorin und hakte sich beim Lama ein. »Wo fangen wir am besten an? Unser Biologielabor ist hochmodern und auch unseren Latein-Leistungskurs müssen Sie sich unbedingt anschauen. Die Schüler unterhalten sich sogar auf Latein. An unserer Schule ist diese Sprache alles andere als tot.«

»Ehrlich gesagt würde ich den Rundgang am liebsten in der Mensa beginnen«, sagte der Lama. »In Bhutan gibt es ein Sprichwort: ›Was das Herz für einen Menschen, das ist die Mensa für eine Schule.‹« Der Lama zwinkerte mir zu und ich musste mir auf die Lippen beißen, um nicht laut loszulachen.

Mrs Mackey war ziemlich irritiert. »Sehr ... äh ... interessant. Auch wenn mir dieses Sprichwort in all den Jahren, die ich unterrichte, noch nie zu Ohren gekommen ist.«

»Sie verkennen die Bedeutung des leiblichen Wohls.« Der Lama lächelte Mrs Mackey an. »Gehen Sie voran?«

Unsere Rektorin tat, wie ihr geheißen, und in diesem Moment kapierte ich eine Sache. Nicht nur Merpa und Guppa, nein, wir alle waren Gehilfen des Lama. Auch wenn wir nichts davon wussten, er war unser aller Lehrer. Er wies uns den Weg.

Ein paar Minuten später standen wir in der Mensa. Heute war Marta wirklich kurz davor durchzudrehen. Sie steckte in einem weißen Anzug und hatte um die Hüfte einen breiten Gürtel gebunden, an dem schätzungsweise hundert scharfe Messer befestigt waren, einige von ihnen furchteinflößend lang und spitz. Mit einem dieser Messer zerlegte sie gerade ein riesiges blutiges Etwas. Wie eine Irre schnitzelte sie an dem formlosen Klumpen herum und selbst den Lama schien ihr Anblick etwas einzuschüchtern. Er ging auf sie zu, nahm ihre Hand und band ihr ein gelbes Armband um.

»Ich freue mich, Sie kennenzulernen, Marta«, sagte der Lama. Der Mini-Elch knabberte solange an unserem Mittagessen herum.

»Bringen Sie das Curry? Ich warte schon seit einer Ewigkeit darauf.« In ihrer Hektik kriegte Marta gar nicht mit, dass sie plötzlich ein Armband trug. Aber es dauerte nur wenige Sekunden, bis ihre Augen jeglichen Glanz verloren. Angewidert sah sie auf den Klumpen Fleisch vor sich und ließ ihn einfach in den Müll plumpsen.

»Jetzt schieben Sie schon die Pilzsuppe und die Pfirsiche rüber!«, herrschte sie den Lama an. »Immer dieses ewige Gekoche, danach steht mir jetzt echt nicht der Sinn.«

Da war sie wieder, unsere gute alte Marta: schlecht gelaunt, stinkend faul und total unkreativ. Krasse Sache. Dieser Lama konnte echt zaubern. Ich hatte keine Ahnung, woher diese gelben Armbänder kamen. Aber sie funktionierten super. Ich musste aufpassen, dass ich vor Freude nicht durch die Mensa hüpfte. Vielleicht war nicht alles verloren. Vielleicht konnte der Lama mein Leben wieder in Ordnung bringen. Vielleicht.

Nächstes Zielobjekt: Ms Posey. Als wir das Englischzimmer betraten, hatte sie ihren Unterricht bereits begonnen. Aus einem alten Gettoblaster schallte *I Kissed A Girl* von Kate Perry und Ms Posey stand auf dem Lehrerpult, wackelte mit den Hüften und schwenkte die Arme in der Luft.

»Kommt schon, Leute! Seid ihr jung? Seid ihr glücklich? Dann zeigt mir das auch! Auf die Beine mit euch! Worauf wartet ihr?« Meine Mitschüler konnten ihr Entsetzen nicht verbergen.

»Das hätte ich nicht besser hinkriegen können«, flüsterte

Granny mir ins Ohr und kicherte. Und dann konnte sie sich nicht mehr halten und begann, sich im Rhythmus zu bewegen.

»Hör sofort auf«, zischte ich Granny zu.

Genau wie in der Mensa ging der Lama auch hier auf Ms Posey zu und band ihr blitzschnell ein gelbes Armband ums Handgelenk. Binnen Minuten war Ms Posey wieder der muffige Drachen, den wir so gut kannten.

»Wer hat dieses ... Teil mitgebracht?« Sie zeigte auf den Gettoblaster. »Na gut. Wenn sich niemand meldet, werdet ihr alle dafür bestraft. Bis Montag schreibt ihr einen Aufsatz über die Leitmotive in *Jane Eyre* im Vergleich zu denen der *Odyssee.«* Meine Mitschüler stöhnten auf, aber ich war einfach nur glücklich.

Diese Armbänder waren die Lösung all meiner Probleme. Ich verstand nur nicht, warum der Lama nicht auch Joey und Kate mit so einem Armband versehen hatte.

»Lama, das ist unglaublich! Ich bin dir so dankbar. Jetzt müssen wir nur noch Joey und Kate so ein Armband geben und dann ...«

»Marta und Ms Posey sind leichte Fälle«, unterbrach mich der Lama. »Ihre Verwandlung wieder rückgängig zu machen, ist nicht weiter schwer. Bei Joey und Kate liegen die Dinge leider etwas komplizierter.« Das hatte ich mir etwas anders vorgestellt. Wenn nicht einmal der Lama Joey und Kate zurückverwandeln konnte, wer sollte es dann schaffen? War bei meinen zwei besten Freundinnen alles zu spät? Hatte ich sie für immer verloren?

»Franny Flanders!«, schimpfte Ms Posey. »Was macht ein Elch im Klassenraum? Und was wollen diese ... Hare-Krishna-Leute hier?«

»Äh ... also ... na ja ...« Fieberhaft suchte ich nach einer Antwort, mit der ich mir keinen ganzen Stapel Zusatzaufgaben einhandelte. Zum Glück kam Mrs Mackey mir zu Hilfe.

»Das sind keine Hare-Krishna-Leute, sondern Mönche aus Bhutan«, sagte sie. »Und dieser Elch ist ein magisches Lebewesen. Außerdem weißt du genau, Helga, dass ich diesen Ton im Unterricht nicht gutheiße. Wie willst du den Kindern so ein Vorbild sein?«

Ms Poseys Wangen verfärbten sich feuerrot. Das war ein wunderbarer Anblick und ich kostete ihn richtig aus. Mir war klar, dass ich den nicht so schnell wieder zu Gesicht bekäme.

»Genauer gesagt ist dies eine Delegation des bhutanischen Bildungsministeriums«, fuhr Mrs Mackey fort. »Wir sind in deinen Unterricht gekommen, damit sie sich ein Bild von deinen Unterrichtsmethoden machen können. Aber offenbar war das keine gute Idee.«

»Es ... es tut mir leid.« Kraftlos ließ Ms Posey sich auf ihren Stuhl fallen. »Du hast recht. Ab sofort behandle ich meine Schüler respektvoller. Manchmal bin ich einfach so ... so schrecklich frustriert.«

»Aber dafür können die Kinder nichts. Damit musst du schon selbst klarkommen.« Mit diesen Worten drehte unsere Rektorin sich um, verließ das Zimmer und bedeutete dem Lama und seiner Eskorte, ihr zu folgen.

Wow. War das jetzt auch Zauberei gewesen oder einfach nur Gerechtigkeit? Oder konnte man das manchmal nicht so genau unterscheiden?

Der Lama nahm mich beiseite, ehe er den Klassenraum verließ. »Ich habe mir ein Bild der Lage gemacht, Franny, und für den Moment kann ich nichts mehr unternehmen. Jetzt muss ich mich erst einmal ausruhen. Die letzte Stunde hat mich sehr viel Energie gekostet. Heute Nachmittag sehen wir uns wieder und dann kann ich dir hoffentlich weiterhelfen.« Hoffentlich? Das klang ja nicht gerade berauschend. Aber was sollte ich tun? Mit einem Mönch und seinen Zauberarmbändern legt man sich wohl besser nicht an.

# Jeder kann zaubern

Als ich von der Schule nach Hause kam, spielten die Zwillinge mit dem Mini-Elch im Garten und Granny, Mom, der Lama und seine Gehilfen saßen in der Küche und waren so in ihr Gespräch vertieft, dass sie mich gar nicht bemerkten. Sie stopften sich Käsenudeln in den Mund und quatschten und lachten, als würden sie sich seit Jahren kennen. Käsenudeln? Musste Mom für einen berühmten Mönch wirklich das langweiligste Mittagessen der Welt kochen?

»Wenn ich mich richtig erinnere, Anna, dann haben Mathilda und ich uns in Ägypten kennengelernt«, erklärte der Lama gerade. »Das dürfte etwa im Jahr 15 nach Christus gewesen sein.«

»Damals waren wir beide Krokodile«, fügte Granny hinzu, ohne eine Miene zu verziehen. Mom nickte nur.

»Als Buddhist glaube ich an den Kreislauf der Wiedergeburt. Zunächst hat meine Seele in verschiedenen Tieren gelebt und ich bin sehr froh, dass sie mittlerweile eine menschliche Gestalt bewohnt. Obwohl ich mich gern daran zurückerinnere, Mathilda, wie wir damals zusammen am Ufer des Nils im Schlamm lagen.« Granny lachte und wurde ein bisschen rot. »Es ist wirklich bemerkenswert, wie oft Mathilda und ich uns durch die Jahrhunderte hinweg begegnet sind. Im Peloponnesischen Krieg, im Mittelalter in Spanien und in diesem Leben schon wieder.«

Ich räusperte mich. »Hi Leute.« Vielleicht konnten sie jetzt aus der Antike mal in die Gegenwart zurückkehren. Hier lebte nämlich ich und ich hatte so einige Probleme.

»Franny, hast du Grannys Freunde schon kennengelernt?«, fragte Mom. »Sie sind gerade zu Besuch aus Asien. Das hier ist Lama Tensing und das sind Merpa und Guppa.«

Ich lächelte in die Runde. Der Lama stand auf und kam auf mich zu.

»Freut mich sehr, dich kennenzulernen«, sagte er und zwinkerte mir zu.

»Ganz meinerseits«, erwiderte ich mit einem Grinsen.

»Vielen Dank für Ihre Gastfreundschaft, Anna«, sagte der Lama. »Jetzt will ich Mathilda noch meine Geschenke aus Bhutan überreichen und dann müssen wir auch schon weiter. Heute Abend treffen wir uns in Los Angeles mit ... ein paar Freunden.«

*Mit ein paar Freunden?* So nannte der Lama Brad und Angelina? Das war ziemlich cool. Ich wollte auch mit Brad und Angelina befreundet sein. Ob der Lama das ebenso herbeizaubern konnte?

»Vielleicht kommen wir eines Tages wieder«, sagte der Lama.

»Das hoffe ich sehr.« Wurde Mom gerade rot? Und warum kicherte sie plötzlich so komisch? »Sie sind hier jederzeit willkommen.« Mom wurde noch ein bisschen röter. »Schauen Sie bald wieder vorbei.«

Oh Mann. Mom hatte sich tatsächlich in den Lama verknallt. Wie peinlich. Zum Glück hatte der Lama für heute Abend schon andere Pläne. Dass Mom und der Lama miteinander ausgingen, wollte ich mir lieber nicht vorstellen. Moment mal. Mönche dürfen sich nicht mit Frauen verabreden. Glück gehabt. Schnell löschte ich das Bild von Mom und dem Lama aus meinem Hirn. Viel Platz war darin sowieso nicht mehr.

Der Lama zeigte auf die Schüssel, in der nur noch ein

paar Nudeln klebten. »Was war gleich noch mal der Name dieser Köstlichkeit?«

»Sie meinen die Käsenudeln?«, fragte Mom.

»Genau, dieses Gericht, das die Farbe eines Sonnenaufgangs, die Konsistenz von Samt und den Geschmack des Paradieses besitzt. In Bhutan gibt es so etwas nicht.« Der Lama wandte sich an seine Gehilfen. »Davon müssen wir jede Menge mitnehmen.«

Merpa und Guppa nickten würdevoll und tippten eine Notiz in ihre iPhones.

»Vor Jahren habe ich bei den Obamas diese *Käsenudeln* gegessen«, sagte der Lama. »Und seitdem träume ich immer wieder von diesem Gericht. Vielen Dank, dass Sie sich die Mühe gemacht haben.«

»Bei den Obamas?«, fragte Mom überrascht. »Aber nicht Barack und Michelle, oder?«

»Die beiden sind ebenfalls sehr gute Gastgeber.«

Mom erhob sich und wollte dem Lama die Hand geben, doch er legte stattdessen seine Hände auf ihre Schultern. »Ich verbeuge mich vor Ihrem inneren Licht.«

»Ich ... äh ... auch«, sagte Mom schwach.

Granny warf mir einen scharfen Blick zu und kurz darauf war sie mit dem Lama und seinen beiden Gehilfen im Keller verschwunden.

»Ich habe superviele Hausaufgaben«, murmelte ich, schnappte mir einen Müsliriegel und stürzte aus der Küche. Im Flur legte ich den Rückwärtsgang ein und schlich unbemerkt runter in den Keller. Die Tür zu Grannys Zauberhöhle war abgeschlossen. Vorsichtig klopfte ich an. Granny öffnete die Tür einen Spalt und ich drückte mich rein. Operation »Zurück auf Los« ging weiter.

Merpa und Guppa standen reglos am Fenster. Der Lama war nirgends zu sehen.

»Wo ist der Lama?«, fragte ich Granny.

»Da drin«, erwiderte sie und zeigte auf ihren Wandschrank.

Der Schrank war geschlossen, aber aus dem Inneren waren Gerangel und Geschimpfe zu hören. Es klang, als ob sich der Lama und die Kiste ordentlich in den Haaren hatten. Nur dass sie beide nicht besonders viele Haare besaßen.

»Am Vormittag hat der Lama erst mal geschlafen und dann hat er sich ziemlich lange mit der Notfallkiste unterhalten«, sagte Granny. »Gerade haben wir eine kurze Mittagspause eingelegt.«

»Käsenudeln sind wunderbar«, warf Guppa ein. Das war sein erster vollständiger Satz in meiner Gegenwart. Ich hatte gar nicht gedacht, dass er überhaupt sprechen konnte. Bei Käsenudeln schienen diese Bhutaner zur Höchstform aufzulaufen.

»Käsenudeln schmecken wie die ersten Sonnenstrahlen, die frühmorgens über die Bergkuppen fließen«, fügte Merpa hinzu. »Sie schmecken fast so gut wie die Chicken Enchiladas bei Taco Bell.«

Dann standen wir rum und warteten. Granny feilte ihre Nägel, ich setzte mich auf den Boden und zupfte an den Teppichfransen herum, der Mini-Elch machte es sich auf Grannys Bett bequem.

Noch nie war mir eine Viertelstunde so ewig vorgekommen. So lange dauerte es, bis der Lama endlich aus dem Wandschrank kletterte. Im Lotussitz ließ er sich auf Grannys Bett nieder, die Beine verschränkt, die Hände auf den Knien, und schloss die Augen. Mein Atem ging nur noch stoßweise, so aufgeregt war ich. Endlich öffnete der Lama zuerst seine Augenlider und dann seine Hand. Darin lag ein altbekanntes Stück Papier: rechteckig, vergilbt und mit zerknickten Ecken. Solche Zettel hatte ich in den letzten

Wochen so oft gesehen. Ich sprang auf, um mir das Rezept zu schnappen. Aber der Lama war schneller. Er schloss die Finger wieder um den Zettel und zog seine Hand weg.

»Nicht so voreilig, Franny«, sagte er. »Das beste Gebet ist Geduld.«

»Meine Rede, Lama«, sagte Granny. »Das habe ich Franny schon tausendmal gesagt.«

Wieso musste ich mir in letzter Zeit eigentlich ständig dieses Gelaber von wegen Geduld und so weiter anhören? Ehrlich gesagt sah ich das ein bisschen anders. Ich meine, je länger wir warteten, desto tiefer würde Dad in seiner Depristimmung und Joey und Kate in der blöden Blogosphäre versinken. Allerdings wusste ich auch, dass hier der Lama das Sagen hatte und ich mir es mit ihm besser nicht verscherzte. Vielleicht tat ich besser so, als würde ich das Gerede ernst nehmen.

Ich setzte mich auf den Boden und schaute von unten zum Lama herauf. »Wenn ich will, kann ich sehr geduldig sein.«

Der Lama schenkte mir ein Lächeln. »Das glaube ich dir gern, Franny. Wenn du willst, kannst du so einiges.«

Granny lachte. »Meine Enkelin ist ein offenes Buch für dich.«

Der Lama und Granny wechselten einen Blick. So langsam ging mir die Harmonie zwischen den beiden ziemlich auf die Nerven.

»Die Notfallkiste gibt mir einige Rätsel auf. Noch längst wissen wir nicht alles über sie. Deshalb müssen wir mit Umsicht vorgehen, vor allem, wenn wir Gegenmittel einsetzen. Die sind fast noch komplizierter als die eigentlichen Zaubermittel. Wie sie genau wirken, kann ich nicht mit Sicherheit vorhersagen.«

Schon gut, schon gut. Bla, bla, bla. Konnten wir diesen

Teil vielleicht überspringen und gleich zu den Gegenmitteln kommen?

»Eines steht fest«, fuhr der Lama fort. »Du hast dich nicht egoistisch verhalten, Franny, jedenfalls nicht im engeren Sinne. Du hast dir gewünscht, dass deine Freunde und deine Familie sich gut verstehen, und auch dein Wunsch nach genießbarem Schulessen ist nicht verwerflich. Du wolltest eine bessere Welt, allerdings hast du den falschen Weg eingeschlagen. Die Notfallkiste ist für Angelegenheiten, bei denen alle anderen Mittel versagt haben. Deshalb sage mir jetzt, Franny, hast du zuerst versucht, mit deinen Mitmenschen zu reden, um die Welt zu einem besseren Ort zu machen?«

»Äh ... na ja ...«, stotterte ich. Lamas Blick durchbohrte mich förmlich.

»Hast du Joey und Kate gesagt, was du dir wünschst?«

»Versucht habe ich es ...«

»Hast du das wirklich, Franny?«

»Nein.« Der Lama hatte recht. Ich hatte mit überhaupt niemandem geredet. Wieso hatte ich Joey und Kate nicht einfach gesagt, wie sehr es mich anstrengte, Tag für Tag zwischen ihnen hin und her zu rennen? Stattdessen war ich den Weg des geringsten Widerstands gegangen. So langsam wurde mir klar, dass eine Freundschaft aus Geben und Nehmen bestand. Bisher hatte ich zu viel gegeben und sie hatten zu viel genommen. In Zukunft musste das ein bisschen ausgeglichener sein.

»Du musst deine Energie frei fließen lassen. Nur dann leuchtet dein inneres Licht und du kannst jenen den Weg weisen, die die Wahrheit noch nicht sehen. Deine anderen Zaubertricks konnte ich mit den gelben Armbändern leicht rückgängig machen. Joey und Kate aber haben zu viel Zauberkraft abbekommen, deshalb kann ich ihre Verwandlung nicht einfach aufheben. Die Notfallkiste hat uns ein Rezept gegeben, womit wir es versuchen können. Deinen Wunsch aber wird sie nicht erfüllen. Du musst mit deinen Freundinnen trotzdem reden.« Echt doof. Denn dieses Miteinander-Reden kam mir leider immer noch so wahnsinnig kompliziert vor.

Lama warf einen Blick auf den Zettel. »Diese Energie-Gesichtsmaske müssen Joey und Kate schnellstmöglich anwenden, dann kehren ihre früheren Ichs zurück. Wenn alles gut geht, können sie sich an nichts erinnern und sind wieder deine besten Freundinnen. Aber dein eigentlicher Wunsch kann nur von dir selbst erfüllt werden, Franny. Dein Leben liegt in deiner Hand.«

»Und was ist mit Dad und Naomi? Hast du für die auch ein Rezept? Ich meine, ich habe Dads Leben kaputtgemacht. Er kriegt überhaupt nichts mehr auf die Reihe. Und Naomi hat tausend Männer an der Backe. Gegen Elodie müssen wir auch was unternehmen. Ein paar mehr Rezepte muss die Zauberkiste schon ausspucken. Oder du gibst mir noch ein paar von diesen gelben Armbändern. Die Dinger sind echt cool. Und wenn alles wieder in Ordnung ist, lasse ich die Finger von der Zauberkiste. Das verspreche ich hoch und ...«

»Nur Joey und Kate brauchen ein Gegenmittel, weil der Zauber auf ihr Wesen übergegriffen hat. Bei Naomi reicht ein gelbes Armband, damit die Männer sie wieder in Ruhe lassen. Allerdings kommen sie und dein Dad nicht automatisch wieder zusammen. Dafür müssen sie selbst sorgen. Und was Elodie betrifft – vertrau mir einfach. Über kurz oder lang bringt sie sich selbst zu Fall.«

»Aber Dad ist fix und ...«

»Das Zaubermittel hat sein Leben verändert. Ob das gut oder schlecht war, kann man nicht sagen.«

»Natürlich kann man das sagen. Es war total schlecht!«

»Über die Liebe kann nur das Schicksal entscheiden. Wir würden einen Teufelskreis in Gang setzen, wenn wir wieder die Notfallkiste um Hilfe bitten.« Der Lama sah mich an. »Jeder kann zaubern, Franny, und jeder hat sein Leben in der Hand. Auch du. Du kannst Berge versetzen, wusstest du das?« Also, jetzt klang der Lama aber langsam wie ein Eso-Ratgeber.

»Ich glaube, der Lama will sagen, wer das Chaos hervorgerufen hat, der muss es auch wieder beseitigen«, sagte Granny. »Du brauchst keine Erste-Hilfe-Paste, Franny. Du selbst kannst jedes Problem in Luft und Wohlgefallen auflösen.«

Dass ohne die Zauberkiste hier irgendwas wieder in Ordnung kam, daran glaubte ich nun wirklich nicht. »Vielleicht hättest du die blöde Kiste lieber in Bhutan lassen sollen, Granny, hast du darüber schon mal nachgedacht?« Jetzt war ich sauer. Dieses ganze Gelaber von wegen Wir-sind-unser-eigenes-Glückes-Schmied hatte ich echt über. Ich wollte Antworten. Ich wollte Rezepte. Und ich würde sie mir holen.

Aber da erhob sich der Lama und legte seine Hände auf meine Schultern, so wie er es vorhin bei Mom getan hatte. »Unsere Welt ist voller Geheimnisse und sie offenbaren sich uns auf eine Weise, die wir nicht immer gleich verstehen.« Der Lama schenkte mir ein gütiges Lächeln. Oh Mann. Der hatte echt die Ruhe weg. So langsam kapierte ich, warum Justin, Oprah, Brad, Angelina, meine Granny und wahrscheinlich noch tausend andere Leute auf dieser Welt ihn anhimmelten. Seine Worte hatten so was Mächtiges an sich und von seinem Körper ging eine unglaubliche Kraft aus. Es war total seltsam, aber in seiner Nähe wurde man innerlich ganz ruhig. Ehrlich gesagt kapierte ich eigentlich nicht, was der Lama mir mit dem ganzen Kram von wegen frei fließender Energie und sich offenbarenden Geheimnissen und so weiter sagen wollte. Aber irgendwie spürte ich, dass schon in seinem kleinen Zehennagel mehr Weisheit steckte als in ganz Fall River.

»Während ich die Schwingungen deines Lebens erspürte, sind fünf Wörter durch meinen Geist gezogen. Ich kann dir nicht sagen, was sie bedeuten, aber das wird dir mit Sicherheit die Zeit zeigen. Die Worte lauten Kerzenlicht, Hausmeister, Abendessen, Smart und Kuss. Bestimmt weisen dir diese Wörter den richtigen Weg.« Der Lama erhob sich. »Und jetzt muss ich los. Um sechs muss ich bei Brad und Angelina sein.«

Kerzenlicht, Hausmeister, Abendessen, Smart und Kuss? War das etwa sein Ernst? »Und wie soll das funktionieren?«, fragte ich.

Der Lama umschloss meinen Kopf mit seinen Händen und gab ein sanftes Summen von sich. »Alles wird gut, Franny«, sagte er nach einer halben Ewigkeit. »Nur wenn du deinen Weg selbst findest, wirst du daran wachsen. Und eines kannst du mir glauben: Die siebte Klasse in Bhutan ist auch ziemlich schrecklich. Ständig haben mir meine Mitschüler Reis in die Schultasche gefüllt. Und einmal haben sie mir ein Furzkissen auf den Stuhl gelegt.«

»In Bhutan gibt's Furzkissen?«, fragte ich.

»Wo gefurzt wird, gibt es Furzkissen«, erwiderte der Lama. So hatte ich das noch gar nicht gesehen. Aber es machte absolut Sinn.

»Dein inneres Licht leuchtet sehr hell, Franny. Die ganze Welt steht dir offen.« Der Lama drückte mir einen Kuss auf den Scheitel. Dann wandte er sich an Granny. »Wenn wir uns in diesem Leben nicht wiedersehen, dann auf jeden Fall im nächsten.«

»Ich freue mich darauf«, sagte Granny. »Ich verbeuge mich vor deinem inneren Licht.«

»Ich verbeuge mich vor deinem inneren Licht«, wiederholte der Lama. Dann betrat er wieder den Wandschrank, kam mit der Zauberkiste in der Hand zurück und gab sie mir.

»Für mich?« Nicht zu fassen, dass der Lama mir das Teil anvertraute, mit dem ich ein totales Chaos ausgelöst hatte.

»Ich habe das Gefühl, dass die Notfallkiste bei dir in guten Händen ist. Du hast heute einiges gelernt und vielleicht brauchst du die Kiste eines Tages. Franny, du hast einen ganz besonderen Platz im Universum. Es war dir vorbestimmt, dass die Notfallkiste ein Teil deines Lebens wird.«

Was sollte das denn jetzt? Wollte der Lama mich etwa dazu ermutigen, sehenden Auges ins nächste Schlamassel zu marschieren? Ich war echt nicht sicher, ob ich der Versuchung widerstehen konnte.

»Und wenn ich's wieder vermassle? Beim nächsten Mal gerät die Welt vielleicht wirklich aus ihrer Umlaufbahn. Außerdem hat die Kiste sowieso keine Rezepte mehr ausgespuckt. Ich habe nicht das Gefühl, dass sie großes Interesse an mir und meinen Wünschen hat.«

»Du hast sie ein bisschen überfordert. Bei deinen vielen Wünschen ist es kein Wunder, dass sie den Geist aufgegeben hat.«

Oh Mann. Ich hatte eine Zauberkiste außer Gefecht gesetzt. Mein armes Karma.

»Du darfst die Notfallkiste erst einsetzen, wenn du wirklich versucht hast, ein Problem zu lösen. Solange du dich daran hältst, wird nichts schiefgehen. Und irgendwann brauchst du die Kiste wahrscheinlich nicht mehr. Bis dahin musst du einfach ein bisschen vernünftig sein.« Der Lama nahm meine Hand und legte ein kleines Knäuel aus gelben Armbändern hinein. »Eins davon ist für Naomi, die anderen bewahrst du an einem sicheren Ort auf. Vielleicht kannst du sie eines Tages gebrauchen.«

Und schon hatte er mitsamt seinen Gehilfen und dem hässlichsten Elch der Welt unser Haus verlassen. Durchs Fenster sahen Granny und ich, wie die vier in den Wagen stiegen.

»Ich werde den Lama vermissen«, seufzte Granny.

»Und ich erst«, sagte ich.

# Wo ein Wille ist, ist auch ein Weg

Ich setzte mich auf Grannys Bett. »Und wie geht's jetzt weiter?«

»Mit der Energie-Gesichtsmaske. Womit sonst?«

»Aber ich habe keinen blassen Schimmer, wie ich Kate und Joey dazu kriegen soll, die Gesichtsmaske aufzutragen. Ich meine, die beiden reden kein Wort mehr mit mir. Wie soll ich das anstellen? Soll ich sie fesseln und ihnen das Zeug ins Gesicht schmieren?«

»Irgendwas fällt uns schon ein. Wo ein Wille ist, ist auch ein Weg.«

»Joey und Kate machen sowieso nicht mit. Und selbst wenn – hast du nicht gehört, dass nicht mal der Lama sicher war, ob die Gesichtsmaske überhaupt wirkt? Bestimmt geht wieder etwas schief, so wie bei den anderen Zaubermitteln, und dann ...«

»Stopp mal, Francisco. Wir machen jetzt eins nach dem anderen. Du sagst deinem Kopf, dass er für ein paar Minuten aufhören soll zu denken, und ich kümmere mich um alles andere, okay?« Granny warf einen Blick auf das Rezept. »Das klingt total easy-peasy. Ich glaube, die meisten Zutaten habe ich sogar da. Nur beim Muskatellersalbeiöl bin ich mir nicht sicher. Franny, das wird ein Heidenspaß.«

Den Heidenspaß konnte ich noch nicht so recht erkennen. Ich kapierte einfach nicht, warum das Leben immer so kompliziert sein musste. Aber während ich zusah, wie Granny die Zutaten für die Gesichtsmaske zusammensuchte, spürte ich plötzlich, wie sehr ich sie mochte. Ich war echt erleichtert, dass sie mir verziehen hatte. Granny war einfach nur cool, und wer mit ihr unter einem Dach wohnte, der erlebte mit Sicherheit jede Menge Abenteuer. Klar, das hier waren vielleicht zwei, drei Abenteuer zu viel. Aber mit Granny wurde das Leben jedenfalls nicht langweilig.

Am besten überließ ich jetzt ihr das Ruder. Mit Zaubermitteln kannte sie sich eindeutig besser aus. Ich folgte ihr ins Bad und schaute zu, wie sie sich hinkniete und den Waschtisch nach den Zutaten für die Gesichtsmaske durchwühlte. Sie nahm die verschiedenen Tiegel, Döschen und Fläschchen in die Hand und kniff die Augen zusammen, um die Beschriftungen zu lesen.

»Wo ist denn nur das Muskatellersalbeiöl? Nein, das hier ist Lebertran. Das bringen wir besser nicht durcheinander. Lebertran reinigt den Körper auch, allerdings auf eine andere Weise. Einmal habe ich Lebertran genommen und hatte eine Woche lang Dünnpfiff. Muskatellersalbeiöl dagegen wirkt beruhigend.«

Dünnpfiff konnten wir jetzt wirklich nicht gebrauchen. Granny kniete auf dem Badezimmerboden und ihre Yogahose rutschte immer tiefer.

»Soll ich mal schauen, Granny? Ich kann die kleinen Etiketten besser lesen.« Ich kniete mich neben Granny und hatte das Muskatellersalbeiöl binnen Sekunden gefunden. »Und wenn wir es bei Joey und Kate erst mal nur mit den gelben Armbändern versuchen?«

»Franny, du verstehst einfach nicht, dass selbst Zauberei ihre Grenzen hat. Der Lama hat dir viel mehr als dieses eine Rezept gegeben. Er hat versucht, dir zu erklären, dass reden manchmal die größeren Wunder bewirkt. Und er hat dir fünf Wörter genannt, die dir den richtigen Weg weisen.«

»Meinst du Kerzenlicht, Hausmeister, Abendessen, Smart und Kuss? Echt super, das hilft mir total. Granny, du brauchst mir nichts vorzumachen. Ich habe kapiert, dass der Lama keinen Bock mehr hatte. Ich meine, wenn ich die Wahl hätte, in Fall River das chaotische Leben einer Zwölfjährigen zu entwirren oder auf der Schickimicki-Party von Brad und Angelina abzuhängen, hätte ich mich genauso entschieden.«

»Franny, diese Wörter können dir eine große Hilfe sein. Der Lama hat sie dir genannt, weil er sie für wichtig hält.« Granny nahm mich in die Arme. »Wir kriegen dein Leben schon gerockt.«

*»Gerockt?«*

»Sagt ihr jungen Leute das nicht so?«

»Doch«, gab ich mit einem Lachen zu.

»Du weißt doch, dass ich *up to date* bleiben will.«

In dem Moment kapierte ich endlich, dass das einer dieser Schlüsselmomente war. Entweder riss ich mich jetzt zusammen und nahm mein Leben wieder in die Hand oder ich ließ mich weiter hängen und blieb dieser Schluck Wasser, der ich seit zwei Tagen war. Mein Entschluss stand fest.

»Wir müssen uns irgendeinen Trick einfallen lassen, damit Joey und Kate die Gesichtsmasken wirklich auftragen«, sagte ich aufgeregt. »Jedenfalls kann ich sie nicht einfach anrufen und fragen, ob sie mal eben bei mir vorbeikommen und mit mir eine Beauty-Session einlegen. Diese Zeiten sind vorbei.« Allerdings hatte ich keine Ahnung, was für ein Trick das sein sollte. Vielleicht fiel Granny ja etwas ein.

»Ein Trick – das klingt super«, rief Granny. »Ich bin dabei. Welchen Trick meinst du?«

»Keine Ahnung«, sagte ich ungeduldig. Aber Grannys Blick rief mir sofort alles in Erinnerung, was ich in letzter Zeit über Geduld gelernt hatte.

Nachdem wir ungefähr fünfzehn Minuten lang unsere

Hirnwindungen angestrengt hatten, hatte ich plötzlich die Idee. So was in der Art hatte ich mal bei den *Simpsons* gesehen und es war so abgefahren, dass es vielleicht sogar funktionieren konnte.

»Ich hab's«, sagte ich.

»Ich bin dabei«, sagte Granny, ohne zu wissen, wovon ich redete. Das war so typisch für sie und das mochte ich an ihr vielleicht am liebsten.

»Wir schreiben ihnen ins Gästebuch, dass sie eine Beauty-Session mit einer Starstylistin gewonnen haben!«

»Und wer soll diese Starstylistin sein?«

Musste ich denn alles allein machen? »Du schon mal nicht. Mom auch nicht. Bleibt noch ... Gladys! Gladys kennen Joey und Kate nicht. Gladys könnte sie zu Hause besuchen und die Gesichtsmaske auftragen. Was meinst du?«

Schon hing Granny am Telefon und erklärte Gladys unseren Plan. Bis zum Bett hörte ich Gladys vor Begeisterung kreischen. Dann rührte Granny die Gesichtsmaske an. Die einfachen Zutaten erstaunten mich. Eigentlich brauchten wir nur Zitronensaft, zwei Eier, eine halbe Avocado, etwas Honig, Bananen und ein paar Tropfen von diesem seltsamen Muskatellersalbeiöl. Kompliziert war einzig und allein die Brücke, die wir machen mussten, während die Gesichtsmaske fest wurde.

Als Nächstes schickte ich Joey und Kate eine Fantasiemail.

*Congratulations! Ihr seid die Gewinner unseres Blog Contests! Wir haben uns durch über 10.000 Blogs geklickt und ihr habt das coolste Blog in der gesamten Blogosphäre. Der erste Preis ist eine Schönheitsbehandlung mit Starstylistin Svetlana Ourzinsky. Sie kommt noch heute zu euch nach*

*Hause. Antwortet so schnell wie möglich oder wir geben den Preis an den zweiten Gewinner weiter.*

Ich verschickte die Mail von Grannys Account, dann wartete ich. Und wartete. Und wartete. Plötzlich kam mir meine Mail ziemlich behämmert vor. Joey und Kate mussten einfach merken, dass das ein Fake war. Aber die Antwort ließ nur ein paar Minuten auf sich warten.

*Steil! Natürlich wissen wir längst, dass wir die besten Bloggerinnen sind. Aber wir machen trotzdem mit.*

Ich klappte den Rechner zu und sagte: »Granny, es geht los.«

Granny und ich trugen Trenchcoats, Sonnenbrillen und Baseballmützen. Wir sahen ein bisschen irre aus, aber ich hatte mich nicht mit Granny anlegen wollen, die unbedingt inkognito unterwegs sein wollte. Ich fand unseren Partnerlook zwar alles andere als inkognito, aber was soll's.

Gladys wartete nicht weit von Joeys Haus auf uns. Über einem knallrosa Tenniskleid trug sie einen weißen Kittel und hatte die Haare mit einem rosa Haargummi zu einem Pferdeschwanz gebunden.

»Gladys, warum sollte eine russische Starstylistin ein Tenniskleid tragen?«, fragte ich.

»Keine Ahnung«, sagte Gladys. »Ich kann dir nur sagen, warum ich ein Tenniskleid trage. Weil ich nämlich später mit Luc Santos zum Tennisspielen verabredet bin. Mach dir keine Sorgen, ich habe alles im Griff. Neben mir wohnt Velma Boriskovitz und sie hat mir noch schnell einen echten russischen Akzent beigebracht. Deine Freundinnen werden keinen Verdacht schöpfen.«

Während Gladys auf die Haustür zuging, krochen Granny und ich im Vorgarten ins Gebüsch. Von hier aus hatten wir die Terrasse hinter dem Haus samt Swimmingpool im Blick. Joey und Kate machten mit Jemma gerade eine Fotosession oder etwas in der Art. Joey hat mir mal erzählt, dass Jemma später Modefotografin werden will. Neben dem Swimmingpool hatte sie eine Kulisse wie in einer Victoria's-Secret-Werbung aufgebaut. Joey und Kate fläzten in riesigen Liegestühlen und trugen ... ich rieb mir die Augen. Selbst Kate trug nur den Hauch eines Bikinis, mit String-Höschen und einem winzigen Oberteil. Noch nie hatte ich Kate in etwas anderem als Surfshorts und einem Sport-BH gesehen. Ihr Anblick machte mich total fertig. Jemma fotografierte Joey und Kate mit einer Digitalkamera.

»Los, Mädels, zeigt's mir«, spornte sie die beiden an. »Zeigt meiner Kamera, wie super ihr seid. Ja, so liebe ich euch. Ich liebe euch, Mädels. Yes!« Oh Mann. Jemma war acht. Woher hatte sie das? Besser, ich ließ die Zwillinge nicht mehr mit ihr spielen.

Joey und Kate rekelten sich auf ihren Liegestühlen und fanden sich total toll. Mit meiner Joey und meiner Kate hatten die beiden jedenfalls nichts gemeinsam. Und ich wollte sie mit einer blöden Gesichtsmaske zurückverwandeln? So langsam zweifelte ich an unserem Plan.

Als es an der Tür klingelte, sprangen Joey und Kate auf und verschwanden im Haus. Ein paar Sekunden später standen sie im Türrahmen und nahmen Gladys in Empfang.

»Challo, chübsche Mäuse. Bin ich Svetlana und seid ihrr Joey und Kate, ich chabe rrrecht?«

»Genau«, sagte Kate.

Gladys legte die Hand erst unter Kates und dann unter

Joeys Kinn. »Seid ihrrr aber schön! Soforrrt ich werrrde sehrrr wehmütig. In eurrrem Alterrr ich habe im Zarrrengarrrten Schmetterrrlinge gejagt. Das warrren Zeiten ...«

Im Garten des Zaren? Hatte der nicht Anfang des zwanzigsten Jahrhunderts abgedankt (Geschichte, sechste Klasse)? Na ja, vielleicht hatte ich Glück und Joey und Kate hatten in dieser Stunde nicht so gut aufgepasst.

»Und nun ich mache euch noch schönerrr. Übrigens auch sehr schön euerrr ... wie cheißt gleich ... Blog?«

»Ich habe nicht den ganzen Nachmittag Zeit!«, schrie Jemma aus dem Garten.

»Jetzt mach dich mal locker«, schrie Joey zurück und wandte sich wieder an Gladys. »Dauert die Behandlung sehr lange? Wir machen nämlich gerade ein Fotoshooting, weil wir demnächst unsere Website an den Start bringen wollen.«

»Dauerrrt Gegenteil von lange. Dauerrrt nur chalbe Stunde. Gehen wir chinterrr und fangen an?«

Vielleicht hatte Gladys nicht gerade das beste Outfit gewählt, aber den Akzent einer russischen Starstylistin hatte sie echt drauf.

Granny und ich sahen zu, wie Gladys, Joey und Kate im Haus verschwanden und kurz darauf im Garten wieder auftauchten. Wir hatten den perfekten Beobachtungsposten gewählt.

»Ihrrr macht gemütlich und ich trrrage Maske auf. Danach ihrrr seht aus schön wie Sterrrne und eurrre Fotos sehen aus schön wie Sterrrne. Wie sagt ihrrr? Chinrrreißend ihrrr seht aus. Müsst ihrrr nurrr drrreißig Minuten liegen rrruhig, sonst Chaut wird krrratzig wie Rrrinde von Baum in Zarrrengarrrten.«

Joey und Kate zuckten zusammen.

»Gladys hat früher Theater gespielt«, flüsterte Granny mir zu. »Sie ist echt talentiert.«

»Eine halbe Stunde ist ziemlich lang«, sagte Kate.

Aber Gladys ließ sich nicht beirren. Ehe Joey und Kate noch etwas sagen konnten, hatte Gladys sie schon auf die Liegestühle befördert und ihnen die Gesichtsmaske ins Gesicht geklatscht.

»In drrreißig Minuten ihrrr entferrrnt Maske und schaut in Spiegel. Ihrrr werrrdet nicht trrrauen Augen! Ich bin schon sehrrr gespannt auf Fotos in Blog. Ich bin grrroßerrr Fan von Blog. Am besten finde ich ... wie sagt ihrrr? Steil und lame.«

»Ja, das ist vielleicht unsere beste Kategorie«, sagte Kate. »Vielen Dank, Svetlana.«

»Wir sollten eine Rundmail schicken«, sagte Joey zu Kate. Sie wandte sich an Gladys: »Können wir schnell ein Foto machen? Danach liegen wir auch ganz still. Aber unsere User müssen wissen, dass wir gerade eine Beauty-Session machen.«

»Nurrr ein Mal, dann ihrrr bewegt nicht mehrrr. Keinen Millimeterrr!« Gladys wirkte plötzlich sehr streng.

»Okay«, sagte Kate schnell. »Wie heißt die Gesichtsmaske?«

»Sie cheißt ... sie cheißt ... das ist sehrrr gute Frrrage!« Gladys schien jeden Moment aus der Rolle zu fallen. »Ich muss mich konzentrrrierrren, damit ich kann errrinnerrrn Namen von Maske. Ich drrrehe kleine Rrrunde und so mirrr fällt Name ein.«

Oh nein. Gladys hatte den Namen der Gesichtsmaske vergessen. Das war der Super-GAU. Wieso hatte ich ihn nicht mit Edding auf ihren Handrücken geschrieben? Mit großen Schritten lief Gladys auf das Gebüsch zu, in dem Granny und ich hockten. Konnte sie sich nicht einfach irgendwas ausdenken? Zum Glück waren Joey und Kate vollkommen damit beschäftigt, ihre alberne Rundmail zu verfassen.

»Energie-Gesichtsmaske!«, zischte ich Gladys zu. »Und jetzt weg hier!«

»Stimmt. Danke.« Schnell lief Gladys zurück zum Swimmingpool.

»Ist weltberrrühmte Enerrrgie-Gesichtsmaske«, sagte Gladys zu Joey und Kate. »Wurrrde schon genossen von vielen Zarrrrinnen.«

»Cool.« Joey tippte irgendwas in ihr iPhone.

Gladys riss ihr das Teil aus der Hand. »Habe ich gesagt, nicht bewegen, oder habe ich nicht gesagt?«, schimpfte sie. »Jetzt ich muss leiderrr gehen. Heute ich habe noch einen Terrrmin bei Tochterrr von Zarrr.«

Was hatte Gladys nur mit dem Zaren?

»Aberrr ich will noch sagen, ihrrr seid etwas sehrrr Besonderrres. Alle beide.«

»Bingo, Dingo«, sagten Joey und Kate wie aus einem Mund und fingen mal wieder schreiend an zu lachen. Fast wäre mir mein Frühstück wieder hochgekommen.

Vor dem Haus trafen wir Gladys und rannten zu dritt die Straße runter. Als wir vom Ort des Verbrechens weit genug entfernt waren, fielen wir uns um den Hals. Oh Mann, das war echt aufregend gewesen. Aber wir hatten es geschafft! Granny und Gladys klatschten sich ab.

»Du warst grandios, Liebes«, sagte Granny zu Gladys. »Ich bin total beeindruckt. Du musst endlich wieder auf die Bühne.«

»Es hat einen Riesenspaß gemacht«, erwiderte Gladys. »Gleich morgen rufe ich bei meiner alten Theatergruppe an.«

»Ich bin so froh, dass du uns geholfen hast, Gladys«, sagte ich. »Ich meine, ich habe schließlich bei dir eingebrochen. Das tut mir immer noch total leid.«

Gladys schenkte mir ein Lächeln. »Das weiß ich doch.«

»Hast du noch Zeit für einen Rieseneisbecher im Sweet Spot?«, fragte Granny.

»Klaro«, sagte Gladys. »Mein Schnuffelbär muss sowieso noch an seinem Aufschlag arbeiten. Letzte Woche habe ich ihn sechs null geschlagen.«

Im Sweet Spot übertrieben es Granny und Gladys ein bisschen mit den Toppings. Gummibärchen plus Erdnusscookies plus Butterfingers plus Bananen plus weiße Schokostreusel auf einer Eiskugel sahen nicht gerade lecker aus. Nachdem ich davon gekostet hatte, musste ich allerdings zugeben, dass meine Kombination – Mint Chocolate Chips mit M&M's – einfach nur langweilig schmeckte. Granny und Gladys wussten, wie man das Leben genoss. Schade, dass sie nicht hundert Jahre jünger waren. Es war echt cool, mit den beiden abzuhängen. Jedenfalls tausendmal cooler als mit meinen zwei ehemaligen besten Freundinnen.

Vor dem Laden umarmten wir uns noch mal. »Das chat gemacht mehrrr Spaß als schauen ganze Abend Georrrge-Clooney-Filme im Leisurrre Village«, sagte Gladys mit ihrem perfekten Akzent. »Ich danke sehrrr herrrzlich.«

Granny und ich stiegen in den Wagen und fuhren los. Jetzt wollte ich nur noch ins Bett und schlafen.

»Und du glaubst wirklich, dass die Gesichtsmaske wirkt?«, fragte ich Granny im Auto zum ungefähr hundertsten Mal.

»Garantiert«, erwiderte Granny. »Wir müssen nur etwas Geduld haben.«

»Aber wir haben keine Zeit für Geduld, Granny! Nur noch zwei Tage, dann ist die Cheerleadermeisterschaft und die Battle of Bands, und wenn Joey und Kate sich dort nicht blicken lassen, suchen alle die Schuld bei mir. Außerdem ist am Freitag schon der Fall Fling und ohne Joey und Kate wird es todlangweilig. Und wir müssen uns auch noch um Dad und Naomi kümmern und um Elodie und um Marsha ...«

»So schnell geht das nicht«, unterbrach mich Granny. »Du hast eine Weile gebraucht, um das Universum aus dem Gleichgewicht zu bringen, und jetzt brauchst du eine Weile, um es wieder zu richten.«

»Kerzenlicht, Abendessen, Hausmeister, Smart, Kuss – ich kapiere immer noch nicht, was das soll.«

»Was das vorletzte Wort betrifft, kann ich dir helfen«, sagte Granny und brachte den Wagen vor einer breiten Glasfront am Stadtrand zum Stehen. Ich hatte gar nicht gemerkt, dass wir statt nach Hause einen ganz anderen Weg eingeschlagen hatten. Auf der Glasscheibe vor uns stand in großen Buchstaben: EINZIGARTIG FÜR DIE UMWELT. DER NEUE SMART.

Moment mal. Pause-Taste. »Was machen wir hier?«

»Vor ein paar Tagen habe ich mir einen Smart gekauft«, sagte Granny. »Ich kann ihn erst heute abholen, weil ich ein paar Sonderwünsche hatte. Das kann der Lama nicht gewusst haben. Es ist schon irre, dass bei seinen fünf Wörtern Smart dabei ist, findest du nicht?«

Aus schmalen Augen schaute ich Granny an. »Kaufst du dir jetzt nur einen Smart, damit ich den Lama nicht für verrückt halte?«

»Natürlich nicht. Ich habe dir doch gesagt, dass ich den Wagen schon vor ein paar Tagen gekauft habe. Diesen Spritfresser hier gebe ich in Zahlung.« Sie meinte den Cutlass Supreme, in dem wir gerade saßen. »Ich wollte schon immer einen pinken Wagen.«

Einen pinken Smart? Pink?!?

Granny sprang aus dem Wagen und hüpfte in den Laden. Langsam folgte ich ihr. »Warte, bis du mein Sondermodell siehst. Du würdest es wahrscheinlich ›ziemlich fett‹ nennen.«

Mitten im Laden stand tatsächlich ein pinker Smart. Allerdings war er nicht einfach nur pink. Ich rieb mir die Augen, weil ich nicht glauben konnte, was ich da sah. An der Seite stand in neongrünen Buchstaben: ICH VERBEUGE MICH VOR DEINEM INNEREN LICHT.

»Sag, dass das nicht wahr ist, Granny.«

»Es ist aber wahr.« Granny strahlte von einem Ohr zum anderen, als sie die Tür öffnete und sich auf den Fahrersitz fallen ließ. Sie trug eine gelbe Yogahose, ein oranges T-Shirt und hellgrüne Crocs und in Kombination mit dem pinken Wagen sah sie aus wie ein Tutti-Frutti-Spezial-Eisbecher.

Den Cutlass ließ Granny draußen stehen und wir fuhren im neuen Smart nach Hause. Er war klein und verrückt und gab einem irgendwie das Gefühl, in einer Raumkapsel zu sitzen.

»Und die anderen vier Wörter?«, fragte ich.

»Deren Bedeutung offenbart sich schon noch. Geduld ist das beste Gebet, Francisco.«

»Ich glaube«, sagte ich langsam, »das habe ich schon mal gehört.«

**Wie-es-war-Energie-Gesichtsmaske**
(stellt den Ausgangszustand wieder her)

1 Banane
½ Avocado
1 EL Zitronensaft
1 EL Honig
2 Eiweiß
einige Tropfen Muskatellersalbeiöl

1. Die Banane und die Avocado in einer Schüssel zerdrücken, bis eine glatte Masse entsteht.
2. Zitronensaft, Honig, Eiweiß und Muskatellersalbeiöl hinzufügen und zu einer weichen Masse rühren.
3. Während die Gesichtsmaske fest wird, zwei Minuten lang eine Brücke machen.
4. Die Gesichtsmaske sorgfältig auf dem ganzen Gesicht verteilen und dreißig Minuten einwirken lassen.
5. Erst mit warmem Wasser und anschließend mit kaltem Wasser abwaschen, damit sich die Poren wieder schließen.

# Abendessen bei Kerzenlicht

An ihrer Stelle würde ich auch einen großen Bogen um mich machen. Ich habe mich wie ein Vollidiot benommen. Statt in Ruhe mit ihr zu reden, habe ich ihr einfach Vorwürfe gemacht. Aber allein geht's mir sowieso besser. Schon seit einer Ewigkeit will ich das Haus auf Vordermann bringen.«

Ich war zu Dad rübergegangen, um nach dem Rechten zu sehen. Allerdings hätte ich mir das sparen können, denn an Dads Zustand hatte sich nichts verändert. Dad brachte überhaupt nichts auf Vordermann. Während er mit mir sprach, saß er auf einem kleinen Holzstapel. Es handelte sich um die Einzelteile eines Terrassentischs, den er sich vor Kurzem bei Ikea gekauft hatte. Doch statt ihn zusammenzubauen, starrte Dad Löcher in die Luft. Dad ist Ingenieur und baut Sachen normalerweise in Lichtgeschwindigkeit zusammen und jetzt schien ein armseliger Terrassentisch ihn komplett zu überfordern.

»Willst du es nicht wenigstens noch mal probieren? Mir sagst du doch auch immer, dass ich nicht aufgeben darf. Zum Beispiel will ich seit Jahren mit dem Klavierspielen aufhören und du sagst immer, dass ich dranbleiben soll. Und vielleicht bin ich dir irgendwann dafür dankbar.«

»Weißt du, was, Franny? Lass das Klavierspielen einfach sein.«

Bei diesen Worten hätte ich am liebsten meinen Kopf gegen die Wand geschlagen. Das konnte doch alles nicht wahr sein. »Ich will das Klavierspielen aber nicht sein lassen. Ich will, dass du bei Naomi anrufst. Gib jetzt nicht auf, okay?«

»Du konntest Naomi nicht mal leiden.«

»Das stimmt nicht. Ich war nur ein bisschen durcheinander, weil du plötzlich mit einer anderen Frau aufgekreuzt bist. Aus diesem Grund habe ich ihr keine Chance gegeben. Aber diesmal gebe ich mir mehr Mühe. Mensch, Dad, ihr habt so gut zusammengepasst! Ich meine, ihr mögt beide ... äh ... Popcorn und Pancakes.« Langsam gingen mir die Argumente aus. Ich hatte keine Ahnung, was Naomi mochte. Eigentlich wusste ich überhaupt nichts über sie. Ich wusste nur, dass sie Dad glücklich machte, und das zählte. Denn jetzt war Dad das Gegenteil von glücklich und das durfte nicht sein. »Und sie hat genau die richtige Größe für dich. Sie ist nicht zu groß und nicht zu klein. Stell dir mal vor, du müsstest dich immer nach unten beugen, um sie zu küssen. Das wäre extrem schlecht für deinen Rücken und ...«

Dad fiel mir ins Wort. »Vergiss es, Franny. Es ist aus. Ich habe es vergeigt.«

Oh Mann. Das hier war echt *Mission Impossible*. Wenn Dad Naomi nicht anrief, dann würde ich das eben übernehmen. Ich musste die beiden wieder zusammenbringen. Das war ich ihnen schuldig.

»Hallo?«

»Naomi? Hier ist Franny, die Tochter von ...«

»Ich weiß schon, wer du bist. Das ist ja eine nette Überraschung. Wie geht es dir?«

»Gut. Ich rufe an, weil ich dir endlich das Geld für mein Kleid zurückgeben möchte. Vielleicht treffen wir uns mal auf einen Kaffee oder so?«

»Franny, das ist wirklich nicht ...«

»Ich bestehe darauf. Wie sieht es bei dir heute Abend aus? Um sieben im *Orange Rabbit?«*

»Eigentlich bin ich heute Abend schon verabredet. Geht es auch am Freitag?«

Erst am Freitag? Dad war kurz davor durchzudrehen. Freitag war viel zu spät.

»Ich weiß, das ist viel verlangt, aber können wir uns bitte heute Abend treffen? Es geht mir nicht nur um das Geld. Ich muss dringend mit jemandem reden. Mom und Dad haben wahnsinnig viel zu tun und mit meinen zwei besten Freundinnen habe ich mich zerstritten. Es war so nett, als wir uns bei Forever 21 unterhalten haben, und ich fühle mich total einsam.«

»Klar können wir uns treffen, Franny«, sagte Naomi sofort. Wow. Naomi war ein Engel. Wie hatte ich nur so bekloppt sein können, meinen Dad und sie auseinanderzubringen? Die beiden mussten unbedingt ihr Leben miteinander verbringen. Mindestens.

Dad willigte sofort ein, als ich ihn fragte, ob er am Abend mit mir essen ging. Zum hundertsten Mal sagte er, dass er bis zum Ende seines Lebens nichts mehr vorhatte. Plötzlich fielen mir zwei Worte vom Lama ein: Kerzenlicht und Abendessen. Vielleicht ergaben die fünf Wörter am Ende doch noch Sinn.

Ich sprang auf mein Fahrrad, radelte zum *Orange Rabbit* und händigte dem Besitzer die Hälfte meiner Ersparnisse aus. Er hieß Fernando und war überglücklich, eine Zwölfjährige zu schröpfen und mit ihr einen Geheimplan zu schmieden. Ich mochte Fernando sofort, auch wenn er Geschäfte mit Minderjährigen tätigte. Ich wusste genau, wie der Abend ablaufen sollte, und Fernando erfüllte all meine Wünsche. Er stellte ein RESERVIERT-Schild, einen wunderschönen Blumenstrauß und Kerzen auf den romantischsten Tisch und suchte den besten Wein aus. In dieser Atmosphäre würde die junge Liebe wieder erblühen.

Fünf vor sieben hockte ich zum zweiten Mal an diesem Tag in einem Gebüsch. Binnen Minuten war ich völlig von Mücken zerstochen, aber das hatte ich wahrscheinlich verdient. Fernando hatte mir versprochen, dass er Dad oder Naomi – je nachdem, wer von beiden zuerst kam – zum romantischsten Tisch der Welt führen und erklären würde, dass ich mich ein paar Minuten verspätete. Dann würde er auch den zweiten verhinderten Liebenden in Empfang nehmen und an den Tisch begleiten, und wenn Dad und Naomi sich erblickten, mit Blumen und bei Kerzenlicht, würden sie einander verzeihen und ihre Liebe auf alle Ewigkeit besiegeln. Oder so ähnlich.

Leider wurde mein Plan von der Tatsache torpediert, dass Dad und Naomi exakt zur selben Zeit ankamen. Vor dem Restaurant rannten sie fast ineinander. Sprachlos musterten sie sich. Im Gebüsch hielt ich den Atem an.

»Hi Mark.« Naomi fand die Sprache zuerst wieder.

»Naomi ... äh ... ich ...«, brachte Dad hervor.

»Freut mich, dich zu sehen«, sagte Naomi.

»Äh ... ja ... finde ich auch«, stammelte Dad. Er war echt nicht in Form.

»Das ist ja ein lustiger Zufall, ich bin hier nämlich mit Franny verabredet. Hat sie dir davon erzählt?« Naomi konnte mit der Situation viel besser umgehen als mein Dad.

»Äh ... nein. Hat sie nicht.« Dad verstummte. Langsam schöpfte er Verdacht, das merkte ich genau. Er kennt mich eben viel zu gut. »Aber ich wette mit dir, dass sie hinter diesem Zufall steckt. Tut mir leid, Naomi, aber ich bin nämlich auch mit Franny verabredet. Vermutlich hat sie dich hierhergelockt, damit wir wieder zusammenkommen. Dabei habe ich ihr gesagt, dass es aus und vorbei ist. Du weißt ja selbst, wie Kinder manchmal sind. Wenn sie sich was in den Kopf gesetzt haben ...«

So hatte ich mir das nicht vorgestellt. Ich rannte ins Restaurant und hielt Ausschau nach Fernando. Vielleicht konnte er die Dinge in die Hand nehmen. Doch als wir zusammen nach draußen traten, war Dad schon auf dem Rückzug und Naomi stand nicht etwa allein vor dem Restaurant, sondern war von vier Typen umgeben, die nicht von ihr ablassen wollten. Oh nein. Den Unwiderstehlichkeits-Smoothie hatte ich vollkommen vergessen! Fernando steuerte direkt auf Naomi zu.

»Hallo, schöne Frau, wollen Sie vielleicht mit mir zu Abend essen?«, fragte er.

Wie bitte? Wollte Fernando sich jetzt von meinen Ersparnissen zusammen mit Naomi den Magen vollschlagen? Ich stapfte auf ihn zu und tippte ihm auf die Schulter.

»Was soll das werden? Das ist die Freundin meines Vaters!«

»Ich hatte ja keine Ahnung, wie hübsch sie ist«, sagte Fernando. »Aber jetzt habe ich sie gesehen und bin mir sicher, dass sie für niemand anderen als für mich bestimmt ist.«

»Da bist du ja, Franny«, sagte Naomi.

»Finger weg, Fernando«, sagte ich. »Ich warne Sie!« Und dann rief ich nach Dad. Er blieb stehen und drehte sich um.

»Franny?«

»Naomi, ich habe dir ein Armband mitgebracht«, sagte ich. »Darf ich es dir umbinden? Wir haben es in der Schule gemacht, du weißt schon, wegen ... äh ... Brustkrebs.« In den letzten Tagen musste meine Nase um mindestens zehn Zentimeter gewachsen sein. Sahen die anderen das denn nicht? Aber irgendwie musste ich den Smoothie unwirksam machen.

»Gern«, sagte Naomi und hielt mir ihr Handgelenk an. »Sind diese Armbänder gegen Brustkrebs sonst nicht rosa?«

»Das ist es gerade. Alle machen rosa Armbänder und deshalb machen wir gelbe. Man muss auch mal was Neues probieren.« Mir lief der Schweiß übers Gesicht, als hätte ich einen Marathon absolviert.

»Franny, was machen wir alle hier?«, wollte Dad wissen.

»Ist doch lustig, dass wir drei uns hier über den Weg laufen, oder?« Ich lachte ein bisschen.

Fernando wollte Naomis Hand nehmen, aber sie verscheuchte ihn wie eine lästige Fliege.

»Jetzt mal ehrlich, Franny«, sagte Dad. »Hast du das hier eingefädelt?«

Der Lama hatte recht. Vielleicht war reden doch nicht das Schlechteste. Und etwas anderes blieb mir in diesem Moment sowieso nicht übrig. »Ganz genau. Was ist daran so schlimm? Euch geht es beiden superschlecht, und wenn ich die Sache nicht in die Hand genommen hätte, hättet ihr euch vielleicht nie wiedergesehen. Und das wäre ziemlich traurig, denn es ist ja wohl völlig klar, dass ihr füreinander bestimmt seid.«

Ich wandte mich an Naomi. »Mein Dad liebt dich. Die ganze Zeit redet er nur von dir. Er vermisst sogar, dass du deine T-Shirts dreimal faltest und dass du die Himbeermarmelade ganz glatt streichst, ehe du in deinen Bagel beißt.«

Naomi schaute Dad an. »Daran erinnerst du dich?«

»Ich erinnere mich an alles«, sagte Dad.

»Naomi und ich sind uns im Forever 21 über den Weg gelaufen«, wandte ich mich an meinen Dad. »Und ich habe sofort gemerkt, dass sie noch an dir hängt. Und dass sie dir verzeihen würde, wenn du dich nur endlich bei ihr entschuldigst.«

»Du hast recht, Franny«, sagte Dad. »Naomi, es tut mir leid. Ich habe mich wie ein Vollidiot benommen.«

»Das hast du wirklich. Aber niemand ist perfekt. Selbst

ich mache mal einen Fehler. Na ja, sehr selten natürlich.« Naomi grinste. Oh Mann, Humor besaß sie auch noch. Naomi war einfach vollkommen.

»Und jetzt«, sagte ich, »versucht ihr es noch mal miteinander. Das seid ihr euch schuldig. Das Glück liegt nämlich nicht einfach so auf der Straße rum. Meistens versteckt es sich. Glaubt mir, ich weiß, wovon ich spreche. Wenn man durch Zufall einen Zipfel vom Glück findet, dann muss man ihn festhalten. Ganz fest.« Ich hatte keine Ahnung, woher diese ganzen Weisheiten kamen. Vielleicht war ich in einem früheren Leben Emily Dickinson gewesen. Jedenfalls befand ich mich in einem richtigen Rausch. Und das Beste war: Jedes einzelne Wort kam von Herzen. Eine halbe Ewigkeit hatte ich nur gelogen und geflunkert und geschwindelt. Jetzt sagte ich endlich wieder die Wahrheit. Ich sagte, was ich dachte. Und das fühlte sich einfach nur gut an.

Dad und Naomi schauten einander tief in die Augen und binnen Sekunden hatten sie diese Welt verlassen. Ich fand es gleichzeitig süß und ein bisschen widerlich. Ich meine, das war immer noch mein Dad!

Fernando und die anderen Typen zogen sich zurück. Keine Ahnung, ob das gelbe Armband seine Wirkung tat oder ob sie einfach gemerkt hatten, dass hier alles Werben keinen Sinn hatte.

Dad ergriff Naomis Hand. Sein ganzes Wesen schien sich verändert zu haben. Plötzlich hatte er sein altes Selbstbewusstsein zurück. »Franny hat recht. Ich liebe dich. Und ich will mein Leben mit dir verbringen.«

Und dann küssten sie sich. Ganz großes Kino. Ich war total erleichtert, dass alles wieder in Butter war. Aber Dad beim Knutschen zuzugucken, das musste ich mir echt nicht geben. Too much information.

»Genug geknutscht«, sagte ich schnell. »Könnt ihr vielleicht zu Hause weitermachen?«

Naomi und Dad lösten sich voneinander und Dad nahm mich in den Arm und ließ mich drei Stunden lang nicht mehr los. Zum Schluss flüsterte er mir noch zu: »Geschickt eingefädelt.«

»Es war mir ein Vergnügen«, flüsterte ich zurück und wandte mich an Naomi: »Hast du heute Abend schon was vor?«

»Ich bin mit einer netten jungen Dame verabredet«, sagte Naomi. »Ich weiß nicht, ob du sie kennst. Sie heißt Franny.«

»Soweit ich weiß, ist dieser Franny etwas dazwischengekommen«, sagte ich. »Aber dieser Mann hier hat Zeit. Vielleicht geht ihr jetzt einfach nach drinnen? Da ist ein Tisch für euch reserviert.«

»Ich bin dabei«, sagte Dad.

»Ich auch«, sagte Naomi.

Und ich machte mich aus dem Staub. Wieder konnte ich eine Sache abhaken. Und ich konnte zwei Wörter von meiner Liste streichen: Abendessen und Kerzenlicht.

# Ich weiß, was du in den letzten zwei Wochen getan hast

Erschöpft radelte ich nach Hause und wer wartete vor unserer Eingangstür? Elodie. Moment mal. Elodie? Bei mir zu Hause? Gerade jetzt, wo langsam alles wieder ins Lot kam? War das etwa der Dank dafür, dass ich mir seit heute Morgen sämtliche Arme und Beine ausriss, um das Universum wieder ins Gleichgewicht zu bringen? Wenn man mich fragte, hatte ich mir zumindest eine winzige Verschnaufpause verdient.

Ich kletterte vom Rad und ging auf Elodie zu. Wenn sie Stunk wollte, hatte sie sich genau den richtigen Zeitpunkt ausgesucht. Nachdem ich Dad und Naomi wieder zusammengebracht hatte, bebte ich nur so vor Energie. Von mir aus konnten wir den Ring betreten.

Ich ballte die Hände zu Fäusten und boxte zwei-, dreimal in die Luft. »Bist du bereit, Elodie? Geh schon mal in Stellung und vergiss deine Deckung nicht.«

»Jetzt bleib mal auf dem Boden, Franny Flanders. Ich bin hier, um mit dir zu verhandeln.«

»Mit der Reinkarnation des Bösen verhandele ich nicht«, erwiderte ich, was ich ziemlich clever von mir fand.

Elodie verdrehte die Augen. »Jetzt pass mal auf: Du hast ja schon gemerkt, dass niemand in der Schule mehr macht, was ich sage. Ich will die Kontrolle zurück und ich weiß genau, dass du mir dabei helfen kannst. Du wirst es nicht bereuen, das verspreche ich dir.« Elodie hatte zwar ihren üblichen Diktatorinnentonfall drauf, aber zur Abwechslung schien sie ihre Worte ehrlich zu meinen. Das war ungewöhnlich, aber ich blieb trotzdem auf der Hut. Mit dem Teufel würde ich mich ganz bestimmt nicht einlassen.

»Ich habe keinen blassen Schimmer, worauf du hinauswillst, Elodie.« Ich ging auf die Haustür zu.

Elodie hielt mich am Handgelenk fest und zischte: »Franny, ich weiß, was du in den letzten zwei Wochen getan hast.«

»Was ... was soll das heißen?« Keinesfalls durfte Elodie merken, dass ich langsam Muffensausen bekam.

»Ich weiß Bescheid. Du musst mir die Zauberkiste geben, damit ich die Kontrolle zurückbekomme. Bei der Gelegenheit würde ich mir gleich noch ein paar andere Sachen wünschen. Wir könnten zusammen ...«

»Ich habe wirklich keine Ahnung, worauf du hinauswillst«, wiederholte ich. Aber ich klang schon ziemlich schwach. Was wusste Elodie über die Kiste?

»Beantworte mir mal eine Frage, Franny: Warum, glaubst du, habe ich in der Schule alles unter Kontrolle?«

»Weil du reiche Eltern, große Brüste und keine Skrupel hast?«

»Sehr witzig, Franny. Du solltest Comedian werden.«

»Vielen Dank. Ich denke darüber nach.«

»Lieber nicht.« Elodie grinste fies. »Jedenfalls war ich früher nicht sonderlich beliebt, falls du dich daran erinnerst.«

Natürlich erinnerte ich mich. Früher hatte Elodie so gut wie keine Freunde, mal abgesehen von Joey, die sie schon seit der Geburt kannte. Schon immer war sie megafies gewesen, aber das hatte niemanden gekümmert. Wir hatten uns einfach nicht um Elodie geschert.

»Ich habe die Kiste in den Sommerferien zwischen der vierten und der fünften Klasse gefunden. An manchen

Nachmittagen besuche ich Dad im Büro. An dem Tag war er gerade in einem Meeting und ich habe in seinem Kram rumgeschnüffelt und bin dabei in seinem Schreibtisch auf die Kiste gestoßen. Sie stammte von Madonna, die zu seinen Kunden gehört. Madonna hat sie aus Asien mitgebracht und während ihrer Welttournee meinem Dad in Verwahrung gegeben.«

Krasse Sache. Die ganze Zeit hatte ich gedacht, dass ich nicht klarkam. Aber jetzt kam ich wirklich nicht mehr klar. Stimmte diese Geschichte wirklich? Immerhin leuchtete es mir ein, dass Madonna eine Notfallkiste besaß. So gut kann man mit fünfzig einfach nicht aussehen.

»Was es mit der Kiste auf sich hat, habe ich eher durch Zufall rausgefunden. Wahrscheinlich habe ich irgendwas vor mich hin gemurmelt, was der Kiste passte. Jedenfalls hielt ich auf einmal ein Rezept in den Händen. Bis zum Schluss habe ich nicht ganz kapiert, wie die Kiste eigentlich funktioniert. Aber immerhin hat sie mir vier Rezepte geschenkt, ehe sie den Geist aufgab. Und in der fünften Klasse hatte ich auf einmal jede Menge Freundinnen, Körbchengröße B, die Kontrolle über die ganze Schule und einen Platz bei den Cheerleadern.« Elodie hielt inne und schaute mich an. »Kommt dir das irgendwie bekannt vor?«

Leider kam mir das allzu bekannt vor. Aber ich hielt jetzt lieber die Klappe, sonst verplapperte ich mich noch. Vielleicht konnten wir demnächst in Stochastik mal die Wahrscheinlichkeit ausrechnen, dass zwei Schülerinnen aus Fall River eine Zauberkiste in die Finger bekamen, wenn auf dem ganzen Planeten nur zwei Dutzend davon existierten. Und wie hoch war die Wahrscheinlichkeit, dass es sich dabei auch noch um Erzfeindinnen handelte?

»Eigentlich wollte ich mir beim nächsten Mal noch mehr Rezepte besorgen. Ich hatte an gute Noten und teuren

Schmuck und solche Sachen gedacht. Aber eine Woche später war Madonna von ihrer Tournee zurück und hatte die Kiste abgeholt. Ich überredete meinen Dad, Madonna anzurufen und zu fragen, ob ich die Kiste noch mal haben könnte. Na ja, überreden ist zu viel gesagt. Mein Dad macht ohnehin alles, was ich sage. Jedenfalls hat Madonna so getan, als hätte sie die Kiste nicht mehr. Angeblich hat sie sie einem bhutanischen Mönch zurückgegeben. Und als ich dich heute mit diesem Mönch gesehen habe, habe ich eins und eins zusammengezählt.«

»Etwas kapiere ich nicht«, sagte ich. »Wenn die ersten Rezepte gewirkt haben, wieso hat dann der Einfach-nett-Shake nicht funktioniert?«

»Weil ich gegen Ingwer allergisch bin. Nach dem Mittagessen habe ich alles wieder erbrochen.«

Deshalb hatte der Shake Elodie nicht gezähmt! Das war alles total verrückt, aber immerhin war es einigermaßen logisch. Ich hatte sowieso nie kapiert, wie Elodie so schnell zum Oberhaupt des Vereinigten Königreichs von Jefferson werden und trotz ihres nicht vorhandenen Talents einen Platz bei den Cheerleadern ergattern konnte. Sie konnte ja nicht mal ein Rad schlagen. Und so große Brüste konnte man als Siebtklässlerin auch nur mithilfe einer Zauberkiste haben. Zum Glück hatte sie die Kiste nicht noch mal in die Finger gekriegt. Keine Ahnung, was sonst alles passiert wäre. Wahrscheinlich hätte Elodie mittlerweile die Weltherrschaft an sich gerissen.

»Ich hatte die Notfallkiste fast vergessen, weil ich wunschlos glücklich war. Aber dann kamst plötzlich du und hast mein perfektes Leben geschrottet.«

»Pech gehabt«, sagte ich. Schließlich hatte Elodie so ziemlich jedes andere Leben geschrottet. Es war höchste Zeit gewesen, dass jemand dasselbe mit ihrem Leben tat.

»So einfach kommst du mir nicht davon, Franny. Wenn du mich nicht wenigstens ein Mal die Kiste benutzen lässt, dann erzähle ich überall rum, was du in den letzten zwei Wochen getan hast.«

»Na, dann viel Spaß«, sagte ich. »Das glaubt dir sowieso niemand.« Ich muss zugeben, das war ziemlich hoch gepokert. Granny und der Lama wären jedenfalls nicht begeistert, wenn ganz Fall River von der Zauberkiste erfuhr. Aber was sollte ich machen? Ich konnte Elodie die Kiste wohl kaum überlassen.

»Willst du Geld? Oder Klamotten?« Elodie änderte ihre Taktik. »Bestimmt hast du irgendwas an mir gesehen, was du unbedingt haben willst.«

»Kapier's endlich, Elodie, ich verhandle nicht mit dir. Erzähl den anderen, was du willst.« Das war immer noch geblufft. Aber immerhin wusste ich die Kiste und ihre Zauberkraft auf meiner Seite und die würde bestimmt ein Rezept ausspucken, womit Elodie die Sache einfach vergaß. Vielleicht sollte ich dabei vorsichtshalber Granny zurate ziehen.

»Ich könnte Alden dazu bringen, dass er mit dir zum Fall Fling geht.«

»Wenn ich mit Alden zum Fall Fling gehe, dann nicht, weil ihn irgendjemand dazu gebracht hat, sondern weil er das will. Weil er mit niemand anders hingehen möchte als mit mir.«

»Komm schon, Franny. Tu nicht so edel. Jeder ist käuflich. Sag mir einfach deinen Preis.«

»Raus aus unserem Garten.«

»Entweder du lässt mich die Kiste benutzen oder ich erzähle allen die Wahrheit. Auch meinem Dad.«

»Im Moment habe ich die Zauberkiste, deshalb würde ich mir das an deiner Stelle gut überlegen.« Ich ging an Elodie vorbei, riss die Haustür auf, warf sie hinter mir wieder ins Schloss und lehnte mich dagegen. Ich zitterte am ganzen Körper. Obwohl ich mich wirklich wacker geschlagen hatte, fühlte ich mich nicht wie eine Siegerin. Hörte dieses ganze Chaos denn nie wieder auf?

Ich rannte runter in Grannys Höhle. Granny saß gerade auf ihrem Bett und meditierte. Sie kann es überhaupt nicht leiden, wenn man sie dabei stört. Aber das hier war ein Notfall.

»Granny, wir haben ein Problem«, sagte ich.

»Elodie?«

»Woher weißt du das?«

»Ich habe sie durch den Garten schleichen sehen.«

Ich erzählte Granny alles und sie zuckte nicht mal mit der Wimper.

»Hat diese kleine Hexe also eine Notfallkiste in die Finger gekriegt. Aber das wird nie wieder passieren, das verspreche ich dir! Nur über meine Leiche.« Jetzt wurde Granny ein bisschen theatralisch. »Ich habe auch schon eine Idee.«

Granny ging zu ihrem Wandschrank und kam mit einem Teller voller Fudges zurück.

»Was sind das für Bonbons und wie lange liegen die schon in deinem Schrank? Ich will Elodie aufhalten und nicht umbringen.«

»Das sind Vergesslichkeits-Fudges. Ich habe sie gestern für die Wachleute im Leisure Village gemacht, damit sie deine Beichte vergessen. Dort hat es super geklappt und zum Glück sind noch ein paar übrig. Wir fragen Mr Santos, ob er sie Elodie vorbeibringt. Er könnte sagen, dass Alden ihr diese Köstlichkeit aus der *Chocolate Bar* schickt. Frauen lieben Geschenke und Mr Santos wirkt mit seinem Seidenschal immer sehr seriös. Und er kann fast so gut schauspielern wie Gladys. Elodie wird das schlucken, glaub mir.« Granny hielt inne und fing an zu kichern. »Sie wird das *schlucken*. Witzig, oder?«

Ich hätte auch gern gelacht. Aber danach war mir ganz und gar nicht zumute. Mussten wir jetzt auch noch Alden in die Sache reinziehen? Na ja, wahrscheinlich hatte Granny recht. Es war die einzige Möglichkeit, Elodie zu kriegen.

»Alden hilft uns bestimmt gern, das Universum wieder ins Gleichgewicht zu bringen«, fuhr Granny fort. »Und weißt du, was, Franny?«

»Was denn?«

»Wenn dieser Alden wirklich so toll ist, wie du immer sagst, dann wird er Elodies wahres Ich bald erkennen. Du musst immer positiv denken, versprichst du mir das?«

Na klar. Positiv denken. Ich besaß eine Zauberkiste – zählte das als positiver Gedanke? Nur leider hatte vor mir Elodie die Zauberkiste besessen. Und bei den Ereignissen der letzten zwei Wochen hätte es mich nicht gewundert, wenn es morgen Frösche regnete und übermorgen die Welt unterging. Irgendwie war das alles ein bisschen viel für mich. Ich meine, ich war zwölf und hatte bisher ein völlig unspektakuläres Kleinstadtleben geführt. Konnte ich die nächsten Tage nicht einfach überspringen und dort weitermachen, wo alles wieder ins Lot gekommen war? Falls das tatsächlich irgendwann passierte. Immer noch gab es da draußen tausend Unsicherheitsfaktoren: Joey und Kate, Elodie und Alden, die Cheerleadermeisterschaften und die Battle of Bands, der Fall Fling und die Fall River Art Fair. Mir wurde schon schwindlig, wenn ich nur an einen davon dachte.

Granny nahm mich in die Arme und drückte mich an sich. »Ich weiß, mein Spatz, du bist ziemlich durcheinander. Das muss alles sehr viel für dich sein. Aber diese Geschichte ist nur ein Zeichen dafür, dass du ein ganz besonderer Mensch bist. Irgendwann wirst du das verstehen. Ich glaube fest an dich.« Ich ließ mich in Grannys Umarmung fallen, auch wenn ich nicht sicher war, ob ich ihren hohen Erwartungen gerecht werden konnte. Im Moment sah es eher nicht danach aus.

Granny rief Mr Santos an und gab ihm den Plan durch. Er half uns gern und Gladys wollte natürlich auch dabei sein. Die beiden würden sich als die Besitzer der *Chocolate Bar* ausgeben. Ich schleppte mich nur noch ins Bett. Hoffentlich geht nichts schief, war mein letzter Gedanke. Dann schlief ich ein.

Am nächsten Morgen schlief ich tatsächlich bis neun Uhr, und als ich runter in die Küche kam, saß dort Kate und ließ sich von den Zwillingen Mini-Marshmallows in den Mund werfen. Sie steckte in ihrem Superhirn-meets-Skatergirl-Outfit und hatte sogar ihren grünen Roller dabei. Von Joey war nirgends eine Spur.

»Viel zu easy, Bro«, sagte Kate zu Flip, der nur einen halben Meter entfernt von ihr stand. »Mach mal einen fetten Schritt nach hinten.«

»Hi«, sagte ich vorsichtig. Auch wenn Kate ganz offenbar zurück war, wollte ich mich nicht zu früh freuen.

Kate schaute mich an. »Hey F, was geht?«

»Äh ... nicht viel.« Das war mächtig untertrieben.

»Bei mir schon. Dieser Morgen ist eine einzige Krassheit. Ich bin auf dem Weg zu Jane, da läuft mir Joey über den Weg und schmeißt sich voll an mich ran. ›Wohin willst du? Wir müssen an unserer Website arbeiten.‹ Und ich so: ›*Website?*‹ Hast du eine Peilung, was für eine Website die meint?«

»Äh ... keine Ahnung«, sagte ich.

Ganz eindeutig: Kate war zurück. Aber wieso hatte die Gesichtsmaske bei Joey nicht gewirkt? Das war seltsam. Aber ich blieb ganz cool und sagte mir, dass das Joey-Kate-Problem immerhin zu fünfzig Prozent gelöst war. Schließlich hatte ich Granny gestern Abend versprochen, positiv zu denken.

»Na ja, dann bin ich weiter zu Jane und sie und Owen haben mich hardcore gedisst. Von wegen dass ich nicht mehr im Orchester und bei ihnen sowieso total unten durch bin. Und dann hat Owen mir die Tür vor der Nase zugeknallt. Dabei ist doch heute Battle of Bands und ohne mich ...« Kates Stimme brach und ihre Unterlippe zitterte.

Oh Mann. Heute war der erste Oktober! Heute waren die Cheerleadermeisterschaften und die Battle of Bands! In dem ganzen Chaos hatte ich das völlig vergessen. Und während ich mir noch einen genialen Schlachtplan für Jane und Owen und alles andere überlegte, brach Kate tatsächlich in Tränen aus. Ich glaube, zuletzt hat sie in der Grundschule geweint. Auch die Zwillinge schauten Kate entsetzt an. Sie vergötterten Kate und jetzt weinte sie? Das überstieg ihre Aufnahmefähigkeit.

Ich legte einen Arm um Kates Schulter und führte sie in mein Zimmer. Das mussten die Zwillinge wirklich nicht mit ansehen. Ehrlich gesagt wollte ich es eigentlich auch nicht mit ansehen. Egal was passiert, Kate hat sich immer unter Kontrolle. Klar, sie dreht schon mal durch. Aber nie, nie, nie bricht sie in Tränen aus. Und jetzt schluchzte sie und rang nach Luft und bekam lauter rote Flecken im Gesicht. Es war schrecklich und noch schrecklicher war, dass mal wieder ich die Schuld trug.

»Ich kapiere das einfach nicht, F«, brachte Kate hervor.

Sosehr ich mein Hirn auch anstrengte, ich hatte keinen blassen Schimmer, wie ich Kate diese *Krassheiten* erklären sollte. Und ehe ich etwas sagen konnte, klingelte es an der Tür.

»Das ist Joey!«, rief Mom von unten.

Bitte nicht. Bitte, bitte nicht. Ich war doch schon jetzt überfordert.

»Geh schon.« Kate wischte sich die Tränen von den Wangen.

»Ich bin gleich wieder da.« Ich rannte die Treppe runter.

Joey stand im Flur und schien ebenfalls einigermaßen am Ende.

»Franny, du musst mir helfen. Ich glaube, ich bin verrückt geworden.«

»W-was ist passiert?« Bitte nicht noch mehr *Krassheiten.*

»Das weiß ich selbst nicht so genau. Jedenfalls ist es *supercrazy*. Heute Morgen bin ich durch Zufall Kate begegnet und habe ihr gesagt, dass wir unbedingt an unserer Website arbeiten müssen. Kate hat mich natürlich stehen lassen. Ich kapiere einfach nicht, was in mich gefahren ist. Seit wann machen Kate und ich eine Website? Ich meine, *Kate und ich?«*

»Das ist eine ziemlich lange Geschichte«, sagte ich leise.

»Dann bin ich weiter zu den Cheerleadern und dort hat Elodie mir erklärt, dass ich nicht mehr dabei bin. Spinnt die? Ich bin der Kapitän, also entscheide auch ich, wer mitmacht und wer nicht. Und heute ist die Meisterschaft und ich habe keine Ahnung ...« Und dann brach auch Joey in Tränen aus. Oh Mann. Das hier war echt der absolute Albtraum.

Immerhin: Auch Joey war zurück. Aber das hier war eindeutig nicht ihr Tag. Es war auch nicht Kates Tag. Und meiner gleich gar nicht.

Mom steckte den Kopf in den Flur. Sie merkt immer, wenn etwas nicht in Ordnung ist. »Alles okay, Mädels?«

»Alles super«, erwiderte ich. Mom wollte ich nicht auch noch mit reinziehen. Es gab so schon genug Fragen, die ich beim besten Willen nicht beantworten konnte. Mir blieb nichts anderes übrig, als Joey die Treppen hinauf- und in mein Zimmer zu dirigieren. Mit einer heulenden Kate hatte Joey allerdings nicht gerechnet. Genauso wenig wie Kate damit gerechnet hatte, dass ich eine heulende Joey mit nach oben brachte.

»Kate?«, sagte Joey und im selben Moment sagte Kate: »Joey?«

»Bingo, Dingo!«, rief ich. Seltsamerweise fand das niemand lustig. Stattdessen funkelten meine zwei besten Freundinnen sich nur finster an.

Kate stand auf. »Ich mache den Abgang, F. Ich wollte sowieso weiter.«

Weder sie noch Joey machten sich die Mühe, ihre gegenseitige Abneigung zu überspielen. Wie immer brauchten sie beide meine volle Aufmerksamkeit und wie immer dachten sie nicht darüber nach, wie sich die Situation wohl für mich anfühlte. Und plötzlich hatte ich darauf keinen Bock mehr. Plötzlich war mir klar, dass es so nicht weitergehen konnte.

»Du gehst nirgendwohin.« Von der Härte meiner Stimme waren wir alle drei überrascht. »Du setzt dich sofort wieder hin. Und du auch, Joey.«

Wortlos gehorchten mir die beiden und musterten mich dabei verwirrt. Noch nie hatte ich meine Stimme auch nur ansatzweise erhoben. Ich kann mich nicht erinnern, dass wir jemals gestritten hatten. Ich hatte eben immer alles mit mir machen lassen. Aber damit war es jetzt vorbei.

»Wir müssen reden«, sagte ich.

»Okay«, erwiderte Kate.

»Klar«, sagte Joey. »Schieß los.«

Als ich die beiden vor mir auf dem Bett sitzen sah, fühlte ich tausend verschiedene Sachen auf einmal. Ich war traurig, dass wir nicht einmal mithilfe einer Zauberkiste hatten Freundinnen sein können. Ich war froh, dass wenigstens diese komische Wie-es-war-Gesichtsmaske funktioniert und ich meine zwei besten Freundinnen wiederhatte. Ich war wütend, dass immer alles so schrecklich kompliziert sein musste. Und dann – ich weiß, das ist echt peinlich, aber ich erzähle es trotzdem –, und dann machte ich den vielen klugen Dingen, die der Lama mir erzählt hatte, leider ganz und gar nicht alle Ehre. Ganz im Gegenteil. Ich fing auch an zu heulen. Für eine Weile war in meinem Zimmer nur unser Schluchzen und Schniefen und Naseputzen zu hören.

Endlich riss ich mich zusammen, holte tief Luft und fing an: »Wisst ihr, was? Ich habe keinen Bock mehr, mein Leben komplett nach euch zu richten. Es ist einfach anstrengend, eine verdammte Schnittmenge zu sein. Merkt ihr eigentlich nicht, dass mich das total fertigmacht? Seit Ewigkeiten zerreiße ich mich Tag für Tag. Lange halte ich das nicht mehr aus.« Ich wandte mich an Joey. »Du hast die Cheerleader und die Stars.« Dann wandte ich mich an Kate. »Und du hast das Orchester und die Freaks. Und wen habe ich? Überhaupt niemanden und überhaupt nichts. Nothing. Nada. Null Komma zero.«

»Du hast doch uns ...«, setzte Joey an, aber ich brachte sie mit einer Handbewegung zum Schweigen. »Als ich zum Fechten gegangen bin, habt ihr euch beschwert, dass ich es nicht mehr zu euren Proben schaffe. Als ich ins Basketballteam eingetreten bin, habt ihr euch beschwert, dass ich es nicht mehr zu den Fußballspielen schaffe. Merkt ihr nicht, dass ich die ganze Zeit nur euch zuschaue und selbst gar nichts mache? Habt ihr mir schon mal bei irgendwas zugeschaut? Von früh bis spät bin ich so damit beschäftigt, eure Wünsche zu erfüllen, dass ich meine eigenen Wünsche gar nicht mehr kenne! Ich schreibe euch doch auch nicht vor, was ihr nach der Schule macht oder mit wem ihr euch anfreundet. Wieso schreibt ihr das dann mir vor? Vielleicht will ich in den Schachklub eintreten, auch wenn ich dann bei euren Proben nicht mehr zusehen kann. Oder ich will die Mittagspause nur mit Kate verbringen, auch wenn du das blöd findest, Joey. Oder ich will mit Marsha nach Hause gehen, auch wenn ihr beide mit Marsha nichts anfangen könnt. Oder ich will mit Joey zur Schule laufen, auch wenn ich das sonst immer mit dir mache, Kate. Das muss doch drin sein! Und es muss drin sein, dass wir auch mal was zu dritt unternehmen, zu meinem Geburtstag zum Beispiel oder in den Sommerferien. Deswegen müsst ihr nicht gleich beste Freundinnen werden, aber mir zuliebe könntet ihr wenigstens versuchen, miteinander klarzukommen. Ist das angekommen?«

»Ist angekommen«, sagten Joey und Kate wie aus einem Mund. Sie sahen aus, als hätten sie gerade zehn Runden in der Geisterbahn gedreht.

»Sehr gut«, sagte ich. »Ich bin gleich wieder da.« Ich hatte das Gefühl, wenn ich auch nur eine Sekunde in meinem Zimmer blieb, bekäme ich einen Nervenzusammenbruch. Ich brauchte dringend etwas Zuspruch. Ich knallte meine Zimmertür zu und rannte mit zitternden Knien runter zu Granny.

Granny schaute gerade Oprah. Kaum hatte ich ihr Zimmer betreten, schaltete sie den Fernseher aus, was eine ziemlich große Sache war. Ich meine, es lief Oprah.

»Alles in Ordnung, Francisco? Du bist von einer ganz ungewöhnlichen Energie umgeben.«

»Der Lama hatte recht«, sagte ich. »Ich hätte schon viel eher mit Joey und Kate sprechen sollen.«

»Was ist passiert?«, fragte Granny.

»Ich habe endlich Klartext geredet. Das ist alles einfach aus mir rausgeplatzt. Ich wusste gar nicht, dass mich die ganze Sache so fertigmacht.«

»Wie haben Joey und Kate reagiert?«

»Ich glaube, sie haben es kapiert.«

»Und wie geht es dir jetzt?«

»Eigentlich ... ganz gut.« Erst jetzt, wo ich darüber nachdachte, merkte ich, wie gut es mir in Wirklichkeit ging. Ich hatte das Gefühl, einen superschweren Rucksack abgesetzt zu haben, den ich jahrelang auf meinen Schultern getragen hatte.

»Granny, glaubst du, Hausmeister ist eine Metapher dafür, dass ich in meinem Seelenleben mal einen ordentlichen Frühjahrsputz machen musste?«

»Ich glaube, ein Hausmeister ist einfach jemand, der die Flure wischt und Handwerksarbeiten erledigt. Denk nicht zu viel über die fünf Wörter nach, mein Spatz. Bestimmt hast du sie bald entschlüsselt. Übrigens habe ich heute Morgen mit Gladys telefoniert und ... wie sagt ihr jungen Leute ... alles paletti. Elodie hat die Fudges an Ort und Stelle verputzt. Natürlich ist sie immer noch fies und hinterhältig. Aber wenigstens kann sie sich jetzt nicht mehr an die Zauberkiste erinnern. Es sei denn, die Zauberkraft der Fudges lässt nach ...«

»Die Zauberkraft kann *nachlassen?* Die anderen Zaubermittel haben doch auch nicht aufgehört zu wirken.«

»Vielleicht wäre das noch passiert. Es ging alles so schnell, dass wir das nicht herausfinden konnten. Ich habe dir doch gesagt, dass Zauberei eine Kunst und keine Wissenschaft ist. Aber du wolltest positiv denken, weißt du noch?«

Stimmt ja. Positiv denken. Allerdings war das nicht so leicht. »Was soll ich Joey und Kate jetzt sagen? Wie erkläre ich ihnen, warum sie heulend in meinem Zimmer hocken, statt auf dem Weg zur Cheerleadermeisterschaft und zur Battle of Bands zu sein?«

»Von der Notfallkiste darfst du ihnen auf keinen Fall erzählen. Du hast ja selbst gesehen, was passieren kann, wenn jemand davon erfährt. Am besten, du gehst über ihre Fragen einfach hinweg und bringst sie stattdessen zu ihren Wettbewerben.«

»Aber meine Mitschüler stellen bestimmt auch tausend Fragen.«

»Vorhin habe ich noch eine Riesenportion Vergesslichkeits-Fudges gemacht, die reichen wahrscheinlich für die halbe Jefferson. Jetzt ist erst einmal am wichtigsten, dass Joey und Kate ihre Auftritte nicht verpassen. Manchmal musst du die Dinge nur ganz sanft anstoßen und alles Weitere ergibt sich von selbst.«

Langsam ging ich wieder nach oben. Wahrscheinlich hatten Joey und Kate einander schon massakriert. Doch als ich mich meinem Zimmer näherte, hörte ich drinnen leise Stimmen, die ganz und gar nicht wütend klangen. Immerhin stritten die beiden nicht. Als ich die Tür öffnete, sah ich, dass das genaue Gegenteil der Fall war. Joey und Kate saßen nebeneinander auf meinem Bett und Joey kritzelte etwas auf ihren Schreibblock.

»Kate und ich verstehen dich, Franny, und wir möchten uns bei dir entschuldigen«, fing Joey an. »Du hast recht. Wir haben uns wie kleine Kinder benommen. Natürlich können wir uns nicht von heute auf morgen miteinander anfreunden. Aber wir werden dir von nun an nicht mehr so einen Stress machen.«

Wow. Das war krass. Krass gut.

»Also, F, das ist der Deal: Montag und Mittwoch sind unsere Tage und Dienstag und Donnerstag ist Joey dran. Freitag kannst du machen, was du willst. Zu deinem Geburtstag machen wir ein fettes Fest zu dritt und für die Sommerferien überlegen wir uns auch noch was. Jeden zweiten Sonntag sind wir zu dritt unterwegs und ... war da noch was?« Kate sah Joey fragend an.

»Außerdem haben wir uns noch ein paar Extras einfallen lassen.« Joey klang eher wie eine Geschäftsfrau als wie meine beste Freundin. »Heute Abend frage ich meine *maman*, ob sie uns dreien beibringt, wie man Crème Caramel macht, dein Lieblingsdessert. Und sobald es schneit, rodeln wir einen ganzen Tag lang die Todespiste runter, deinen Lieblingsberg. Und von nun an lästern wir nicht mehr übereinander. *Jamais. Jamais. Jamais.«* Joey wandte sich an Kate. »Das ist Französisch und heißt nie.«

»Maximale Garantie«, sagte Kate und wandte sich an Joey. »Das ist Kate-isch und heißt großes Ehrenwort.«

»Aha«, sagte Joey.

Konnte mich mal jemand kneifen oder so?

»Ich glaube, wir haben an alles gedacht«, sagte Joey.

»Geht das klar für dich, F?«, fragte Kate.

»Ja«, meinte ich. »Aber muss das so ... so schrecklich formell sein?«

»Am Anfang schon«, sagte Kate.

»Bis sich alles eingespielt hat«, fügte Joey hinzu.

Mir kam das alles etwas steif vor, aber meinetwegen. Vor lauter Freude standen mir schon wieder die Tränen in den Augen. Joey und Kate hatten kapiert, worum es mir ging, und sie hatten den Großteil meiner Wünsche erfüllt. Bestimmt würden wir uns mit der Zeit an den neuen Rhythmus gewöhnen und dann würde sich das alles nicht mehr so förmlich anfühlen. Immer positiv denken.

Ich sprang auf und drückte die beiden an mich. Ich spürte, dass sie sich dort, wo sie einander berührten, ganz steif machten. Klar, sie waren längst nicht so entspannt wie ich. Trotzdem war es ein tolles Gefühl, meinen zwei besten Freundinnen gleichzeitig ganz nahe zu sein.

**Vergesslichkeits-Fudges**
(löschen unliebsame Erinnerungen)

600 g Zucker
½ Stück Butter
150 ml Kondensmilch
200 g Marshmallow-Fluff
200 g Schokotropfen (zartbitter)
1 Prise Kardamom

1. Zucker, Butter und Kondensmilch in einem kleinen Topf bei mittlerer Hitze zum Kochen bringen.
2. Unter Rühren vier Minuten kochen.
3. Vom Herd nehmen und Marshmallow-Fluff sowie Schokotropfen hinzugeben.
4. So lange rühren, bis eine glatte Masse entsteht.
5. Eine Prise Kardamom unterrühren.
6. Eine kleine Auflaufform bis zum Rand mit Backpapier auskleiden.
7. Die Masse in die Auflaufform gießen und glatt streichen.
8. Die Hände über die Auflaufform halten. An das denken, was die Person vergessen soll, und gleichzeitig zwei Minuten lang wiederholen: »Dein Kopf ist leer. Dein Kopf ist schwer. Du weißt nichts mehr.«
9. Die Fudges bei Zimmertemperatur abkühlen lassen, in Quadrate schneiden und im Kühlschrank fest werden lassen.
10. Das Backpapier langsam anheben und die Fudges vorsichtig auseinanderziehen.

# Vier sind eindeutig mehr als zwei

»Das schaffe ich niemals«, sagte Joey. »Die Meisterschaft findet in der Galick-Arena statt und ich habe nur noch eine Stunde.«

»Keine Chance, J. Bis zur Battle of Bands sind es noch zwei Stunden, aber die ist im Laskey Park und ich habe nicht mal meine Klamotten dabei.« Kate sah echt fertig aus. »Außerdem bin ich bei Owen und Jane komplett unten durch. Echt heftig, von seinen Freunden hardcore gedisst zu werden.«

»Mir geht's genauso«, sagte Joey. »Warum bin ich nicht mehr bei den Cheerleadern, Franny?« Plötzlich schien Joey sich daran zu erinnern, dass wir diesen Teil vorhin übersprungen hatten.

»Genau, Sister, was ist eigentlich passiert?«, fragte Kate. »Du hast gesagt, das ist eine lange Geschichte.«

»Na ja ... wirklich lang ist sie nicht ... eher so mittellang ... fast kurz«, stammelte ich. So langsam fielen mir keine Ausflüchte mehr ein. Granny hatte gesagt, dass ich über dieses Thema einfach hinweggehen sollte. Aber wenn man derart mit Fragen und verständnislosen Blicken bombardiert wurde, war das leichter gesagt als getan. Vielleicht würde Granny mir eines Tages sogar erlauben, meine zwei besten Freundinnen in das Geheimnis der Zauberkiste einzuweihen. Aber jetzt, während die Welt noch wankte, war das wahrscheinlich keine gute Idee. Wie sollte ich Joey und Kate die Sache nur erklären? Ich bekam schon fast Kopfschmerzen, so sehr strengte ich meine Hirnwindungen an.

Zum Glück erschien in diesem Moment Granny im Türrahmen. Das war echt meine Rettung.

»Habt ihr noch alle Nadeln auf der Tanne, Mädels?« Granny zwinkerte mir zu. »Heute werden das beste Orchester und das beste Cheerleaderteam gesucht und ihr hockt hier drinnen?«

»Granny hat recht. Ihr dürft auf keinen Fall eure Wettbewerbe verpassen. Ihr solltet wenigstens versuchen, rechtzeitig da zu sein! Das verzeiht ihr euch sonst nie.« Von einer Sekunde auf die nächste war mein Selbstvertrauen zurück. Granny hatte mir den Weg gezeigt und ich besaß den nötigen Willen. Hoffentlich kriegten Kate und Joey nicht mit, dass sie noch immer keine Antworten auf ihre Fragen bekommen hatten.

Ich nahm Joey und Kate bei der Hand und zog sie von meinem Bett. »Ihr turnt und trommelt heute auf jeden Fall, und wenn Granny und ich euch an den Haaren zu euren Wettbewerben schleifen müssen.« Ich wandte mich an Granny. »Stimmt's, Granny?«

»Logisco Francisco.« Na ja, das war ein bisschen armselig. Aber so war Granny eben – manchmal lustig, manchmal peinlich. »Franny hat recht. Auf die Beine, Mädels!« Und schon war Granny auf dem Weg nach unten.

Plötzlich ging mit Joey und Kate eine Veränderung vor. Der Kampfgeist schien wieder in ihnen zu erwachen. Ihre Augen funkelten und sie wuchsen um ein paar Zentimeter. Ich spürte, dass Granny und ich es geschafft hatten. Joey und Kate wollten zu ihren Wettbewerben. Sie wollten gewinnen.

»Ihr habt recht«, sagte Joey. »Auf geht's!«

»Wir diplomrocken die Sache«, rief Kate.

Wir rannten die Treppe nach unten und warteten ungeduldig in der Auffahrt. Endlich kam Granny aus der Garage. In ihrem neuen pinken Smart. Mist. Den hatte ich schon fast wieder verdrängt. Wie stellte sie sich das vor? In diese Miniaturkarre passten wir zu viert niemals.

»Ist in der Limo noch Platz?«, fragte Kate.

Granny nickte. »Wie findest du sie?«

»Doppelplus«, erwiderte Kate.

»Und da sollen wir alle rein?«, wollte Joey wissen.

»Neulich hat in einen Smart ein ganzes Cheerleaderteam gepasst«, sagte Granny. »Auch wenn da niemand gefahren ist. Wenn wir fest daran glauben, kriegen wir alles hin.«

Grannys Modell heißt nicht ohne Grund Smart fortwo: Es hat genau zwei Sitzplätze. Und wir waren zu viert, was ungefähr das Doppelte von zwei ist. Aber solch kleinliche Argumente ließ Granny nicht gelten. Sie verstaute Kate auf Joeys Schoß und mich irgendwo zwischen den Füßen meiner Freundinnen. Die Schlangenmenschen im Zirkus hätten es nicht besser hinkriegen können.

»Let's party«, sagte Granny und ließ den Motor aufheulen.

Ich kann es nicht deutlich genug sagen: Macht das bloß nicht nach.

Granny schlängelte ihren pinken Schatz durch den Verkehr. Sie hupte und blinkte und kommentierte die Fahrstile der anderen Fahrer. Kurz gesagt, sie war voll in ihrem Element, während Joey, Kate und ich um unser Leben bangten.

In Joeys Auffahrt kürzte der Smart die Rosen um ein paar Zentimeter. Joey sprang aus den Wagen und war zehn Sekunden später mit ihrer Cheerleaderuniform zurück. Bei Kate verpasste Granny mit ihrem rasanten Fahrstil zwei Sträuchern einen neuen Schnitt. Kate versuchte zu retten, was zu retten war, und schon ging es über die Schleichwege weiter. Granny hatte einen Riesenspaß. Mir dagegen kam das alles einigermaßen halsbrecherisch vor. Aber ich sagte mir immer wieder, dass wir die Welt in ihre Umlaufbahn zurücklenkten, und dabei war man eben nicht in Watte gepackt.

An der Galick-Arena suchten wir schnell einen Parkplatz und schälten uns aus dem Wagen. Im Stadion war die Hölle los. Wir kamen kaum durch, weil überall bunt gekleidete Cheerleader ihre noch bunteren Pompons rumwedelten. Das Team der Jefferson hatte sich gleich neben den Umkleiden versammelt und Elodie gab gerade die letzten Anweisungen. Mit großen Schritten ging Joey auf Elodie zu. Granny, Kate und ich folgten ihr wie Bodyguards.

»Was willst du denn hier, Joey?«, motzte Elodie. »Und was haben diese Loser hier verloren?«

»Falls du es vergessen hast, Elodie«, sagte Joey, »ich bin der Kapitän.«

»Bist du nicht. Du bist seit Wochen nicht beim Training gewesen, deshalb habe ich deinen Posten übernommen.«

»Du hast dich einfach zum Kapitän ernannt, Elodie«, sagte Molly Hastings, Joeys Stellvertreterin. »Gefragt hast du uns nie. Eigentlich müsste nämlich ich ...«

»Molly, du hast es nicht drauf«, fuhr Elodie dazwischen. »Du bist die geborene Stellvertreterin und deshalb bin ich an die erste Stelle geklettert.«

»Ich habe das Team zusammengestellt und mir die Choreografie ausgedacht«, sagte Joey. »Ohne mich werden wir die Meisterschaft nicht gewinnen.«

»Hörst du schlecht, Elodie?«, mischte Kate sich ein. »Mach die Mücke.«

Moment mal. Zurückspulen. Hatte Kate gerade Partei für Joey ergriffen? In aller Öffentlichkeit? Oh Mann. Wahrscheinlich hatte der Lama recht und es konnte wirklich jeder zaubern, zumindest so ein bisschen.

»Tut mir leid«, sagte Elodie, »aber hat da gerade eine Maus geniest oder will ein Freak was von mir?«

Joey machte noch einen Schritt auf Elodie zu. »Würdest du mit Kate bitte normal reden?«

Molly nahm Joey bei der Hand. »Du sollst wieder unser Kapitän sein, Joey.«

Gillian Walsh, eine stämmige, rothaarige Siebtklässlerin, die von oben bis unten mit Sommersprossen übersät ist, wandte sich an Elodie. »Du bist der schlechteste Kapitän, den wir jemals hatten. Die ganze Zeit motzt du nur rum und kriegst selbst nicht mal die Pyramide auf die Reihe. In letzter Zeit sind wir nur noch hingefallen. Deinetwegen habe ich einen riesigen blauen Fleck am Knie und zwei verstauchte Finger.«

»Du bist total grobmotorisch«, fügte Molly hinzu. »Nicht zu fassen, dass du bei den Cheerleadern überhaupt aufgenommen wurdest.« Oh-oh. Gerade drehte sich der Wind und blies Elodie sehr, sehr, sehr heftig ins Gesicht.

Die anderen Cheerleader nickten zustimmend und binnen Sekunden war das Oberhaupt des Vereinigten Königreichs von Jefferson gestürzt. Joey war wieder der Kapitän und Elodie war nicht mal mehr im Team.

Ich habe mal gehört, Schadenfreude ist nicht gerade gut fürs Karma. Aber in diesem Moment konnte ich nicht widerstehen. Ich suchte Elodies Blick und grinste, so breit ich konnte. Sie zog eine alberne Grimasse.

»Ich glaube, Smart können wir von der Liste streichen«, flüsterte ich Granny zu.

»Allerdings.« Granny lächelte. »Der Lama hat es eben drauf.« Granny grinste mich an.

Molly und Gillian zeichneten schnell die aktuelle Choreografie auf eine Serviette. Allerdings hatte Joey nicht viel Zeit, sich den gesamten Ablauf einzuprägen. Denn schon knackten die Lautsprecher und die Jefferson wurde aufgerufen.

Unsere Cheerleader stürmten die Bühne und Kate, Granny und ich eilten in den Zuschauerraum. Es war verdammt spannend. Zuerst hing Joey bei jeder Bewegung ein paar Sekunden hinterher. Kate und ich wechselten einen besorgten Blick. Aber es dauerte nicht lange, bis Joey den Rhythmus fand. Ihr Körper schien sich plötzlich an jede einzelne Bewegung zu erinnern und sie war einfach perfekt. Gebannt folgte ich ihr und tauchte mit Haut und Haaren in die Atmosphäre ein. Das Dröhnen der Musik. Das Jubeln der Zuschauer. Unsere Cheerleader, die Räder schlugen und Saltos machten und in der kurzen Zeit ganze drei Pyramiden bauten. Und Joey, die wie ein Affe nach ganz oben kletterte und dort strahlte wie der hellste Stern am Himmel. Granny neben mir schrie aus voller Kehle, warf die Arme in die Luft und sprang auf und ab, sodass ich schon Angst bekam, wir müssten gleich die Sanitäter rufen. Auch Kate ging total mit, als wären sie und Joey beste Freundinnen. Im Rhythmus der Musik trampelte sie mit den Füßen, und weil ihr das an unserem Platz nicht laut genug war, lief sie zur Treppe und nutzte den Klang der Metallstufen.

Am Ende belegte die Jefferson den dritten Platz, was in Anbetracht der Umstände gar nicht mal so schlecht war. Während Joey den Pokal entgegennahm, suchte sie meinen Blick und schenkte mir ein warmes Lächeln. Ein solches Lächeln hatte ich seit Wochen nicht gesehen und zum hundertsten Mal an diesem Tag stiegen mir die Tränen in die Augen. Aber für Sentimentalitäten hatten wir jetzt keine Zeit. Das war nicht der einzige Wettbewerb an diesem Tag. Eigentlich mussten wir längst im Laskey Park sein. Ich war überrascht, dass Joey darauf bestand, uns zu begleiten und vor Ort die Daumen zu drücken.

Kate, Joey, Granny und ich quetschten uns wieder in den Smart und rasten zum zweiten Mal durch die halbe Stadt. Zwischendurch passierten wir einen Polizisten, der sich bei unserem Anblick die Augen rieb und dann in seinen Wagen sprang und die Verfolgung aufnahm.

»Haltet euch fest, Mädels«, sagte Granny. »Jetzt geht's zur Sache.« Granny drückte das Gaspedal durch, bog verkehrt herum in eine Einbahnstraße ein, nahm einen Drive-in, in dem zum Glück gerade niemand wartete, und als wir wieder auf die Straße einbogen, war der Streifenwagen nicht mehr zu sehen. Es war total verrückt. Und der Hammer.

»Epochal!«, rief Kate. »Franny, du hast voll die Action-Granny.«

»Danke, Kleines«, erwiderte Granny. »Die Battle of Bands wird sicher auch ... äh ... epochal.«

*Action-Granny?* Ich musste grinsen und das war seltsam, denn sonst ging mir das Kate-Vokabular ziemlich auf die Nerven. Aber Action-Granny war einfach der perfekte Name für meine Granny.

»Deine Granny ist deluxe«, flüsterte Kate mir zu. Ich nickte.

Schon lange bevor der Laskey Park in Sicht kam, hörten wir Hörner quietschen und Pauken dröhnen. Es klang ziemlich schief und das bedeutete, dass die Orchester sich gerade erst einspielten. Was für ein Glück.

Owen und Jane waren schnell gefunden. Die beiden waren so froh, dass Kate endlich auftauchte – noch dazu in ihrer Uniform –, dass sie auf der Stelle in Tränen ausbrachen und Kate sofort den Tambourstock in die Hand drückten. Die Freaks sind mit den Stars echt nicht zu vergleichen. Kein Wunder, dass die beiden Gruppen sich tunlichst meiden.

»Tut uns leid, dass wir dich gedisst haben«, sagte Owen.

»Wir sind so froh, dass du noch gekommen bist«, sagte Jane. »Ohne dich geht hier gar nichts.«

Die drei umarmten sich und schon wieder hatte ich einen Kloß in der Kehle. Am liebsten hätte ich sie ebenfalls alle umarmt. Stattdessen schluckte ich die Rührung runter.

Mit erhobenem Kopf und wirbelndem Tambourstock führte Kate das Orchester auf die Bühne und dirigierte dann eine geniale Version von *Sergeant Pepper's Lonely Hearts Club Band.* Danach kam eine schnelle Folge aller möglichen Evergreens, die ich noch nie gehört hatte. Granny dagegen kannte sie alle und grölte so laut mit, dass der Typ neben uns sie mehr oder weniger höflich darum bat, ihr Organ mal ein bisschen zu drosseln. Kate war einfach nur großartig. Wie ein Generalmajor marschierte sie auf und ab und reckte stolz das Kinn in die Luft. Nach unseren Leuten waren noch ein paar Orchester dran, aber eigentlich wussten schon alle, wer die Battle of Bands gewinnen würde.

Kate hob den goldenen Pokal über den Kopf und zeigte gleichzeitig auf mich.

»Der ist für die Fran-tastischste Freundin der Welt!«, rief sie ins Mikrofon und zum ersten Mal seit einer gefühlten Ewigkeit war alles einfach nur gut.

Nachdem Granny und ich nach Hause gekommen waren, muss ich vollkommen fertig zusammengeklappt sein. Denn das Nächste, woran ich mich erinnere, war, dass jemand an meiner Schulter rüttelte. Ich schlug die Augen auf und schaute in Moms Gesicht.

»Aufwachen, Kleines«, sagte sie. »Jeff, dein Kunstlehrer, ist am Telefon. Er kann dein Bild für die Art Fair nicht finden. Hast du es mit nach Hause genommen?«

Ich rieb mir den Schlaf aus den Augen und warf mein

Gehirn an. Heute war der zweite Oktober. Den ersten Oktober inklusive Cheerleadermeisterschaft und Battle of Bands hatte ich offenbar überlebt und heute wollte ich mich eigentlich nur noch in meine Künstlergarderobe werfen und mich in dem Ruhm sonnen, den die Fall River Art Fair auf die ausstellenden Genies abstrahlte. Aber ganz offenbar war mein Leben noch nicht wieder in der Spur. Offenbar brauchte es noch einige Schubse und Stöße und Knuffe und Kniffe. Nahm das denn nie ein Ende?

Mit einem Satz war ich aus dem Bett. »Ich habe mein Bild nicht mit nach Hause genommen!« Mein Bild war weg?!?! Mein gesamter Triumph von gestern war wie weggeblasen. Ich winkte ihm hinterher und drückte mir schnell noch eine Träne raus. Ciao, bello. War schön mit dir.

»Weißt du, wo es stecken könnte? Jeff ist schon auf dem Weg zur Ausstellungshalle. Er dachte, dass du vielleicht kalte Füße bekommen und das Bild aus dem Verkehr gezogen hast.« Mom hielt einen Moment inne. »Ihr nennt euren Kunstlehrer Jeff? Echt verrückt. Wir mussten unsere Lehrer mit dem Nachnamen anreden. Aber dass ich zur Schule gegangen bin, ist immerhin schon ...«

Ich hob die Hand, um Mom zum Schweigen zu bringen. Ja, es war lange her, dass Mom zur Schule gegangen war. Aber das war echt nicht der richtige Moment, um in Erinnerungen zu schwelgen. »Es ist wirklich nicht im Kunstraum?« Meine Stimme überschlug sich und das ist immer ein schlechtes Zeichen.

Mom nahm mich in den Arm. »Bestimmt gibt es eine logische Erklärung. Am besten, wir fahren erst mal rüber in die Ausstellungshalle und reden mit Jeff. Aber zuerst musst du dir was anziehen.«

Leider war ich nicht in der Lage, aus meinem Kleiderschrank Klamotten rauszusuchen, die einer berühmten

Künstlerin würdig sind. Also ließ ich Mom mein Outfit zusammenstellen, was ihr immerhin so einigermaßen gelang. Im Dämmerzustand ging ich die Treppe runter. Die Welt war sehr weit weg, aber mein Hirn arbeitete auf Hochtouren. Wo konnte mein Bild nur stecken? Vielleicht hatte ein Waschbär die Leinwand aufgefressen. Oder die Klimaanlage hatte es in ihre verzweigten Gänge gesaugt. Oder ein Kunstdieb hatte es geklaut und sich damit schon eine goldene Nase verdient. Ich weiß, das klang alles nicht sehr wahrscheinlich. Aber wo sollte mein Bild sonst sein?

Wie ein Schluck Wasser saß ich am Küchentisch und wartete auf Mom, die wie immer noch die Zwillingsbestien einsammeln musste. Und dann warf ich einen Blick auf mein Handy und entdeckte die Nachricht von Elodie.

*Wie geht's deinem Karma, Flanders?*

Ich las die Nachricht ungefähr hundertmal und hatte danach immer noch nichts kapiert.

»Diese Elodie ist einfach nicht kleinzukriegen.«

Ich drehte mich um. Hinter mir stand Granny und hatte den Blick auf mein Handy gerichtet.

»Glaubst du etwa …«

»Ja«, fiel Granny mir ins Wort.

»Das kann nicht …«

»Es ist aber so.« Wieder ließ Granny mich nicht ausreden. »Wir haben es mit Elodie zu tun. Denkst du, was ich denke?«

Allerdings. Ich hatte exakt denselben Gedanken wie Granny und das fand ich fast ein bisschen gruselig.

»Wir haben noch zwei Wörter«, sagte ich. »Hausmeister und Kuss.«

»Irgendwie habe ich den Verdacht, dass uns in diesem Fall das erste …«

Noch ehe Granny ihren Satz beendet hatte, war ich vom

Küchentisch aufgesprungen und auf dem Weg nach draußen. Granny folgte mir auf schnellen Füßen. Wir saßen schon fast in Grannys Smart, als Mom plötzlich auftauchte.

»Wohin wollt ihr?«, rief sie.

»Frannys Bild holen«, rief Granny zurück. »Wir treffen uns auf der Art Fair.«

»Du weißt, wo Frannys Bild ist, Mom?«, fragte Mom.

»Eventuell«, erwiderte Granny vage.

»Mom, das ist nicht der richtige Zeitpunkt für eine deiner sogenannten Eingebungen«, sagte Mom. »Wir fahren jetzt zur Ausstellungshalle und reden mit Frannys Lehrer und dann sehen wir weiter. Auch ohne ihr Bild muss Franny heute auf der Art Fair erscheinen.«

»Aber wir haben beide dieselbe Eingebung, Anna! Vertrau uns einfach. Wenn wir richtig liegen, sehen wir uns in einer halben Stunde.« Oh Mann. Ich hatte echt eine Action-Granny.

»Und wenn ihr euch irrt?«

»Dann haben wir uns mordsmäßig blamiert.«

Und nach diesen Worten drehte Granny den Zündschlüssel und wir waren auf dem Weg zur Jefferson.

Natürlich waren alle Türen abgeschlossen, aber wir drückten einfach ein Kellerfenster auf und kletterten in die Schule. Ich hatte keine Ahnung, wo der Hausmeister seine Werkstatt hatte, und wir irrten eine ganze Weile durch die langen dunklen Gänge. Wir waren schon kurz davor aufzugeben, da kam uns das Universum zu Hilfe: Plötzlich standen wir vor einer Tür mit der Aufschrift HAUSMEISTER.

Die Tür war abgeschlossen und ich bin mir nicht sicher, ob das, was als Nächstes passierte, wieder Zauberei war oder einfach der Beweis, dass in unseren sterblichen Hüllen übermenschliche Kräfte schlummern. Jedenfalls flog Granny plötzlich durch die Luft, streckte ein Bein nach vorn aus und trat mit Karacho gegen die Tür. Und die Tür sprang auf. Echt krass.

»Taekwondo ist manchmal ziemlich praktisch«, sagte Granny lapidar.

Mein Bild entdeckte ich sofort. Es stand zwischen Schrubbern und Wischeimern und tausend verschiedenen Putzmittelflaschen. Elodie hatte ihr Versteck gut gewählt, das musste ich zugeben. Aber nicht gut genug. Nancy Drew wäre stolz auf mich gewesen.

Dank Grannys völlig verrücktem Fahrstil waren wir eine halbe Stunde später bei der Art Fair. Sie fand in der Nähe des Flusses statt, in einer alten Lagerhalle mit einer ganz besonderen Atmosphäre.

An endlosen Stellwänden vorbei rannten Granny und ich zum Bereich für die Künstler von morgen. Nennt-mich-einfach-Jeff wollte gerade Elodies Bild aufhängen. Elodie assistierte ihm mit triumphierendem Blick. Bei meinem Anblick sah sie aus, als hätte sie in eine Zitrone gebissen, und als sie mein Bild erblickte, schien es sich gleich um zehn Zitronen zu handeln.

Ich drückte Nennt-mich-einfach-Jeff mein Bild in die Hand und brachte heraus: »Ich hoffe, ich bin nicht zu spät!« Ich war total außer Puste. »Und nur fürs Protokoll: Was ich zusage, das halte ich auch.« Elodie schaute ich nicht mal mit dem Hintern an.

»Ich bin wahnsinnig froh, dass du dein Bild noch bringst«, sagte Nennt-mich-einfach-Jeff. »Als ich heute Morgen ins Kunstzimmer kam und das Bild nicht finden konnte, war ich echt verzweifelt. Wo hat es gesteckt?«

Ehe ich mir eine gute Antwort überlegen konnte, mischte Granny sich ein. »In der Werkstatt des Hausmeisters. Dort hat Elodie es versteckt. Ich bin übrigens Mathilda, Frannys Granny.«

Also, entweder legte ich mir einen neuen Namen zu oder Granny stellte sich in Zukunft anders vor. Dieser Reim war jedenfalls einfach nur albern. Ich war schließlich eine Künstlerin mit Ausstellungen und allem und keine Comicfigur.

»So ein Schwachsinn«, sagte Elodie total empört. »Sie glauben denen doch nicht etwa?« Sie war echt eine gute Schauspielerin, das musste ich ihr lassen.

Nennt-mich-einfach-Jeff drückte Elodie ihr Bild in die Hand. »Darüber unterhalten wir uns später, Elodie. Fürs Erste will ich kein Wort mehr von dir hören. Nimm einfach dein Bild und geh nach Hause. Denn ehrlich gesagt glaube ich Franny und ihrer Granny. So was traue ich dir ohne Weiteres zu.«

Mit einem breiten Grinsen im Gesicht wandte Granny sich an Elodie. »Und wie geht's deinem Karma, Elodie?«

Wenn Blicke töten könnten, wäre meine Granny auf der Stelle umgefallen.

Und plötzlich waren sie alle da – Mom, Dad, Naomi, die Zwillingsbestien, Joey und Kate und natürlich Granny und ich – und sahen zu, wie Nennt-mich-einfach-Jeff mein Gemälde an der Stellwand anbrachte. Dann klebte er ein supercooles Namensschild darunter. FRANCINE FLANDERS stand darauf. Jetzt war es offiziell: Ich war keine normale Besucherin der Art Fair, sondern so was wie eine berühmte Künstlerin. Das war echt ein krasses Gefühl. Mannomann. So konnte mein Leben meinetwegen weitergehen.

Als ich mich wieder so einigermaßen gefasst hatte, tauchte plötzlich Alden auf und reihte sich in meinen Fanklub ein. Elodie machte einen großen Schritt nach vorn und umschloss Aldens Arm.

»Komm, wir hauen ab. Das hier ist die reine Zeitverschwendung.«

Statt auf Elodie zu hören, wandte Alden sich an mich. »Dein Bild ist einfach super, Franny.«

»Bist du taub, Alden?« Elodie war kurz vorm Durchdrehen.

»Entspann dich, Elodie. Und lass vor allem meinen Arm los.« Alden machte einen Schritt von Elodie weg. »Dein Bild ist noch schöner, als ich es in Erinnerung hatte.«

Meine Kopfhaut begann zu kribbeln und das Kribbeln breitete sich in Lichtgeschwindigkeit auf meinem ganzen Körper aus.

Elodie startete den dritten Versuch. »Alden, mein Dad wartet draußen in seiner Limousine auf uns. Er hat Tickets für die Brooklyn Nets.«

»Geh ruhig, Elodie. Ich bleibe bei Franny.«

Genauso gut hätte Alden sagen können: *Franny, willst du mich heiraten?* Ich schmolz dahin und dann setzte ich meinen geschmolzenen Körper schnell wieder zusammen, um Elodies finsteren Blick zu erwidern. Doch ihr wütendes Funkeln war nur noch Show. Elodie hatte verloren und das war ihr klar. Und mir war klar, dass wir noch einige Kämpfe ausfechten würden. Doch für heute war ich die Siegerin. Wutschnaubend zog Elodie ab, gefolgt von den üblichen Rauchwolken.

Und dann waren plötzlich Mom und Dad und Naomi und Kate und Joey und die Zwillinge und sogar Granny verschwunden und Alden und ich standen allein vor meinem Bild.

»Hast du Lust, mal nach New York ins Metropolitan Museum zu fahren?«, fragte Alden. »Mir gefallen die Bilder von den Vermeers am besten.«

»Klingt super«, sagte ich.

Ungefähr zwei Jahre lang schauten Alden und ich uns einfach nur an. Seine Augen waren grün und groß und ich wäre am liebsten darin eingetaucht und nie wieder ans Tageslicht gekommen.

»Franny, willst du mit mir zum Fall Fling gehen?«, fragte Alden.

JA! JA! JA! JA! Hundert, nein tausend Mal: JA! Natürlich blieb ich supercool. Ich riss mich zusammen und brachte mit einer vielleicht etwas zu hohen Stimme heraus: »Klingt auch super.« In meinem Kopf aber war die Party schon im Gange. Dort spielte eine Band, dort bog sich das Büfett, dort knallte und blitzte das Feuerwerk.

# Leben ist zaubern ist leben

Danke, Granny. Danke, Lama. Danke, Universum. Ich war superfroh, dass alles wieder so war wie vor einem Monat. Wieso hatte ich damals eigentlich die ganze Welt auf den Kopf stellen wollen? Hoffentlich wurde diese Sache namens Leben in den kommenden Jahren nicht noch mal so kompliziert. Darauf konnte ich gut und gern verzichten.

In der nächsten Woche war vom Chaos der letzten Tage nicht mehr viel zu spüren. Die berühmte Treppe bot wieder das gewohnte Bild. Egal ob Freak oder Nerd, Star oder Schluffi, Philo oder Gangster – jeder hatte wieder in das gute alte Kastensystem zurückgefunden und stand vor der ersten Stunde dort, wo er hingehörte. Offenbar ist die Grüppchenbildung seit Anbeginn der Zeit eine Konstante an jeder Schule. Das ist wie ein Gesetz, ohne das wir nicht leben können, genau wie das Gravitationsgesetz (Physik, fünfte Klasse) oder das Gesetz von der Erhaltung der Masse (Chemie, sechste Klasse). Wie war ich eigentlich auf die absurde Idee gekommen, alles komplett zu ändern?

Joey war wieder ein echter Star, Kate war wieder ein echter Freak, ich war wieder eine echte Schnittmenge und Ms Posey spie wieder Feuer. Ich wunderte mich, dass ihr die ganzen unangekündigten Kurzkontrollen, Aufsätze und Inhaltsangaben noch nicht zu den Ohren rauskamen. Das Schulessen wurde – kaum zu glauben – noch ekelhafter. Letzte Woche hat Marta eine neue Ebene erreicht. Es gab Fleisch undefinierbarer Herkunft in einer gelblich grauen

Brühe, die verdächtig nach Schuhsohle schmeckte, und niemand fand es seltsam, dass Angus Braun am nächsten Tag mit einer Lebensmittelvergiftung ins Krankenhaus eingeliefert wurde. Aber schlechtes Schulessen gehört zum Erwachsenwerden einfach dazu, schätze ich. Genau wie der erste Kuss. (Dazu komme ich noch.) Und im Moment freue ich mich über den ganzen Schul-Nervkram wie ein Kind.

Meine kleinen Siege feiere ich still und leise. Zum Beispiel über Elodie, die mittlerweile an der Reling unseres Dampfers namens Jefferson hängt, immer kurz davor, in die Fluten zu stürzen. Als sie am Montagmorgen den Haupteingang blockieren wollte, haben die anderen sie einfach weggeschubst und sind in die Schule gestürmt, und am Mittwoch musste sie bei den Gangstern essen, weil bei den Stars kein Platz mehr war.

Joey und Kate haben jedes einzelne ihrer Versprechen gehalten. Ich bin jetzt nicht nur beim Fechten, sondern auch in der Strick-AG. Und wir waren zu dritt bowlen und dabei haben die beiden ihre ewigen Vorbehalte weggeschoben, sodass wir echt Spaß hatten. Für zehn Minuten. Die restliche Zeit hat sich irgendwie ziemlich verkrampft und unlocker angefühlt, aber was soll's. Zehn Minuten sind mehr als neun Minuten und beim nächsten Mal werden daraus elf Minuten. Seit Kurzem denke ich positiv. Na ja, sagen wir, die meiste Zeit gebe ich mir Mühe, positiv zu denken. Und wenn alle Stricke reißen, habe ich immer noch die Notfallkiste, die Granny in den Tiefen ihres Wandschranks verwahrt.

War da noch was? Ach ja, der Kuss. Das einzige Wort vom Lama, das ich noch nicht entschlüsselt hatte. Aber ich wusste, dass das bald passieren würde. Ich war mir absolut sicher. Es war nur die Frage nach dem Wann und Wo. Es ist echt seltsam und sogar ein bisschen gruselig, wenn man weiß, dass man bald von *dem* Typen geküsst wird. Klar, man will unbedingt, dass es endlich passiert. Gleichzeitig weiß man nicht, wie die Sache eigentlich genau funktioniert. In der letzten Woche habe ich ziemlich viel wach gelegen, weil mein Kopf nicht aufhören wollte zu grübeln. Konnte ich küssen? Oder würde ich es vergeigen? Konnte Alden küssen? Oder – und das war eigentlich die schlimmste Vorstellung – würde er es vergeigen? Am liebsten hätte ich alles schon hinter mir gehabt. Ich fühlte mich wie ein fast fertiges Puzzle, bei dem nur noch vier oder fünf Teile fehlen.

Der Fall Fling fand genau sechs Tage nach der Fall River Art Fair statt. In diesen sechs Tagen haben Alden und ich zweimal bei Señor Rosa gesessen (Mom hat netterweise draußen im Wagen auf mich gewartet), wir waren einmal im Kino und sind dreimal von der Schule zusammen nach Hause gelaufen. Geküsst hatten wir uns aber noch nicht, dabei rechnete ich jeden Moment damit. Aber Alden unternahm nichts und einmal, nachdem ich ganz nahe neben ihn gerutscht war, verließ mich doch der Mut. Wahrscheinlich war es am besten, bis zum Fall Fling zu warten. Der Fall Fling war der perfekte Abend für den ersten Kuss, da würde es bestimmt passieren. Die anderen vier Wörter des Lama waren schließlich auch Wirklichkeit geworden und es war extrem unwahrscheinlich, dass der Lama sich gerade in dieser alles entscheidenden Angelegenheit geirrt hatte, oder?

An jenem bedeutenden Abend hätte es mich nicht gewundert, wenn ich vor lauter Aufregung explodiert oder implodiert wäre. Zum Glück hatte Kate endlich die Sache mit James auf die Reihe gekriegt und Joey und Alexi waren auch wieder zusammen. Wenn ich also mitten auf der Tanzfläche vor Scham in Flammen aufging, wären zumindest meine zwei besten Freundinnen zur Stelle und könnten mich unauffällig vom Unglücksort entfernen.

Natürlich war ich viel zu früh fertig. Es war noch eine Stunde Zeit und ich steckte schon in meinem knallroten Pailettenkleid, das zum Teil Naomi gesponsert hatte, und trug zum ersten Mal in meinem Leben High Heels. Es waren schwarze Riemchenschuhe, die Dad und ich zusammen gekauft hatten. Ich hatte das Gefühl, zehn Zentimeter größer und zehn Jahre älter zu sein. Mom hatte mich mit Rouge, Mascara und Lipgloss geschminkt und meine Haare zu einem Kate-Moss-mäßigen Knoten gedreht. Ich will nicht übertreiben, aber ich sah wirklich toll aus. So toll, wie ich es selbst niemals für möglich gehalten hätte. Und in diesem Aufzug wartete ich auf Alden. Ich war ein einziges Nervenbündel und bald hielt Granny nicht mehr aus, wie ich nervös auf und ab tigerte. Kurzerhand schnappte sie mich und platzierte mich neben sich auf der Couch, damit wir bis zu Aldens Eintreffen zusammen Oprah schauten.

Als es endlich klingelte, rannten Dad, Naomi, Granny, Mom, Pip und Flip in den Flur, als handelte es sich um ihren Besuch. Ging's eigentlich noch? Schnell verscheuchte ich die ganze Bande und öffnete dann die Tür.

»Franny, du siehst wunderschön aus.« Alden riss die Augen auf. »Äh ... das ist für dich.« Alden reichte mir eins dieser Mini-Blumenbouquets, die man sich ums Handgelenk bindet. Ich streifte es über, und obwohl mich ein Rosendorn piekte, lächelte ich aus ganzem Herzen und nahm mir vor, das Blumenarmband bis an mein Lebensende zu tragen.

Zum Glück kam Alden nicht im Smoking. Bei Jungs unter achtzehn finde ich das megaalbern. Über einem einfachen weißen T-Shirt trug er einen blauen Anzug und dazu karierte Vans. Er sah so süß aus, dass mir für einen Moment die Luft wegblieb. Ich brachte ihn ins Wohnzimmer und meine gesamte Familie stürzte sich auf ihn. Echt peinlich. Aber Alden war total souverän und ich schloss ihn gleich noch mehr ins Herz, was eigentlich nicht möglich war. Mom und Dad machten tausend Fotos von uns, und als Granny auch noch ihren Camcorder herausholte und die Zwillinge sich mein iTouch schnappten, um ebenfalls Bilder zu machen, geriet die Sache etwas außer Kontrolle. Kurzerhand verwandelte ich mich mal wieder in Superwoman und befreite Alden und mich aus dieser brenzligen Lage.

Im Schulflur warteten Kate, James, Joey und Alexi. Joey sah in ihrem langen Seidenkleid und dem Cashmere-Bolero wie eine Königin aus und die war sie ja auch ein bisschen. Kate steckte in einem ihrer selbst gekürzten Anzüge und auf dem Kopf hatte sie nicht ihre übliche Melone, sondern tatsächlich einen Fedorahut, dessen Krempe sie mit einer langen Feder dekoriert hatte. Das Beste aber war, dass James mehr oder weniger im Partnerlook gekommen war. Dass auch er die Arme seines Anzugs abgeschnitten hatte, rührte mich total. Mal wieder stiegen mir die Tränen in die Augen. Mann, ich war echt eine Heulsuse geworden.

»Hey Franny!« Marsha lief auf mich zu.

»Marsha ... oh Mann ... du siehst ... abgefahren aus«, sagte ich. Marsha sah wirklich abgefahren aus. Ich war mir nur noch nicht sicher, ob abgefahren im positiven oder im negativen Sinn.

Marshas Haare waren immer noch raspelkurz und giftgrün, aber das war nicht mehr das einzig Punkige an ihr. Sie hatte sich auch noch die Augenbrauen abrasiert und aus ihrem linken Nasenloch ragte ein goldener Ohrstecker. Leider sah der ein bisschen wie ein Popel aus. Außerdem trug sie einen knallengen neongelben Minirock, eine zerfetzte Strumpfhose und Doc Martens.

»Äh … Marsha … mit wem bist du eigentlich hier?«, fragte ich. Und als hätte sie auf dieses Stichwort nur gewartet, kam in diesem Moment Elodie um die Ecke.

»Mit mir«, erklärte sie triumphierend. »Die Augenbrauen sind ultra, oder? Die passen einfach perfekt zu *The Sound of Music.*« Elodie gab einfach nicht auf. Mich hatte sie nicht vernichtet, aber bei Marsha war sie kurz davor.

In der Turnhalle rutschte Elodie jedoch ganz schnell in die hinteren Bereiche meines Hirns. Der Fall Fling war supercool. Auf der Bühne spielte eine Live-Band und die Leute tanzten wie die Irren. Alden und ich stürmten sofort die Tanzfläche und tanzten ungefähr zwei Stunden durch. Erleichtert stellte ich fest, dass Alden ein super Tänzer war. Ich glaube, es gibt nichts Schlimmeres, als mit einem Typen unterwegs zu sein, der sich wie ein Waschbär bewegt. Wir machten nur eine kurze Getränkepause und stürzten uns dann wieder ins Gewühl.

Zwischendurch tanzte mich unsere Rektorin an. »Franny, ich habe keine Ahnung, wie du das angestellt hast, und eigentlich will ich es auch nicht wissen. Ich weiß nur, dass ich dir zu Dank verpflichtet bin. Im Sekretariat stehen jetzt zwei Pokale und ich bin überglücklich.« Und dann schaukelte sie weiter mit den Hüften, sang lauthals mit, schnipste mit den Fingern und war schon im Getümmel verschwunden.

Irgendwann entdeckte ich Marta und Mr Pandrock, die eng miteinander tanzten. Offenbar kann der zarte Spross der Liebe auch an Orten des Grauens wie beispielsweise der Schulmensa keimen. Und in dieser Welt findet jeder sein passendes Gegenstück. Dieser Gedanke war irgendwie tröstlich.

Die krasseste Aktion an diesem Abend startete Marsha, als sie plötzlich auf die Bühne kletterte und eine superschnelle Punk-Version von *A Few of my Favorite Things* aus *The Sound of Music* zum Besten gab. Sie brüllte sich die Kehle aus dem Leib, sprang auf der Bühne rum und wedelte wild mit dem Mikro. Elodie stand am Rand der Tanzfläche und ich konnte ihre Siegesgewissheit förmlich riechen. Elodie war sich ganz sicher, mit diesem Auftritt war Marsha ihre Rolle wirklich los und endlich, endlich, endlich konnte sie die Maria spielen. Aber leider wollte die Welt nicht mehr so wie Elodie. Statt in ihren Untergang schrie sich Marsha in ihren bisher größten Erfolg. Marsha rockte die Turnhalle. Die Leute jubelten und applaudierten, und als Marsha sich in die Menge warf, hielten die Leute sie fest und schrien im Chor ihren Namen. Ich fand es einfach nur super, wie Marsha sich von der Reling unseres Dampfers auf die Kommandobrücke gekämpft hatte. Mr Sheeplick, der Leiter der Theatergruppe, jubelte genauso wie alle anderen. Offenbar würde in diesem Jahr ein ziemlich punkiges Musical auf die Bühne kommen. Und ich für meinen Teil hatte überhaupt nichts dagegen.

Die ganze Zeit ließ ich Elodie nicht aus den Augen und deshalb sah ich den Moment, in dem sie die Situation erfasste. Sie taumelte ein paar Schritte zurück und plumpste auf den nächstbesten Stuhl. Ganz allein saß sie dort und starrte mit leerem Blick in die Menge. Vielleicht waren ihr die letzten Tage eine Lehre gewesen. Vielleicht kapierte sie endlich, dass es nichts brachte, Miss Megafies zu sein. Vielleicht legte sich in ihrem Kopf irgendein Schalter um. Schließlich wollte ich positiv denken. Aber ehrlich gesagt glaubte ich nicht so recht daran. Wahrscheinlich sammelte Elodie gerade ihre Kräfte und plante im Stillen schon das nächste Manöver.

Und dann passierte es. In dem Moment, in dem ich am

wenigsten damit rechnete. In dem Moment, in dem ich die Sache schon beinahe vergessen hatte. Der Fall Fling war fast vorbei und Alden und ich warteten an der Garderobe auf unsere Jacken. Und plötzlich griff er um meine Hüften, zog mich sanft an sich und legte seine Lippen auf meine. Und es stimmte einfach alles. Unsere Lippen passten perfekt aufeinander, als wären sie füreinander gemacht. Meinetwegen hätte in diesem Moment die Welt stehen bleiben können. Aber dann musste ich meine Lippen von seinen lösen, weil ich keine Luft mehr bekam.

»War das ... gut?«, fragte Alden besorgt.

Manchmal sind Worte nicht genug. Ich atmete tief ein, zog Alden an mich und küsste ihn noch einmal. Diesmal schaffte ich es weiterzuatmen und unsere Lippen berührten sich viel länger als eben.

»Franny, das war ... wunderschön«, flüsterte Alden mir ins Ohr. Ich spürte seinen Atem an meinem Hals.

»Ja«, sagte ich. Mehr nicht. Am ganzen Körper hatte ich Gänsehaut. Oh Mann. Ich hatte so einen Schiss vor meinem ersten Kuss gehabt und nun war der Moment vorbei. Und er war der Oberhammer gewesen. Wieso konnte ich mich nicht immer so wahnsinnig gut fühlen? Aber wahrscheinlich wäre es dann nichts Besonderes mehr.

Als ich nach Hause kam, warteten Mom und Granny schon vor der Tür. Moment mal. Mussten sie wirklich vor dem Haus warten? Warum kamen sie nicht gleich zum Wagen und sagten auch noch Aldens Dad Hallo? Die Sache mit der Privatsphäre musste ich ihnen demnächst noch mal erklären.

Ich zog sie ins Haus und erzählte ihnen haarklein von meinem Abend. Mom traten die Tränen in die Augen und sie schloss mich fest in die Arme. »Nicht zu fassen, dass mein kleines Baby einen Freund hat. Nicht mehr lange und es ist erwachsen. Dabei war es doch gestern noch mein süßes kleines Baby. Und jetzt hat mein süßes kleines Baby einen Freund.« Oh-oh. Mom hatte mal wieder einen ihrer berühmten sentimentalen Anfälle. Am besten, ich lächelte einfach und vertraute darauf, dass es gleich wieder besser wurde.

»Ich wusste, dass der Abend super wird«, sagte Granny. »Die Sterne standen extrem günstig.«

Moms Augen waren immer noch feucht, als sie uns gute Nacht sagte. Granny und ich gingen runter in die Zauberhöhle und schauten *America's Got Talent.* Aus ihrem Wandschrank zauberte Granny eine Riesenpackung Donuts hervor und hielt sie mir unter die Nase. Was hatte sie in diesem Schrank eigentlich noch alles versteckt?

»Sind die mit Rübensaft und Petersilie oder machst du heute Entschlackungspause?«

»Zu gesund will ich nun auch wieder nicht leben. Ab und zu sündige ich auch. Weißt du, Franny, in meinem Alter muss man manchmal die Regeln brechen. Man muss stromaufwärts schwimmen, sonst ist man bald einer von den toten Fischen.«

Ganz genau kapierte ich nicht, was sie mir damit sagen wollte. Aber tief in mir drin hatte ich so ein Gefühl, dass es die volle Wahrheit war.

Eine ganze Weile schauten wir schweigend dabei zu, wie sich drei verrückte Typen durch brennende Reifen einen Affen zuwarfen. Das verstanden die unter Talent? Für mich war Talent irgendwie was anderes.

»Vorhin habe ich eine Mail vom Lama bekommen. Er hat keine Ohrenschmerzen mehr. Ich glaube, das Universum ist wieder im Gleichgewicht.«

»Ja. Im Moment ist alles so, wie es sein sollte.«

»Aber wer weiß, wie lange das so bleibt.« Granny grinste.

»Wenn es hart auf hart kommt, haben wir jedenfalls immer noch die Notfallkiste.«

Ich lachte. »Ich habe dich lieb, Granny.«

»Ich habe dich auch lieb, Francisco.«

»Ich bin froh, dass du bei uns eingezogen bist.«

»Ich auch, mein Spatz. Ich auch.«

Eine extralange Limousine mit getönten Scheiben schiebt sich durch die schmalen Straßen von Fall River. In unserer langweiligen Kleinstadt ist das ein seltener Anblick. Passanten bleiben stehen und versuchen, einen Blick ins Innere des Wagens zu erhaschen. Da sitzt doch bestimmt eine weltberühmte, superwichtige Persönlichkeit drin. Aber durch die dunklen Scheiben ist nichts zu erkennen.

Wenn die Passanten etwas sehen könnten, wären sie über den Anblick wahrscheinlich ziemlich erstaunt. Auf den superluxuriösen Ledersitzen sitzt nämlich eine bunt zusammengewürfelte Truppe, die man in so einer Limousine nicht vermuten würde. Alden, Kate, James, Joey, Alexi, Dad, Naomi, Mom, Granny, Gladys, Mr Santos, der Lama und ich haben es uns im Wagen gemütlich gemacht. Wir sind auf dem Weg zu den Meadowlands, wo Justin Timberlake gleich ein Konzert geben wird. Und Justin war so freundlich, uns mit seinem Hummer abholen zu lassen.

Zu meiner Überraschung sind wir alle total dicke miteinander, wie Mom sagen würde. Der Lama und Mr Santos haben gerade festgestellt, dass sie beide auf mongolisches Barbecue stehen, und der Lama erzählt von einem winzigen Lokal in Bangkok, wo es den besten Tofu gibt. James, Gladys und Kate dichten einen Rapsong, und wenn ihnen der richtige Reim nicht einfällt, verfolgen sie auf dem Flachbildschirm auf der Rückseite des Vordersitzes *American Idol*. Naomi war früher auch Cheerleaderkapitän und philosophiert mit Joey darüber, wie man am besten einen Rückwärtssalto von den Schultern eines anderen macht. Mom und Dad müssen zu Hause tagelang Fragen vorbereitet haben, so sehr löchern sie Alden schon wieder. Aber er bleibt ganz cool, also lehne ich mich zurück, schaue aus dem Fenster und genieße einfach nur den Augenblick. Ich habe auch nichts dagegen einzuwenden, dass Alden die ganze Fahrt über meine Hand hält.

Am Stadion müssen wir uns nicht wie alle anderen anstellen. Einer von Justins Angestellten holt uns ab und führt uns durch endlose Gänge in die VIP-Lounge. Ich bin mir nicht hundertprozentig sicher, aber doch ... das da drüben muss Reese Witherspoon sein und da ist Jake Gyllenhall und da sitzt der Typ aus *Grey's Anatomy,* der in der zweiten Staffel gestorben ist, und zwischendurch erhasche ich noch einen Blick auf Joanne K. Rowling. Die Musik ist superlaut und die Bühne ist so nahe, dass ein Schweißtropfen von Justin auf Kates Arm landet. Sofort sagt sie, dass sie sich nie wieder waschen will. Wir tanzen wie die Irren. Der Lama boxt mit den Fäusten in die Luft und singt alle Lieder mit. Er kennt jede einzelne Zeile.

Irgendwann schaue ich auf und entdecke die Glaskabinen, die den Stadioninnenraum umgeben. In einer dieser Kabinen steht Elodie. Sie steht dort ganz allein, und als sie mich unten in der Menge sieht, schlägt sie mit der Faust gegen das Glas und öffnet den Mund zu einem Schrei. Irgendwie wirkt sie wie ein Psychiatriepatient, der in eine Gummizelle gesperrt wurde. Wie geht's deinem Karma, Elodie?

Ich bin mir nicht sicher, ob ich mit Elodie Mitleid haben oder über sie lachen soll. Vielleicht beides. Da tippt mir der Lama auf die Schulter und zeigt auf den Glaskasten, in dem Elodie eingesperrt ist.

»Ich weiß aus sicherer Quelle, dass diese Kreatur in ihrem nächsten Leben die meiste Zeit damit beschäftigt ist, sich durch Scheiße zu wühlen.«

»Was soll das heißen?«, fragte ich.

»Elodie fällt in der Kette wieder nach unten. In ihrem nächsten Leben ist sie ein Mistkäfer.«

»Echt jetzt?«, frage ich erstaunt. »Woher weißt du das?«

»Ich habe ihren Namen meinem Kollegen im Kloster geschickt und er hat im System nachgesehen.«

*»Im System nachgesehen?* Gibt es etwa eine Datei mit allen Wiedergeburten?«

»Eine Datei nicht gerade. Wir schauen nach, welches Muster der Regen an einem bestimmten Felsvorsprung hinterlässt.«

»Und was bin ich in meinem nächsten Leben?«, frage ich. Aber eigentlich will ich die Antwort gar nicht wissen.

»Das verrate ich dir nicht«, erwidert der Lama zum Glück. »Aber eins kann ich dir verraten: Wenn du anderen und dir selbst gegenüber immer ehrlich bist, kletterst du weiter nach oben.« Der Lama lächelt nur mit den Augen, nicht mit dem Mund. Wie macht er das bloß?

Es ist weit nach Mitternacht, als wir wieder in die Limousine steigen. Wir rasen über den Highway und mir fallen langsam die Augen zu. Neben mir sitzt Alden. Er hält meine Hand und ich lehne den Kopf an seine Schulter. So ungefähr muss es sich im Paradies anfühlen. Bevor ich einschlafe, lasse ich den Blick noch mal durch den Wagen schweifen. Dieses Bild will ich nie vergessen. Joey ist an Alexis Schulter eingeschlafen, Kate schlummert an James' Schulter. Dad und Naomi sitzen Arm in Arm nebeneinander und schauen den Lichtern beim Vorbeiziehen zu. Granny wühlt gerade in der Minibar, steckt sich eine Handvoll Brezeln in den Mund, ein paar Skittles, einige Gummibärchen. Zwischendurch nippt sie an ihrem Red Bull. Oh Mann. Wenn Granny sündigt, dann aber so richtig.

Als unsere Blicke sich kreuzen, hebt Granny die Red-Bull-Dose. »Auf dein inneres Licht«, flüstert sie.

Und ich flüstere zurück: »Auf dein inneres Licht.«

Holly Smale

# Harriet - Versehentlich berühmt

## Mode ist ein glitzernder Goldfisch

Harriet ist das, was übelmeinende Mitschülerinnen als „Streberin" bezeichnen: hoch begabt, Einser-Schülerin, leider ziemlich besserwisserisch. Alles, was die anderen Mädels in Atem hält, ist dagegen nicht so ihr Ding. Mode, zum Beispiel! Als ihre Freundin Natalie sie mit auf eine Fashion-Messe schleppt, passiert das völlig Unerwartete: nicht Natalie, die unbedingt Model werden will, wird entdeckt – sondern Harriet!! Von nun an stolpert Harriet nicht nur über den Catwalk, sondern von einer Katastrophe zur nächsten...

336 Seiten • Gebunden
ISBN 978-3-401-06880-0

## Ein Kolibri auf dem Catwalk

Harriet, schulbekannte Streberin und Model wider Willen, ist am Boden zerstört: Ihre große Liebe mit Nick ist zerbrochen, ihre beste Freundin Natalie weilt in den Ferien in Frankreich und die Eltern sind nur noch mit dem neuen Baby beschäftigt. Und zu dem coolen Modelauftrag in Tokio, absoluter Lichtblick in Harriets Leben, soll sie ausgerechnet ihre verrückte Oma begleiten! Uncooler geht's nicht!

328 Seiten • Gebunden
ISBN 978-3-401-06899-2

Beide Bände auch als E-Book erhältlich

Arena

www.arena-verlag.de